BESTSELLER

Helena Tur Planells nació en Ibiza en 1969. Hija única, desde niña desarrolló la tendencia a evadirse en la lectura o en sí misma y a inventarse historias. No es de extrañar que después dedicara sus estudios a la literatura, licenciándose en Filología Hispánica. Tras publicaciones modestas y diversas con su nombre, se enfundó en el pseudónimo de Jane Kelder para publicar novela romántica influida por Jane Austen y Elizabeth Gaskell. Ahora, sin abandonar la ficción histórica, ni tampoco el costumbrismo o el romance, da el salto al suspense recuperando su nombre real. Desde que descubrió Las Médulas, se enamoró de aquel lugar y supo que las antiguas minas romanas de El Bierzo iban a convertirse en un personaje más de *Malasangre*. Además, es profesora de Lengua y Literatura en un instituto de Mallorca.

Biblioteca

HELENA TUR

Malasangre

DEBOLS!LLO

Papel certificado por el Forest Stewardship Council®

MIXTO
Papel procedente de fuentes responsables
FSC® C117695

Penguin Random House Grupo Editorial

Primera edición en Debolsillo: abril de 2022

Travessera de Gràcia, 47-49. 08021 Barcelona
Diseño de la cubierta: Penguin Random House Grupo Editorial / Yolanda Artola
Imagen de la cubierta: © Rekha Garton / Trevillion Images e iStock Photo

Printed in Spain – Impreso en España

ISBN: 978-84-663-5570-4
Depósito legal: B-3.117-2022

Compuesto en Pleca Digital, S. L. U.

P 3 5 5 7 0 4

A Dan

Prólogo

Empezaba a levantarse el viento, un viento templado y húmedo que, sin duda, anticipaba lluvia. La luminosidad del cielo, aunque mostraba resistencia, se iba difuminando entre el gris de unos nubarrones que se adueñaban por momentos del espacio celeste. La oscuridad ya se había apropiado de la tierra seca, que deseaba la tormenta con sed de estío agónico, y las sombras de árboles y arbustos se habían alargado para fundirse con el resto del paisaje. Agarrada fuertemente a su hato, como si sus escasas pertenencias fueran a protegerla y no al revés, la niña procuraba no ensuciarse los zapatos desgastados. Le dolían los pies, le dolían los rasguños que la maleza había prodigado en sus piernas blancas y le dolía algo por dentro que se parecía al alma. Hacía media hora que las dos mujeres que la habían acompañado durante la primera parte del trayecto se habían despedido de ella y, a sus diez años, nunca se había sentido tan sola. Era un lugar agreste, desconocido y, por momentos, más oscuro. A veces campo abierto; otras, bosque; y siempre la amenaza de acabar perdida y sin nadie a quien recurrir.

Había sido una suerte que aquellas dos mujeres viajaran en la misma diligencia, la que había salido de León a las seis de la mañana, y se apiadaran de ella al ver sus ojos transparentes de incertidumbre y recelo. Eran hermanas y regresaban de cuidar a un pariente que, tras semanas de lucha, se había resignado a los designios de Dios y había abandonado este mundo entre toses rotas, miradas febriles y humores calientes. Quiso también la fortuna que, tras llegar a Ponferrada, las mujeres tuvieran que seguir el mismo camino que debía tomar la niña y, ante la amenaza de lo desconocido, ésta se sintiera acompañada durante los primeros pasos. Pero al llegar a La Martina, las hermanas se habían despedido y, en ese momento, la niña de cabello rojizo y rostro pecoso, la incertidumbre y el cansancio caminaban juntos en una soledad triangular y llena de inquietudes.

«Sigue el río; sigue siempre el cauce del río y llegarás a Villaverde», le había aconsejado la más joven, que también resultó ser la más habladora, pero había un no sé qué en el sonido del agua y en el serpenteo de plata que ahora se apagaba que empujaba a la niña a no acercarse demasiado a la orilla. Como si un presentimiento palpable o un cosquilleo que le electrizaba el cuerpo la alejara de ella. O tal vez era ese augurio de tormenta lo que la amedrentaba y hacía que viera las corrientes fluviales como una admonición.

Se veía obligada a caminar cada vez más despacio, ya sin luz, mientras el viento le azotaba una cara de mejillas rosadas y ojos espantados. El canto de los pájaros, que hasta hacía poco había acompañado su viaje, ya se había apagado, y los crujidos de las ramas secas hacían que la piel se estremeciera bajo sus ropas de niña pobre. Pero lo que oyó en aquel momento no fue sólo un crujido, sino algo más estremecedor que hizo que se detuviera y apretara con ansias el hato contra sí. Notó que sus piernas temblaban. Sus pupilas se dilataron, más por miedo que por curiosidad, pero aun así no consiguió distinguir la procedencia de aquellos sonidos. No debía tener miedo, no debía detenerse, tal vez todo había sido fruto de su imaginación, pero fue incapaz de dar un paso más. Procurando no hacer ruido, respiró profundamente, dejó el hato en el suelo y se colocó mejor el pañuelo anaranjado que le cubría el cabello. Sin embargo, no logró tranquilizarse, pues el sonido volvió como si hubiera alguien acechando tras unos matorrales. Deseó ser invisible, que la penumbra camuflara su silueta a ojos ajenos. Y, como si fuera una burla del destino, el cielo tronó primero para iluminarse después y la luz lo inundó todo. Fueron sólo unos instantes, pero junto a unos tojos pudo advertir el cadáver de un conejo que estaba siendo devorado por unos hurones ansiosos. Un grito se ahogó en su garganta y, aunque quiso cerrar los ojos, no pudo apartarlos de la bacanal. Ante ella, se hallaba el horror, un horror paralizante. Permaneció así, quieta, incapaz de ningún movimiento, hasta que una alarma que no pasó por su consciencia se encendió en ella y, si no su mente, sí su cuerpo, supo que tenía que huir. Apresuradamente, recogió el hato del suelo y echó a correr.

Corrió con miedo a las alimañas, a la oscuridad y a la lluvia fría que comenzaba a gotear sobre ella. Corrió sin ver, tropezando en un terreno irregular y lleno de vegetación desordenada. Y corrió sin medida, hasta llegar sin saberlo a la orilla del río y acabar, por la inercia, con su cuerpo en las aguas que tanto había temido. Fue tal la impresión que no pudo cerrar la boca. De pronto, sintió el frío en su cuerpo, las ropas se hicieron más pesadas y una repulsión al ahogo y al fango le impidió respirar por unos instantes. No sabía nadar y, aunque en ese punto apenas había profundidad, no podía saberlo. Sintió la atracción de las arenas del fondo, de un abismo oscuro y gélido y, en aquellos que podrían haber sido sus últimos estertores, se sintió perdida.

Fue el hato lo que la salvó. Por suerte, no lo había soltado al caer. La tela había formado una burbuja de aire y quedó flotando durante el tiempo justo para que ella pudiera incorporarse y alargar un brazo hacia una rama que se arqueaba sobre las aguas. Se agarró a ella con todas sus fuerzas y comenzó a avanzar con las manos, una tras otra, por aquel brazo salvador que le clavaba espinos en las palmas. Aguantó el dolor con estoicismo y, con brío, logró salir a la orilla. Se dejó caer para reponer fuerzas y, mientras jadeaba y temblaba de miedo, el hato que ya se hundía se alejaba corriente abajo.

En cuanto se levantó, algo más recuperada, se refugió de la tormenta debajo de un árbol y se quitó el pañuelo que aún cubría su cabello. Lo escurrió, y también apretó su larga trenza para que soltara el agua. Luego hizo lo mismo con su ropa. Estaba nerviosa, no sólo por el banquete de los hurones y la impresión de las frías aguas después, o por el hecho de haber estado a punto de ahogarse, sino porque sentía que había perdido su invisibilidad de un modo muy torpe.

Por mucho que estrujara sus ropas para que soltasen el agua que las impregnaba, no lograba escurrirse la sensación de que había en los árboles ojos que la observaban. Pero no podía dejarse amilanar por el miedo. Estaba sola y todo dependía de ella, así que era inútil quedarse a esperar ayuda en la intemperie de la tormenta estival. Antes de volver a ponerse en marcha, se santiguó y rezó un padrenuestro y un avemaría y pidió a la Virgen con todas sus fuerzas que el trayecto que aún quedaba fuera corto y sin sobresaltos. Ya no temblaba sólo de miedo y de frío, sino también de sugestión.

Emprendió de nuevo el camino, sin un hato al que aferrarse y sin un alma a la que encomendarse en aquella soledad forestal. Le molestaban los zapatos mojados más que las ropas y se sentía más pesada que cinco minutos atrás. Por momentos, notaba que arrastraba los pies y los matorrales continuaban atacando la piel blanca y delicada de sus piernas a cada paso que daba. Echaba de menos la protección que le habían proporcionado las dos mujeres, las regañinas de las monjas del hospicio que había dejado atrás, la voz del sereno que la despertaba en las noches leonesas que ya no regresarían, incluso echaba de menos las palizas calientes de la señora de Cuéllar, a la que había servido durante dos meses. Echaba de menos cualquier hálito humano, porque el bosque y sus olores de hojarasca agitaban en su interior unos estremecimientos que constreñían un ánimo cada vez más escaso.

Se alejó de la orilla pese a la recomendación y se adentró en la espesura en busca de un camino por el que tal vez transitara un campesino rezagado con sus mulas o un carro salvador que también hubiera sido sorprendido por la tormenta. Pero cuanto más se alejaba, más se desorientaba. «Media hora de camino hasta Villaverde», le habían dicho, «sólo media hora». Y allí, en el pueblo, tendría que preguntar por la granja de abejas del señor Hurtado, que la estaría aguardando ya impaciente. O tal vez, y cuando pensó esto una esperanza nació en ella, conmovido al ver el temporal, el hombre había salido a buscarla, pues sabía que llegaba ese día por una carta que le había enviado sor Virtudes. Esa idea la decidió a continuar buscando el camino y a dejar el río atrás. Eso y un miedo palpable a acabar de nuevo bajo las aguas que seguía acompañándola.

Con la esperanza llegó también el recuerdo de las historias de ataques de lobos, incluso de osos, que había oído contar desde su infancia. A su mente viajó la imagen de unas brujas, esas mujeres oscuras que hacían caldo en grandes ollas con huesos de niña y ancas de rana. Pero, sobre todo, la amedrentó la idea del hombre del saco, con quien había tenido varias pesadillas años atrás. Así, con esos nuevos fantasmas como compañeros y cada vez más acongojada, avanzaba con el presentimiento de que ojos amarillos se clavaban en ella o de que hocicos sensibles notaban su olor a carne joven o de que una sombra desfigurada seguía sus pasos. Avanzaba sin mirar atrás, concentrada en no desfallecer y en recortar distancias con su destino antes de que el terror la paralizara. Y avanzaba, sobre todo, consciente de que ignoraba dónde se encontraba el camino por el que podían transitar vehículos. Hubiera deseado, y temido a la vez, tener una lumbre. Deseado, para poder ver; temido, por si era vista.

En cuanto los árboles se espesaron y notó que había penetrado en zona boscosa, se sintió momentáneamente protegida. Agradeció, además, resguardarse un poco de la lluvia. Sin embargo, también era consciente de la falsedad de ese sentimiento, pues el peligro podía acechar tras cada roble, encina o alcornoque, ya que la sensación de que estaba siendo observada no desaparecía. Ralentizó el paso y hubo de caminar a tientas, tocando los troncos y las ramas bajas para no chocar con ellos, como si transitara por un pasillo forestal lleno de obstáculos. De vez en cuando se detenía y miraba hacia atrás. Y, también de vez en cuando, se sobresaltaba por crujidos fantasmagóricos y ruidos turbadores que, quería pensar, procedían de algunos animales, y se quedaba quieta y sigilosa para intentar precisar de dónde venían. El viento montaraz hacía bailar las copas de los árboles y la lluvia se filtraba entre ellas lentamente pero con determinación.

Avanzaba. Y no podría decir cuánto tiempo había pasado, pues cualquier minuto le parecía eterno, cuando descubrió que se había perdido. Avanzaba y no sabía adónde. En esos momentos, ni había encontrado ningún camino ni podía saber por dónde tenía que ir para regresar al río. Tenía la sensación de que había estado dando vueltas en círculo, de que se había internado sola en un laberinto sin salida y de que sus últimas esperanzas se habían enredado en una telaraña gigante tejida por los animales y los espíritus del bosque. Las lágrimas brotaban de sus ojos y se mezclaban con las gotas de lluvia que acariciaban, demorándose, la desesperación de su rostro. Volvió a rezar en voz baja, de forma entrecortada y entre hipidos de llanto, con la devoción de quien desea convertir la oración en una llamada de ayuda. Pero nadie respondió y la niña sintió el abandono absoluto, la carencia de refugio y la ausencia de una mano a la que agarrarse. Estornudó. Y tras el primer estornudo llegaron el segundo y el tercero. Ya sabía que iba a resfriarse y, más que temer una pulmonía, fantaseó durante unos instantes con la idea de que las monjas la arropaban con una manta y le servían un caldo caliente. Fantaseó también cuando notó que la mucosidad asomaba a su nariz e imaginó que sor Piedad, con la sonrisa que hacía honor a su nombre, echaba leños a la chimenea sólo para ella. Y, de pronto, notó que un calor, improcedente bajo aquella lluvia fría, se apoderaba de su frente. ¿Deliraba? Se le estaban agotando las fuerzas y empezaba a ser presa de un mareo hipnótico y del debilitamiento de su voluntad.

Se dejó caer sobre el suelo de barro y hojas mojadas y, por unos instantes, con la mente aún en el hospicio que había dejado atrás, pensó en quedarse dormida de un modo definitivo para dejar de luchar.

Fue el aullido de un lobo y, con él, nuevamente la sensación de estar siendo acechada, lo que la obligó a reaccionar. El miedo hizo que se levantara de inmediato y mirara a su alrededor. Oía el latido de su corazón como si fuera un sonido de alerta. No consiguió ver nada, pero el aullido se repitió y, otra vez, su cuerpo se estremeció con él como si una corriente eléctrica lo atravesara. Se frotó los ojos y la nariz con las mangas mojadas de su vestido pobre y volvió a caminar. Continuó con la obsesión de huir de los aullidos y de avanzar en línea recta para salir del bosque. Sin embargo, no había nada que la orientara, hasta que de pronto, cuando ya no lo esperaba, a lo lejos vio una luz.

Fue sólo un instante. Más que un destello de algo que se enciende y se apaga, le pareció que se había tratado de una lumbre en movimiento, pues desapareció enseguida hacia la izquierda como si hubiera sido engullida por la maleza. Había alguien cerca. Alguien que llevaba un candil o una antorcha, alguien humano. Por unos instantes, dudó de si se había tratado de su imaginación, si continuaban allí los delirios, pero no, no se había inventado esa luz, estaba convencida de que había sido real. Había alguien y debía encaminarse hacia allí para pedir ayuda. Con los ojos bien abiertos por si volvía a aparecer, avanzó hacia el lugar en el que había nacido el fulgor de su esperanza. Desesperada, aunque también confiada, intentó gritar para que la oyeran, pero sólo consiguió un sonido roto y debilitado que el ruido de la lluvia ahogó en cuanto salió de su boca.

Procuró darse prisa para alcanzar al dueño de la mano que llevaba la lumbre. Si es que la llevaba en la mano, si es que no se trataba de un candil enganchado a la parte trasera de un carro o de un carruaje que avanzaba a una velocidad que ella nunca alcanzaría. No importaba. Si así fuera, al menos habría encontrado el camino por el que transitaban vehículos de ruedas. Y ese camino ya era una referencia, una orientación en aquella maraña de extravíos y extrañezas en la que estaba sumergida. Sí, debía ir hacia allí. Y, aunque tal vez no fuera del todo así, la niña sintió que sus piernas corrían.

Poco a poco, los árboles se fueron distanciando entre ellos y la lluvia comenzó a caer otra vez con más aplomo, sin la protección ya de ramas cargadas de hojas. Estaba saliendo de la zona boscosa. Se estaba acercando al camino. Y, de pronto, un nuevo trueno se sobrepuso a cualquier otro ruido de la naturaleza y el cielo se iluminó como si quisiera lucirse en un despliegue de colores dorados y rojos. Si no hubiera sentido la amenaza, tal vez podría haber admirado la belleza de aquel incendio celeste, pero la vio allí, la amenaza, frente a ella, en forma de serpiente gigante que avanzaba con pieles de agua entre los campos del Bierzo. Se detuvo de golpe. Nuevamente el río, la orilla, el fondo fluvial devorador. Por suerte, en esta ocasión el relámpago había logrado avisarla del peligro y no había acabado otra vez en la corriente fatal. Sin embargo, la sensación de que la desorientación, los lobos, los ojos invisibles y acechantes o las aguas profundas acabarían siendo uno de sus destinos hizo que la angustia regresara a su pecho.

Pero no, no podía ser. Ahora había algo distinto. La certidumbre de que una luz se había cruzado en su camino le recordó que existía esperanza. Además, el río suponía un referente, debía superar el miedo a la orilla y avanzar en paralelo a ella. «Sigue el río y llegarás a Villaverde», recordó, y esta vez estuvo decidida a hacer caso de la recomendación. Empapada y con los zapatos llenos de barro, comenzó a caminar sin quitar ojo al lugar por el que corrían las aguas. Olvidó los rezos y comenzó a cantar:

Al corro de la patata,
comeremos ensalada...

Cantaba a modo de exorcismo contra el agarrotamiento de su carne trémula, pero también para no oír los sonidos que pudieran esconderse entre los gemidos del viento o el repicar constante de la lluvia. Cantaba y continuaba avanzando. Y, entre las notas de la canción, le pareció escuchar su nombre, como si fuera un susurro entretejido en la ventisca húmeda.

Matilde, Matilde...

Alguien la llamaba. Alguien sabía que estaba allí, perdida, necesitada de ayuda y, sin embargo, no notó calor en esa voz. La niña sintió que sus dientes rechinaban y se movían como si fueran los de un roedor, incapaz de controlar el movimiento de sus mandíbulas. Sus ojos nunca habían sido tan grandes ni su piel tan blanca, como si se hubiera quedado sin sangre.

Matilde...

Otra vez su nombre. El sonido recorrió su cuerpo como en un ramo de escalofríos que se abre para abarcar todo lo que respira bajo la piel. Un nudo de ultratumba se acomodó en su estómago y se apretó contra unos pulmones que no podían ya respirar si no era entre jadeos.

De nuevo volvió a aparecer la luz. Esta vez la vio más cercana y la llama tardó algo más en desaparecer. Sólo que, en esta ocasión, la lumbre no llegó acompañada de ninguna esperanza. La niña ya no sabía si debía dirigirse hacia ella o huir. Le vino a la mente la imagen de la Santa Compaña y ya no se imaginó una única amenaza, sino una procesión de ellas que avanzaba como si la estuviera buscando. Impresionada, en un impulso telúrico se arrojó al suelo y buscó la protección de un matorral. Su cabeza topó con una telaraña que frotó su rostro durante unos momentos. La repulsión la obligó a gritar. Gritó como si un desgarro interior saliera de ella y sobrevolara con aliento helado los campos silvestres.

La niña permaneció bajo su grito envolvente durante unos segundos eternos, un grito que podía palparse, que parecía más un sonido animal que pueril. Y ese mismo grito, en el que había dibujado parte de su angustia y desesperación, fue lo que la delató. De nada había servido esconderse, acababa de descubrirse sola y lo sabía. Una sensación inveterada operó a modo de alarma. Se levantó con prisas, al tiempo que procuraba quitarse los hilos pegajosos del rostro, y comenzó a correr en busca de algún árbol tras el cual poder ocultarse. Corrió con la sensación de que un ejército de arañas se había internado entre sus ropas y se paseaba sembrando de mordiscos todo su cuerpo; sin embargo, sabía que no era ésa la mayor amenaza.

Matilde...

Volvió a oír su nombre, como si a la naturaleza se le escapara un sonido gutural, pero ahora sólo era un susurro. Parecía que la voz estaba alejándose. Y permaneció allí, agazapada junto a un tronco mientras continuaba cantando mentalmente y esperando a que la voz se fuera apagando. Tal vez creyó que podía recogerse en esa canción o sólo procuraba no ser consciente de lo que pasaba fuera de ella y, de ese modo, conseguir que no existiera nada ajeno a su propia corporeidad infantil. Cerró los ojos, en una negación de su entorno, en un intento de esquivar cualquier peligro, y apretó los puños, como si así pudiera crear un refugio en el que habitar hasta que las almas en pena, o lo que fuera que la estaba llamando, desaparecieran.

Permaneció muy quieta durante unos minutos, hasta que la realidad se impuso y recordó que debía llegar a Villaverde. Por un momento, sintió la tentación de acudir hacia la voz que pronunciaba su nombre, tal vez fuera una voz amiga, pero algo, como una intuición, le decía que no. Se hallaba en una encrucijada. Ni podía pasar la noche a la intemperie ni tampoco podía fiarse de lo que había escuchado, pues poco antes se había imaginado la voz arrulladora de sor Piedad. Así que se sacó una piedra que se había colado en uno de sus zapatos y volvió a hacer acopio de valor. Agarrada al árbol, se levantó despacio. Sin embargo, antes de decidirse a avanzar, se asomó con prudencia para calcular sus pasos y entonces fue cuando se sintió aterrada de un modo definitivo. Ante ella, unos ojos agrietados la observaban y una boca maloliente se abrió para susurrar:

Matilde...

Notó que un calor líquido caía por sus piernas temblorosas y hubiera sentido vergüenza de sus propios orines si no fuera porque la sensación de peligro y un miedo ancestral eran mucho mayores. Luego se percató, ya tarde, de que la tela de un saco atrapaba su cuerpo y alguien la golpeó en la cabeza de tal modo que le hizo perder el conocimiento.

1

Si doña Eulalia Montes no hubiera muerto aquella madrugada de agosto, la vida habría llevado a Henar Expósito hacia otros derroteros, lejos del turbio asunto que sucedería a finales de verano en el Bierzo, pero lo cierto es que doña Eulalia Montes amaneció muerta en su cama aquella mañana mientras las campanas de la catedral de León daban los cuartos antes de que saliera el sol.

Henar, que durante los últimos cuatro años de su vida había sido el lazarillo de doña Eulalia, sintió de nuevo la inseguridad de sus próximos pasos. ¿Qué haría ahora? ¿Adónde ir? Hacía unos meses, cuando la señora comenzó a enfermar, pensó que doña Remedios, una de las hijas de doña Eulalia Montes, le ofrecería la posibilidad de cuidar de su bebé, pues se hallaba en estado de buena esperanza y había hablado de que necesitaría a alguien para ayudarla con el niño. Pero, unas horas antes del funeral, Henar supo que allí no había lugar para ella. No sólo no le había ofrecido el puesto, sino que, además, la había obligado a devolver los vestidos y el ajuar que doña Eulalia le había cedido durante los años que había permanecido con ella. Desilusionada,

Henar también había preguntado a sus compañeras del servicio, pero, como bien le dijo la cocinera, quien más quien menos tenía familiares a los que colocar y las penurias de cada uno no facilitaban los actos de generosidad.

Durante el funeral de cuerpo presente, al que no pudo asistir don Jaime Montes, hermano de la difunta, por encontrarse de viaje en esos momentos, Henar ya sabía que no le quedaba otra opción que regresar al hospicio en el que se había criado y preguntar si conocían a alguien que necesitara una muchacha. No sentía vocación para ser monja, y mucho menos quería perderse en las calles, pues conocía los riesgos de mendigar en una mujer. El hambre y la necesidad a veces justificaban conductas indecorosas a las que Henar temía. No sólo las advertencias de sor Piedad habían hecho mella en ella, sino, sobre todo, el hecho de observar las consecuencias en algunas de las que habían sido sus compañeras de infancia.

A mediodía recogió las escasas pertenencias que le quedaban, después de todo lo que le había obligado a devolver doña Remedios, y las metió en una vieja maleta de cartón a la que le faltaban las hebillas, por lo que tuvo que atarla con una cuerda, y luego, tras comer un trozo de morcilla con pan que le ofreció María Rosa, la cocinera, se despidió de las criadas de la señora Montes. No lloró. El hecho de haber estado tan cerca de doña Eulalia la había alejado del resto del servicio, como si la rechazaran por pertenecer a otro nivel, aunque ahora todas compadecían su suerte y se lo expresaban sin fingimiento. Siempre ha sido más fácil sentir pena por la desgracia que alegrarse por quien tiene fortuna.

Antes de marcharse, recordó cuando llegó a la casa por primera vez y se sintió embargada por una extraña nostalgia. La visión de aquel momento se le hizo presente, como si hubiera sido pocos días atrás. Recordaba que había acudido temerosa, consciente de la fama de doña Eulalia Montes, mujer formada y de carácter, y con la sospecha de que iba a resultar de trato difícil. Una persona enérgica que se había quedado ciega... Lo único que cabía esperar es que estuviera malhumorada y odiara al mundo. Tal vez desahogara sus frustraciones con ella. Había cruzado los dedos con la mano izquierda escondida en la espalda, como tenía costumbre de hacer cuando invocaba a la suerte y no quería que la vieran las monjas, mientras con la derecha agarraba la aldaba y golpeaba dos veces. Le abrió una criada entrada en años que la miró de arriba abajo, de forma descarada y casi con desdén, y le dijo que la señora ya colaboraba con la caridad, que no iba a molestarla por limosna. Henar explicó que la enviaban las monjas porque la señora la había mandado llamar, algo que sorprendió a la mujer del servicio, que cerró la puerta tras decir que iba a consultárselo. Poco después descubriría que nadie de la casa sabía de su llegada, tampoco los hijos, casados ya y que no vivían allí.

Dos minutos después, la criada había vuelto para abrir la puerta y le había permitido entrar. Nuevamente notó que la escrutaba. Nada más atravesar el portal, se había sentido intimidada al ver la opulencia del mobiliario y constatar que doña Eulalia Montes no sólo era una mujer pudiente, sino verdaderamente rica. Antes de entrar, ya había podido oler los perfumes que llegaban del jardín interior aquel día de agosto en el que tenían las ventanas abiertas y, más tarde, cuando se había asomado a una de ellas, comprobó que el colorido de las flores hacía justicia a su aroma. Doña Eulalia Montes, viuda de don Antonio

Villanueva, mujer de sesenta y dos años, la esperaba en una sala de recibir. Ya no podía valerse por sí misma, aunque aún lo intentaba. Progresivamente había ido perdiendo la vista, y los lentes, por gruesos que fueran, ya no lograban paliar su incapacidad.

Para su sorpresa, Henar no encontró a una mujer decaída, sino ilusionada con las posibilidades que le otorgaba el hecho de contar con un lazarillo. Ni rigurosa ni malhumorada, la persona que estaba sentada en un sillón de estampado azul era alguien entusiasta y agradecida con la vida. Incluso se podía adivinar un punto travieso en el hecho de que hubiera ocultado a su familia que esperaba contar con la ayuda de una recogida del convento. «Mis hijos no llevan mi sangre», le confesó y, en aquel instante, Henar no lo entendió. Se adivinaba una mujer rigurosa y amante de la disciplina, pero en todo momento se mostró amable con ella y enseguida le había preguntado por su formación. Había quedado satisfecha con la respuesta y, a continuación, le había pedido que leyera algo en voz alta de un periódico que se encontraba sobre la mesa. Henar cogió *El clamor público* y buscó un artículo que no fuera ni demasiado corto ni extremadamente largo. Lo leyó nerviosa, pero moduló bien la voz e hizo las pausas donde estaban indicadas. Se trabó en dos palabras, aunque rectificó de inmediato en ambas ocasiones. Doña Eulalia no miró hacia ella. Su expresión parecía perdida en otros pensamientos más que en prestar atención a las palabras de la joven de casi catorce años. Aun así, había apreciado su dicción cuando la lectura terminó.

No fue de inmediato que Henar comprendió que no tendría que lavar ni planchar ni pulir la plata. Su labor allí no iba a ser de criada, sino de asistente personal y, sobre todo, de lectora. Aunque enseguida su papel fue más allá, pues, sin pretenderlo, se convirtió también en una especie de confidente, algo que no era de extrañar al encargarse de transcribir las cartas que la señora Montes le dictaba y de leerle las que recibía.

Doña Eulalia tenía una hija casada en Madrid, a la que visitaron en una ocasión en primavera y que había venido con su marido y sus tres vástagos para el funeral; un hijo que residía en Oviedo, donde había contraído matrimonio con una viuda de moral cuestionada, y una hija menor que los otros, también casada, que iba a visitarla de vez en cuando porque vivía cerca. Aunque en estas visitas lo normal era que ambas acabaran discutiendo. Doña Remedios, de ideas extremadamente conservadoras, devota fiel, dada al chismorreo y visitante habitual de médicos debido a sus frecuentes jaquecas, chocaba frontalmente con el carácter decidido y la ideología liberal de su madre. Tal vez por rebeldía, la hija había conseguido a espaldas de su madre todos los números de *El Defensor del Bello Sexo*, una publicación que durante 1845 y 1846 estuvo destinada a mujeres y que abogaba abiertamente por dejar al margen de asuntos políticos al sexo femenino.

A quien doña Eulalia admiraba fervientemente era a su hermano, don Jaime Montes, quien había participado, en 1823, en la defensa del castillo de Monzón contra los Cien Mil Hijos de San Luis, motivo por el cual fue encarcelado junto a Pascual Madoz y con quien, a partir de entonces, había mantenido siempre una buena amistad, incluso en aquellos momentos en los que era ministro de Hacienda y acababa de aprobar la ley de desamortización que llevaba su nombre. Las ocasiones en que don Jaime visitaba a su hermana, que no eran muchas porque él tenía negocios en el continente americano y se ausentaba durante largas temporadas, eran celebradas por doña Eulalia con gran alegría.

Pero, a pesar de la ausencia de calor familiar, no podía decirse que en aquella casa reinara la soledad. Doña Eulalia Montes recibía por las tardes y nunca faltaban visitas. Además, todos los jueves organizaba un café literario al que la obligaba a asistir para que se formara. Se carteaba con don Luis Rivera Rodríguez, dramaturgo y humorista con quien compartía ideas políticas, que trataba de inculcarle también a ella. Acudía a conciertos e incluso, de vez en cuando, al teatro y, aunque sólo pudiera oír la representación, le iba preguntando a Henar por los gestos y el vestuario de los personajes. Todo lo que la muchacha aprendió durante aquellos años era algo que jamás habría podido esperar una huérfana abandonada, pero lo cierto es que, si en el hospicio le habían enseñado a cuidar a gente necesitada, con doña Eulalia, no sabría expresar muy bien cómo, estaba aprendiendo cosas para crecer ella misma.

Lo primero que la señora Montes la había obligado a leer fue «Discurso en defensa del talento de las mujeres y de su aptitud para el gobierno y otros cargos en que se emplean los hombres», de Josefa Amar y Borbón, que había sido publicado en *Memorial literario* y que se trataba de una reivindicación del derecho de la mujer a recibir una educación ilustrada para poder acceder a puestos que hasta el momento se reservaban los hombres. Cierto que algunos párrafos la escandalizaron al principio, acostumbrada a la formación que había recibido de las monjas, pero poco a poco fue compartiendo la mayor parte de aquellas ideas, de las que doña

Eulalia era entusiasta y trataba de inculcarle sin disimulo. Había hecho sacar para ella algunos ejemplares, amarilleados ya, de la revista satírica *El pobrecito hablador*, que se guardaban en un arcón, y le pidió que los leyera para despertarle el espíritu crítico. Era subscriptora de *El clamor público*, y, justo ese año, había sucedido la Vicalvarada, revolución con la que había comenzado el bienio progresista, con lo cual el optimismo de la señora Montes sobre el futuro de España se hallaba en su grado máximo. Optimismo que hubo de desinflarse dos años después, cuando O'Donnell restauró la Constitución de 1845, pero, sobre todo, cuando Narváez pasó a presidir el nuevo gobierno.

Doña Eulalia no sólo tenía intereses políticos, también le gustaba otro tipo de lecturas: novelas y dramas, de ilustrados y románticos, pero, sobre todo, apreciaba las comedias barrocas de una autora mexicana, sor Juana Inés de la Cruz, y le pedía a Henar que, al leerlas, fingiera voces diferentes. Se reían juntas, y ver reír a la señora Montes era algo que alegraba el corazón de la joven.

La generosidad era otra de las virtudes de aquella casa. Henar, si bien no tenía un vestuario de dama, no carecía de guardarropa gracias a los regalos y al trato que la señora le dispensaba. Si hubiera de decirlo ahora, no habría podido jurar quién cuidaba de quién. Ése era otro punto que doña Remedios reprochaba a su madre, más preocupada por la herencia que por el bienestar de su progenitora, así que lo cierto era que tampoco había tenido muchas esperanzas de contar con su ayuda una vez falleciera la señora. Lo que no se esperaba eran las formas, pues había habido soberbia y ciertas ganas de ofender en el modo de exigirle que devolviera todos los regalos que le había hecho doña Eulalia.

Si don Jaime Montes hubiera estado allí, tal vez las cosas habrían sido distintas, pero el caso es que se hallaba ausente y nadie había sabido facilitarle una dirección a la que escribirle. A doña Remedios, no se había atrevido a pedírsela. En algún momento el hombre tendría que regresar, pero sus viajes en ocasiones se alargaban más de seis meses y hacía sólo uno que había partido. Henar se preguntó si alguien le escribiría para informarle de la muerte de su hermana y pensó que, antes que de un sobrino, la iniciativa vendría de algún socio o amigo. No, le había dado vueltas al asunto, pero no podía esperar al regreso de don Jaime Montes. Tenía que poner un rumbo a su vida cuanto antes.

Poco a poco, fue regresando de sus recuerdos y echó un último vistazo a la cocina antes de abandonar del todo aquella mansión, pues iba a marcharse por la puerta trasera. Fue consciente, ya lo era antes, pero en esos momentos se le hizo patente de un modo implacable, de que había gozado de unos años de privilegio que no regresarían. Resultaba imposible que la fortuna le sonriera en un futuro como lo había hecho durante los últimos tiempos, que casi habían parecido una tregua a las penurias que alguien como ella hubiera de vivir. Una tregua por la que se sentía inmensamente agradecida, pero que también la había engañado. Los derechos de la mujer de los que hablaba doña Eulalia Montes eran para la mujer rica y de carácter. Para una abandonada y criada en la pobreza, los caminos que se abrían eran muy diferentes, y el carácter aquí no tenía nada que ofrecer.

Salió de la casa bajo un cielo iluminado por los estertores de un verano que comenzaba a refrescar, sobre todo después de atardecer. Tras suspirar, como si así exorcizara los malos presagios que se le habían metido dentro, cruzó la Plaza Mayor y caminó hacia el hospicio, perteneciente a la Diputación Provincial de León y que se había fusionado con el Arca de Misericordia poco tiempo atrás, el único lugar en el que pensaba que podría encontrar una salida. Ascendía por la calle empedrada con remordimientos, pues sabía que hacía dos años que no visitaba a sor Piedad, a pesar de que el día que se despidió de ella le había prometido que lo haría al menos cada dos meses. Y al principio así fue, pero poco a poco las visitas se fueron espaciando hasta desaparecer. No por falta de cariño, sino por esa dejadez tan española de «ya haré mañana lo que podría hacer hoy». Se disculparía, por supuesto, e incluso inventaría algún pretexto que pudiera justificar la desidia de su actitud, aunque no por ello cierta vergüenza dejaba de perseguirla mientras se encaminaba hacia su viejo hogar. Antes de levantar la aldaba, cruzó los dedos de su mano izquierda para desearse suerte.

La sonrisa de sor Piedad, cuando sor María la avisó de la visita de Henar, no mostró ningún reproche. Ni siquiera cuando su mirada se posó sobre la maleta envejecida y supo a qué había ido la muchacha. Las monjas la hicieron pasar a las cocinas, donde le ofrecieron mantecadas y yemas que ella rechazó. La continuaban queriendo, de eso no había duda, y una sensación cálida se apoderó de ella.

—Hemos oído lo de doña Eulalia Montes —reconoció sor Piedad—, pero pensé que seguirías al servicio de su familia. —Notó que esas palabras le provocaban inquietud a la muchacha y cambió de tema para tratar de animarla—: Pero... ¡deja que te mire! ¡Cómo has crecido! ¡Eras una niña cuando te marchaste de aquí y ahora ya eres toda una mujer! ¡Y esos ojazos verdes...!

Era cierto que Henar había cambiado mucho durante aquellos cuatro años. No sólo había ganado en altura: al marcharse era aún una niña menuda y desgarbada, y ahora reaparecía con cuerpo de mujer y ademanes de dama. Sobrepasaba la estatura media y, cuando dejaba caer su cabello castaño oscuro sobre la espalda, resultaba inevitable que llamara la atención. A pesar de los pómulos marcados y el mentón alargado, su rostro era dulce. Los ojos no eran muy grandes, pero destacaban gracias al color aceituna de sus pupilas y las pobladas y perfiladas cejas. La nariz aguileña, pero moderada, y los labios carnosos con tendencia a sonreír... Sí, había cambiado, no sólo se había convertido en una mujer, también se veía más elegante.

—Estoy desesperada, sor Piedad. Doña Remedios no me ha ofrecido trabajo. Está en estado de buena esperanza y busca a alguien que se ocupe del bebé cuando nazca, pero ha considerado que yo no soy la persona adecuada.

—Todo el mundo sabe que su esposo es un calavera —dijo la monja al tiempo que se santiguaba—. No te lo tomes como una afrenta personal, es normal que quiera ser prudente con quien mete en su casa. Has florecido, pequeña, se te ve muy bonita.

—¿Y de qué me sirve? ¿No comprende que eso me va a cerrar más puertas? Al menos, de las decentes —se quejó la joven—. Sor Piedad, ¿no conocen a nadie que necesite a un lazarillo, a una lectora, a una dama de compañía? ¿Alguien que tenga algún hijo con problemas...?

—No, por desgracia, últimamente nos piden muchachas cada vez más jóvenes. Si hubiera sabido de alguien, habría pensado en ti. ¿No podría ayudarte don Jaime Montes?

—Está en las Américas. Si pudiera escribirle...

—Tal vez no tarde en regresar...

—Se fue hace poco —respondió desesperanzada—. Podría quedarme aquí mientras regresa; puedo lavar, planchar, cocinar...

—Ya sabes que de eso nos encargamos nosotras. Aquí no podemos pagar sueldos...

—No hablo de reales —la interrumpió—. Con un catre donde dormir y dos comidas al día me sentiría suficientemente agradecida. Si no es posible, me conformaría con una.

—¡Ay, Henar! Me temo que si no tienes vocación, y sé que ése es tu caso, aquí no hay lugar para ti. Sor Virtudes no lo permitiría —se lamentó—. Pero sé que siempre andan buscando manos que bateen la arena de los ríos en busca de oro. Sobre todo gente enérgica y joven como tú, aunque ése es un trabajo muy duro.

—Ya lo había pensado, pero me gustaría tanto poder evitarlo...

—La hermana de doña Amelia —las interrumpió sor Teresa, quien en esos momentos ponía un plato de mantecadas ante Henar a pesar de que ella había rechazado el ofrecimiento— estaba buscando una joven para servir en su casa. No sería como el trabajo con doña Eulalia Montes, pero...

Los ojos de Henar se iluminaron ante esa expectativa.

—¿La hermana de doña Amelia no vive en Palencia? —preguntó sor Piedad.

—Sí, vive en Palencia, pero supongo que a Henar eso no le importará, ¿verdad, muchacha? —Ante el asentimiento de la joven, prosiguió—: Anita sirve para doña Amelia y justo ayer lo andaba comentando. Aunque creo que buscaba a alguien más joven. Puedo mandar a preguntar.

—Le estaría muy agradecida, sor Teresa —respondió Henar.

—Pues por intentarlo que no quede.

Sor Piedad también sonrió ante esa perspectiva, sobre todo al ver que la joven parecía agradecer la oportunidad. Sin embargo, no compartía el mismo optimismo.

—No hace falta que sea un gran empleo, me conformo con cualquier cosa.

—Hace dos días se marchó Matilde. ¿Tú llegaste a conocer a Matilde, la niña de cabello rojizo? —le preguntó sor Piedad.

—¿La que tartamudeaba? —preguntó Henar.

—¡Oh, ya no tartamudea! Sor Cecilia se esforzó mucho en su locución —añadió sor Piedad—. Pero lo que yo quería decirte es que en la solicitud pedían una niña de unos diez años. Y parece ser que doña Amelia también busca a alguien más joven. No te hagas muchas ilusiones, Henar.

—También hemos colocado a Anita, a ella sí que no la conociste. Con sólo seis años la han cogido para ayudar en una panadería. Matilde, en cambio, se ha ido a trabajar a un colmenar cerca de Ponferrada.

—A mí no me importaría trabajar en el campo —comentó Henar, pensando que no tenía ni idea de las labores que allí se realizaban, pero con la actitud valiente de aprender cuanto fuera necesario.

—Tal vez en ese tipo de trabajo sí hubieran aceptado a Henar —comentó sor Teresa con cierta esperanza.

—En absoluto. La carta indicaba que debíamos enviarles una niña —recordó sor Piedad—. Y normalmente es lo que buscan. No va a ser fácil para ti, Henar. Esperemos que la hermana de doña Amelia quiera aceptarte.

—¿Intercederá usted por mí si doña Amelia pone reparos a mi edad? Sabe que soy buena trabajadora y no me importa remangarme. No soy remilgada, aunque haya vivido unos años de privilegios con doña Eulalia —suplicó Henar.

—Ahora mismito saldré hacia casa de doña Amelia para que escriba a su hermana y le daré buenas referencias sobre ti —afirmó sor Teresa.

—Y yo hablaré con sor Virtudes para que puedas quedarte aquí hasta que recibamos respuesta. Dormirás en el catre de Matilde, pero si, mientras, llega alguna huérfana más, tendrás que compartirlo con alguna de las otras niñas.

—No me importa —respondió Henar agradecida—. Y durante este tiempo limpiaré todo lo que me digan.

Sor Virtudes aceptó el trato a regañadientes, puesto que su labor consistía en que las huérfanas abandonaran pronto su asilo, no en que regresaran. Pero la promesa de que Henar sólo estaría allí hasta que recibieran respuesta de Palencia y, sobre todo, sus jaquecas, la llevaron a complacer a sor Piedad y a sor Teresa, que parecían dispuestas a insistir hasta conseguir su propósito.

2

El último día de agosto la temperatura bajó considerablemente y el verano pasó a ser un recuerdo en la antigua ciudad romana, aunque continuara presente en el calendario.

Henar se afanó en cumplir con sus obligaciones durante esas jornadas de espera, dispuesta a no resultar una molestia. Ella bien sabía que todas las labores quedaban cubiertas sin su ayuda, pues no sólo trabajaban las monjas, sino que también las huérfanas iban aprendiendo oficios y aportando su grano de arena a la comunidad. Pero el hecho de afanarse en ayudar la mantenía entretenida y aliviaba así la impaciencia por la espera.

Por desgracia, en el torno, aparte de los bebés nacidos en pecado o en la pobreza, también era abandonada de vez en cuando alguna criatura tullida, sordomuda, ciega o retrasada. Como si no fuera suficiente haber nacido con esa marca, sufrían, además, el rechazo de una familia que probablemente era tomada por cristiana ejemplar. Por ese motivo, sor Virtudes se había preocupado en formarse para educar a niños con ese tipo de taras. Conocía la cecografía, inventada por Charles Barbier de La Serre, un militar francés que había ideado un método para leer de forma táctil en la oscuridad sin ser visto por el ejército enemigo, aunque él entonces lo había llamado sonografía y, más adelante, en 1821, cuando lo presentó en la Escuela para Ciegos de París, uno de los alumnos más brillantes, Louis Braille, lo había perfeccionado. La monja había descartado el método que aplicaba Gabriel Abreu en Barcelona porque, aunque funcionaba mejor para la enseñanza de música, para lecto-escritura resultaba muy lento y aparatoso. A pesar de que el sistema ideado por Braille lo había introducido Berenguer en la Ciudad Condal en el año 1840, a sor Virtudes le había resultado imposible encontrar algo escrito en puntos palpables en el idioma español y había tenido que encargarse ella misma de la confección de los folletos con ese fin, taladrando el papel con un punzón. Henar recordaba que, entre varias huérfanas, la habían ayudado y, gracias a eso, había aprendido las vocales y alguna consonante. Sor Virtudes también había leído *Reducción de las letras y Arte para enseñar á hablar los Mudos*, que Juan Pablo Bonet había publicado a principios del siglo XVII, donde se proponía una lengua de señas para comunicarse con personas sordomudas y en el que se basaban las últimas pedagogías para personas con este problema. Le despertaban una ternura especial los idiotas y tenía mucho interés en evitar que sufrieran exorcismos, tal como aún ocurría, pues gran parte de la Iglesia pensaba que su mal era debido a una posesión maligna. Sin embargo, no siempre lograba enderezarlos con éxito y, en más de una ocasión, el obispo acabó interviniendo y llevándose a las criaturas, de las que, por mucho que preguntó, nadie quiso informarla de qué habían hecho con ellas.

Henar había aparecido en el torno a finales de enero de 1841, un día gélido y gris, en el que Baldomero Espartero presidía el Consejo de Ministros desde el fin de la primera guerra carlista. No habría cumplido aún los dos meses y la habían dejado envuelta en una manta de calidad, algo que jamás le contaron, pues no querían despertar sueños de grandeza que nunca se acababan cumpliendo. En general, cuando los huérfanos fantaseaban con sus familias de procedencia, pocas veces se imaginaban a sí mismos salidos de una casa pobre o de una mujer que hacía las calles o residía en un burdel. Lo habitual era que el anhelo idealizara el linaje y, quien más quien menos, esperaba que algún día una madre de rostro hermoso regresara a buscar a su expósito. En este aspecto, Henar siempre fue una niña realista. Con los pies en el suelo, enseguida dejó de interrogar a sor Piedad sobre su origen ni ninguna monja la escuchó especular con la llegada de una mujer o un abuelo anciano que preguntara por ella. Más bien, su gesto demostraba compasión cuando alguna compañera lo hacía. Lo que sí expresó alguna vez en voz alta fue su deseo de haber sido hija del amor, aunque a partir de los nueve años ya no volvió a repetirlo. Tal vez porque nunca lo averiguaría o, tal vez, para no averiguarlo si no había sido así. Esa ilusión escondida la mantuvo siempre para sí y la guardó como algo sagrado que no quería profanar.

De curiosidad innata, había aprendido pronto a leer y a escribir. Era impaciente, defensora de las causas injustas y, aunque comía poco, le gustaba mucho el dulce. Blasfemaba, por lo que recibió algún castigo que en esos momentos no consideró desmedido y cumplió, orgullosa de su carácter rebelde. No le costaba someterse a la férrea disciplina del hospicio, pero sí se enfrentaba sin miramientos si alguien ofendía o no era considerado con los más débiles.

Recordaba aquella vez en que la niña Llara estaba enferma. Tosía sangre en una celda apartada y muy húmeda mientras la tuberculosis se la estaba comiendo por dentro. Vermudo, el dueño de la quesería cercana, que le tenía mucho cariño, mandó para ella un cuarto de queso curado, ignorante de que ella no podía tragar. Sor Virtudes no rechazó la dádiva y sor Águeda la sirvió en un plato para la cena de aquella noche, a la que la pequeña Llara no acudió, como no acudiría nunca más a ninguna cena en el hospicio ni en ningún otro lugar. Cuando Henar supo de aquella profanación, con sólo seis años, arañó los bajos del hábito de sor Águeda mientras le profería insultos que le prohibieron repetir y por los que hubieron de lavarle la boca con jabón al día siguiente. Sor Piedad procuró explicárselo: «Llarita no puede comer, no podrá volver a comer» y, aunque Henar lo sabía, continuaba enrabietada, no sólo enfadada con las monjas, sino también con el mundo y con Dios, pues la niña Llara no merecía morir. No le importó pasar esa velada atada a la cama, ni que la amordazaran porque no dejaba de gritar improperios contra la tierra y el cielo. Sufrió, pero no sintió miedo, sino furia e impotencia por la situación de Llarita, hasta que el agotamiento fue venciéndola y, casi de madrugada, un sueño triste la atrapó.

Permaneció una semana sin cenar y, todo un año, castigada a vestir con harapos por cómo había dejado el hábito de sor Águeda. Le cortaron el cabello como si fuera un niño y le dejaron greñas y calvas que tampoco la hicieron llorar. Guardaba las lágrimas para tres días después, cuando la niña Llara exhaló su último suspiro.

Poco a poco fueron calmando su carácter, pero era una niña expresiva y no lograron que disimulara sus enojos ni sus antipatías ante la inquina. También era muy curiosa. Escuchaba las conversaciones a escondidas, quería saber todo lo que pasaba, como si velara contra los atropellos que pudieran venir, como si sospechara ante cualquier novedad, como si sintiera que ella y sólo ella debía proteger a los demás.

Era bondadosa y trabajadora y tenía mucha paciencia en el trato con los otros niños. Leía bien y le gustaba recitar poemas o relatar historias a sus compañeros después de cenar, si las monjas tenían a bien prestarle una vela de sebo, pues no siempre andaban bien surtidas. Los pequeños siempre la buscaban. Los hacía reír y les regalaba cariño, que tal vez fuera el regalo más preciado por aquellas criaturas desdeñadas, aunque debía reconocer que ella también había sido despreciada y ninguna familia de sangre le había brindado su amor.

Si bien su formación estuvo más encaminada a poder colocarla de dama de compañía o institutriz, ella siempre quería saber más. Lo preguntaba todo y, gracias a su don con los niños con problemas, a medida que fue creciendo algunas veces echaba una mano a sor Virtudes. No se escamoteaba de otro tipo de trabajos, de los que dejaban llagas en las manos y rozaduras en las rodillas, los que hacían que cualquier catre le pareciera el paraíso cuando podía descansar ni de los que le arrancaban toses y arcadas por igual. También le salían bien las cuentas y Antonio Ordóñez, el hermano de sor Cristina, que trabajaba en un banco, le enviaba papeles en los que escribía juegos con números que a ella le encantaba descifrar.

El hospicio había sido su casa antes de verse agraciada

con el puesto de lazarillo con doña Eulalia Montes. Este regreso inesperado le despertaba muchos recuerdos y gran cariño, pero sabía que su futuro no se encontraba allí ya que no tenía vocación. No se trataba de inconformismo, era consciente de su condición, pero necesitaba marcharse, desplegar las alas, volar.

Tanto Henar como las monjas pasaron aquellos días repasando los anuncios de empleo de los periódicos y sor Piedad iba cada día al mercado a preguntar a alguna criada si su señora buscaba alguna muchacha para cualquier labor decente, pero regresaba sin ningún resultado satisfactorio. La respuesta que debía llegar de Palencia comenzaba a ser su única esperanza de evitar los afluentes del Sil donde se buscaba el oro. Cada vez que llamaban a la puerta, cruzaba los dedos para que la suerte le sonriera.

Una mañana de sol austero en que Henar se encontraba quitando garrapatas a una niña que acababa de llegar al hospicio, sor Piedad entró en la celda y, antes de hablar, la pesadumbre de sus ojos ya anunciaba malas noticias.

—Lo siento, Henar —le dijo procurando sonreír—. Acaba de venir doña Amelia con la respuesta de su hermana y el puesto ya está ocupado. Hace unos días que encontró a una muchacha y ha decidido quedársela. Me temo que no podemos hacer nada más por ti.

La niña de las garrapatas, como si intuyera lo que iba a suceder, antes incluso de que Henar asumiera el significado de esas palabras, se aferró a ella como si no quisiera que ésta se marchase. Ese abrazo le humedeció los ojos y la mirada compasiva de sor Piedad le arrancó una lágrima. Pero enseguida se la secó y, con voz que trató de que sonara convincente, dijo:

—Iré al río. Como usted bien dice, allí siempre necesitan mujeres.

Se marchó de inmediato a preparar de nuevo su destartalada maleta y hasta allí la siguió nuevamente sor Piedad para tratar de consolarla.

—No tengas prisa, no hace falta que te vayas mañana. Puedes quedarte unos días más.

—Gracias, sor Piedad, pero prefiero irme cuanto antes. No tiene sentido perder más tiempo ni hacerles perder a ustedes el suyo. ¿A qué hora sale la diligencia?

—Sale cada día a las seis de la mañana y llega a Ponferrada sobre las ocho de la tarde. Es un viaje cansado. Tendrás que madrugar, pero podrás dormir en el coche si no te encuentras con gente habladora. Y, aun así, a veces las voces monótonas y el traqueteo sirven para acunar.

—Tendré suerte y dormiré durante el camino.

—Yo también pensé que había esperanzas con lo de Palencia... Lo lamento. Lamento mucho que no haya sido así.

—Sé que todas han hecho cuanto han podido. Y no fue culpa suya que muriera la señora Montes —procuró bromear para que sor Piedad se sintiera mejor. No le gustaba dar lástima.

—Sor Virtudes escribirá una carta para que mañana puedas hacer noche en el hospicio de Ponferrada. Ya después, es cosa tuya que tengas suerte. Pero seguro que la tendrás, yo rezaré por ti.

Sor Piedad se sentó a su lado y comenzó a hablar de conocidas que no lo pasaban tan mal en la labor de aureanas. Procuraba brindarle optimismo a su futuro y lo dibujaba para que pareciera que gozaría de la oportunidad de momentos felices en su nuevo destino. A pesar de su empeño, no lograba engañarla y Henar, con simpatía, la interrumpió.

—No me asustan ni la incertidumbre ni el esfuerzo, sor Piedad. No se preocupe por mí, me irá bien. Ya sabe usted que soy afortunada, ¿quién puede presumir de haber gozado de unos años como los míos con doña Eulalia Montes?

—También sufría yo entonces, aunque nunca te lo dije. Era una mujer potentada, cierto, y has disfrutado de lujos que, en un principio, no estaban a tu alcance. Pero la señora Montes era muy liberal y siempre he temido que fuera una mala influencia para ti.

—Todo lo contrario. He aprendido mucho con ella.

—Y eso es lo que me preocupa. ¡A saber qué habrás aprendido!

—¿Acaso me nota cambiada?

—Dejaste de visitarnos.

—Tiene usted razón. Merezco su reproche y no todo lo que estos días ha hecho por mí.

—Lo he hecho muy a gusto, ya sabes en cuánta estima te tengo, y me gustaría hacer más. ¡Me gustaría tanto poder hacer más por todos!

—No se subestime, sor Piedad. Usted sabe que la vida de todos los que hemos pasado por aquí habría sido mucho más triste sin usted. Ha sido lo más parecido a una madre que he tenido.

Sor Piedad sonrió.

—Temí que doña Eulalia Montes me hubiera quitado ese papel.

—Doña Eulalia Montes no tenía su paciencia ni ese hoyuelo tan simpático en la barbilla.

La monja volvió a sonreír y apretó las manos de la joven

mientras su mirada demostraba que se había ausentado en viejos recuerdos. Henar le devolvió el apretón y, en aquel momento, estuvo tentada de llorar, pero logró contenerse. La niña de las garrapatas se le había quedado dormida en brazos.

Era mentira que no la inquietara la incertidumbre. Sin embargo, ya no sentía los nervios que la esperanza en un puesto en Palencia le despertaba. En el fondo, no se resignaba a pasar el día con los pies mojados en busca de oro, pensaba que tal vez las monjas de Ponferrada pudieran ofrecerle algo mejor. Y, si no, iría casa por casa a ofrecerse ella misma. En cuanto sor Piedad se marchó, un suspiro se escapó de sus labios. No debía fantasear. Sabía muy bien que gente de la zona emigraba a las Américas en busca de un futuro mejor. No eran tiempos de prosperidad y, sin una recomendación, y doña Remedios no le había dado ninguna, no era fácil que las puertas se abrieran para ella.

¡Si se hubiera casado con Julito Cepedano! Como esposa de un aladrero no habría pasado penurias, y no sería porque el mozo no la hubiera andado rondando el invierno pasado. Pero, por entonces, doña Eulalia Montes no daba visos de morir a finales de verano ni a ella le avivaba ningún fuego el interés que mostraba el joven. Le halagaba, eso sí, pero no lo suficiente como para plantearse un futuro con él. Prefería las visitas de don Jaime Montes a los encuentros que el mozo forzaba a la salida de misa, y le gustaba más leer los libros de la biblioteca familiar que las cartas llenas de faltas de ortografía que él le enviaba.

En cierta ocasión, doña Eulalia le dijo que el muchacho bebía los vientos por ella, más que para informarla, para averiguar qué albergaban el corazón o la cabeza de la joven ante tal agasajo. Henar quitó importancia al pretendido afecto de Julito y quiso evitar cualquier conversación, pero ella le recordó que, si lo aceptaba como novio, no les faltaría comida ni un hogar caliente a sus hijos. «¡Ay, Henar!», le dijo ante su silencio, «¿no serás de las que sueñan con el amor?»

Y tal vez tuviera razón, pero también la tenía sor Piedad: las ideas de doña Eulalia habían calado en ella y, quizá sin ser consciente del todo, aspirara a una independencia como la de su señora. No recordaba entonces que la condición económica y social determinaba sus posibilidades en mayor medida que su condición de mujer. Sin embargo, cierto era que, de haber sido hombre, podría haber ingresado en el ejército y hacer carrera allí, pues la segunda guerra carlista no quedaba muy lejos y, a pesar de haber salido nuevamente victoriosa Isabel II y haber muerto don Carlos María Isidro tres años atrás, los partidarios de este último continuaban al acecho de las debilidades de la reina. Además, la ideología de las revoluciones europeas de 1848 había comenzado a llegar a España. Años atrás, Espartero había tenido que bombardear Cataluña, región en la que habían entrado con mayor facilidad los movimientos obreros y donde empezaban a escucharse gritos a favor de la República.

Con esos pensamientos y otros similares, con los que pretendía ahuyentar la posibilidad de acabar de aureana, llegó Henar al último almuerzo con las que fueron sus tutoras, maestras, compañeras, hermanas, madres... Recibió ánimos y deseos de la mejor de las suertes por parte de todas y ya, cuando terminaban las lentejas, alguien golpeó la aldaba con determinación. Sor Marta fue a abrir y, al cabo de dos minutos, regresó al comedor acompañada de un alguacil y con un brillo húmedo en la mirada, que posó sobre sor Cecilia a pesar de dirigirse a sor Virtudes cuando habló:

—Este señor —comentó con voz rota— tiene algo que comunicarle, sor Virtudes.

Un silencio llenó la estancia mientras sor Virtudes se levantaba con cara de preocupación. Se preguntó por un momento si Olalla o Merceditas habrían vuelto a hacer de las suyas y hasta qué punto habían llegado esta vez, pues eran dos niñas indomables que ya habían causado problemas los días anteriores. Sin embargo, los ojos llorosos de sor Marta y su mirada posada en sor Cecilia le produjeron un mal presentimiento.

Sor Virtudes salió con el alguacil y sor Cecilia, que se había levantado ante la reacción de sor Marta, se dirigió hacia esta última.

—¿Qué ocurre? —le preguntó.

Mientras sor Marta la abrazaba, se le oyó decir:

—¡Pobre Matilde!

Sor Cecilia, que era quien más apego tenía a la niña pelirroja, empezó a llorar mientras trataba de negar lo que ya todas sospechaban. Porque un silencio respetuoso, como el que se produce ante algo realmente sobrecogedor, se había instalado en la estancia. Todas estaban expectantes, y sólo se rompió con los sollozos y exclamaciones desgarradas de sor Cecilia.

—¡No es cierto! No es cierto, ¿verdad? No puede haberle pasado nada malo a Matilde.

El silencio desapareció de golpe. Al principio, todas preguntaron a la vez y reinó la confusión de voces que se superponían. Cuando poco después regresó sor Virtudes, en esta ocasión sin el alguacil, ya todas sabían de la desgracia que había corrido la niña Matilde. Su cuerpo había sido encontrado en las aguas del Sil, cerca de Villaverde, dormida para siempre y con la piel más blanca y pulida que nunca. Habían identificado su cadáver dos hermanas que residían en La Martina y que decían haber viajado con ella en la diligencia y compartido, después, la primera parte del trayecto a pie. Supieron, pues, que nunca había llegado al colmenar de Lucio Hurtado, que era su destino, y que su cuerpo había sido enterrado en el cementerio de Villaverde, en una fosa común.

Henar sintió que su suerte no era tan aciaga al lado del cruel destino que se había burlado de Matilde. Sus preocupaciones le parecieron menos y, lejos de buscar consuelo para ella, procuró consolar a las monjas a las que tanto debía. Ahora, el recuerdo de Matilde se había hecho más latente, y se iba despertando el cariño dormido que tiempo atrás había sentido por ella. La compasión y la tristeza eran reales, pero también hubo de reconocer que, días atrás, más que alegrarse por ella, la había envidiado. Y se sintió egoísta, terriblemente egoísta ante la falta de sensibilidad que había mostrado. Más tarde, aunque sabía que no encontraría palabras para ello, se acercó también a sor Cecilia, que lloraba abatida y aferrada a un pañuelo naranja que no había soltado desde hacía dos horas. Sor Piedad se encontraba a su lado y sólo sabía decir que, si Dios lo había querido así, por algo sería. Henar cogió la mano de sor Cecilia y se la apretó, conmovida por la tristeza de su expresión.

—¿Puedo hacer algo por usted? —le preguntó casi en un murmullo.

La monja, que era un paño de lágrimas, negó con la cabeza y se llevó el pañuelo naranja hacia el rostro. Tras acariciarse con él, lo besó.

—Bordó uno igual para Matilde antes de irse. Se lo regaló para que cubriera su cabello si trabajaba al sol —le explicó sor Piedad a Henar en voz baja.

—Mi niña, no; mi niña, no —sollozaba sor Cecilia, incapaz de ver a través de su mirada borrosa ni de escuchar a las demás, ausente como se hallaba en su sufrimiento.

Henar recordaba a Matilde, cierto, pero llevaba cuatro años fuera, la imagen que tenía de ella era vaga y había perdido el cariño del roce diario. Sin embargo, la muerte de una niña siempre resultaba tristemente emotiva y, sobre todo, en esos momentos, ver cómo dejaba rotas a las personas que ella quería.

Aquél fue su último día en el hospicio, donde alguien, casi dieciocho años atrás, la había abandonado sin nombre ni apellido y una monja segoviana, que murió poco después de su llegada, pidió que la llamaran Henar. El lugar donde pasó una infancia que compartió con sus hermanas, pues allí todas se apellidaban Expósito, y donde, le advirtieron, no tenía derecho a soñar.

Una vez más estaba sola en el mundo. Pero ya no era la misma. Ya no era una niña desvalida que no supiera salir adelante en la adversidad. Era terca y capaz y, ya que a su edad no había auxilio ni siquiera en la caridad cristiana, ella misma tomaría las riendas de su destino. En la oscuridad de la celda, mientras oía de fondo el rumor de las huérfanas, una idea comenzó a fraguarse en su mente. Y enseguida supo que, si quería evitar los ríos, era lo único a lo que podía agarrarse.

Así que tal vez no fue la muerte de doña Eulalia Montes la que tuvo la culpa de la suerte que iba a correr la joven Henar, sino ella misma y la decisión de acudir al colmenar de Hurtado en lugar de Matilde, idea con la que se durmió aquella noche de cielo despejado mientras, lejanas, las campanas de la catedral de León daban las doce.

3

Con la incertidumbre como compañera, aquel 7 de septiembre de 1858 Henar subió a la diligencia de las seis de la mañana que la conduciría a Ponferrada.

El trayecto fue aburrido y se le hizo largo. Nada más partir, se cruzaron con dos guardias civiles que los hicieron parar durante unos minutos y eso le impidió dormirse en un primer momento. Luego, aunque el paisaje árido y el traqueteo del carruaje la adormecían, los nervios por lo que se encontraría al llegar le impedían conciliar el sueño. Con ella viajaban dos matrimonios, uno de ellos con dos niños de cara triste, de uno y tres años aproximadamente; dos hombres que parecían no conocerse entre sí y otra joven que mostraba resignación en sus ojos cada vez que despertaba. Henar prefería mirar por la ventanilla en lugar de buscar entablar conversación con ellos. Cuando por el camino se cruzaron, por segunda vez, con dos guardias civiles a caballo, uno de los viajeros, el que tenía la tez más morena y vestía con ropas de diario, comentó:

—¡A saber a quién buscan! Esperemos que no nos atraquen los bandoleros.

—Buscan carlistas —respondió el otro varón que viajaba solo, al tiempo que su cuidado bigote se movía sobre su boca. Llevaba un traje de sastre y un corbatín a la moda.

—¡A buenas horas! ¿Es que se han levantado de nuevo?

—¿No ve cómo está el asunto? Estas cosas no se anuncian, se van formando de modo subrepticio. El levantamiento de Lucas Zabaleta hace tres años no será el último.

—Soy hombre de campo, no entiendo de política, más que por la sangre de las guerras y el hambre de los míos. ¿Debo temer algo?

—¡Ay, amigo! Conspiraciones siempre hay. Y, aquí, en el Norte, hay muchos que nunca han aceptado a Isabel como reina. Sin embargo, no es ése el motivo de que haya tantos guardias civiles en la zona, sino otro, del que, me temo, tampoco ha oído usted hablar.

—Pues no. Las vacas no son dadas a chismorrear —dijo como si no le importara lo más mínimo el tema—. Ni mis vecinos tampoco. Eso es para hombres de ciudad como usted, que no sufren sequías ni plagas, ni deben deslomarse de sol a sol para que la tierra dé frutos.

—No idealice usted la ciudad. El cólera se propaga más rápidamente en ellas, como se vio hace unos años, y los pobres se amontonan en las calles en busca de limosna. En el campo pasan penurias, pero no hambre.

—¡Qué sabrá usted del campo! ¡Con esas manos tan finas! La cosecha del año pasado fue penosa.

—Nada por experiencia, pero soy un hombre ilustrado y conozco las miserias de la ciudad. Sin embargo, no quería entrar en una discusión con usted, sino darle una explicación al aumento de partidas de la Guardia Civil en esta zona.

Como ya sabrá usted, Montemolín reclama el trono para sí, al igual que hizo su padre.

Uno de los hombres que viajaba con su esposa preguntó:

—Pero ¿no ha dicho usted que el motivo de que mandaran tanto guardia civil era otro?

—Cierto, pero está relacionado con los carlistas. Y con los republicanos. La reina teme que, aprovechando su viaje a Santiago, quieran atentar contra su vida —respondió el que se había autodefinido como ilustrado.

—No sabía que la reina pensara visitar Galicia a estas alturas de verano —comentó el recién incorporado a la conversación—. Habría hecho mejor en huir del calor de Madrid un par de meses antes.

—No tiene idea de veranear. Este viaje forma parte de lo que llaman la «campaña de españolización», ya sabe usted que Su Majestad desea afianzar la estructura del reino y evitar levantamientos provinciales y conatos de independencia.

—No sólo por eso. —El padre de los niños tristes se incorporó a la conversación—. La idea es recuperar la antigua ruta del Camino de Santiago, para ver si se revitaliza la economía de la zona, que anda en decadencia. Creo que su intención es de agradecer. Los viajeros traen dinero.

Henar, que ya había comprendido que viajaba con dos isabelinos, un campesino al que la política le era indiferente y un cuarto hombre del que aún no había adivinado su ideología, se preguntó si alguna de las mujeres que la acompañaban tendría opinión. Si hubiera estado allí doña Eulalia Montes, no habría permanecido callada, sino que se habría puesto a encabezar aquella charla. Pero las dos esposas parecían no prestar siquiera atención y la muchacha joven tenía los ojos cerrados y, si no dormía, procuraba hacerlo. El padre de los niños tristes también había permanecido callado hasta su tímida intervención en la conversación sobre el viaje de la reina.

El hombre de ideología desconocida hasta el momento no estuvo de acuerdo en los halagos a la política real.

—Y ¿cómo va a revitalizar la economía si Salaverría no hace más que inventar impuestos?

—Suerte tienen ustedes si no han de pagar el diezmo —habló nuevamente el campesino.

—También hay un diezmo para el comercio, aunque aquí no intervenga la Iglesia —recordó el marido sin hijos.

—Porque cada vez hay más inversión pública —defendió el ilustrado—. ¿O se olvida usted de la mejora de carreteras y puertos y de las nuevas líneas ferroviarias? ¿Cree que la enseñanza gratuita en primaria se paga sola?

—Por buenas intenciones que tuviera Moyano, la enseñanza gratuita depende de los ayuntamientos —intervino el padre de los niños tristes—. ¿Por qué cree que nos mudamos? Si usted fuera padre, ¿no querría que sus hijos aprendieran a leer y a escribir? ¿Los querría ver pasando miserias? No, seguro que no; seguro que usted también preferiría que tuvieran una formación y pudieran escapar de las penurias que pasaron sus padres. Pero eso no es algo que importe a algunos alcaldes...

—Queda mucho por hacer, cierto, pero por suerte la Unión Liberal ha decidido continuar con la política expansiva de los liberales.

—¿Se van a pasar el trayecto hablando de política? —protestó el campesino, que también había cogido postura para procurar dormir.

Los hombres callaron, pero uno de los niños, el más pequeño, empezó a llorar.

La joven se despertó, el campesino miró con desprecio al niño y la madre se justificó:

—Le están saliendo los dientes.

La señora sin hijos sacó una hogaza de pan, la partió y le ofreció un trozo. Por suerte, el niño comenzó a roerlo y poco a poco se calmó. Pero entonces el otro comenzó a protestar, pidiendo también su ración. La señora se vio comprometida a desprenderse de un nuevo trozo de pan y el marido pareció sentirse molesto por la generosidad de su cónyuge. Fue más eso que la protesta del campesino lo que devolvió el silencio al interior de la diligencia. Todos habían comprendido que los niños pasaban hambre.

Henar continuaba mirando por la ventanilla. En el camino, aparecían de vez en cuando casas de adobe y piedra, de gran sobriedad, y deplorables campos de cultivo que, sin apenas agua, demostraban que aquel paraje era pobre. Muchos de sus habitantes habían ido emigrando y, si bien el lugar no había quedado despoblado, sí que los vecinos habían disminuido. Debido a las pocas salidas de aquella gente, la mayoría de los maragatos, pues atravesaban la zona de La Maragatería, se dedicaba a la labor arriera. A pesar de los baches y el constante traqueteo irregular, también ella consiguió dormir. No supo cuánto tiempo permaneció en ese estado, pero en algún momento ocurrió que Matilde, la Matilde de seis años que ella había conocido, se le apareció junto a otras imágenes oníricas. Era como si la niña suplicara algo, pero no podía escucharla. De pronto, su rostro se nubló y lo que al principio le pareció niebla, enseguida se convirtió en agua. En su sueño, Matilde tenía los ojos vidriosos y llenos de soledad, y no fue hasta llegar a Astorga, donde el carruaje hizo parada durante una hora cerca de la catedral, que se despertó, aunque ahora se sentía aún más inquieta. Serían las doce del mediodía, aproximadamente.

Henar aprovechó para estirar las piernas y comer el pan y el chorizo que sor Piedad le había envuelto en un hatillo. También allí había algún miembro de la Guardia Civil, pero lo que llamó su atención fue la vestimenta masculina de los del lugar, pues iban con calzones holgados y cortos que cubrían sus medias, calzados con botas y cubiertos con sombreros de ala ancha. Era ése un traje estrafalario que compartían muchos de los varones que transitaban las calles, mientras que las mujeres, aunque también peculiares, vestían de modo más parecido a otras comarcas. El jubón, el manto, el mandil y la mantilla en las partes superiores y el zagalejo, de distinto color según la clase social, y la faltriquera, en la otra mitad, cubrían la falda blanca, que dejaba ver la parte inferior de los tobillos y los zapatos de oreja que todas calzaban. Henar se había apartado de sus compañeros de viaje y se sentía extraña allí, fuera de lugar; estaba deseando volver al carruaje y llegar a su destino. No le convenía llegar a Ponferrada a sol puesto, pues no tenía ninguna intención de hacer noche en el hospicio. Además, se sentía impaciente, pues no sabía si su propósito tendría éxito.

Por fin los caballos estuvieron descansados y el cochero les indicó que la diligencia se ponía nuevamente en marcha. El matrimonio sin hijos, el campesino y la joven durmiente no regresaron con el resto, así que se dedujo que aquél era su destino final. A cambio, se incorporaron al vehículo dos mujeres ataviadas como las maragatas, que parecían madre e hija. El matrimonio y su prole también continuaba el trayecto, así como el hombre de bigote cuidado que se consideraba ilustrado y que, al parecer, había congeniado con el padre de los niños tristes, pues, cuando subieron, hablaban del ministro de Gobernación, José Posada Herrera, con cierta familiaridad. La madre y la hija maragata, en cambio, viajaron calladas y con la mirada baja durante las tres horas que permanecieron con ellos hasta llegar a Manzanal del Puerto, parada en la que se bajaron.

Fue entonces cuando Henar se atrevió a dirigirse al hombre ilustrado para agarrarse a una última esperanza antes de su atrevido viaje, pues le había parecido de buena posición.

—Sé leer y escribir. Tengo una buena formación y he sido dama de compañía de una mujer ciega durante los últimos años. ¿Conoce usted a alguien que pueda estar interesado en darme trabajo?

—Lo siento, muchacha. Pero no se me ocurre nadie entre mis conocidos.

—También sé planchar y trabajar duro —insistió ella.

—Muchacha, ¿supongo que no pensarás darme el viaje con tu insistencia?

Y todo lo educado y generoso que le había parecido al oírlo hablar de su liberalismo político se le fue de golpe. En aquel momento, perdió interés en toda su verborrea, a la que hasta entonces había permanecido atenta tal vez por la costumbre de las tertulias de doña Eulalia. Ya había podido comprobar, en otras ocasiones, que aquellos que más presumían eran quienes menos gustaban de ofrecer.

Por la ventanilla vio nuevamente a una pareja de guardias civiles. En esta ocasión, habían detenido a unos buhoneros, que abundaban en la zona para escamotear los impuestos. Como el hombre de bigote continuaba hablando con el padre de los niños tristes, cerró los ojos y volvió a sumirse en sus pensamientos. Ahora, el tiempo le pasaba aún más despacio y la voz ajena le resultaba molesta. Si no había incidentes, sobre las seis de la tarde ya estaría en Ponferrada.

Pero la fortuna no estaba de su parte y la diligencia sufrió un aparatoso contratiempo cuando bordeaban el río Boeza al resquebrajarse la rueda trasera en un socavón. Ella se dio un fuerte golpe en la cabeza contra la puerta lateral y el daño no fue mayor porque el cochero había reducido la velocidad en aquel tramo. La diligencia se quedó inclinada, pero no volcó y, mientras los niños lloraban exaltados, los viajeros, todos magullados, aunque ninguno de gravedad, salieron uno a uno del vehículo.

—¡Vaya pericia la suya! —le reclamó el hombre de bigote al conductor nada más sentirse a salvo.

Henar cogió en brazos al niño de tres años y procuró calmarlo ante la mirada agradecida de su madre, que hacía lo propio con el bebé. Los hombres, en cambio, mostraban frustración en sus ojos y cierto enojo en su expresión.

—Y ¿quién arregla esto ahora? —volvió a hablar el de siempre.

—Estamos cerca de Bembibre, a una media hora andando. Irán ustedes y mandarán a un herrero que hay de camino para que cambie la rueda. Yo esperaré aquí, por si hay bandoleros cerca —dijo al tiempo que mostraba, bajo su chaqueta, una pistola—. Los recogeré en el pueblo y, en un par de horas, podremos proseguir camino.

—¡Un par de horas! —se quejó la madre, que apenas había abierto la boca hasta aquel momento.

Henar también lamentó aquel retraso, pero no lo expresó.

—¿Qué haremos con el equipaje? —preguntó nuevamente el ilustrado—. Yo no estoy dispuesto a separarme del mío.

—Puede llevárselo o quedarse usted conmigo. Si quieren asaltar la diligencia, me vendrá muy bien tener compañía. Los demás espérenme en la puerta de la iglesia del pueblo.

Así lo acordaron y el matrimonio, sus hijos y Henar emprendieron camino hacia Bembibre, cada una de las mujeres con un niño en brazos.

—¿Busca usted trabajo? —le preguntó la madre agradecida.

—Sí, ¿conoce a alguien que...

—No. Yo también tendré que buscar colocación en Lugo. Vamos allá porque tenemos familia de mi marido. Pero sé que siempre necesitan muchachas para sacar el oro de las lameiras en los ríos.

—Sí, lo sé. Y eso es lo que me gustaría evitar.

4

Prosiguieron en silencio y, a los diez minutos, encontraron la herrería y se detuvieron a hacer el encargo. Luego se acercaron hasta Bembibre, donde buscaron una taberna para poder descansar y calmar la sed. Cuando los niños se durmieron, Henar dijo estar cansada de tanta silla y que prefería pasear durante un rato, así que salió sola a las calles de aquel lugar que había conocido a través de la novela *El señor de Bembibre*, de Gil y Carrasco, una de las que le había pedido que le leyera doña Eulalia Montes, aunque ya la hubiera leído ella con anterioridad. Al caminar por aquellas calles, le resultó inevitable pensar en los protagonistas, don Álvaro y doña Beatriz, no así en las guerras de los templarios que, durante la lectura, le parecieron sólo un escenario para la historia de amor, que era a lo que otorgaba importancia su corazón joven. La promesa dada de matrimonio de Beatriz a su amado no pudo cumplirse hasta el final de sus días, ya enferma en su lecho de muerte, pues la interferencia de los padres, la presunta muerte de don Álvaro, la insistencia del conde de Lemos en conseguir la mano de Beatriz o el voto otorgado a la Orden del Temple de don Álvaro fueron muchos de los obstáculos que aquella pareja de enamorados hubo de sufrir. Henar se preguntaba si se podía amar así, si se podía entregar el alma y anular la razón por una pasión arrebatadora. Lo mismo le había ocurrido a doña Inés, a pesar de ser una novicia y su profunda devoción, y a doña Leonor, a la que interpretó una actriz muy sentida cuando acudió a ver *Don Álvaro o la fuerza del sino* con doña Eulalia. Sin embargo, a veces pensaba que aquello era ficción, que no había conocido a ningún matrimonio que transmitiera esa sensación, a pesar de que sí había oído hablar de jóvenes que se fugaban con sus pretendientes.

Con estos pensamientos que le regaló su breve estancia en Bembibre, y que resultaron un paréntesis en sus preocupaciones reales, el tiempo por las calles empedradas transcurrió deprisa y su mente voló soñadora. Tal vez por el ambiente mágico que sintió en aquel lugar o, tal vez, porque ya había pisado aquellas calles con la imaginación tiempo atrás.

Un rato después, de nuevo junto al matrimonio y sus hijos, se hallaba en la puerta de la iglesia, esperando la diligencia, que se demoró aún veinte minutos más. Cuando ésta por fin llegó, con ellos subieron también dos jóvenes que parecían estudiantes.

—Llegaremos a Ponferrada ya oscurecido —se quejó la madre.

—No se habrá puesto el sol, pero estará presto —la informó el marido.

El ajetreo del carruaje era ahora mayor, el camino había empeorado y el cochero conducía de forma más prudente para evitar nuevos contratiempos. Henar notaba el cuerpo fatigado de la incomodidad del viaje. Aunque en esta ocasión no estaba pegada a la ventanilla, pudo observar que el paisaje era más verde, con menos brezo y más árboles, y que la tierra se empinaba como si pasaran por un valle. Había más subidas y bajadas y de pronto empezaron a brotar acebos por todos lados. Volvió a cerrar los ojos, pero no consiguió dormir de nuevo. Deseaba llegar ya a Ponferrada, pues sabía que aún quedaba un largo trayecto caminando hasta Villaverde, y no quería que anocheciera mientras lo transitaba. Recordó que las monjas habían hablado de niebla y sintió como propia la angustia de Matilde al perderse y acabar cayendo al río.

Tuvo miedo. Lo tuvo sin saber aún que ésa iba a ser una sensación familiar cuando conociera a Lucio Hurtado ni que el zumbido constante de las abejas se convertiría en la música de la inquietud.

Continuaban paralelos al Boeza, aunque de vez en cuando cruzaban sobre puentes de madera que crujían a su paso, y lo que debía ser un paisaje hermoso y bucólico, a Henar, por un momento, le recordó el ahogamiento de Matilde y se estremeció con la sensación de que unos brazos de agua querían arrastrarla a la profundidad. Las aguas eran turbias y había corrientes peligrosas. Pensó que el mareo de tanto viaje jugaba con su sugestión, pues la mirada sólo podía alegrarse ante el verdor que rodeaba los afluentes del Sil. Supo que debía sosegarse, que estaba nerviosa ante la novedad y la incertidumbre y que ésa no era la templanza que debía mostrar en cuanto llegara.

El paisaje cambiaba cuanto más avanzaban y la vegetación aumentaba. A medida que se acercaban a Almazcara, las montañas iban surgiendo a su izquierda y, con la luz del atardecer, los bosques que las poblaban prometían despertar sus misterios. El último tramo fue el que se le hizo más largo, pues la impaciencia, al ver que el sol perdía poder, la aguijoneaba cada vez más.

El sol ya estaba bajo cuando se detuvieron en el Puente de la Puebla para pagar el último portazgo y que les abrieran las cadenas de hierro. Atravesaron el Sil y, ya en Ponferrada, se detuvieron en la plaza de la iglesia de San Pedro de la Puebla. Las murallas del castillo del Temple aparecían doradas por la luz del atardecer. El castillo no pasaba por sus mejores momentos y las autoridades habían permitido que la extensión de prado amurallado fuera aprovechada para el pasto, por lo que había muchas reses transitando por el lugar cuando ella bajó del carruaje. Se despidió del matrimonio y los niños y se olvidó a propósito de los estudiantes y el hombre ilustrado y cogió su maleta destartalada con ilusiones y miedos por igual.

Al poco, detuvo a una mujer para preguntarle por el camino a Villaverde y ésta, con un dedo, señaló al Sil y le indicó que siguiera el río en esa dirección.

—No tiene pérdida. En cuanto pase las Dehesas, vuelva a preguntar.

Henar le dio las gracias y la mujer añadió:

—Vaya con cuidado, pronto anochecerá y Villaverde está a diez kilómetros de aquí. Sería mejor que hiciera el viaje mañana.

—¿Es peligroso?

—Si se refiere a alimañas, por esta zona no suele haber, no es muy boscoso y los lobos no se acercan hasta aquí. Pero la oscuridad no es buena compañera. Cuando oscurece, se levanta el rañubeiro, los xanines hacen de las suyas y el diablo burlón se mueve sin que nadie lo vigile. Y en las aguas del río no sólo se esconden xanas, hay en ellas otros seres tan atrayentes como peligrosos. Y no te digo más, para no asustarte, pero hace unos años...

—Hace unos años ¿qué? —preguntó Henar que, aunque no era propensa a dejarse embaucar por leyendas de ese tipo, se había dejado llevar por el halo de misterio y amenaza de aquellas palabras.

—Nada, muchacha, nada que sea importante ya. —Resultaba obvio que la mujer no quería hablar más, pero las palabras no dichas quedaron suspendidas como una sombra fría—. Date prisa. Date toda la prisa que puedas.

De nuevo, Henar agradeció el consejo, y notó que un estremecimiento extraño se había adueñado de ella. Con el castillo templario a sus espaldas y los últimos rayos de sol al frente, comenzó a caminar hacia el río. No quería acercarse demasiado al agua, pero tampoco debía perderla de vista si no quería extraviarse. A medida que el calor desaparecía, también menguaba la luz. Debía apresurarse.

Poco después de abandonar Ponferrada se cruzó con varios campesinos que regresaban de sus tareas y con un pastor que pasaba con sus bueyes para resguardarlos de la noche. Aunque el cielo aún se veía azul, ya apenas se distinguía nada en la tierra, excepto siluetas que se insinuaban de forma casi espectral. Henar procuraba ahuyentar los juegos de su imaginación y caminaba con temor a ser sorprendida por alguna canalización de agua o a tropezar con cualquier piedra.

Al cabo de un rato se encontró con una pareja de guardias civiles que montaban a caballo, a quienes se detuvo a preguntar si faltaba mucho para llegar a su destino.

Mientras hablaba con ellos, antes aún de mencionar a

Lucio Hurtado, una calesa venía en la otra dirección y también se paró en el camino. Uno de los guardias civiles le estaba mencionando la iglesia de San Blas de Villaverde cuando Henar notó la profundidad de una mirada gris clavada en ella. Del carruaje asomó un hombre apuesto y con buena planta, de unos treinta y cinco años, que la miró de arriba abajo. Los guardias lo saludaron con respeto y, cuando le preguntaron por la salud de su esposa, una sombra atravesó sus ojos grises.

—Hacemos lo que podemos —dijo sin dejar de mirar a Henar—. Confío en la compasión de Dios. No puede dejar morir a una mujer como ella.

Los civiles le desearon suerte, pero el hombre, en lugar de continuar su camino, se interesó por la muchacha y le preguntó si tenía algún problema. Antes de que Henar respondiera, uno de los guardias le dijo adónde se dirigía, y el hombre, con voz amable, se ofreció a acompañarla.

—No me gustaría obligarlo a desviarse —manifestó Henar, consciente de la distancia social que los separaba.

—Ni a mí me gustaría que le ocurriera algo. Ya ha anochecido y esto está muy oscuro. Haga el favor de subir —comentó con cierto tono autoritario mientras abría la puerta del carruaje.

Tal vez si los agentes de la autoridad no hubieran sido testigos del ofrecimiento, ella no se habría atrevido a aceptar la propuesta de un desconocido, pero lo cierto es que en aquel momento temía más a caminar cerca del río en la oscuridad que a un hombre que a todas luces se veía notable.

Así que primero entregó la maleta al cochero que le tendía la mano y después puso un pie sobre el pedal de la puerta y se impulsó para subir.

Se sintió más segura aún cuando, al entrar, notó que había una mujer mayor sentada en el banco de enfrente. El hombre, que continuaba mirándola sin tregua, le indicó que era su ama de llaves y también se presentó a sí mismo como Faustino Aliaga. Luego mandó al conductor del carruaje que girara en dirección a Villaverde. Henar miró a la mujer, pero ésta tenía los ojos bajos, consciente de que no debía hablar con los amigos del señor a no ser que se lo indicaran, aunque también había notado que por un instante la había mirado fijamente y que parecía inquieta.

Don Faustino tenía las patillas canosas, al igual que un par de mechones sobre la frente y la parte de la barba que caía sobre su mentón, pero el resto del cabello, que era poblado, lo mantenía aún oscuro. Tenía unos profundos ojos de un azul apagado, que parecían grises con aquella luz, una frente severa y la mandíbula muy pronunciada. Imponía recelo, no tanto por todo lo que evidenciaba su posición, sino por la solemnidad de su expresión. Henar no se sentía cómoda, a pesar de la deferencia que mostraba hacia ella. Sin embargo, el pequeño temor desapareció en cuanto él le preguntó cómo se llamaba y ella le dijo su nombre. Esa presentación, extraña entre dos personas tan distantes, fue como un golpe de confianza.

No supo por qué, pero también mencionó su apellido, que siempre procuraba ocultar porque Expósito delataba a todas luces su procedencia. Él lo comprendió enseguida, pero no pareció juzgarla por ello. Por el contrario, su expresión se relajó.

—Mi esposa dedica mucho tiempo al hospicio de Ponferrada —le comentó, y se notó en su tono de voz que se sentía orgulloso—. Ahora está enferma, pero cuando se recupere, quiera Dios que sea pronto, volverá a visitar a los niños cada día.

Fue aquélla la primera vez que se preguntó por qué, si en Ponferrada había un hospicio, Lucio Hurtado no les había pedido una niña a ellos, pero enseguida pensó que, tal vez, no hubiera ninguna que cumpliera los requisitos que él quería. Mientras, don Faustino Aliaga continuaba hablando:

—Oirás hablar de ella, y de mí, aquí nos conoce todo el mundo. Mi linaje lleva siglos vinculado a esta tierra. Además, tengo propiedades alquiladas a campesinos y crío caballos que son muy preciados. Incluso vienen de Madrid a comprarlos. —Viendo que ella permanecía callada y no parecía haberse deslumbrado ante sus palabras, le preguntó—: ¿Qué vas a hacer en Villaverde? ¿Tienes familia allí?

—No, no tengo familia. Pero don Lucio Hurtado ofrece un empleo en su colmenar.

Esa respuesta hubo de desconcertarlo, porque su gesto volvió a endurecerse enseguida. Ella, que ya había comprendido que él era un hidalgo y se sentía orgulloso de ello, pensó que se habría sentido decepcionado ante su respuesta, pues delataba a todas luces su condición humilde. Tal vez, con la oscuridad no se había percatado de la sencillez de sus ropas.

—¿Conoces a Hurtado? —preguntó con un tono de voz que ahora sonó distinto, y Henar comprendió que era otro el motivo de su cambio de humor.

—No. Pero las monjas me dijeron que buscaba a una mujer joven para emplearla —mintió.

Aliaga volvió a observarla de ese modo escrutador que la

hacía estremecer y ella se sintió culpable de no supo qué. A pesar de ese deje de superioridad, debía reconocer que era un hombre atractivo. Cuando había leído *El señor de Bembibre*, había imaginado a don Álvaro con un porte similar.

—¿Y usted? ¿Conoce usted a don Lucio Hurtado? —preguntó ella, dispuesta a no dejarse sentir intimidada, pues doña Eulalia siempre había halagado su carácter resolutivo.

—Sí, lo conozco —comentó, e hizo una pausa como si dudara en añadir algo más. Pero, al cabo de un instante, agregó—: Trabajó para mí.

Un interrogante apareció en el gesto de Henar y Aliaga, con los ojos más encendidos, prosiguió:

—Eso fue antes de que se casara con la viuda del apicultor. Lo tuve bajo mis órdenes durante varios años, pero no me gustaba su carácter. Prefiero a las personas conciliadoras y a Hurtado le gusta buscarse problemas. Pero, si hay algo que no perdono, es la crueldad gratuita. Y Hurtado es un hombre cruel.

Al decir esto, Aliaga miró a su ama de llaves. Ésta, que se sintió invitada a participar, añadió:

—Mató a un caballo a palos porque no le hacía caso. Tiene un humor muy irritable. Y dicen que, después de dejar al señor, anduvo metido en negocios turbios...

—No asustes a la chica, mujer —interrumpió Aliaga a su ama de llaves. De pronto, parecía algo incómodo.

—No son ésas muy buenas referencias —comentó Henar, que no pudo evitar sentir un estremecimiento—. Esperemos que el matrimonio haya calmado su carácter.

—Verás, joven, yo soy de los que piensa que la cabra tira al monte. Hurtado es mucho hombre para Baia, pero esperemos que tú tengas razón. No quiero preocuparte antes de tiempo —comentó Aliaga.

—Señor Aliaga...

—Por favor, llámame por mi nombre de pila.

—Don Faustino, mis otras opciones eran trabajar de aureana o la mendicidad. Le aseguro que he buscado otro trabajo antes de venir aquí. Comprenderá que haya aceptado el trabajo a pesar de no tener ningún tipo de referencia.

—Y yo insisto en que no quiero asustarte. Pero al menos prométeme que me buscarás si te sientes apurada. Si preguntas por mí, todos saben dónde vivo. Sé que mi esposa querría que actuara así. Y yo haría cualquier cosa por mi dulce Clara.

—No se preocupe, sé defenderme.

—Te he pedido que me lo prometas —repitió de forma más autoritaria.

—Se lo prometo —aceptó Henar que, contra su propósito, se sintió intimidada.

Durante el trayecto hablaron poco más. Ya habían pasado Dehesas y se acercaban a Villaverde cuando el carruaje se detuvo.

—Baja aquí —le indicó Aliaga—. Si sigues este sendero, tardarás cinco minutos en llegar. No tiene pérdida. Será mejor para ti que Hurtado no sepa que yo te he acompañado.

5

Cuando el carruaje se alejó, Henar aún permanecía quieta en el borde del camino principal, escuchando, no sin cierta angustia, su propia respiración. Con el farolillo balanceante del vehículo, desapareció también la única luz que alumbraba aquel lugar. Debería haber continuado andando, pensó, en lugar de haber aceptado ser transportada cómodamente, porque el cansancio habría impedido que la inquietud se apoderara de ella tal como ocurría en estos instantes. El sendero que le había señalado don Faustino Aliaga se apartaba del camino y se introducía en una zona que parecía más boscosa, aunque en una noche sin luna como aquella todo lo que veía eran sombras. El ulular intermitente de una lechuza atravesaba un aire estanco y, de vez en cuando, se oían crujidos entre los matorrales que indicaban el movimiento de algún animal, tal vez alguna culebra en busca de un lugar en el que resguardarse del frío. El sonido de las aguas del Sil se mantenía constante, produciendo en ella, a la vez, un rechazo y una atracción hacia el río.

Una mujer le había dicho que a esa zona no se acercaban los lobos, pero Henar se ajustó más el mantón como si así pudiera sentir una mayor protección. Con la maleta agarrada, casi clavándose las uñas en su propia mano, dio los primeros pasos en aquella noche húmeda. Avanzó despacio, alejándose del Sil, con la incertidumbre de un terreno desconocido y barroso, salpicado de baches y leves subidas desiguales. Se asustó cuando la rama de un árbol mesó su cabello y se detuvo a escuchar el palpitar nervioso de su corazón. Tragó saliva y apretó los dientes, como si así pudiera retener el poco valor que aún guardaba, y volvió a avanzar cuando quiso convencerse de que se había tranquilizado, tratando de conjurar sus miedos mientras rezaba un padrenuestro.

Por primera vez se preguntó si su aventura habría valido la pena y Lucio Hurtado la acogería para trabajar en aquella casa, si le daría cobijo al menos una noche en el caso de que no la quisiera emplear o si sería peor convivir con alguien de la calaña que había descrito el señor Aliaga. No tenía ningún sentido amedrentarse ahora por algo que descubriría en breve y debería haber pensado antes, pero las dudas, que parecían no haber existido hasta entonces, se congregaban de repente para desestabilizar aún más su templanza.

Henar recordó las abejas. Aunque a esas horas descansaban, temía chocar contra alguna colmena y verse atacada por ellas. Los bajos de su falda se deslizaban despacio por la hierba húmeda y notaba que el frío subía por sus piernas hasta incrustarse en su alma. Todavía no se veía ninguna casa. En realidad, no se veía nada. Las lejanas estrellas del firmamento, con su ineficacia de farol, parecían una burla. Poco a poco, el sonido del agua había ido desapareciendo, pero la lechuza continuaba ululando y daba la sensación de que, por mucho que la joven avanzara, la distancia entre ambas no disminuía.

Los cinco minutos parecían no terminar nunca. Cuando distinguió una ligera luz, avivó el paso, deseosa de aplacar su desasosiego. Sabía que no podía aparecer con ojos cobardes y, al fin y al cabo, su suerte ya estaba echada. Si no la querían, no le quedaría otra opción, aunque fuera transitoria, que las minas de oro.

La casa se hallaba en los alrededores del pueblo. Se trataba de una construcción de piedra y no era muy grande, a pesar de tener un pequeño anexo. Con tanta oscuridad, no se distinguía el tipo de tejado, pero Henar imaginó que sería de paja, inclinado en el centro para bajar hacia los lados, como en otras casas que había visto antes de que anocheciera. Desde ese lado, sólo divisaba una ventana, en la cual la luz de un quinqué parpadeaba tras unas finas cortinas. Tocó el muro de la pared y lo fue tanteando hasta encontrar la puerta; notó que estaba precedida de dos escalones, también de piedra, con los que tropezó. Los subió después de alisarse la falda, acicalarse ligeramente el cabello y pasarse una mano por la frente. Tras la puerta se oía una voz, aunque no pudo averiguar si era de hombre o mujer. Golpeó la puerta con la mano al no encontrar aldaba o cordón de campanilla alguno para llamar.

La voz del interior cesó. Por unos instantes se hizo un silencio que pareció contagiar a la lechuza, que había abandonado su canto monótono. Un mugido lejano interrumpió la calma y, al cabo de un momento, la puerta se abrió y apareció ante ella un hombre desaliñado y con gesto amenazante.

—¿Quién demonios...?

La imprecación quedó incompleta; el hombre, sorprendido, dudaba de cómo reaccionar ante la aparición de aquella joven de ojos vivos y mentón alzado que lo miraba interrogante, luchando por no parecer temerosa.

—¿Qué quieres? —preguntó el hombre sin moderar su tono impertinente—. ¿Qué buscas aquí a estas horas? ¿Quién te manda?

Tras el hombre, al fondo, una mujer asistía al encuentro. No tendría cuarenta años, pero aparentaba bastantes más. El cabello canoso, peinado hacia atrás y recogido en un pañuelo, brillaba grasiento, delatando el poco interés de la mujer en cuidarse. Era bajita y robusta y tenía la piel morena por el sol. Un sol que le había producido manchas en la tez y arrugado la expresión prematuramente.

—Me llamo Henar. Vengo por el empleo.

—¿Empleo? ¿Qué empleo? —preguntó sorprendido, y su expresión provocó nuevas incertidumbres en la joven.

—¿Es usted don Lucio Hurtado?

—¿Don Lucio? —exclamó el hombre riendo mientras Henar pensó que se había equivocado de casa—. ¿Lo oyes, Baia? —gritó el hombre, volviéndose hacia la mujer—. ¡Me tratan de «don»!

Henar lo miraba, dudosa de qué decir para favorecer su suerte. Era un hombre de estatura notable, con un cabello poblado que aún era más oscuro que canoso. Llevaba una barba descuidada, no excesivamente larga, también entre oscura y canosa, sobre todo por debajo del mentón. De cejas espesas, los ojos pequeños y brillantes no auguraban un exceso de amabilidad, ya que sus ademanes eran rudos y groseros.

El hombre le devolvió la mirada y la observó de arriba abajo; él también estaba estudiando qué tipo de joven era aquella que se hallaba ante él.

—No te había visto nunca, ¿de dónde vienes? —le preguntó, todavía sin dejarla entrar.

—De León. Del hospicio al que usted escribió pidiendo una joven para...

El rostro del hombre perdió, ante aquellas palabras, todo rasgo de jocosidad y las arrugas que se formaron en su frente y su entrecejo le dieron tal aire intimidatorio que Henar no pudo continuar hablando.

—¿Del hospicio dices? ¿Qué quieres? —le espetó como si la acusara de algo.

—El empleo. ¿Es usted el señor Hurtado? —No quiso repetir el tratamiento de don, pero tampoco se atrevió a llamarlo sólo por su nombre de pila.

De pronto, él pareció entender.

—Ya mandaron a una.

La mujer, que se había acercado curiosa, en esos momentos abrió aún más los ojos y a punto estuvo de decir algo, pero pareció dudar y calló.

A Henar le dio la impresión de que había mudado de color, pero tampoco se había fijado bien en ella con anterioridad.

—Después del accidente de Matilde, sor Virtudes pensó que usted querría otra muchacha que la sustituyera.

—¡Tú no eres una niña!

—Soy trabajadora, responsable, no me asusta el esfuerzo...

—¡No!

—*Pediches unha moza...? ¿A ton* de qué? —preguntó con voz entrecortada la mujer, utilizando una lengua que a Henar no le era desconocida. Había tratado con novicias gallegas en el hospicio.

—¡Calla, Baia! —le gritó el hombre, molesto por su intromisión—. *No tens una tola para coidar?*

—¡Lúa no es tonta! —exclamó la mujer, airada, pero ante la mirada de su marido, se retiró y desapareció de la vista de Henar.

La casa no era como las de ciudad, pero tampoco tenía semejanza con las de otras zonas rurales. No tenía recibidor ni parecía, a primera vista, que hubiera estancias separadas; directamente se entraba a una gran sala oval en cuyo centro se encontraban los restos de una hoguera. La pared de piedra ascendía hasta la altura de una persona, pero luego el techo continuaba en forma de cono ancho, apostadas las ramas secas de centeno en unos troncos hasta llegar a la cúspide. La paja permitía que el humo, cuando estaba encendido el fuego, se filtrara hacia el exterior, aunque, a pesar de ello, el resultado no fuera excelente y con facilidad todo adquiriera un aspecto ahumado. Por todos lados había artilugios de cocina, ollas, cazos, morteros, tarros... En el suelo, descansaban baúles con mantas y ropa y, también, cestos con patatas, acelgas, cebollas y otras verduras. De las paredes colgaban tanto ristras de ajos y chorizos como cucharones o espumaderas, y muchas baldas, repletas también de cacharros, las atravesaban en horizontal. El mobiliario era escaso: una mesa de madera, varias sillas y un aparador elegante aunque envejecido, que no encajaba con la pobreza del resto. Sobre él había un candelabro con velas de sebo, medio consumidas y apagadas, ya que en una pared había colgado un quinqué, que era la única lumbre que permanecía encendida, por lo que la estancia ofrecía un aspecto lúgubre y tenebroso.

—He pasado todo el día tragando polvo en la diligencia y he caminado hasta aquí desde Ponferrada —insistió Henar—. Le aseguro que no se arrepentirá. Sólo tengo dos manos, pero valen por cuatro si me afano. Además, se me dan bien los niños con problemas. —En cuanto había oído que tachaba a la niña de tonta, una nueva esperanza había nacido en ella.

El hombre volvió a escrutarla, como si por primera vez dudara en aceptarla, hasta que al final habló.

—No soy un desconsiderado. Te dejaré pasar la noche aquí, pero no deshagas el nudo del cordón de tu maleta porque no te quedarás. No necesito a nadie.

—Perdone, señor, pero ¿no necesitaba a alguien que trabajara? ¿Por qué ha de ser necesariamente una niña? Las niñas crecen. Dentro de unos años, cualquier niña sería como yo —alegó—. Me basta con poco alimento y le aseguro que compensaré con esfuerzo mi manutención. No le costaré nada.

—¿Tan desgraciada es tu vida que te conformas con tan poco?

Henar no supo si era una pregunta o una burla, pero aprovechó la oportunidad para tratar de convencerlo.

—Mi antigua señora acaba de morir y no tengo a nadie. Ella hablaba muy bien de mí. Sólo le estoy pidiendo una oportunidad. Si no le gusta cómo trabajo..., si le resulto una carga, me iré. Sin protestarle nada. Pero soy muy sacrificada, no se arrepentirá.

Lucio Hurtado volvió a reír. Sus risotadas eran más estremecedoras que contagiosas, pero Henar quiso interpretarlo como una buena señal.

—Ya te he dicho que puedes dormir aquí esta noche. Te daremos de cenar y compartirás cama con la tonta. Ahora no tengo ganas de pensar en nada más. Sólo en complacerme con la idea de que si me vieran mis amigos en este momento... ¡Una joven suplicando ser mi sierva! ¿Quién me lo iba a decir? —Mezcló esta última pregunta con nuevas carcajadas y abrió la puerta del todo para que Henar entrara.

—¿*Oíches*, Baia? Esta nena dormirá con Lúa. *Mañá* ya veremos qué hacer con ella; tal vez me convenza y me la quede —le gritó a su esposa regocijándose en sus palabras.

La mujer apareció con una niña de la mano que debía de tener unos siete años y parecía ajena a lo que estaba ocurriendo. O tal vez sólo se encontraba adormilada. No se parecía a Hurtado ni a su madre, porque tenía los ojos de un azul claro, mientras que los de su madre eran oscuros. Sonreía con timidez y, al mostrar los dientes, destacaba un incisivo superior que estaba partido que, a la vez que la afeaba, le otorgaba cierta gracia.

—¡Pues si lo has oído, *non quedei aí* mirando! Saca unos pimientos y el pan. Incluso le dejaremos probar *o queixo*. ¿Cuánto hace que no comes?

—Sor Piedad me dio pan y un trozo de chorizo para el viaje.

—¡Será verdad que eres fácil de mantener! —exclamó Hurtado, burlándose de nuevo.

Henar sintió compasión por la niña, pues la risa del hombre hacía estremecer, y pensó que debía de asustarse con facilidad. Sin embargo, al mirarla, vio que la niña se mostraba indiferente.

—¡Hola, Lúa! —la saludó Henar con una sonrisa.

—¡No te esfuerces! No puede oírte —le respondió Hurtado—. Es sorda, además de boba.

—Es sordomuda —interrumpió la mujer, con voz apenada—. Pero no es tonta.

—Por suposto que é tola! Ti tamén! ¿Cómo no iba a serlo si tú eres su madre?

La mujer se acercó a una balda con cestos y sacó una hogaza de pan de uno de ellos. Tampoco ellos habían cenado, por lo que, además de lo que le había encargado su marido, también sacó un tarro de miel.

—Es de mis abejas —le dijo la mujer—. Dicen que es la mejor de la comarca.

—Gracias —respondió Henar—. No sé nada de abejas, pero le prometo que aprendo rápido. Y no soy miedosa.

—No tienes que serlo. Las abejas huelen el miedo.

Hurtado murmuró algo que parecía una mofa, y que ninguna entendió. No mostraba consideración ni respeto alguno. Resultaba obvio que su mujer le tenía miedo, por lo que la joven pensó que, si no trabajaba encarecidamente, tal vez aquel hombre la golpeara. Ya le había advertido Aliaga de que no tenía escrúpulos. Y muy cruel tenía que ser alguien para lograr matar un caballo a golpes. Si se quedaba allí, tendría que tener mucho cuidado de no mencionar su encuentro con Aliaga y las advertencias, aunque someras, que le había hecho. A pesar de sus reticencias y, consciente de la ausencia de alternativas, Henar dejó la maleta y, en lugar de sentarse, tal como le ofrecían, se acercó a Baia y le brindó su ayuda, pero la mujer la rechazó.

—Ya te pondremos a prueba mañana —le dijo Hurtado—. No pienses que te vamos a malcriar.

—¿Eso es que me aceptan?

Sus carcajadas volvieron a sonar espeluznantes y Henar se preguntó si alguna vez cesaría esa risotada. En aquel momento se alegró de que la niña fuera sorda.

—Ya veremos, ya veremos. Muy rentable me tienes que salir para eso.

Una vez dentro, pudo comprobar que sí había algún

rincón en la estancia con derecho a la intimidad. Eso la alivió, pues había temido tener que dormir olvidando su pudor. Al fondo, una pared de madera daba paso a un apartado en el que se hallaba la cama que usaba el matrimonio y, aunque no había puerta, una cortina que ahora estaba descorrida proporcionaba algo de intimidad. A la izquierda había otra separación similar. En ésta sí había puerta y, además, tenía apoyada en ella una escalera, también de madera, que subía hasta un altillo. Como la puerta estaba cerrada, Henar no podía adivinar a qué dedicaban esa estancia. Tal vez guardaran allí las cosas de aseo, pero desistió de preguntar.

Durante la cena, donde procuró comer poco para causar buena impresión, aunque ello le supuso quedarse con hambre, Baia le habló de las abejas, de cómo se hacía la miel y cómo se extraía la cera. La mujer continuaba con su tono de voz débil, como si temiera ofender a su marido, y cuidaba mucho sus palabras, a pesar de que no había ninguna indiscreción en ellas. Mientras, Henar notaba cómo Hurtado la observaba, con una sonrisa que no auguraba buenos presagios, aunque por momentos era más optimista sobre la posibilidad de quedarse. Henar ignoraba en qué se ocupaba él, pues no abría la boca ni había hablado de sí mismo. Se limitaba a llenar su vaso de vino cada dos bocados y a mirarla de una forma que le resultaba desagradable. A veces, según cómo se le iluminara el rostro, y a pesar de su nariz prominente, sus ojos mostraban ese aire perverso que le había notado nada más mirarlo por primera vez, y eso lo hacía parecer aún más extraño y siniestro. Henar pensó que tal vez, a la luz del día, le daría otra impresión.

La llama del quinqué comenzó a parpadear, presta a

consumirse de un momento a otro, y los rostros de los presentes se tornaron aún más sombríos. Ella retiró la mirada de Lucio Hurtado, dispuesta a que el juego de sombras no la sugestionara aún más. La humedad de fuera se filtraba en el interior y Henar echaba de menos la calidez de un fuego. Tal vez también había algo de miedo en las sensaciones que la enfriaban por dentro y erizaban su piel. Para su tranquilidad, Baia se levantó para rellenar el aceite de la lámpara y luego regresó a la mesa. El aspecto de la sala volvió a ser el de momentos antes y la joven supo que debería acostumbrarse a la presencia de esas personas y a la perturbación que le producía Hurtado. Eso, si todo salía bien.

Baia no volvió a mencionar a las abejas. Se dedicó a vigilar que Lúa comiera y luego se encargó de acostarla. Resultaba evidente que Hurtado ignoraba a la niña. Debía de ser del anterior matrimonio de la gallega, Aliaga había dicho que la mujer era viuda y la niña no se asemejaba en nada a Hurtado, ni en rasgos ni en carácter: Lúa parecía dulce y correspondía con otra sonrisa cada vez que Henar le dedicaba una. Inevitablemente, la compasión empezaba a hacer mella en la muchacha, que no podía evitar que la pequeña le recordara a tantas otras que había conocido en el hospicio.

La mujer aprovechó para enseñarle a Henar el altillo que compartiría con su hija y, antes de acostarse, la joven hubiera deseado poder asearse, pero se conformó con salir afuera para desahogarse. Esperaba que al día siguiente le ofrecieran un barreño y algo de jabón y, si no era así, se acercaría hasta el río.

Aunque tenía sueño y estuviera acostumbrada a compartir cama, sabía que aquella noche le costaría dormir. Los lujos que había tenido sirviendo a doña Eulalia Montes se habían terminado, pero no era eso lo que la mantendría en vela, sino la amenaza silente que intuía en Hurtado. El silbido del viento contra la ventana era constante y, aunque suave, parecía llegar de ultratumba. Afuera, la oscuridad era completa. No se veía un alma ni la luz lejana de algún otro hogar. Algunas estrellas continuaban allí y, quizá, en ellas estuviera escrito su destino, un destino que ignoraba y al que comenzaba a temer. Continuaba con frío y la manta era pequeña para dos personas, así que cogió también su mantón y lo usó para cubrirse los pies. Se apretó cuanto pudo a la niña y trató de pensar en el sol de mediodía de agosto.

Sin embargo, contra su propio pronóstico, se durmió cuando no llevaba aún ni un minuto tumbada. El cansancio fue más implacable que el frío y la sugestión. Y no volvió a despertarse hasta que la claridad de la mañana comenzó a dibujarse en los cristales. Quería dar buena impresión y había dejado los postigos abiertos para levantarse pronto.

6

Con cuidado de no despertarla, pues Lúa tenía la cabeza apoyada sobre ella, Henar se levantó. Bajó del altillo y se asomó a la ventana que daba hacia el oeste y, por la claridad, le dio la sensación de que ya había amanecido. Miró alrededor y no vio ninguna jofaina, así que se calzó y se puso el mantón por encima para salir a buscar algo con lo que asearse antes de ponerse la ropa de diario. Abrió la puerta sigilosamente, procurando no despertar a ninguno de los habitantes de la casa, pero enseguida vio que la puerta de entrada estaba abierta y no había nadie en el interior. Las cortinas del dormitorio matrimonial estaban corridas y no sabía si uno de los dos esposos aún estaba dentro.

Temió que fuera tarde y estuviera dando impresión de perezosa, pero ya no había nada que hacer. Al día siguiente, si seguía allí, procuraría madrugar. Se dirigió hacia la puerta justo cuando Baia regresaba a la casa con un balde con leche y ésta la miró como si le molestara su presencia allí.

—Suelo ser más madrugadora, pero imagino que el viaje me agotó —se justificó ella.

La mujer no contestó. Henar, cuando notó que miraba

hacia la lumbre, se anticipó y prendió fuego para que pudiera hervir la leche.

—Hay un abrevadero fuera, por si quieres asearte —le dijo la mujer después de colgar un cazo con leche sobre el fuego y antes de subir a despertar a la niña.

Henar pensó que debía buscar algo para poder asearse en el altillo las próximas veces. Acababa de comprobar que el cuarto que había bajo él no estaba dedicado a la higiene. Cuando avanzara el otoño, no le apetecería salir para tener que limpiarse. Tampoco le gustaba la idea del abrevadero, aunque ignoraba si tenían más animales además de la vaca que acababa de ordeñar Baia. Desde luego, no había gallinas, porque el cacareo la habría despertado mucho antes. Con esta curiosidad, se dispuso a salir. Todavía hacía frío y se arrebujó con el mantón antes de continuar. Había luz, pero el sol aún se hallaba tras la zona arbolada y no había comenzado a calentar.

Le sorprendió notar que no había cultivos cerca, todo el verde era fruto del paisaje, aunque sí se veían flores silvestres, por lo que dedujo que Hurtado no se dedicaba a trabajar el campo. O tal vez hubiera un huerto en la parte trasera, ya lo preguntaría más tarde. Se fijó en el entorno que no había podido apreciar la noche anterior. Se hallaba en un valle que se extendía hacia el norte, donde, lejanas, se dibujaban unas colinas suaves. Al sur, la espesura crecía, lo que indicaba que por allí atravesaba el río. Una vez cruzado, y tras un poco más de llanura, comenzaban las montañas. El pueblo se hallaba a unos minutos y, aunque matizadas según soplara el viento, se escuchaban las campanadas de la iglesia de San Blas. Las colmenas estaban algo apartadas de la casa, tal y como había explicado Baia, protegidas por aquellos muros de piedra llamados cortines para evitar que los osos robaran la miel. Por fortuna, Baia le había comentado también que hacía tiempo que no se avistaban osos por la zona. Las abejas ya habían abandonado sus hogares y habían emprendido su vuelo de bailes en busca de las flores que aún quedaban a finales de verano, pero sobre todo del brezo, y la agitación de sus alas generaba ese zumbido que robaba la tranquilidad a Henar.

Nerviosa por el sonido que no cesaba, la joven se apresuró a lavarse con el agua fría del abrevadero. A su lado, se hallaba el cobertizo que no había distinguido con la oscuridad de la noche, y consistía en otra cabaña de taibo más pequeña que la vivienda. La puerta estaba medio abierta, pero prefirió no acercarse a curiosear por si la descubría Baia haciendo cosas que no debía, así que regresó de inmediato a la casa.

La leche ya hervía y la niña esperaba impaciente a que su madre la retirara del fuego. Henar le sonrió y luego subió al altillo para ponerse la ropa de diario. Cuando volvió a bajar, Baia le ofreció un vaso de leche, pan y miel.

—¿Cree que su marido me permitirá quedarme? —aprovechó para preguntarle Henar.

—Mi marido es muy suyo —se limitó a responder ella, que estaba untando un trozo de pan con miel para su hija.

Henar se resignó a continuar esperando para despejar sus dudas y optó por saciar otras. La noche anterior Baia había hablado de las abejas, pero no había explicado en qué consistía la labor de un apicultor.

—¿Pensaban ocupar a Matilde con las abejas? ¿Qué hay que hacer? ¿Cómo se cuidan?

—Mira, rapaza, *non sei por que* mi marido quería traer

aquí *unha nena. Eu non necesito ninguén*... Yo sola me basto con las abejas. No todo el mundo puede trabajar con ellas. *Ten que coñecelas, escoitalas, coidar deles*... Cada colonia es distinta, *ten as súas propias necesidades*. Es una *parvada* pensar que puede *coidar deles* alguien que no está familiarizado con ellas. —Resultaba obvio que a la mujer le molestaba la idea de compartir su labor con otra persona, pero ¿en serio no sabía cuáles eran las intenciones de su marido a la hora de emplear a Matilde?—. Si eres lista, hoy mismo *vai pegar* tu maleta y *vai* de aquí. No sé qué decidirá *meu home*, pero te aseguro que en este lugar no hay futuro para ti. Es *mellor* que te vayas antes de que él te *bote*.

Henar sintió la dureza de las palabras en su garganta y le costó tragar la leche, aún demasiado caliente. Sin embargo, no apreció rencor en la mujer. No la estaba invitando a marcharse por ningún tipo de celos ni nada similar. Más bien parecía un consejo, pero Henar sabía que no tenía adónde ir y descartó esa posibilidad.

—Me conformo con poco —respondió con determinación. Su valor no había menguado—. Y puedo serle útil. En el hospicio enseñábamos a niños sordos a aprender a hablar, a leer y a escribir.

—¿*Ti sabe ler e* escribir? —le preguntó la mujer, sorprendida.

—Sí —respondió Henar mirándola fijamente a los ojos. No era extraño que Baia no estuviera alfabetizada, pocas mujeres lo estaban. Su acceso a la educación era aún más restringido que el de los hombres y, mucho más, en el medio rural. Pero ella, gracias a las monjas, había aprendido y estudiado y, aunque la experiencia la había llevado a especializarse en personas ciegas, cuando sor Cristina leía el tratado *Escuela española de sordomudos o arte para enseñarles a escribir y hablar el idioma español* de don Lorenzo Hervás y Panduro, ante las preguntas que había hecho ella, la monja le había ido comentando alguna curiosidad. —Si Lúa no habla no es porque sea muda, sino porque no sabe cómo hacerlo. Déjeme intentarlo.

Ya no era sólo la necesidad de buscar trabajo lo que la empujaba a insistir, sino también el deseo de ayudar a la niña. Había dormido con ella, había compartido su calor, la había abrazado...

—*Non quero que me enchen a cabeza de paxaros... Estou afeita a que a nena non fale*. Y sí: no es muda. Simplemente, *esqueceu como se fai...*

A pesar de todo, había esperanza en sus palabras. Y también era cierto que madre e hija se comunicaban. No con los signos convencionalmente establecidos, sino con un lenguaje propio, y limitado, que habían creado juntas.

—Haré todo lo que esté en mi mano. Si usted me enseña cómo se comunica con ella, yo le enseñaré a leer y a escribir. Doña Eulalia Montes, la señora para la que trabajé, era ciega. Y yo tampoco tenía experiencia con ciegos, por mucho que hubiera leído sobre ello, pero aprendí. Si la deja en mis manos, su hija hablará. —No estaba muy segura de poder conseguirlo, pero pondría todo su empeño en ello. Comenzaba a sentir que Lúa la necesitaba.

—*El meu marido te ha de aceptar*. Ya te he dicho que es muy suyo.

—Haré todo lo que me manden para quedarme. También sé coser y remendar y puedo ocuparme del huerto, si lo tienen. Y de los animales.

Aunque se ofreció, en el fondo no deseaba trabajar con

animales. No sabía cómo había que tratarlos y temía que, si empezaba con unos, acabara en la zona de las colmenas.

—Sólo tenemos una vaca *e un cabalo vello* en la cuadra. La vaca nos da *leite y al cabalo* lo usamos para llevar la cera y la miel a Ponferrada.

—Ha dicho que de las abejas se encarga usted sola. ¿A qué se dedica su marido?

—Negocios —respondió la mujer con un evidente cambio de actitud. Su voz sonó cortante.

—¿Con la miel? —insistió Henar.

—Negocios... *e non* preguntes *mais!* —exclamó mientras la miraba contrariada—. No le gustan *las persoas rexoubeiras*.

—Lo siento. Sólo es que me ha extrañado que no madrugara.

—Ha madrugado. *Non* está aquí. A veces se va y toma días en volver.

Henar supuso que esas ausencias eran motivadas por los negocios que Baia no había querido aclarar, pero no preguntó. Se alegró de que Hurtado se fuera durante algunas jornadas. Su presencia la incomodaba. No sólo era la apariencia de aquel hombre lo que la impresionaba sino, sobre todo, la sensación de que no sabía controlar sus emociones. Tampoco las violentas. A veces, sor Virtudes hablaba de la maldad inconsciente, la que nace de la irreflexión, de la costumbre de actuar por impulsos y no mide las consecuencias. Era ésa una maldad distinta a la de quien planifica sus actos y es consciente de ellos. También decía que es más peligrosa, puesto que las víctimas suelen ser más numerosas y al azar. No hay modo de defenderse de esa irracionalidad. Y ése era el tipo de peligro que intuía en Hurtado. Pero Henar también sabía que a este tipo de personas no hay que demostrarles miedo, sino enfrentarlas, pues muchas veces se esconde un cobarde tras una apariencia feroz. Ella estaba dispuesta a que Hurtado no notara que la intimidaba. Además, pensó que el tiempo corría a su favor. Cuanto más tardara Hurtado en regresar, más méritos podría hacer para quedarse. Mientras pensaba esto, notó tras la ventana que ya se había asomado el sol. Con el convencimiento de que la fortuna le sonreía, en cuanto terminaron de desayunar comentó:

—Si me presta un lápiz y unas cuartillas, puedo comenzar a trabajar con Lúa...

—*Lápis e follas?* —exclamó Baia, entre divertida e irritada—. ¿Realmente crees que en esta casa podemos tener *iso*?

—Perdóneme, señora... No quería ofenderla. Es sólo que me serían muy útiles. Con carbón y tabla de madera todo será mucho más lento. ¿Dónde podría comprar el material?

—*Ninguén vende iso preto* de aquí. Tendrás que ir a Ponferrada. Esto es el campo; aquí sólo nos ocupamos de lo que nos alimenta. No tenemos cosas de *cabaleiros de cidade...*

Henar había pensado pasar el día haciendo remiendos y adecentando la casa, que no lucía precisamente muy limpia, además de aprovechar para comenzar su labor con la niña, pero vio que eso último no resultaría posible.

—Mira, eso podrías hacer si quieres *axudar* —añadió la gallega—, *vai* a Ponferrada. Los zapatos ya le quedan pequeños a Lúa. Necesita que le *corrixan uns* y Lucio no se encargará.

—Y ¿puedo comprar cuartillas y lápices?

—Si esperas que te dé *diñeiro* para *iso*, *vai* mal. *E tampouco vou deixarte o cabalo.* Apáñate tu soliña. *Non* me importa. No te necesito. Si no vas tú, ya se lo pediré a Manuel. *Non* necesito *ninguén*.

No sólo por ganarse a Baia, sino por ella misma, porque

había prometido a sor Piedad que le escribiría, decidió ir a Ponferrada. Tenía guardados unos ahorros del salario que le daba doña Eulalia y no le importaba adquirir con ellos lo necesario para la niña. Si finalmente se quedaba en aquella casa, ya compraría algo más para ella misma, pero ahora no podía arriesgarse a gastar un dinero que tal vez necesitara más adelante. Sin embargo, le extrañó que Baia prefiriera hacerle el encargo a ese tal Manuel que a su propio marido. Eso no hablaba muy bien de la relación entre ambos.

Tras fregar los platos en un barril con agua que había en el patio y que antes no había visto, le pidió a Baia los zapatos. Cuando los vio, de niño y demasiado pequeños, se atrevió a preguntar:

—¿No sería mejor comprarle unos nuevos?

—¿*Pensas que temos diñeiro* para eso? Si éstos *poden componerse*, no veo por qué hay que gastar.

—Si me permite, yo los pagaré —respondió Henar, y como no deseaba ofenderla, añadió—: Creo que un regalo siempre es algo bueno para ganarme su confianza.

Como Baia no protestó, sino que, más bien, pareció estar de acuerdo, después de medir la longitud de la planta del pie de la niña con un cordel, Henar dejó la casa y comenzó a caminar hacia el Sil para recorrer a pie, y en dirección contraria, el camino que, al final, no había andado el día anterior.

Abandonar el sonido de las abejas la tranquilizó, a pesar de que no había llegado a ver las colmenas y aún no sabía cuántas había. Por suerte, la niebla ya se había disipado y, a la luz del sol, el lugar le pareció menos sombrío que la tarde anterior. En cuanto uno se apartaba del río, comenzaban los cultivos. Abundaban los cerezos, pero también había abedules, chopos, serbales, incluso arces. La tierra parecía fértil, a diferencia de la que había visto en los alrededores de Astorga, y el canto de los pájaros amenizaba esa percepción paradisíaca y mágica.

También había parajes umbríos, fruto de la frondosidad de los árboles, cuyas sombras acechaban en rincones insospechados cada vez que se alejaba del Sil. Y si se acercaba demasiado al río, las zarzas cubiertas de enredadera que adornaban las riberas ocultaban un suelo que a veces era tierra y otras, agua. Cualquier pisada imprudente podía acabar con un cuerpo en el agua. Henar pensó que eso debía de haberle ocurrido a Matilde al atravesar de noche aquel lugar. Además, la quietud del río siempre resulta engañosa. Hay corrientes ocultas que arrastran sin avisar, vencen cualquier esfuerzo de huida, a la voluntad de sobrevivir... y acaban llevando al fondo de forma sumisa la vida que poco antes ofrecía resistencia.

Sobrecogida por esa imagen, Henar se esforzó en no dejarse llevar por la sugestión. Pensó en qué le contaría a sor Piedad cuando le escribiera. Tendría que confesarle la verdad, no merecía que le mintiera. Y quizá, y eso se le ocurrió por primera vez en aquel momento, sor Virtudes hubiera decidido enviar a otra niña para sustituir a la malograda Matilde, tal era el pretexto que ella había usado para presentarse en casa de Hurtado. Sí, era posible que eso ocurriese, aunque Hurtado, tan sorprendido por su llegada, no parecía haber solicitado a otra. Pero sor Virtudes, siempre deseosa de encontrar hogar a los huérfanos, bien podría habérsele adelantado. Ante este pensamiento, se hacía urgente escribir a sor Piedad y explicarle su decisión. Deseó con ansiedad que aún no hubieran enviado a nadie y que su carta llegara a tiempo. Con esta idea apremiándola, apresuró el paso.

No volvió a pensar en la muerte de Matilde en el río hasta que llegó a La Martina, donde se detuvo a preguntar a una campesina si aún le faltaba mucho para llegar a Ponferrada y ésta, después de responder, le advirtió que no regresara tarde.

—A partir del anochecer, por aquí hay seres que es preferible evitar si quieres seguir con vida: chupasangres, sacamantecas, *lobisomes*... —le susurró.

Henar se habría reído de la ocurrencia, pero la mujer no parecía trastornada en absoluto.

—Eso son leyendas, señora —repuso Henar, para calmarla y, de paso, calmarse a sí misma.

—Esos seres existen y están aquí, muchacha. No seas descreída. ¿No has oído hablar del hombre lobo de Allariz? —Ante la mirada expectante de Henar, le explicó a quién se refería—. Me refiero a Romasanta, también lo llamaban el Sacaúntos o Sacamantecas, ya podrás imaginar qué les hacía a sus víctimas con ese apodo. Su primer crimen lo cometió en Ponferrada, pero desapareció tras el juicio y no llegó a cumplir condena. Luego, con otro nombre, se dedicó a ofrecer ayuda para cruzar los montes a los que querían emigrar a Portugal, pero ¡maldita ayuda! Tras asesinarlos, vendía como medicinal un producto oleoso, parecido a la manteca, que obtenía de la grasa de sus víctimas. Decían que estaba ido, que lo poseía el diablo en noches de luna llena, que era un licántropo —añadió en una entonación que remarcaba la sensación de miedo que sus palabras buscaban producir—. Él mismo, cuando fue detenido hace seis años, adujo en su defensa que era un hombre lobo. Atribuía su condición a una maldición familiar. Muchos dijeron que ese alegato era un modo de quitarse responsabilidades. Pero otros muchos lo creímos. Una vez hablé con alguien que lo conoció en persona y, a Dios pongo por testigo, su historia me resultó muy convincente. Los ojos de miedo del que narraba la historia eran reales.

El relato había logrado toda la atención de Henar, incapaz de abrir la boca por la sugestión mientras recordaba su caminata por esos parajes la noche anterior.

—El propio Romasanta condujo a las autoridades a los lugares donde estaban los cadáveres y, en todos ellos, se encontraron indicios de haber sido degollados por lobos —continuó la mujer.

—Y ¿no lo condenaron de nuevo? —preguntó Henar.

—Sí, claro, a garrote vil, pero llegó de Francia un hipnotista que decía haber curado casos similares y pidió en una carta que envió al Ministerio de Gracia y Justicia poder tratarlo. Debió de ser muy convincente, puesto que la reina decidió indultarlo.

—¡Indultarlo! —se asombró—. Sabe usted muchos detalles...

—¡Cómo no! ¡Aquí no se hablaba de otra cosa! Se tenía miedo de que hubiera vuelto a escaparse y cambiado nuevamente de identidad. Y como estos lares le resultaban familiares...

—Y ¿era cierto? —preguntó temerosa.

—Supuestamente cumplía condena en Allariz, pero lo cierto es que no hay constancia de ello y, aquí, durante un tiempo, hubo rumores. Luego callaron. Pero, ahora, tras lo que le ocurrió a esa niña pelirroja hace unos días... No quiero asustarte, pero el mismísimo Romasanta podría haberla asesinado.

—¿Se refiere a Matilde? —preguntó desconcertada y sintiendo que todo su cuerpo se estremecía.

—No sé cómo se llamaba, pero me refiero a la niña que vino del hospicio de León, la del cabello rojo. Hace pocos días de eso. Las hermanas Martínez la acompañaron hasta La Martina, pero luego prosiguió el viaje sola. Se dirigía a Villaverde. —Ante el rostro conmovido de Henar, la mujer insistió—: Todos los seres de los que hablo siempre tienen hambre y sed... Son insaciables. Una no debe exponerse, no debe caminar sola en la oscuridad...

—Tengo entendido que la muerte de la que habla fue un accidente —la interrumpió Henar, muy asustada ya a esas alturas de la conversación—. Matilde cayó al río y no sabía nadar.

—¿Accidente? Y ¿cómo explicas las marcas del cuello?

—¿Marcas en el cuello? ¿De qué tipo? ¿Un golpe? Tal vez se golpeó al caer... —repuso Henar, que no conocía los detalles de la muerte de Matilde y no deseaba pensar que había sido asesinada.

—No, no se golpeó. Fue mi marido quien encontró el cuerpo y lo sacó del río. Es pastor y andaba por esa zona con las ovejas —explicó—. Tenía un desgarro, una herida parecida a un mordisco que podría ser de perro o lobo, aunque éstos no suelen conformarse con un mordisco...

—Pero... entonces... ¿usted cree de verdad que la mataron? —preguntó Henar con un hilo de voz.

—Yo sólo sé lo que sé... —dijo la mujer dando por terminada la conversación—. No me entretengas más ni te entretengas... Y procura estar de vuelta antes de que se oculte el sol.

7

Cuando llegó a Ponferrada todavía se sentía impresionada por las palabras de aquella mujer. No sabía nada del tal Sacamantecas, parecía una leyenda popular más que un caso real, y ella no creía en leyendas, ni siquiera le gustaba la literatura en la que aparecían brujas, vampiros, almas en pena y vengativas o muertos vivientes. Por suerte, a doña Eulalia tampoco le entusiasmaba y sólo en una ocasión le había pedido que le leyera el que fuera el éxito de la época: *Galería fúnebre de espectros y sombras ensangrentadas*. Pero, por primera vez, pensó en la posibilidad de que Matilde no hubiera sufrido un accidente. Había mucho loco suelto. Y mucho depravado. Tal vez la niña había caído al agua procurando zafarse de algún agresor. O habían tirado su cadáver al río después de abusar de ella. En aquellos momentos se abrieron ante Henar tantas posibilidades que se vio embargada por la confusión. Sin embargo, la carta que el alguacil le había entregado a sor Virtudes no mencionaba nada de eso; de otro modo, no sólo les habría comentado el desgraciado suceso apenada, sino que también se la habría notado asustada. Cierto que la misiva tampoco explicaba que se tratara de un accidente, se limitaba a informar de que habían encontrado el cadáver de la niña en el Sil. Así que Henar prefería pensar que se trataba de una muerte accidental, pero la duda comenzaba a corroerla por dentro. Aunque la tacharan otra vez de cotilla, preguntaría a los Hurtado por lo ocurrido, a ver qué sabían o pensaban ellos. Necesitaba saberlo. Por mucho que la hubiera dejado atrás, la mirada de la mujer del pastor se había clavado en ella como un aguijón y, aunque lograra sacárselo, el veneno ya había comenzado a expandirse por sus venas.

El encuentro con aquella mujer la había retrasado bastante. Debía darse prisa, algo complicado, pues no conocía la villa. Y se sentía sofocada por el vivo paso que había llevado durante el último tramo del camino. Casi diez kilómetros, más de dos horas de caminata y un buen rato de charla perturbadora... Así que, antes de buscar los comercios en los que comprar los utensilios de escritura y los zapatos nuevos, se detuvo a beber de una fuente y, a pesar del retraso, decidió dedicar un rato a descansar. Ponferrada no era León, ni siquiera Astorga, pero al menos no tenía el aspecto rural de las diminutas agrupaciones de casas que había visto por el camino. Era una villa, cabeza de comarca, había movimiento en las calles y mucho comercio. Vio a un grupo de maragatos, arrieros casi por obligación dada la pobreza agrícola de la zona, que transportaban mercancías desde Galicia hasta Madrid, y que atravesaban la villa sin mirar a nadie. Destacaban, como siempre, por su indumentaria entre la multitud. El bullicio de las calles hizo que, por un momento, Henar se olvidara de Matilde. Cuando se sintió repuesta, avanzó hacia la zona donde se concentraban oficios y comercios de toda clase. Antes de dar con una pequeña imprenta, vio una cuchillería y decidió entrar a comprar una navaja que la ayudara a espantar el miedo que le causaba pensar que la pequeña Matilde pudiera haber sido asesinada. Antes de elegirla, pasó el dedo por el filo de varias con precaución de no cortarse. Finalmente, se decantó por una que le pareció cómoda de agarrar, aunque no fuera la que más le había gustado. Tampoco escogió la más cara ni la que le recomendó el comerciante, sino que buscó una navaja que fuera fácil de usar y que pudiera esconderse con facilidad en la faltriquera de su falda. Al salir, Henar pensó que, tal vez, aun sin saber de las circunstancias extrañas que parecían rodear la muerte de la niña, la habría comprado igualmente. El carácter de Hurtado la empujaba a protegerse y, en realidad, ante la ignorancia de saber con qué se iba a encontrar o si iba a tener que acabar sola buscando oro, era algo que debería haberse procurado antes de salir de León.

A continuación, entró en el local de un zapatero y le mostró el cordel en el que había señalado la longitud del pie de Lúa. Pidió unos zapatos para niña que fueran resistentes. El hombre le enseñó varios pares y, tras preguntar el precio, Henar eligió unos que no eran demasiado caros. No podía comportarse como una manirrota.

Poco después encontró la imprenta. Fue generosa con las cuartillas y los lápices, pues tampoco le convenía tener que viajar constantemente a Ponferrada e interrumpir su labor de maestra si le salía bien la jugada. Y, si no era así, intentaría conservarlos por si trabajar con niños especiales pudiera convertirse en una alternativa a las minas de oro. Sí, eso haría. Diría que tenía experiencia con niños con problemas y dejaría correr la voz. De vez en cuando había noticias de que una familia de alta alcurnia tenía alguno. Además, debía escribir a sor Piedad para contarle su pequeña aventura y, sobre todo, prevenirla para que no enviaran a ninguna otra huérfana. De modo que, nada más dejar la imprenta, buscó un lugar donde sentarse a escribir la carta, que no fue muy extensa, y después regresó para preguntar por la estafeta del correo. Por fortuna, no se encontraba lejos y enseguida la vio. De camino se cruzó con una mujer bien vestida que llevaba un bebé en un cochecito de paseo y que le recordó a la hija de doña Eulalia. Se esperaba que diera a luz en menos de dos meses y, si hubiese querido, su futuro podría haber estado lleno de paseos como el de esa madre por las calles de la capital en lugar de verse rodeada de tanta incertidumbre. Sin embargo, las cosas habían salido así y Henar tampoco era una joven que se detuviera en lamentos, sino que su carácter la empujaba a enfrentar sus circunstancias sin mirar atrás.

Cuando llegó a la estafeta, entró para timbrar la carta y luego la depositó, tal como le indicaron, en un orificio de la pared que se hallaba en el muro exterior. Lo hizo no sin cierto rubor por lo que sor Piedad pensaría de ella y, como si así pudiera redimir su culpa, se santiguó.

En esos momentos sintió hambre, y aún le esperaba el camino de vuelta. Pero a pesar de haber visto algunas delicias en el mercado que la habían tentado, decidió no gastar más dinero. En el camino abundaban árboles frutales, así que cogería algo de lo que le ofreciera la naturaleza y, además, saciaría su sed.

Con la navaja y los lápices en la faltriquera, las cuartillas bajo el brazo y el paquete de los zapatos colgando de un cordel, emprendió el camino de vuelta con el Sil como único guía. En cuanto dejó atrás el ajetreo urbano y los pájaros comenzaron a sustituir la vocinglería de los comerciantes, volvió a recordar a Matilde. Esta vez a su Matilde, la niña de seis años que tartamudeaba cuando ella marchó a servir a doña Eulalia, no a la niña de diez años que se había ahogado en el río. Se preguntó con qué sueños habría viajado a Ponferrada, qué recelos la habrían acompañado y si la inconsciencia de la infancia había hecho que se sintiera más segura que ella, que estaba a punto de cumplir los dieciocho, o, por el contrario, habría abrigado más miedos. De pronto, y con una impresión que le nació sin avisar, se preguntó si Matilde sabía que iba a morir. No supo por qué, tal vez la incitaran las sombras que dibujaban las ramas de algunos árboles y que se mecían sobre la hierba, pero dio por cierto que la habían matado y la imaginó viendo el rostro de su asesino. ¿Qué se sentiría en un momento así? ¿Qué pasaría por la mente de alguien que sabe que sólo le quedan unos instantes de vida?

La pregunta no surgió por curiosidad, sino que debía de andar abriéndose paso en su interior desde su conversación con la mujer de La Martina. Por eso sentía esos ardores incómodos que le hacían tener presentimientos indeseables. Era consciente del retraso acumulado, y, no sabía bien si precisamente por eso, por el miedo a que el atardecer la encontrara en camino, intentaba apretar todo lo posible el paso sin poder evitar la sensación de que alguien la estaba observando. Ya sabía que podía resultar una presa fácil. De pronto se detuvo en seco. Miró a un lado y al otro, puso atención a lo que escuchaba, pero ninguna imagen o sonido fuera de lugar llegaron hasta ella. El rumor del agua, el canto de los pájaros, algún balido o mugido, el ladrido de un perro... Tal vez algún zorro se había acercado al río a beber. Nada que pudiera agravar los temores que ya tenía.

Intentó tranquilizarse y continuó avanzando. Resultaba difícil encontrar algo amenazante en aquel paisaje rural y campestre, así que se propuso no dejarse llevar por la imaginación. Se detuvo de vez en cuando para coger frambuesas, cerezas, manzanas y abrió una granada, pero la tiró porque aún estaba verde.

Entre La Martina y Dehesas volvió a sentirse sobrecogida. De nuevo tuvo la sensación de que la estaban observando y, sin detenerse, metió una mano en la faltriquera para tocar la navaja. Se había alejado del agua y se encontraba en una zona más frondosa. En aquel momento, apenas soplaba algo de brisa. Las hojas de los árboles no se movían ni se balanceaban sus sombras; sin embargo, Henar tenía la sensación de que algo o alguien se movía cerca de ella. Se acercó a un castaño con la intención de protegerse en su tronco y que nadie pudiera distinguirla en la distancia. Comenzó a oír unas voces lejanas, provenientes de la ribera del Sil, y suspiró tranquila cuando vio que eran dos campesinas. Se sintió estúpida e infantil y alzó la vista al cielo como si se reprendiera por ello. Pero sólo vio las ramas retorcidas del castaño.

—¿Algún pájaro extraño? —preguntó una voz a su lado.

Henar dio un respingo y no pudo contener un grito que, al tiempo que surgía, se ahogaba en su propia garganta. Muy cerca de ella, un hombre joven dudaba entre sonreír ante el susto de la muchacha o mostrar un ademán de censura por la misma razón. Sin embargo, cuando la miró con detenimiento, la única expresión que mostró resultó difícil de calificar. Nadie habría podido adivinar sus pensamientos, como si una nube velara la luz que desprendían sus ojos.

Cierta emoción que se parecía mucho al miedo dejó a Henar suspendida en aquella mirada. Quería apartarse, pero su cuerpo no reaccionaba. No parecía hallarse ante un licántropo, pero tampoco ante un caballero. Él no se acercó más, pero la siguió contemplando de tal manera que Henar pensó que la estaba encadenando con la mirada. El cosquilleo que atravesó su cuerpo fue ambiguo. La vergüenza, aunque no sabía de qué, el pavor y otra sensación a la que no podía dar nombre, pero que se asemejaba a la confianza, la poseyeron por igual. Se olvidó por completo de que llevaba una navaja en el bolsillo y no reaccionó hasta que él habló de nuevo.

—Pregunto si te has quedado mirando algún pájaro extraño —repitió al tiempo que señalaba con los ojos hacia las ramas del castaño.

Henar sabía que se estaba burlando, puesto que el ademán que había hecho cuando alzó la mirada al cielo no engañaba a nadie.

—Los pájaros extraños están en el suelo. O más bien los pajarracos —respondió ella, recobrada la compostura, la confianza y la seguridad al haberlas convocado el joven con la broma.

—Osada —le dijo él sonriendo, mientras se quitaba de la boca un vinagrillo que había estado mordisqueando.

—Arrogante —respondió Henar, en un tono que ya no daba pie a la ligereza.

Él estuvo a punto de volver a responder, pero algo le hizo cambiar de actitud.

—¿Hay por aquí algún buen lugar para cruzar el río? —le preguntó mientras señalaba hacia el agua.

Lo cierto era que ella también se había preguntado si habría algún puente más cercano al pueblo que el de Ponferrada, pero la noche anterior todo estaba demasiado oscuro para distinguirlo y, durante aquel día, se había alejado del río varias veces y no había visto ninguno.

—No soy de aquí.

—Y ¿de dónde eres?

—Y ¿qué importa eso? Te basta con saber que no soy la persona idónea para preguntar.

—Tampoco eres maragata, apostaría mi fortuna.

Henar se fijaba con toda la discreción que podía en el brillo de su cabello castaño, despeinado y revuelto, en sus ojos negros y profundos, y en una barba incipiente que denotaba que llevaba varios días sin afeitarse.

—Vengo de León —respondió como si se le escapara la voz, casi como si se rindiera en una batalla que hasta ese momento no sabía que se estaba librando.

—¿De León, caminando?

—Llegué ayer en la diligencia. Ahora vengo de Ponferrada y no sé dónde está el puente más cercano —respondió Henar, esquivando de nuevo la broma y con pocas ganas de dar explicaciones, aunque sentía el deseo de hacerle también alguna pregunta. Sin embargo, no se atrevía.

Ahora era él quien la miraba con cierto recelo, pero procuró ocultarlo y reponerse enseguida.

—Pues estamos buenos si ni tú ni yo somos de aquí. ¿Adónde te diriges? —le preguntó de nuevo.

—A Villaverde. Trabajo allí. ¿De dónde eres tú?

—De aquí y de allá, según me vaya...

—Preguntas mucho para no estar dispuesto a responder —replicó Henar, con cierto disgusto por la inconsistencia de la respuesta, dado lo que le había costado encontrar una excusa para preguntarle algo.

—Soy navarro, pero hace mucho que no piso mi tierra.

—¿Por qué?

—Ya sabes, me gusta ser de aquí y de allá... —respondió él sin, de nuevo, dar ninguna explicación.

—Pues bien: tal vez encuentres algún barquero. Y, si no es así, siempre puedes ir a nado —replicó Henar, dispuesta a zanjar una conversación que no parecía conducir a ningún puerto. Tras estas palabras, le retiró la mirada y se dispuso a reemprender la marcha.

—No creo que una carreta y un caballo quepan en una barca, pero si tú fueras la barquera, sería divertido intentarlo.

Ella continuó avanzando, haciendo caso omiso de sus palabras. Él la alcanzó enseguida y se puso a su lado.

—¿Y ya está? —le preguntó—. ¿Te vas a ir sin decirme tu nombre?

—Y ¿por qué debería decírtelo?

—Porque ahora ya nos conocemos —dijo como si fuera obvio, arqueando las cejas de un modo que le agrandaba los ojos.

—Tampoco yo sé cómo te llamas y no me importa —respondió ella fingiendo desinterés, aunque estaba nerviosa al sentir su respiración tan cerca.

—Soy Juan. Dulce campesina, ¿permite que Juan, a quien ya conoce, la acompañe hasta Villaverde? —dijo él mientras se colocaba delante de ella para hacerle una reverencia.

—¿Por qué debería aceptar tu compañía? ¿Crees que con saber tu nombre es suficiente? Si es que realmente te llamas así... —preguntó ella al tiempo que se detenía y trataba de olvidar, ya que no podía ocultarlo, que se había ruborizado.

—Porque puedo protegerte del asesino depravado que anda suelto. ¿No has oído hablar de él?

La expresión de los ojos de Henar cambió. Notó que un escalofrío recorría su cuerpo y retrocedió unos pasos. Dudó sobre la conveniencia de encontrarse hablando con un desconocido; sin embargo, la curiosidad por saber si también se estaba refiriendo al crimen de Matilde le hizo preguntar.

—¿Tú también piensas que la mataron? Porque... supongo que hablas de Matilde.

—¿Matilde es la niña pelirroja? —se sorprendió él, arrepentido de su brusquedad al ver la reacción que había producido en la muchacha.

—Sí, crecimos en el mismo hospicio —le confesó espontáneamente, sin ganas de fingir y, no sabía por qué, sin ocultar su orfandad—. ¿Qué le ocurrió? ¿Qué sabes? ¡Dímelo!

—Lo siento —comentó él, que volvió a mostrar un gesto sombrío. Se mordió los labios y procuró cambiar de actitud para retomar el aire burlón—. Y ¿puedo saber tu nombre?

—No hasta que me digas qué sabes de la muerte de Matilde —respondió, notando que los ojos comenzaban a llenársele de lágrimas—. ¡Necesito saberlo!

Cierto. Ya no se trataba sólo de curiosidad, intuía que en la verdad que se le ocultaba había algo aún más importante que la muerte de Matilde. Algo que la hacía estremecer.

—Si me dejaras acompañarte, dulce campesina... —volvió a insistir con el mismo apodo burlón. Al ver que la información que tenía era valiosa para ella, sentía la seguridad de persuadirla—, podría contarte lo que sé por el camino...

—Me llamo Henar —dijo ella al fin, limpiándose las lágrimas e intentando recomponerse. Ni siquiera se le ocurrió darle un nombre que no fuera el suyo.

—Encantado de conocerte, Henar —respondió él al tiempo que fingía quitarse un sombrero que no llevaba—. ¿Aceptas que te proteja hasta tu destino?

—Aunque me hayas dicho tu nombre verdadero, sigo sin saber quién eres. ¿A qué te dedicas? —preguntó ella en un intento de saber más de aquel hombre antes de seguir camino con él.

—Busco tesoros —respondió él y, de nuevo, a Henar le pareció una broma que le hizo torcer el gesto y hacer ademán de esquivarlo—. Mujer, no te enfades, no me estoy burlando. Me refiero a que busco restos arqueológicos y ese tipo de cosas. Trastos inútiles por los que los británicos pagan muy bien.

—¡Ah! Ya entiendo: ¡eres un contrabandista! —dijo Henar, medio en broma medio en serio.

—No exactamente. No se trata de mercancía ilegal. Aunque no voy a afirmar que todo en mi vida haya sido tan limpio... Ni que a la Guardia Civil le guste lo que hago...

Henar dudó un momento, la referencia a los civiles no lo recomendaba, pero, por otro lado, había notado sinceridad en las palabras del joven. Tal vez por esa franqueza, enseguida añadió:

—No puedo impedirte que vayas a mi lado. Y necesito saber qué le pasó a Matilde... Lo has prometido.

En parte era cierto. Las dudas la habían carcomido durante todo el trayecto, pero también hubo de reconocer que le gustaba la compañía de aquel muchacho. El desparpajo y la seguridad que mostraban la atraían por igual. O tal vez fueran sus ojos, unos ojos que la miraban como si tampoco ellos pudieran despegarse de la joven a la que observaban.

—Tengo a Itzal esperando. El carro no es muy cómodo, pero avanzaremos más rápido en él. Supongo que en Villaverde alguien podrá decirme cómo cruzar a Orellán, que no está lejos. A un par de leguas si consigo vadear el río.

Antes de que Henar pudiera preguntar quién era ese Itzal, él ya la había liberado del paquete de zapatos, se lo había echado al hombro y la había cogido de la mano para llevarla por un sendero hacia no sabía dónde. Ella era consciente de que debía resistirse, no conocía a Juan y podía tratarse de alguien peligroso, pero no se resistió. Se sentía bajo una subyugación que anulaba la voluntad y el sentido común.

8

Aquella noche lo pensaría. Recordaría esa escena y se reprocharía no haber actuado con más cautela. No sólo sor Piedad le habría dicho que eso no estaba bien, sino que, además, era peligroso en sí y, más aún, dadas las circunstancias. Porque... qué sabía ella de aquel joven. Nada. Se había dejado arrastrar por un extraño. No tenía perdón de Dios. Podría haberle ocurrido cualquier cosa, incluso lo peor, y nadie lo habría sabido hasta que encontraran su cadáver. Pero el contacto de su mano le había producido una sensación extraña que le había impedido pensar con claridad. Era una mano grande y él la apretaba de un modo que le daba seguridad. Y necesitaba saber...

Juan andaba deprisa y Henar tenía que esforzarse por no quedar atrás. En un momento dado tropezó, sin llegar a caer, pero se le resbalaron las cuartillas y fueron a parar a la tierra humedecida. Él se detuvo y las recogió.

—¿Para qué son? ¿Dibujas?

Esas palabras rompieron el hechizo en el que se veía sumida y tomó conciencia de que le había permitido acompañarla para saber de Matilde. Respondería a sus preguntas para que él respondiera a las que le formulara ella.

—Para enseñar a leer y a escribir a una niña sorda. Los zapatos también son para ella —añadió señalando el paquete.

Él volvió a mirarla sin traslucir lo que pensaba, y siguió avanzando, aunque al cabo de un minuto volvió a preguntar:

—¿Ése es tu empleo?

—No lo sé aún.

—¿Cómo que no lo sabes?

Aunque estaba contando demasiado de sí misma a un desconocido, había algo en ella que no sabía frenar sus palabras y que formaba parte de esa sensación peculiar que la envolvía. No sólo le explicó cómo había llegado hasta allí, sino que incluso le habló de la inseguridad de su futuro.

—No te recomiendo las minas de oro —respondió él cuando Henar acabó su relato.

—¿Demasiado legal para ti? —preguntó ella, atreviéndose a retenerle la mirada cuando él se giró para observar su expresión de burla.

—Demasiado duro para cualquiera. No se trata sólo de que el agua frena el golpe de la azada cuando se pica el fondo del río y hay que hacer mucha fuerza, también supone estar inclinada para menear sin parar el cuenco y azogar los sedimentos con mercurio. Eso es muy malo para la espalda. Y lo de estar en remojo todo el día, sin casi descanso de sol a sol, excepto el rato de comer en la orilla, envejece los huesos rápidamente. Cierto que sólo es en verano, pero se encuentra poco oro y luego hay que ir a venderlo. Una mujer sola, bonita como tú...

—Me las apañaré.

—¿Conoces Las Médulas?

—No, ¿qué son?

—Es un lugar. Si atraviesas el Sil y vas hacia el sur, pasado Orellán, encontrarás unas montañas de oro.

—¿Montañas de oro? Si las hubiera, ya habría oído hablar de ellas. No me tomes por boba.

—Bueno, ya no hay oro, pero lo hubo, y mucho. Los romanos se lo llevaron todo. Pero el nombre de Orellán viene de ahí.

—¿Se llevaron las montañas?

—No, mujer. Las horadaron con agua que canalizaron de los riachuelos cercanos, creando una red de galerías en pendiente. El agua arrastraba las tierras auríferas a los lavaderos. ¿No has oído hablar de las cortas de minado?

—No, ya te he dicho que mi destino no serían las montañas, sino los ríos.

—El agua incluso llegaba de la nieve del Teleno. Estuve rastreando allí hace unas semanas.

—¿Buscabas oro en la nieve?

—No. Buscaba. Nunca sé muy bien qué voy a encontrarme. Y encontré, te lo aseguro. Unas piedras muy interesantes.

—¿Diamantes?

—No, de otro tipo. Algún día, si somos amigos, te las enseñaré.

Llegaron a una carreta vieja en la que había varios sacos y unas mantas, y estaba atada a un precioso caballo andaluz de pelaje negro y de larga crin, al que Juan llamó y acarició nada más acercarse a él.

—Buen chico, Itzal —le dijo al tiempo que soltaba la mano de Henar, que miraba extasiada al caballo mientras pensaba: «Bien, un motivo para rebajar el miedo: Itzal no es otro hombre, sino un hermoso animal».

—¿Éste es tu carro?

—Es más que eso. Es mi casa —explicó él—. Aquí llevo lo imprescindible y me permite cambiar de lugar cuando quiero.

A Henar le intrigaba el desapego del joven. Era navarro, pero, tal y como él había comentado, hacía mucho que no iba a su tierra. ¿Por qué? Henar no pudo resistirse a preguntar.

—¿No tienes ya familia en Navarra? Es que... como no parece que los vayas a visitar y estás tan lejos de allá... —dijo la muchacha, no sin darse cuenta de que había sido demasiado directa, por lo que añadió—: Perdona, no es asunto mío...

Una sombra atravesó los ojos de Juan. Antes de responder, pareció sumirse en recuerdos desagradables y, mientras, se dedicó a quitar un saco que se encontraba sobre el asiento del carro y que dejó a la vista el cañón de un fusil Tower oculto tras él.

—Supongo que tengo un hermano en algún lugar... Si no está ya muerto —respondió el joven, sin esquivar, por primera vez, la pregunta, y con una indiferencia que intrigó a la muchacha.

—No da la sensación de que le tengas mucho cariño...

—Y no se lo tengo. No es buena gente, Henar —dijo mientras negaba con la cabeza para, después, con el mentón levantado y mirándola fijamente, añadir—: Ningún hijo de mi padre es buena gente.

Se hizo un silencio entre ambos y, luego, cuando Juan volvió en sí, con un gesto la invitó a subir a la carreta. Henar obedeció, del mismo modo que lo llevaba obedeciendo todo el rato, y se colocó a su lado sin decir una palabra.

No hablaron durante cinco minutos en los que a ella le vinieron a la cabeza imágenes que procuró rechazar. ¿Qué había querido decir con que ninguno de los hijos de su padre era buena gente? ¿La estaba previniendo de algo? Fue Juan quien volvió a hablar para decirle que tenía algo de pan en la carreta. Ella, saciada por la fruta, rechazó la invitación y recordó que había aceptado su compañía para averiguar cosas sobre el crimen de Matilde. Aunque, desde que estaba con él, ningún otro sonido ni movimiento de sombra había vuelto a parecerle amenazante.

—Me has prometido que me hablarías de la muerte de Matilde.

—¿Qué quieres saber?

—¿Cómo sabes que no fue un lobo o un accidente, sino alguien?

Juan la contempló durante unos segundos, como si dudara de la conveniencia de contarle la verdad.

—Lo has prometido... —insistió ella, que notó sus reticencias.

—Encontraron a la niña sin ropas. Eso sólo puede haber sido obra humana.

—¡Dios mío! —se lamentó ella—. ¿Quién es capaz de algo así? ¡Diez años! ¡Sólo era una niña de diez años!

Juan bajó la mirada. Sabía que no había consuelo para una noticia como ésa. Henar apretó los puños y se mordió los labios. Tras unos instantes en los que él le permitió que asumiera la noticia y rabiara por dentro, volvió a darle conversación para despistarla de su pena.

—¿Has visitado la zona de La Tebaida?

—No —respondió ella de forma automática, todavía sumida en la evocación del sufrimiento de Matilde.

—Allí se encuentra el Valle del Silencio, es un lugar precioso y hace justicia a su nombre. Parece que ni los pájaros cantan.

—Ya te he dicho que acabo de llegar. Nunca había salido de León —repitió ella, con voz apenada y sin demasiado interés en lo que él tuviera que contarle.

—No muy lejos, se halla Compludo, donde el reguero del Atajo desemboca en el río Meruelo. Allí nunca hay silencio. El martillo de su fragua nunca se detiene y los golpes se escuchan constantemente en los alrededores. ¿No te parece gracioso?

—Difícil resultará dormir —observó ella, aún sin ganas de hablar, aunque se había olvidado de Matilde y leyendas de licántropos.

—Si te has criado con monjas, te gustarán las iglesias —insistió él para que dejara de pensar en lo que podría haberle sucedido a la niña leonesa antes de morir—. La de Peñalba es muy antigua, de estilo mozárabe, vale la pena pasarse por allí.

—Tal vez.

—La zona se llama Tebaida en homenaje a la ciudad egipcia, por los numerosos templos que hay en ella. También está llena de valles y riachuelos. Es un buen lugar para cultivar viñedos si uno quiere asentarse y puede permitirse arrendar unas tierras.

—¿Ésa es tu idea? —preguntó al fin la muchacha con cierto interés—. ¿Piensas sembrar viñedos y, tal vez, construir un lagar?

—¿¡Sembrar!? —dijo Juan, al tiempo que reía abiertamente por primera vez—. No tengo dinero, mujer, pero, si lo tuviera, tampoco me dedicaría a la siembra. Los cultivos te obligan a cuidarlos y a quedarte. Y yo tengo espíritu nómada, no soy de estar mucho tiempo en el mismo sitio. Ya te he dicho que llevo mi casa a cuestas —añadió, señalando los sacos que llevaba atrás.

Así que no era un tipo de compromisos. Un alma libre, pensó Henar, y sintió que había algo en esta conclusión que le hacía daño y que, sin darle más vueltas, achacó a cierta envidia: ¿por qué no podían las mujeres, por qué no podía ella ser un espíritu nómada? La habían educado para servir, para permanecer en un lugar, pero, al mismo tiempo, había podido cultivarse y deseaba conocer, deseaba saber. Y el conocimiento empuja a ir más allá, también en cuestión de movimiento. Los eruditos que había conocido a través de las lecturas de doña Eulalia eran asiduos viajeros.

De nuevo permanecieron en silencio, como si él entendiera por qué ella no había replicado. Como si supiera por qué se había quedado como ausente, sumida en unos pensamientos recién descubiertos. Sólo el canto de los mirlos rompía el silencio y Henar se sentía cómoda, como en familia, al escucharlos. Cuando pasaron por la encrucijada que llevaba a Dehesas, se encontraron a un pastor y Juan detuvo el carro. Le preguntó si había algún puente cercano por el que pudiera cruzar el río en el carro y el hombre le indicó que en Villaverde había uno, pero que no podría usarlo por allí porque era un puente colgante. Pero si continuaba un poco más, enseguida encontraría una zona en la que el río se estrechaba y no era profundo, y podía atravesarse sin dificultad si el caballo era manso.

—Yo no lo llamaría manso, pero sabe obedecerme —dijo

Juan, mientras echaba una mirada complaciente y orgullosa a Itzal.

Luego continuaron el camino y él comenzó a silbar, y ese sonido arrullador se mezcló con el de los pájaros. Henar estaba tensa. Notaba unas cosquillas cálidas que recorrían su piel y, por momentos, no sabía qué decir ni adónde mirar. Iba sentada al lado de un desconocido y, sin embargo, la sensación era de seguridad. Estaba nerviosa, pero aquellos nervios no le causaban zozobra, sino un ligero y agradable estremecimiento. Y, a pesar de sentirse un poco fuera de sí, era muy consciente de su cuerpo y sabía que deseaba permanecer allí. No la conocía, pero había oído hablar de esa sensación. Y no tenía miedo, pero sí cierta mezcla de timidez y orgullo, sin atreverse a decir cuál de las dos sensaciones destacaba más. Él continuaba silbando, tal vez ajeno a sus emociones o tal vez consciente y ufano de ellas. Se acercaban al desvío hacia la casa de los Hurtado cuando ella le pidió que se detuviera.

—Aquí me bajo. El resto lo haré sola. No quiero causar una mala impresión —le dijo Henar y, como él la miró son sorna, se vio obligada a explicarse—: No quiero que piensen que soy una coqueta o algo así.

—Será un placer volver a verla, dulce campesina —se despidió Juan mientras, al tiempo que ella bajaba del carro, una vez más fingía levantarse el sombrero.

Ella sonrió ante esa broma, pero cuando Juan levantó la cara, Henar vio que su gesto había cambiado. Su sonrisa había desaparecido y sus rasgos se habían endurecido: apretaba las mandíbulas y fruncía el ceño. Ya no la observaba a ella, sino que su mirada enfocaba hacia el final del sendero. Henar se volvió para mirar hacia allí. Vio a dos hombres a caballo, de espaldas a ellos. Por el uniforme azul marino, comprendió enseguida que se trataba de dos guardias civiles. Juan tiró de las riendas de Itzal y la carreta arrancó de forma apresurada. Ella, aún sorprendida por la reacción de él, tomó el sendero que conducía a la palloza de los Hurtado. ¿Qué motivo tenía Juan para esquivar así a la Guardia Civil? Él mismo había dicho que no les gustaban sus actividades. Y, aunque había afirmado que no se dedicaba a nada ilegal, la idea de que era un contrabandista y un fugitivo de la ley cobró fuerza en ella. No le gustaron las sensaciones que comenzaron a preocuparla ante esa idea.

A medida que se adentraba en el sendero, notaba de nuevo el molesto zumbido de las abejas, que no sólo aumentaba de volumen a cada paso, sino que entonaba con la confusión que sentía en esos instantes. La presencia de los agentes fue lo único que logró relajar la inquietud que, de repente, la apresaba. Perdió de vista a los guardias durante un momento, donde el sendero rodeaba unos árboles poblados, pero, cuando volvió a divisar la entrada de la casa, allí estaban los caballos, sin sus jinetes. Los dos guardias se encontraban ante la puerta, que se abría con lentitud.

Cuando ella llegó a la casa, los civiles ya estaban dentro. Uno de ellos, con el pie apoyado en el travesaño de una silla, miraba fijamente a Baia, mientras que el otro, que lucía una espesa barba, permanecía de pie y era el que hablaba. La mujer estaba visiblemente nerviosa y se limitaba a decir: «*Non sei nada*»; «*non sei de que falan*». La niña no estaba a la vista y, seguramente, no se había enterado de aquella visita. Parecía que Hurtado aún no había regresado. El guardia de mayor rango vio a Henar asomarse por la puerta y se la quedó mirando con cierto grado de sorpresa, que muy pronto abandonó para preguntarle quién era. Ella dijo su nombre y reconoció al otro guardia, el que tenía el pie en la silla, pero éste, si también la identificó, no dijo nada.

—*Ela tampouco* sabe nada —dijo Baia mientras negaba con la cabeza.

—¿Vives aquí? —le preguntó el que era de grado superior.

—Por el momento —respondió ella sin aclarar nada más.

—Curiosa respuesta —dijo, procurando sonreír, el autor de la pregunta. Sin embargo, enseguida recobró la seriedad—. Soy el teniente Verdejo. Supongo que no tendrás inconveniente en responder de un modo un poco más concreto a un par de preguntas.

—Pregunte lo que quiera —dijo al tiempo que dejaba el paquete con los zapatos y las cuartillas sobre la mesa.

—¿Desde cuándo resides en casa de esta gente? —le preguntó mientras señalaba a la mujer de Hurtado sin demostrar mucho respeto.

—Desde ayer.

—Es cierto, teniente —intervino el otro guardia civil—. Ayer, Andrés y yo nos la encontramos preguntando por el camino. Don Faustino Aliaga la acompañó hasta aquí.

Baia, que hasta entonces miraba al suelo, en una actitud sumisa, levantó la cabeza y se quedó observándola fijamente; su expresión era seria, pero insondable. Había sucedido demasiado pronto y de manera casual, eso que Henar tenía que haber evitado, que alguien mencionara el nombre de don Faustino en casa de los Hurtado. Henar, muy preocupada ahora por su futuro en la casa, bajó la cabeza para evitar la mirada de Baia.

—Así que conoces a don Faustino... —dijo el teniente Verdejo.

—Lo conocí ayer. Cuando supo que no era de la zona, se ofreció muy amablemente a acompañarme. En el carruaje también iba una mujer —añadió para no dar imagen de insensata.

—Y ¿él sabía que venías a casa de Hurtado?

—Sí, señor.

—No estabas aquí, pues, hace una semana —dijo Verdejo, aunque se trató más de un pensamiento en voz alta que de una pregunta.

—Puede preguntárselo a sor Virtudes —repuso Henar y, a continuación, le contó quién era, de dónde venía y por qué estaba allí, sorprendida de sí misma, aunque bien sabía que la primera mentira sólo es el pie de todas las que vendrán a continuación.

—Entonces, ¿conocías a la niña asesinada?

—La conocía, señor —respondió a la vez que sentía un escalofrío: aquella palabra en la boca de un guardia civil, no de una campesina supersticiosa o de un joven aventurero, era ya un calificativo del que no podía dudar.

—¿Sabes si llevaba dinero?

—Estoy convencida de que llevaba el dinero justo para el trayecto. No tenía familia ni nadie que pudiera ayudarla.

—Mi más sincero pésame —dijo el teniente, relajando el semblante antes de volverse hacia Baia, que había permanecido expectante durante aquellos minutos.

—¿Durmió aquí su marido hace una semana?

—*É* posible.

—Eso no es una respuesta, Baia —dijo el teniente, contrariado lo suficiente para que aquella malcarada ampliara su respuesta.

—*Non conto* los días en que *o meu home* duerme aquí. Tiene negocios. Va y viene. A veces vuelve *cando eu ainda duermo* y sale da cama antes *do amencer*.

—Su marido no es muy madrugador; a no ser que le sea necesario.

—Los negocios son necesarios.

—No me mienta. Los dos sabemos que, desde el asalto a los maragatos, su marido ya no tiene «negocios» —dijo el teniente Verdejo y, ante el silencio de Baia, añadió—: Aquel día perdió a la mayoría de sus «socios».

9

El rostro de Baia pareció entumecerse durante unos instantes, pero enseguida una llama de rabia y desdén asomó a sus ojos y, casi entre dientes y sin recurrir al gallego, respondió:

—Mucha palabrería tiene usted. Y eso es lo único que tiene. Porque si tuviera algo más, ya habría detenido a mi marido. Si no lo ha hecho, no es por falta de ganas. Así que no venga aquí a enturbiar esta casa.

Henar escuchaba atónita el interrogatorio y no sabía cómo reaccionar. ¿Debía permanecer allí o era mejor que buscara algo en que ocuparse que le proporcionara una excusa para salir? Sabía que Baia no estaría contenta de que ella presenciara aquella escena y, sin embargo, la curiosidad pesaba más, así que se quedó.

—¿Sabe que es un delito obstruir las investigaciones de la Guardia Civil? —preguntó el otro guardia, que bajó el pie de la silla y puso los brazos en jarra con gesto amenazante.

—He contestado a sus preguntas. Si no tienen nada más, pueden marcharse —dijo Baia, invitándolos a salir.

En aquel momento, Lúa, que, silenciosa, había bajado desde el altillo, observaba extrañada a los civiles.

—Volveremos, señora. Por mucho que quiera encubrir a su esposo, acabaremos cogiéndolo —la advirtió el teniente y, con esas palabras, puso fin a la visita.

Lúa corrió hacia su madre para abrazarse a sus piernas y ella le acarició el cabello sin mirarla.

Aunque al principio la presencia de los guardias no había incomodado a Henar, al entrar en la palloza y presenciar el interrogatorio, había ido notando el efecto contrario. Ahora era presa de los nervios y se sintió aliviada al ver que se marchaban. Pero no pudo calmarse enseguida, puesto que, antes de salir por la puerta, el teniente Verdejo se volvió hacia ella y le dijo:

—Si notas algo extraño, búscanos. Si no lo haces, te convertirás en cómplice de esta gente. Y eso, muchacha, no te conviene.

Las palabras sonaron más a amenaza que a consejo. Un cosquilleo gélido atravesó el cuerpo de Henar, que se limitó a asentir con un breve parpadeo de ojos. Cuando cerraron la puerta tras de sí, notó que Baia la observaba fijamente. No había palabras, pero resultaba obvio que la estaba avisando de que no se le ocurriera abrir la boca, aunque Henar ignoraba qué podría saber ella que comprometiese a Hurtado.

—He traído papel y lápices —comentó la joven con intención de distender el ambiente, aunque sabía que no iba a resultar fácil. Y, a continuación, le mostró las cuartillas que había dejado sobre la mesa y los lapiceros—. Y he comprado los zapatos nuevos.

Eso pareció relajar la expresión de Baia, que volvió a acariciar el cabello de su hija y luego, con voz más tranquila, le dijo a Henar:

—Mira, rapaziña. A la gente de aquí le gusta mucho

falar. No tienes que hacer caso de lo que oigas. —Y, como Henar no respondió, señaló a un caldero y añadió—: Hay pote de lamprea y *patacas. Supoño que terás fame*...

—Un poco, señora —respondió Henar al tiempo que sonreía a Lúa.

En realidad, la fruta le había servido para aliviar más la sed que el hambre y, a pesar de no haber caminado los últimos kilómetros, el trayecto de ida y vuelta y las tensiones añadidas al camino por los cuentos de viejas, el encuentro con Juan y la certeza de que Matilde había sido asesinada de malas maneras la habían agotado.

—La nena ya ha comido y yo estaba a punto de hacerlo cuando han llegado esos *indesexables*.

Henar la ayudó a servir la mesa. Durante el almuerzo, hablaron poco. Se notaba que Baia estaba acostumbrada a la soledad. No era una mujer que necesitara parlotear para sentirse cómoda y su hermetismo no invitaba a que Henar invadiera su espacio. Sin embargo, ella no podía aguantarse su curiosidad.

—Dicen que Matilde, la niña del hospicio de León que encontraron muerta en el río, la que mandó venir su marido...

—Sí, ya sé quién dices. ¿Qué pasa con esa rapaza? —preguntó a su vez con voz de pocos amigos Baia.

—Dicen que fue asesinada —se atrevió a terminar Henar.

La gallega ni la miró ni pareció sorprenderse. No habría mostrado mayor interés si le hubiera dicho que había empezado a llover.

—¡Dicen, dicen! Ya te he dicho que a los tontos les gusta mucho *falar*. Si eres lista, callarás y no dirás tonterías.

Ante esta respuesta, desistió de preguntarle sobre licántropos, no quería que la considerara boba.

Después de comer, Henar decidió aprovechar las horas de luz para comenzar su labor de maestra con Lúa, quien se mostró contenta cuando le enseñó los zapatos que le había comprado. Salió con ella al exterior y buscó un lugar seco para sentarse en el suelo. Procuró olvidarse del zumbido de las abejas y centrarse en su propósito. No sabía muy bien cómo empezar ante esa niña atrapada en el silencio. Conmovida, tomó la mano de Lúa y dibujó caricias en su palma para que fuera cogiendo confianza. Luego repitió la misma caricia con el lapicero sobre una cuartilla y Lúa quiso enseguida agarrar el lápiz, maravillada porque del papel había brotado una flor.

Aquel día, el avance fue lento, o ésa fue la sensación que Henar tuvo. Aparte de la A mayúscula, no aprendió a escribir ninguna letra más. Sin embargo, al final de la tarde consiguió que pronunciara tres vocales. Durante toda la tarea, trató de recordar lo que había oído en el hospicio sobre la enseñanza a sordos. Sabía que se usaban letras táctiles, incluso que se aprovechaba el gusto y el olfato para hacer distinciones, aunque le sonaba que, más bien, esto se utilizaba para sordomudos e incluso para sordomudos y ciegos, así que, en teoría, lo suyo era más fácil. Lúa veía y no necesitaba tanto. Ni era muda. En aquellos momentos, más que agradecer su curiosidad, se lamentó de no haberse interesado más en lo que decía sor Virtudes...

De todas formas, tuvo que reconocer que tampoco lograba concentrarse del todo. Las insinuaciones de la Guardia Civil le habían creado muchos interrogantes y su imaginación se disparaba hacia lugares brumosos. Se preguntaba de qué acusaban a Hurtado, cuáles serían sus «negocios», qué problema tendría Juan con los civiles y, también, tenía la cabeza llena de imágenes terribles sobre la muerte de Matilde y lo que le habría ocurrido poco antes.

Así que ni tenía conocimientos suficientes para inventar un método que funcionara con la niña ni se encontraba en el mejor de los momentos para hacerlo bien. Fue consciente de que experimentaba. Con dibujos, juegos de imitación de cómo colocar los labios y la relación de éstos con un sonido, no había resultados. Y, sin embargo, dio un gran paso cuando se le ocurrió poner la mano de la niña en su garganta a la vez que ella pronunciaba la «a». La niña debió de notar las vibraciones porque enseguida imitó la postura e hizo varias pruebas hasta que surgió un sonido. Henar sonrió y, emocionada, colocó la mano en la garganta de la niña y Lúa hizo lo propio. Poco a poco fue consiguiendo que modulara bien la «a». Procuró hacer lo mismo con el resto de vocales, que eran los sonidos más fáciles, y a lo largo de la tarde la niña también identificaba la «i» y la «u», y las relacionaba con su forma, aunque no supiera dibujarlas. Sin embargo, no acertaba con la «e», que pronunciaba como una «i»; ni con la «o», para ella, una «u» más abierta. Pese a todo, Henar no consideró que aquello fuera un gran avance, aunque sí se sintió orgullosa de haber despertado el interés de Lúa, o más bien el entusiasmo, porque fue la niña la primera en lamentar que el sol perdiera su fuerza y el añil del cielo dejara lugar a una combinación de grises y dorados que se iban apagando.

Baia, que se había perdido entre los arbustos para cuidar de sus colmenas, regresó con un balde cargado de algo que Henar no distinguió, pero que, cuando la ayudó a meterlo en la casa, vio que era cera. Le sorprendió que no la siguiera ninguna abeja y entonces notó que el zumbido ya había desaparecido. Había anochecido. Agradeció la llegada de la sombra que acababa con la actividad de aquellos insectos, sin saber qué iba a depararle la noche. Los pequeños bloques de cera aún tenían la forma de las celdas y sintió curiosidad por saber qué iba a hacer la mujer con ellos. Cada vez se sentía más ignorante de la vida en el campo, pero también deseaba aprender.

—¿Hay que calentarla para que se funda y poder hacer velas? —preguntó, aprovechando su curiosidad para intentar conversar con Baia y demostrar interés por el que podría ser su futuro trabajo.

—No hago velas —respondió la mujer y, mirando a la niña, preguntó—: *¿Xa dis algunha* palabra?

La joven negó con la cabeza. Luego añadió:

—Pero pronuncia tres vocales y sabe lo que le estoy pidiendo. El aprendizaje es lento. Hoy se ha familiarizado con el lapicero y con la modulación de los labios, así que me doy por satisfecha. Le prometo que lo conseguiré —procuró convencerla. No sabía por qué, en aquellos momentos, más que nunca, deseaba quedarse.

—Facer cera tamén é lento. Para una libra de cera, *as abellas* ingieren varias de *mel. Ademais, fan falta abellas xoves*. Esta cera la usaré para preparar la base de otra colmena.

—¿Cuántas colmenas tiene?

—Setenta y dos.

Al oír la cifra a Henar se le pusieron los pelos de punta.

—Y ¿cuántas abejas hay en cada una?

Baia la miró divertida y soltó una carcajada.

—Decenas de miles. *¿Entés agora por que non temos*

vecinos cerca? Hay gente a quien molesta su presencia. *Mais eles son a vida...*

—¿Y no son peligrosas para la niña? —preguntó al tiempo que miraba a Lúa y la niña le brindaba una sonrisa.

—*As abellas non atacan se non séntense ameazadas.*

—¿Hablas de amenazas, mujer? —preguntó una voz a sus espaldas.

Lucio Hurtado acababa de llegar y no lo hacía solo: venía acompañado por un hombre más joven de figura escuálida y pelo lacio y rubio.

—*Falábamos de abellas* —respondió Baia, sin alegrarse mucho por su presencia.

El hombre joven miró a Henar de arriba abajo, y la rodeó, demorándose en ciertas partes de su cuerpo. Ella se sintió entre avergonzada y furiosa mientras que a Hurtado parecía hacerle gracia.

—¿Te gusta? —le preguntó Hurtado como si estuviera orgulloso de la mercadería.

—¿Quién es? —inquirió el extraño sin quitarle la mirada de encima.

—¡Nos la ha enviado el Señor...! —exclamó Hurtado, y se echó a reír de su propia ocurrencia.

—Enseñará a *falar* a Lúa —dijo Baia, interrumpiendo las carcajadas como si un afán protector la moviera.

—¿Hace milagros...? ¡Ésta sí que es buena! —se mofó Hurtado, pero enseguida centró su atención en algo más mundano—. ¿Qué hay de cenar?

—¿Va a quedarse éste? —le dijo Baia a su marido, sin mirar al joven, pero señalándolo con la mano.

—Onésimo, mi esposa pregunta si vas a quedarte —preguntó Hurtado a su amigo con tono de burla.

—¿Acaso no me has invitado?

—Ya lo has oído, mujer, es mi invitado. Y si no te gusta, que se ocupe de atenderlo la muchacha. No sé por qué me da que a él le gustaría que fuera así —añadió mientras dedicaba una mirada a su amigo y, luego, otra a Henar.

Henar estaba sobrecogida por la lascivia con la que Onésimo la miraba. De no haber estado presente Baia, no sabía qué podría haber ocurrido, porque no parecía que Hurtado tuviera mucho interés en defenderla. Más bien al contrario, lo animaba. Aunque Onésimo no fuera un hombre alto y corpulento, los músculos que se le marcaban en el cuello demostraban que era fuerte.

De repente, Henar pensó que sería buena idea marcharse. Las ganas de quedarse que había sentido instantes atrás acababan de esfumarse. Algo la avisaba de que no era buena idea. Tal vez sería preferible emplearse en las minas. O acudir a Aliaga. O volver a Ponferrada para intentar encontrar un trabajo. O regresar a León y suplicar a sor Virtudes que la dejara quedarse en el hospicio hasta que don Jaime Montes regresara de las Américas. Sin Hurtado, se había sentido tranquila. Pero, ahora, ni aquel hombre ni su acompañante le inspiraban ningún tipo de confianza. La noticia de que la muerte de Matilde no había sido un accidente no ayudaba a su tranquilidad. Sin embargo, algo hizo que demorara su decisión. Por un instante, le vino a la mente la imagen de Juan, pero enseguida la desechó. Tal vez fueran los ojos de Lúa, que, mientras comía, la miraba embelesada. Henar notó que se le despertaba la ternura y que se mezclaba con otros sentimientos más funestos. No, no podía abandonarla. Ni debía tomar decisiones por la impresión que le producían dos hombres burdos y groseros. Simplemente, procuraría no quedarse a solas con ninguno de ellos y buscar siempre la presencia de Baia. Aunque ello significara tener que moverse entre colmenas.

En la cena, a pesar de que Onésimo continuó observándola de vez en cuando, los hombres estuvieron hablando entre ellos, como si la presencia femenina no fuera humana. No decían nada de interés, sólo mencionaban, de forma jocosa, la borrachera de algún lugareño o la bronca surgida entre algunos vecinos. En la burla se sentían más viriles. Durante unos minutos, Henar se quedó a solas con ellos, pues Baia subió al altillo a acostar a Lúa.

—¿No te ha ofrecido Baia la cama de Antón? —le preguntó Hurtado de sopetón.

Henar lo miró sin saber de qué estaba hablando, y sin gustarle nada la intención que traslucía aquella pregunta.

—Parece que se ofende, Onésimo. La joven nos ha salido remilgada. Si sigue durmiendo con la retrasada, no te la podré ofrecer.

—No me importaría cortejarla si se cree una señorita. ¿Sabe cocinar? —le preguntó Onésimo a Hurtado, sonriendo.

—¿Sabes cocinar, muchacha? —dijo Hurtado, sin dignarse mirarla.

—Sé hacer muchas cosas, pero no voy a permitir que me corteje un tipo como ése. Y, mucho menos, que usted crea que puede disponer de mí como si fuera mercancía. Debería andarse con cuidado y no meterse en líos si la Guardia Civil lo está buscando.

Estas últimas palabras hicieron que Hurtado se atragantara con el vino que acababa de sorber y lo escupiera sobre la mesa.

—¡¿Han venido los civiles?! —gritó y, en lugar de aguardar respuesta, llamó a su mujer—: ¡Baia! ¡Baiaaa! Vieja bruja, ven y dime por qué no me has contado que hemos tenido visita.

—No la tienes educada, patrón —se burló Onésimo, lo que irritó más a Hurtado, quien se levantó de su asiento dejando caer la silla hacia atrás.

—¡BAIAAA! —insistió, gritando más fuerte.

La mujer bajó apresuradamente para no ponerlo más nervioso y se quedó de pie, al lado del hogar.

—¿Desde cuándo me guardas secretos? —le reprochó—. ¿Ha estado o no ha estado aquí la Guardia Civil?

Baia miró a Henar sin ninguna simpatía y luego enfrentó a su marido.

—Están nerviosos por el crimen de la niña esa. Les he dicho que *non* sabía nada.

—¿Que no sabías nada de qué? ¿Qué han preguntado? —insistió Hurtado.

—Querían saber dónde habías estado los últimos días. Pero ¡*xurote que non dixéseles* nada!

—¿Estás segura de eso, mujer? ¿Sabes las consecuencias que tendría que hubieras hecho lo contrario? —dijo desviando la mirada hacia la escalera. Henar entendió que se estaba refiriendo a Lúa.

Onésimo anunció que se marchaba y eso ayudó a rebajar la tensión. Hurtado reprochó a su amigo algo que debía referirse al pasado y que Henar no entendió y, cuando cerró la puerta tras él, miró a su mujer.

—¿El teniente Verdejo? —preguntó y, ante el asentimiento de Baia, añadió más para sí que para su esposa—: Como no se ande con cuidado, ese malparido va a tener un accidente un día de éstos. No conviene ir provocando... Y, sobre la muchacha: ¿le darás el cuarto de Antón?

Aunque no supiera a quién se refería, Henar observó que a Baia no le gustaba la idea, pero Hurtado insistió:

—Tu rapaz está muerto, mujer. No va a volver. Y a esta muchacha le podemos sacar partido.

No dijo nada más, pero la miró de tal manera que Henar sintió que esas palabras no auguraban nada bueno. Pensó en la navaja con cierta esperanza y se prometió que nunca saldría sin ella.

—Lucio, *xa te dixén que ensinara a Lúa. Xusto por iso, eu doy grazas o Ceo pola súa chegada...*

—¡Gracias al Cielo! —la interrumpió Hurtado, mofándose de sus palabras—. No seas ilusa, mujer. ¡Te aseguro que las cosas no llueven de ningún Cielo!

Haciendo caso omiso de la burla, Baia miró a Henar y añadió:

—*Hoxe* dormirá de novo con Lúa. Mañana, si sigues empeñado, *xa prepararei* el cuarto de Antón.

Aquella noche, Henar se tumbó nuevamente junto a la niña, pero no concilió el sueño tan deprisa como la anterior. Había dejado los postigos abiertos otra vez y se filtraba por los cristales mal encajados un aire fresco. La incomodidad que sentía y la mala espina que le ocasionaba la presencia de aquellos tipos le habían hecho desistir de preguntar sobre Romasanta; al fin y al cabo, eso de los hombres lobo debía de pertenecer a la fantasía de una campesina. Y, tal vez, el hecho de pensar ella misma que corría el riesgo de ser asesinada era algo exagerado y fruto de su sugestión, pero ser mujer y no tener a nadie que la protegiera la exponía a otro tipo de peligros. Y de ésos, las monjas le habían hablado en muchas ocasiones. La naturaleza de los hombres, poseída por instintos desconocidos para las mujeres honradas, estaba presente en cualquier lado a modo de amenaza y escapaba a la educación. Temía que Matilde hubiera sido víctima de esos instintos. El modo en que la había mirado Onésimo confirmaba que existían. Y, también, la complacencia de Hurtado al observarla detenidamente y comprender que podría sacar provecho de ella si la ofrecía al mejor postor. ¿Y Juan? No era como Onésimo, eso estaba claro, pero no resistirse a que la tomara de la mano, considerando el gesto como algo inocente, había supuesto ir demasiado lejos. Se había descuidado con él. De algún modo, supo que había estado protegida de ciertos males al amparo de doña Eulalia Montes, pero la señora Montes estaba muerta y tendría que afrontar aquella clase de lances ella sola. Y luego estaba el tema del licántropo que aquella campesina le había metido en la cabeza... Estuvo tentada de levantarse para sacar la navaja de la faltriquera y ponerla debajo de la almohada, pero desechó la idea por Lúa: si dormía con ella, corría menos riesgo, y, además, la niña podría encontrarla y hacerse daño.

La noche era más fría que la anterior y no se veían estrellas desde la ventana. Henar se había olvidado de preguntar si tenían otra manta y la niña nuevamente estaba arrebujada en la única que tenían de modo que de nuevo no alcanzaba para cubrirlas a las dos. Esta vez tampoco se atrevió a moverla, pero no se levantó a por el mantón. Sabía que el frío no sólo venía de la temperatura. Mientras los escalofríos aún recorrían su cuerpo, recordó a don Faustino Aliaga. Aquel hombre le había ofrecido ayuda si la necesitaba y eso debería consolarla, pero tal vez sus palabras sólo habían sido dichas por cortesía. Además, ¿con qué pretexto molestarlo? Aún no le había ocurrido nada. Sólo podía desahogarse de sus sospechas, pero no relatar hechos.

Finalmente se durmió, aunque tuvo un sueño inquieto y se movió mucho. Su mente creaba imágenes extrañas con las sombras que inundaban el cuarto y se desvelaba de tanto en tanto. Estaba enfadada consigo misma, pues quería descansar y encontrarse con fuerzas al día siguiente, pero esa misma impaciencia le impedía relajarse. A una hora incierta de la noche, se despertó de nuevo. Se levantó para coger el mantón que había dejado sobre una silla. Estaba convencida de que era el frío lo que no la dejaba dormir. A su lado, Lúa tenía los ojos cerrados y una expresión de placidez, sensación que ella no compartía. Pensaba que había tenido un sueño perturbador del que no recordaba nada, pero del que le quedaba el poso de la inquietud.

Cuando se acercó a la silla, que estaba al lado de la ventana, algo afuera llamó su atención. Tras un instante de duda, le pareció ver una luz y se acercó al cristal para cerciorarse de que no estaba equivocada. Sí, efectivamente, había una luz, aunque era tenue. Pero se movía y eso la alarmó aún más. Henar se percató enseguida de que alguien avanzaba con la leve llama de un quinqué fuera de la casa y se quedó paralizada unos momentos. Mil imágenes pasaron por su cabeza. Pero se negaba, una vez más, a sentirse presa del miedo. Se cubrió con el mantón y no se acordó de la navaja. Bajó descalza a la planta inferior y el frío comenzó a confundirse con el miedo que, como un estremecimiento, recorría todo su cuerpo. Debería haber avisado a los dueños, pero, no sabía por qué, le daba la impresión de que la persona que estaba afuera procedía de la casa. Y el hecho de ver, poco después, el cerrojo descorrido, aunque la puerta de entrada estuviera cerrada, se lo confirmó. La abrió con sigilo y la arrimó sin cerrarla del todo al salir. ¿Podía ser que les pasara algo a los animales? No había oído ningún quejido. Pero ya que estaba afuera, y a hurtadillas, decidió acercarse con sigilo hacia la cuadra. Olvidó los reproches que, antes de quedarse dormida, se había hecho a sí misma sobre su falta de cautela y dio unos primeros pasos. Ni el rocío gélido que mojaba la tierra bajo sus pies ni la tiritona que tenía la detuvieron. Avanzó hasta llegar a un gran castaño desde el que se veía la puerta de la cuadra. «Esta niña tiene la curiosidad de una gata», repetía a menudo sor Virtudes cuando desaprobaba su conducta, cansada de encontrarla espiando en las cocinas o haciendo preguntas impropias de su condición. Su naturaleza curiosa e impulsiva era la responsable de que Henar estuviera donde estaba en esos momentos, intentando saber qué pasaba en aquella cuadra. De haber hecho caso a su inteligencia, continuaría bajo la protección del techo junto a Lúa.

A punto estaba de sobrepasar el árbol cuando vio que se abría la puerta y, por instinto más que por prudencia, se escondió detrás del tronco. Oyó un ruido que no pudo identificar, apagado enseguida por un trueno que llegó del norte. Al cabo de unos segundos, el cielo se iluminó y Henar, que aún tenía la cabeza asomada, se ocultó del todo. Había tormenta cerca de allí, pero también en su pecho, como si la amenaza del cielo oscuro hubiera entrado en ella. A pesar de la ráfaga de luz momentánea, no distinguió nada excepto la puerta abierta y unas sombras en el interior. Volvió a estar pendiente de aquel ruido estremecedor, que no podía confundirse con un mugido y que, sin embargo, tenía que proceder de algún animal. Baia había hablado de una vaca y un caballo, pero tampoco le había recordado a un relincho. Esperaba que se repitiese para escucharlo mejor, aunque, por el momento, no se oía nada más.

Se había levantado aire, un aire helado que le cortaba los labios y dañaba la cara. De poco le servía el mantón para detener los escalofríos que recorrían su cuerpo una y otra vez. Pero lo peor eran los silbidos siniestros que llegaban de algunas ramas. Aún no había roto a llover. Algo se movió cerca de ella, algún reptil, algún ratón, y, consciente de que iba descalza, suplicó que no la rozara ninguna culebra. Ya no sólo se sentía perturbada, sino verdaderamente aterrada. Como si los signos de amenaza se multiplicaran y ella mereciera un castigo por no haber sido prevenida. De nuevo, el cielo se incendió a lo lejos y Henar notó que ese fuego la quemaba en la garganta sin que ello la calmara del frío. Se iluminó levemente la entrada de la cuadra y, por un instante, creyó ver una figura con forma humana apostada junto a la puerta. Efectivamente, allí había alguien.

Se santiguó rápidamente, como si eso pudiera protegerla de algo, y comenzó a rezar mentalmente para que aquella persona no la hubiera visto. Las palabras se atragantaron en su silencio y aguardó con los ojos cerrados, creyendo que así podía ocultarse mejor que apretándose contra el tronco del árbol, algo que también hacía con todas sus fuerzas. Permaneció así unos minutos, entrelazando palabras atropelladas en su interior y deseando que el destino se apiadara de ella. Procuraba no respirar, pero sentía que se ahogaba y, de vez en cuando, exhalaba un aliento hirviente que se convertía en un leve vaho frente a su boca. Las abejas dormían, pero continuaban allí. Sintió como si la miraran, como si conspiraran para rodearla, y mil diminutos ojos se clavaran en ella antes de llegar los aguijones. Hubiera jurado que en aquellos momentos estaba maldita. Los segundos se le hicieron eternos y notó que palpaba el frío, el miedo y el infierno sin mover siquiera las manos.

Sólo un rato después comenzó a sentirse a salvo. Por fortuna, no había sido vista y todo continuaba en el mismo silencio espectral que antes. Se mantuvo quieta mientras esperaba a que quien estuviera en el cobertizo terminara y regresara a la casa. No debería estar allí, se repetía una y otra vez y, sin abrir la boca, con las manos juntas en plegaria, procuraba jurarle a Dios que se arrepentía sinceramente de su osadía. Quizá exageraba y ni siquiera corría peligro. La noche oscura no la ayudaba a despejar ninguna duda. Tal vez, o así quiso pensar, Baia o Hurtado se habían levantado para asegurarse de que los animales estaban bien o porque habían oído algún ruido y habían confundido el sonido del viento con alguna presencia. Si era así, en cuanto descubriera que todo estaba bien, porque Henar deseaba que todo estuviera bien, que no hubiese ningún asesino de niñas escondido en el cobertizo, regresaría de inmediato a la casa. Sin embargo, a pesar de sus intentos por ser optimista, un hielo estremecedor continuaba recorriendo su espalda. De repente, tomó conciencia de su doble imprudencia. Si el que estuviera en la cuadra regresaba a la casa y echaba el cerrojo, ¿cómo entraría ella? No podría ir detrás y llamar a la puerta como si nada, porque ¿cómo justificar su presencia allí? ¿Confesaría que estaba, de alguna manera, espiando? Sabía que no podía hacer eso y comenzó a temer la posibilidad de pasar la noche a la intemperie. Aunque fuera así, al día siguiente descubrirían que no estaba, y la encontrarían aterida y asustada al pie de los escalones de la puerta. De nuevo, fue presa de un estremecimiento y, aunque intentó tragar saliva, tenía la garganta seca. La tormenta se acercaba y pronto también descargaría en aquella zona, lo que hizo que su ansiedad aumentara. En busca de una solución, miró hacia la casa y calculó la distancia entre la ventana del altillo de Lúa y el suelo: demasiado alta, y no vio nada donde apoyarse para subir. Además de eso, la ventana estaba cerrada y era muy pequeña. Tampoco podía despertar a Lúa sin asustarla. Lo mejor sería correr hacia la puerta, a riesgo de que la descubrieran en plena carrera. Con esa intención, se levantó levemente el camisón para correr con mayor facilidad, pero un nuevo ruido la sobresaltó y le hizo permanecer quieta. Sus ojos se abrieron por el pánico y dejó de respirar. Por suerte, no había dejado aún su escondite: en aquel instante, Lucio Hurtado salía del cobertizo.

10

Apenas podía verlo, puesto que no llevaba ninguna luz, y sólo se percibía una sombra más oscura atravesando otras sombras. Pero era, indudablemente, él. Henar se quedó quieta, no por voluntad propia, sino porque se vio paralizada a pesar del alivio de no haber emprendido el regreso. Hurtado estaba sacando el caballo de la cuadra por las bridas, ya ensillado. El corazón de la muchacha palpitaba como un tambor enloquecido y, como el martillo de la fragua de Compludo, de la que le había hablado Juan, temía que pudiera escucharse en los alrededores. Parecía que Hurtado no pensaba regresar a casa de inmediato, sino que iba a algún lugar. De madrugada. A pesar de lo extravagante de la idea, Henar esperó que así fuera, porque era lo único que podía sacarla de aquel apuro. Si Hurtado la descubría, ¿qué no le haría? Había visto en sus ojos que era capaz de cualquier cosa y eso era algo que no debía olvidar. Aquel hombre era peligroso, muy peligroso. E iracundo. Pero ¿adónde iba a esas horas? ¿A sus negocios, con la tormenta a punto de alcanzarlo? ¿Qué tipo de negocios serían aquéllos de los que nadie decía palabra?

Cuando el caballo estuvo fuera y quieto, Hurtado regresó al interior de la cuadra y volvió a salir llevando al hombro un saco que parecía pesado. Lo cargó sobre el lomo del caballo, cerró la puerta de la cuadra y, sin montar el animal, comenzó a caminar con él hacia el sendero que se perdía en el Sil. Efectivamente, se marchaba y, aunque el verlo partir hizo que Henar suspirara como si extirpara con ello sus temores, no dejó de estar inquieta. ¿Adónde iría? ¿Por qué buscaba la protección de la noche, de una noche como aquélla? ¿Acaso no temía que el caballo se quebrase una pata en la oscuridad?

Notó que algo rozaba su mejilla y ahogó un grito que la mantuvo durante unos instantes sin respiración. Una hoja de castaño caía hacia el suelo y el aire aumentaba su fuerza cuando a lo lejos volvió a tronar. Aún petrificada, aguardó a que se incendiara la noche con un nuevo relámpago para regresar a la casa, pero no podía moverse, estaba entumecida, las piernas no le respondían y sus mandíbulas castañeteaban. Estaba helada. Aquella imprudencia le iba a costar, al menos, un resfriado, y sólo había conseguido exponerse a peligros inciertos. No había averiguado nada de los negocios de Hurtado, aunque el hecho de que viajara de noche con mercancía desconocida, además del comentario sobre el asalto a los maragatos del teniente Verdejo, la conminó a pensar que se dedicaba al contrabando. ¿Qué habría en aquel saco? ¿Cómo conseguiría la mercancía? ¿Adónde iría a venderla?

De repente, volvió a ser presa de la oscuridad y comprendió que no debía perder el tiempo en elucubraciones. Pero, en lugar de regresar a la casa, sus piernas la llevaron hacia la cuadra. Las piedras se clavaban en la planta de sus pies y las sentía como hielos punzantes, pero eso no la detuvo. Abrió la puerta y notó el olor de los animales. Apenas podía ver algo más que diferentes densidades de sombra. Se oyó un movimiento que supuso que provenía de la vaca, y tanteó intentando entrar con precaución en el recinto. Además del olor de los animales, de los restos de arcilla en los utensilios de campo, de la humedad y la tierra circundante, había uno más que no reconoció y pensó que así debía de oler el miedo. De pronto, una sombra con forma humana la asustó hasta paralizarla. Pero, a medida que sus ojos se acostumbraban a la oscuridad, se dio cuenta de que no era más que un saco colgado de un rastrillo. Algo más aliviada, lo tocó para disipar su última duda a la vez que exhalaba el aire que había retenido. Era inútil continuar allí; aunque se dedicara a palpar cuanto hubiera, no podría verlo bien. Así que por fin adoptó una decisión inteligente. Salió, cerró la puerta y, esta vez sí, regresó a la palloza.

Antes de entrar, volvió la cabeza para asegurarse de que Hurtado había desaparecido. Echó un vistazo al paraje lóbrego y oscuro, pero aparte del balanceo cada vez más agresivo de las ramas de los árboles, no vio nada. Ningún ruido extraño se sobreponía al sonido de una lluvia lejana o al viento que continuaba anunciando que el agua se acercaba. Dejó el cerrojo abierto, a pesar de sentir cierto temor al hacerlo por si alguien entraba durante la noche: no quería que Hurtado notara cambios si regresaba antes de que Baia se levantara. Subió con sigilo al altillo, junto a Lúa, y envidió la tranquilidad que delataba su respiración pausada. La suya todavía era un jadeo que, de vez en cuando, aceleraba el ritmo. Se limpió los pies sin percatarse de que lo hacía con el mantón, otra cosa no tenía a mano y la oscuridad no le permitía buscar. Tendría que meterse en la cama sin él y con el camisón mojado y sucio. No tenía una muda de ropa de noche, al día siguiente tendría que lavarlo, pero, si llovía, no habría manera de que se secara para la noche.

Ya acostada, repasó lo que acababa de vivir y sintió con más vehemencia el frío, porque era un frío que se le había agarrado al alma y había anidado en ella, como si se resistiera a marcharse alguna vez. Había cometido una imprudencia y lo sabía. No había averiguado nada, pero, si sor Piedad la hubiera visto, seguro que no se habría conformado con una regañina. Y ella no habría podido protestar: era culpable de todas las temeridades cometidas y lo admitía. Como si con ello pudiera olvidarlas, se acercó con suavidad al cuerpo de Lúa para nutrirse de su calor. La inocencia de la niña la conmovió y despertó su ternura. Envidió la paz con que dormía y estuvo tentada de acariciar su cabello, pero no lo hizo. No quería despertarla. A cambio, se frotó los brazos con energía para entrar en calor. Continuaba teniendo frío. Esta vez pudo acceder a algo más de manta que cuando se había acostado por primera vez. Estaba inquieta y permaneció con los ojos abiertos durante algunos minutos. Pero cuando la tormenta comenzó a descargar sobre el tejado de paja, ya se había dormido.

Al día siguiente, aunque había descansado poco, Henar se despertó pronto. Aún estaba oscuro, pero ya no llovía. Sin embargo, continuaba nublado y el agua había dejado un frescor que lo inundaba todo. A su lado, Lúa seguía sumida en su mundo de paz.

Ya vestida, bajó antes de que se levantara Baia y se dirigió de inmediato a la puerta de entrada para comprobar si el cerrojo estaba echado. No era así, de lo que dedujo que

Hurtado aún no había regresado. Con una idea fija en su mente, cogió un balde de latón y salió de la casa. Con la intención de visitar la cuadra, usaría la excusa de ir a por leche para el desayuno si Baia la descubría. Quería ver qué había allí a la luz del día, por si encontraba alguna pista sobre qué podía transportar Hurtado en aquel saco. La curiosidad continuaba carcomiéndola.

En cuanto abrió la puerta, un aire frío la acarició, aunque al hormigueo que sintió también colaboraban los nervios que la sacudían. La tierra estaba mojada, pero no había charcos molestos, así que cruzó hacia la cuadra deprisa. Abrió la puerta y no vio nada que llamara su atención. La vaca mugió al notar su presencia. Estaba atada a una cuerda. El animal trató de acercarse a la salida, pero no pudo avanzar más de tres metros. Henar confirmó que el caballo aún faltaba. Había herramientas de labor desordenadas por todos lados y unos pequeños bloques de cera apilados en una esquina. Pero ni rastro de algo que pudiera ser mercancía de contrabando. Cerca de la vaca, en el suelo, había un quinqué, posiblemente el que había llevado Hurtado la noche anterior.

Resignada a no averiguar nada más, cogió una silla vieja y deshilachada que se encontraba al lado de la puerta y se dirigió hacia la vaca. Nunca había ordeñado una, aunque María Rosa, la cocinera de doña Eulalia, se había criado con ellas y a veces contaba cómo había que tratar al animal y apretar las ubres. Se arrepintió de no haberse interesado más en aquellos momentos, pues, aunque parecía sencillo, pronto comprobó que no lo era tanto. Después de un rato insistiendo y con la vaca protestando, la leche caliente comenzó a caer dentro del balde. Cuando pensó que ya tenía suficiente para el desayuno de las tres, acarició al animal como diciendo «buena chica» y regresó a la casa.

Encendió el fuego, puso a hervir la leche y en esos momentos Baia salió del dormitorio conyugal.

—*Xa non chove?* —le preguntó.

—No. Sigue nublado, pero creo que se irá despejando a lo largo de la mañana —respondió la muchacha al tiempo que sonreía a la mujer, pero Baia no tenía muy buena cara y no correspondió a su sonrisa.

Henar habría querido volver a preguntar por los negocios de su marido y adónde había ido, pero ya había notado que a Baia no le gustaban los curiosos. También se preguntaba por qué no le había dicho a su esposo, nada más verlo, que la Guardia Civil había estado allí ni que sabía que don Faustino Aliaga la había acompañado hasta la casa. Estaba claro que la comunicación entre ambos no era fluida. Tal vez él mantuviera el mismo secretismo con sus cosas y Baia no ocultara nada: simplemente, lo ignorara. Sin embargo, le costaba creer que fuera así.

La mujer subió al altillo para despertar a Lúa. Cuando regresó con ella, la leche ya estaba servida y sobre la mesa había rebanadas de pan con miel. Henar vio que la niña llevaba los zapatos nuevos y, a pesar de que se alegró por dentro, no dijo nada. Baia ni siquiera le había dado las gracias.

—¿*Cando* comenzará a *falar*? —le preguntó de pronto la mujer, con un tono entre la curiosidad y la impaciencia.

—Un niño que no es sordo tarda su tiempo —le explicó. En realidad, no habría sabido darle una fecha—. A ella le costará más. Debe tener paciencia, señora, y esperanza.

—*Xa, xa, non espero que fale sensa cancelas en dous días*. Pero...

—Espero que pronto sepa pronunciar alguna palabra sencilla. Es una chica lista y dibuja muy bien, pero me temo que con las consonantes no será fácil.

Baia se sumió en sus pensamientos, como si sopesara creer o no lo que acababa de escuchar y no volvió a preguntar.

Después de desayunar y de dejar todo arreglado, Baia dijo que iba a trasladar a la vaca a los prados comunales y que se llevaría a Lúa con ella. Los prados comunales pertenecían a la junta vecinal y, cada semana, uno de los lugareños se turnaba para cuidar los animales propios y ajenos. Henar notó que la gallega desconfiaba de ella porque le pidió que las acompañara. Henar entendió que para Baia ella era una desconocida que necesitaba sustento, así que era normal que no quisiera dejarla sola en la casa. No se ofendió. Además, a Henar le apetecía ir con Lúa, así que se alegró de poder acompañarlas.

Salieron en silencio, compartiendo así el mundo de la niña, aunque con el privilegio de escuchar los gorjeos de los pájaros y los sonidos de la corriente del Sil. Tardaron unos diez minutos en llegar y Henar celebró ver el rostro de otros vecinos. Sin embargo, no hablaron con nadie, pues vio que todos se limitaban a hacer un gesto de cabeza a modo de saludo y continuar a lo suyo. En aquel momento tomó conciencia de la soledad de la niña, pero también de Baia.

Cuando dejaron a la vaca, emprendieron el camino de regreso y, al pasar junto al puente colgante, Henar tuvo la tentación de cruzarlo. En esos momentos no dijo nada, pero cinco minutos después de haberlo dejado atrás, no pudo evitar preguntarle a Baia:

—¿Puedo seguir el paseo con Lúa?

—*E iso?* —respondió la mujer con recelo.

—Pienso que es bueno que me coja confianza. Sólo será un rato y, mientras, practicaremos las vocales que aprendió ayer —respondió Henar. Estaba convencida de que si, de nuevo, la obligaba a estar sentada todo el día con las cuartillas, la niña se cansaría de la rutina. El día anterior había sido una novedad para ella, pero no convenía que se aburriera. Era mejor combinar el aprendizaje con el ejercicio.

Baia dudó. Cerró los ojos como si no pudiera pensar si no lo hacía y cuando los abrió dijo:

—*Fai o que queiras. Pero non a deixes soliña.*

Henar ofreció su mano a la niña y ésta la tomó enseguida. Volvieron sobre sus pasos hasta llegar al puente y, aunque Henar sabía que para Lúa no sería fácil cruzarlo, no pensaba dejar de estar pendiente de ella. Con cuidado y agarrada con una mano a la cuerda que hacía de barandilla y, con la otra, a la niña, avanzó despacio, indicándole a Lúa dónde debía poner el pie. El puente se balanceaba a su paso y Henar sabía que lo mejor era mirar al frente e ignorar la presencia de las aguas en movimiento, que reflejaban bajo sus pies el gris del cielo, pero tenía una responsabilidad añadida y no podía permitírselo. Sin embargo, la niña no parecía compartir su miedo. Ni su inseguridad. Caminaba sin perder la sonrisa, contenta por la aventura que suponía para ella esa excursión, de manera que alcanzaron la otra orilla con más facilidad de la que Henar había supuesto.

Aquella zona era más espesa y exuberante. No había un camino que bordeara el río y la naturaleza no había sido rota a base de guadaña. Las ramas de los árboles se acariciaban unas a otras, incluso en el pequeño sendero que, bajo éstas, parecía internarse en el bosque, y todo olía a tierra mojada y a aroma de hoja fresca. El lugar estaba poblado por árboles de hojas amarilleadas y rojizas. Seguía sin hacer sol y el cobijo de las ramas aumentaba la oscuridad. Pero ninguna de las dos estaba asustada. Todo lo contrario. Para Henar, aquellos momentos estaban suponiendo, desde que había llegado, la primera vez en que una sensación de paz se apoderaba de ella.

Lúa parecía entusiasmada con todo lo que veía, sobre todo con los animales. Conejos, ardillas, comadrejas... Incluso se cruzaron con un armiño, que apareció para husmear todo lo que encontraba a su paso como si no les tuviera miedo. Al cabo de un rato, los árboles se fueron espaciando y pronto salieron a campo abierto, donde pudo ver que las nubes cubrían todo el cielo. Lamentó no poder conocer esa zona sin los rayos dorados y los juegos de luces y sombras, pero no se preocupó por si empezaba a llover.

Se aproximaban a una pequeña laguna cuando el rostro de la niña se iluminó y señaló hacia la orilla. Henar vio entonces que un corzo se había acercado hasta allí a beber y se detuvo para no asustarlo con el ruido de sus pasos. Compartió la emoción de Lúa, pero finalmente una serie de ruidos que ésta emitió, como si celebrara aquella visión, acabaron espantando al animal. El corzo desapareció tras unos arbustos y ya no volvió a dejarse ver. Entonces comenzó la llovizna.

Henar se recriminó no haber estado pendiente del cielo y se quitó el mantón para cubrir a la niña. Luego la cogió en brazos y echó a correr, deseosa de alcanzar pronto el refugio de la zona boscosa. No estaban cerca del bosque, pero había árboles salpicados en el paisaje y pensó que, en lugar de regresar en aquel momento, tal vez fuera mejor idea esperar bajo uno de ellos a que amainara un poco. Y, al pensar eso, a su mente le vino la imagen borrosa que se había formado del Sacaúntos, el licántropo o el hombre pervertido y sin escrúpulos llamado Romasanta, que ya se había escapado una vez del calabozo y, tal vez, lo hubiera hecho una segunda. O tal vez no, pero ésa era una idea que no lograba sacarse de la cabeza. ¿No había sido muy atrevido llevarse a Lúa para adentrarse en un paraje que desconocía y que estaba lleno de peligros? ¿Acaso era capaz de protegerla si ni siquiera sabía si podría protegerse a sí misma? Si no había sabido observar el cielo y adivinar la que se les echaba encima, que era lo mínimo en cuestiones de prudencia, ¿cómo podría hacer frente a un asesino si trataba de atacarlas? La llovizna inicial se estaba convirtiendo en todo un aguacero y sus ropas comenzaban a empaparse. Miró a su alrededor y sopesó hacia dónde dirigirse. En aquel instante, vio a lo lejos que algo se movía y se quedó mirando hasta que distinguió un caballo que cruzaba el campo. Mientras caminaban hacia unos árboles, la imagen del caballo fue creciendo, aunque siguió sin descubrir quién lo montaba. Sabía, con casi toda probabilidad, que no era Juan, pues el caballo era blanco. La persona que lo cabalgaba también las vio y cambió inmediatamente su ruta para dirigirse hacia ellas. Henar cruzó los dedos y deseó, con toda su alma, que no se tratara de alguien peligroso. La expectación, y el acelerado ritmo de su corazón, duraron aún unos segundos, en los que solamente habría podido dar cuatro o cinco zancadas y que, sin embargo, le permitieron viajar con la imaginación al infierno más tenebroso. Sólo cuando el caballo estuvo más cerca, Henar reconoció a don Faustino Aliaga; exhaló un suspiro de alivio y dejó a Lúa en el suelo.

—Buenas tardes, Henar. Supongo que no tenéis un carruaje cerca —comentó cuando llegó hasta ellas, con la voz entrecortada por el ruido de la lluvia. Como la muchacha negó con la cabeza, Aliaga continuó—: Subid —ordenó, como si nunca pidiera nada por favor, al tiempo que le tendía una mano.

Henar alzó a la niña y Aliaga, tras sujetarla, la colocó delante de él. Después ayudó a Henar a subir a la grupa. Aquel hombre, pensaba Henar, siempre aparecía en el momento más oportuno, como un enviado de Dios. Era una suerte haberlo conocido. Aunque con tanto peso el caballo no podría ir muy deprisa, pronto estarían en la casa, a resguardo de todos los peligros. Pero el caballo no tomó aquella dirección, sino que se dirigió hacia el sur.

—¿Adónde vamos? —preguntó inquieta.

—A mi casa. Está más cerca y allí tendréis protección.

Empapada y preocupada por la niña y por los reproches que le haría Baia, no tuvo fuerzas para discutir. Se agarró a la espalda fuerte del hombre y se resignó a lo que deparara el destino. El agua seguía arreciando cuando, cerca de Borrenes, el caballo tomó un desvío. Pronto asomó ante ellos un muro no muy alto, cuya utilidad era más para que no se escaparan los animales del patio al que cercaba que para que no escalara un hombre por él. Henar se preguntó si aquélla sería la finca de Aliaga e, instantes después, comprobó que así era: el caballo no tardó en enfilar la puerta de entrada. Nada más cruzar el muro, con la mirada buscó las cuadras, pero no las vio. Tampoco vio otros caballos que no fueran los dos que permanecían ensillados y atados a unas argollas en la pared lateral. Había otros animales, cierto, pero se trataba de gallinas, perdices, cabras y faisanes, aparte de dos perros jóvenes que correteaban tras las aves de corral, más por divertirse que con intención de cazarlas. Un gato se resguardaba de la lluvia bajo el porche de madera, ignorando al resto de animales, como si ninguno supusiera una amenaza para él. Probablemente, las cuadras, o caballerizas, se encontraran en la parte posterior.

El gran patio era el preámbulo de una construcción de piedra de dos pisos más la planta baja, con balcones de madera en el primero de ellos y, en el segundo, unas ventanas de madera con cuadrilla de cristales rectangulares. Salía humo de dos chimeneas y, al verlas, Henar sintió de nuevo el frío que parecía haber olvidado ante las extravagantes preguntas que se había hecho sobre ese hombre que las estaba ayudando. No pudo observar la fachada con más detenimiento porque, cuando el caballo se detuvo, Aliaga desmontó, tomó en brazos a Lúa, que tenía los ojos cerrados como si el sueño la hubiera vencido, la ayudó a bajar y, en cuanto posó sus pies en tierra, la empujó suavemente hacia la gran puerta de entrada, donde había varios criados esperando a que el dueño les diera instrucciones. De lo que sí se percató Henar fue de que en la pared de piedra, sobre la puerta, había un blasón, pero no pudo fijarse bien en cuál era el escudo de armas.

Nada más entrar, miró nuevamente a Lúa y, al ver el rostro de la niña, Henar sintió aún más remordimientos por haberla expuesto a la lluvia. Deseó con todas sus fuerzas que no fuera víctima de una pulmonía. Faustino Aliaga ordenó que encendieran la chimenea del salón principal, pidió que sirvieran sopa caliente y que trajeran ropa seca y de abrigo para sus invitadas. También pidió que calentaran agua para que pudieran asearse y que prepararan una habitación para que descansaran.

Henar, agobiada por tanta generosidad, le expresó su preocupación por lo que en aquel momento pudiera estar pensando Baia, y le pidió, sin querer menospreciar sus cuidados y agradeciéndole de antemano todo lo que quería hacer por ellas, su calesa para regresar cuanto antes a Villaverde. Aliaga pareció ofenderse ante la negativa de Henar a aceptar su ayuda, aunque a ella casi le había parecido más una imposición. Antes de hablar respiró profundamente y, forzando un tono amable, insistió en que sería una imprudencia dejarlas marchar y que nunca se perdonaría que les pasara algo por su culpa. Justo en aquel instante entró un criado para informar de que la lluvia había cesado.

—Entonces, que envíen a alguien a avisar a la esposa de Hurtado de que su hija está sana y salva —ordenó Aliaga al criado y, luego, mirando a Henar, le preguntó—: ¿Te quedarás más tranquila así?

Más que las palabras de Aliaga, un estornudo de Lúa hizo que Henar perdiera algunas de sus reticencias y aceptara parte de la invitación.

—Se lo agradezco mucho, don Faustino. Quedarnos a dormir es innecesario, un exceso de confianza. Si nos permite cambiarnos de ropa y calentarnos, aceptaremos de muy buen grado su hospitalidad. Y agradeceremos esa sopa caliente, pero partiremos después de comer.

El anfitrión tardó unos segundos en contestar.

—Como quieras —repuso al fin, tras conformarse al ver la determinación en los ojos de Henar—. Pongo a tu disposición mi carruaje con la condición de que me dejes acompañaros.

De nuevo, las palabras de Faustino Aliaga eran más una orden que una sugerencia, y Henar se preguntó si existiría alguien que pudiera escapar a la sensación de sentirse dominado por aquel hombre. No sólo era una persona de fortuna, también se trataba de alguien poderoso o, al menos, se comportaba como tal. Henar sabía que en el Bierzo había muchos miembros de la nobleza, pero en general pertenecían a la nobleza baja, puesto que la mayoría eran hidalgos. Ver la construcción le hizo pensar que Aliaga no era un simple hidalgo, sino un noble de alta cuna. Lo cierto era que había algo solemne en todo su porte que avalaba el pensamiento de encontrarse ante alguien de alcurnia. Aunque ella tampoco es que tuviera trato con tales personas como para distinguirlos. Tampoco era uno de esos nobles que se había visto venido a menos por la caída del Antiguo Régimen o las sucesivas desamortizaciones, como había habido tantos casos. Sabía de hidalgos que habían financiado el contrabando con el fin de recuperar la vieja gloria de su economía. Y también existían los que menos escrúpulos tenían, aquellos que habían llegado a respaldar el bandolerismo. Otros habían iniciado carrera política, más por intereses propios que porque les guiara la idea de buscar el bien común. Algunos, incluso, encabezando ideas liberales, de las que, sin duda, habían sacado provecho. ¿Habría sido el caso de Aliaga y, así, había logrado mantener las tierras o las rentas de los arrendatarios? ¿O sería un tradicionalista que apoyaba el carlismo? Cierto que otros hidalgos habían sido capaces de emprender nuevos negocios en las Américas, como don Jaime Montes, y algún otro, como siempre ha ocurrido, se había casado con herederas sin rango, pero con fortuna. Si la necesidad imperaba, ya no tenían miramientos ni siquiera para desposar a una indiana, a pesar de que en ciertos sectores de la sociedad eso supusiera un escándalo. ¿Sería su caso? Probablemente, en unos minutos conocería a su esposa y podría notar si tenía la tez morena y qué tipo de cariño había entre ambos. Porque hidalgos que hubieran salido adelante con negocios propios, en un lugar decadente como el Bierzo, no era algo habitual. Sin embargo, él le había dicho que, además de tener arrendatarios, criaba caballos, y ése era un negocio solvente si se tenían buenas relaciones. Así debía de ser, pensó Henar, aunque no hubiera visto las cuadras al llegar a la casa.

La joven permitió que el ama de llaves se llevara a la niña para bañarla y ella, por su parte, se conformó con cambiarse de ropa en una habitación contigua. Consideró que la blusa que le había cedido la criada era demasiado lujosa para su nueva vida, pero no expresó sus reticencias, ya que pensó que cualquier prenda que le prestaran sería de la misma calidad. Cuando salió, ya mudada, pasó junto a la biblioteca y, como la puerta estaba abierta, no pudo evitar la tentación de asomarse. Al lado de ésta, la de doña Eulalia Montes se quedaba pequeña. Había muchas estanterías y todas estaban repletas. Incluso en la gran mesa central había libros apilados y alguno abierto. Todo eso delataba que Faustino Aliaga era un gran lector. La criada la sorprendió asomada y le indicó la dirección del salón, por lo que tuvo que abandonar sus ganas de curiosear y obedeció. En cuanto entró en el salón, se sentó junto a la chimenea para esperar a Lúa. Dio la espalda al fuego, para que se fuera secando la melena larga y oscura que caía sobre sus hombros. Con las manos, la estiraba y estrujaba para ayudar a que se secara antes. Cuando entró Aliaga, no se sentó a su lado, sino que ocupó un sillón que estaba casi en penumbra y se limitó a observarla de un modo en que parecía verle el alma. Para evitar esta sensación, Henar procuró hablar.

—Ha sido muy poco prudente por mi parte salir a pasear precisamente hoy. Debería haberme fijado en las nubes.

—Sólo ha sido un aguacero de verano.

—Ayer hubo tormenta.

—Por la zona norte. Aquí, apenas hubo cinco minutos de llovizna.

Y, tras esas palabras protocolarias sobre el tiempo, la muchacha volvió a sentir de nuevo el peso de aquella mirada que la escrutaba. Rápidamente pensó en un nuevo tema de conversación.

—¿Puedo preguntarle, don Faustino, cómo sigue su esposa?

Lo preguntó con voz dulce, intentando demostrar un interés real, pero el efecto que produjo en él no fue el deseado. Su mirada se transformó, sus ojeras se hicieron más profundas y su tez empalideció. Daba la sensación de que sus ojos no veían, de que sólo eran capaces de mirar a su propio interior y que lo que allí encontraban no era agradable, más bien parecía que algún recuerdo lo atormentaba. Tardó en responder. Mientras callaba, sus manos se agarrotaron sobre el apoyabrazos del sillón. Una potente tensión se adueñó de su cuerpo e incluso podían percibirse los latidos de su corazón a través de una arteria de su cuello. Por la cabeza de Henar pasó rápidamente la idea de que su esposa hubiera muerto y se arrepintió de haber preguntado. Aunque ni Aliaga iba de luto ni el color de las cortinas ni nada en la casa apuntaba hacia ello.

—He querido creer en lo imposible —dijo al fin con voz profunda—. He estado convencido de que mi mujer no moriría porque yo podría impedirlo. Y, aunque espero que así sea, que un día despierte y me mire con esa luz que antes iluminaba mi vida, tu llegada me ha hecho dudar.

—¿Mi llegada...? —preguntó Henar, con la sensación de que no le convenía conocer la respuesta.

Aliaga no contestó. Fijó su mirada en un punto de la pared y allí la dejó suspendida, como si una idea obsesiva lo atravesara. Henar se volvió a mirar qué llamaba con tanta vehemencia su atención y quedó impresionada cuando lo descubrió. Al entrar, había visto en el salón la típica pared dedicada a retratos familiares, pero su mirada sólo había pasado de reojo por ella. Lo que lo atraía era un retrato ovalado de una mujer. Henar, al tiempo que su corazón se aceleraba, entendió por qué Aliaga le había ofrecido protección nada más verla y por qué no la trataba como a una simple muchacha de clase inferior, una muchacha de pasado y futuro inciertos. Aquel retrato... Era y no era ella. No, no era ella, pero se le parecía tanto... La mujer del retrato debía de tener unos veinticinco años y sus ojos verdes destacaban con la luz que les había dado el pintor. Un collar de esmeraldas resaltaba su intensidad y el cabello negro le confería un halo de misterio. Tras el primer sobresalto, Henar, que ahora notaba que Aliaga la miraba de nuevo a ella, contempló mejor aquella desconcertante figura. No eran iguales. Los pómulos de la mujer eran más suaves que los suyos y el mentón, más redondeado. Otros pequeños detalles también las diferenciaban y, sin embargo, la expresión era idéntica.

—¿Me entiendes ahora? —le preguntó Aliaga.

—¿Ella es doña Clara, su mujer? —preguntó Henar con un hilo de voz, recordando el nombre que él había mencionado en su primer encuentro. Y, ante el asentimiento mudo de Aliaga, continuó—: No sé qué decir, don Faustino, nos parecemos mucho, es evidente. Debió de causarle gran impresión verme. —Si quería ser sincera, prefería no entender a Aliaga. Estaba comenzando a asustarla enormemente lo que pudiera descubrir.

—¿Crees en la muerte del alma, como ahora se atreven a defender algunos, o crees que es inmortal? —le preguntó de pronto Aliaga, con un intenso destello en sus ojos.

11

Henar se tomó su tiempo para responder. La conversación empezaba a dar un giro que no le gustaba nada. No quería ofender de ninguna manera a aquel hombre, cuyo dolor debía de ser tan grande como para trastornarlo.

—No, don Faustino. Soy creyente, me criaron las monjas. El alma no muere. El alma es de Dios y regresa a Dios.

—Pero hay almas que nunca abandonan este mundo...

—No soy de las que lee novelas de fantasmas. A doña Eulalia Montes, mi señora, no le gustaban, y en el hospicio no teníamos esa clase de libros. Pero, si he de serle sincera, desde que he llegado al Bierzo, parecen perseguirme las leyendas de ultratumba...

—No hablo de novelas, Henar —la interrumpió Aliaga, pronunciando su nombre despacio y de tal modo que la muchacha se vio impelida a bajar la mirada—. Me refiero a que la migración de las almas no siempre hace el mismo camino. Hay personas tan aferradas a otra alma que no son capaces de abandonarla, aunque el cuerpo que habitan deba dejar este mundo. Los poetas han cantado siempre sobre ello.

Sí, y no sólo los poetas románticos, también los del Barroco. «Nadar sabe mi llama la agua fría», recordó Henar aquel soneto de Quevedo. Sin embargo, enseguida se repuso de esa imagen y respondió:

—Su esposa sigue viva y, por lo que usted sugiere, es así porque no puede abandonarlo a usted, por eso se aferra a la vida. Debe de amarlo mucho... Perdóneme, pero no veo qué relación tiene todo esto con mi llegada...

—Sí, afortunadamente está viva —la interrumpió Aliaga, algo contrariado—. Pero que ella no se cure y tú, tan parecida a ella, aparezcas de repente, no puede ser una casualidad...

—Su esposa se curará, le prometo que rezaré por ella —aseveró al ver que la conversación tomaba un rumbo que no le gustaba.

—Henar, yo...

Ella no pudo disimular su incomodidad y se levantó bruscamente. Con ese gesto, interrumpió a Aliaga. A pesar del fuego, sentía más frío que cuando la lluvia calaba en todos sus poros y notaba que el vello se le había erizado. No se atrevió a volver a mirar el retrato de doña Clara, pero sintió como si ella sí la estuviera mirando con sus ojos de óleo verde. El cuadro parecía tener vida propia. En aquel momento, Henar recordó un relato de un autor norteamericano que no estaba traducido al español, pero al que había oído mencionar en las tertulias de doña Eulalia. El escritor era Edgar Alan Poe y el cuento, creía recordar aunque no estaba segura, se titulaba «El cuadro oval» o algo parecido. Lo que sí recordaba perfectamente era la historia. En ella, un pintor retrataba a una bella mujer y, a medida que la imagen del cuadro se iba pareciendo más a ella, la mujer palidecía. En las últimas pinceladas, el autor logró que la luminosidad de la mirada pictórica pareciera llena de vida. En aquel mismo momento, la mujer retratada emitía su último suspiro. Ese recuerdo consiguió sobrecogerla y la envolvió en una maraña de inquietudes.

—Por favor, don Faustino, pida que traigan a Lúa. Nos vamos —dijo con una energía que no sabía de dónde procedía y sin dar lugar a equívocos. Necesitaba huir de allí.

Los ojos de Aliaga se asustaron ante la reacción que acababa de provocar en ella y su expresión pareció volver a lo mundano.

—Henar, perdóname, no es necesario que os vayáis, espera por lo menos a que Lúa se tome la sopa —respondió él, levantándose con suavidad y abandonando su habitual tono autoritario en favor de algo parecido a una súplica.

—Ya no llueve —lo desafió ella, que, independientemente del influjo del cuadro, sabía que no debía permanecer más tiempo en aquel lugar.

—No me has entendido —insistió Aliaga, recuperando su autoridad innata, y, mientras la miraba fijamente, añadió—: No puedo dejar que te expongas otra vez. Creo que tengo una responsabilidad contigo.

—Esa responsabilidad de la que habla está sólo en su cabeza —dijo Henar con toda la suavidad de que fue capaz. Sabía que el relato de Poe era ficción y no debía dejarse sugestionar por él. Sin embargo, el instinto protector de don Faustino en esos momentos la agobiaba un poco. Y, mucho más, si dejaba que su fantasía imaginara el porqué de sus atenciones—. Mi parecido con doña Clara únicamente es una casualidad. No somos idénticas. Yo no soy ella. Soy Henar Expósito, una... —La muchacha se calló de repente, la sola mención de su apellido, ése que la señalaba como persona sin familia, empezó a incubar en ella una duda—. Don Faustino... usted no está en sus cabales, hemos... hemos de irnos...

Henar estaba asustada, se llevó la mano a la boca para ahogar un grito de angustia mientras miraba a todas partes buscando a Lúa. Quería irse de allí cuanto antes. Miró hacia la salida del salón y se preguntó en qué habitación se encontraría la niña. La actitud de la joven hizo reaccionar a Aliaga.

—Por favor, Henar, no me tengas miedo —le dijo nuevamente con voz más tranquila. Y se sentó otra vez en el sillón con una expresión de derrota en el rostro. Bajó la vista y, al cabo de unos instantes, la volvió a levantar para mirarla con pena—. No tienes nada que temer de mí. Perdóname, perdóname si te he asustado. Es el dolor. Clara está viva y yo la amo tanto... No pudimos tener hijos y, ahora, tal vez sea demasiado tarde...

Esta última declaración consiguió calmarla. Notó el sufrimiento en aquellas palabras y la imagen que le mostró Aliaga la conmovió. Sus manos ya no estaban agarrotadas, sino más bien hundidas en los apoyabrazos, y la tensión de su corazón se había relajado. En los ojos, un halo de melancolía vencía la batalla contra la esperanza. Henar pensó en el dolor de un hombre que temía por la vida de su esposa y que desesperaba, día a día, por que despertara una vez más. Ignoraba la naturaleza de su enfermedad, pero sospechaba que ya llevaba tiempo en ese estado y que el ánimo de Aliaga se encontraba más desamparado por momentos. No había hijos que pudieran consolarlo de la pérdida si ésta llegaba a producirse, ni acompañarlo en las noches en vela ni en los días umbríos que un desenlace fatal de la enfermedad de su mujer le dejaría. Henar comprendió que por momentos se sintiera enajenado, fruto del pulso que mantenían en su interior la esperanza y la resignación. Sí, aquel hombre sufría y desesperaba hasta tal punto que el deseo de descendencia, de permanencia, lo llevaba a pensar en reencarnaciones, en fantasmas, en creencias irreverentes para un buen cristiano. Y, todo, porque amaba a su mujer y su mundo se derrumbaría si la desdicha lo llevaba a perderla.

Henar volvió a tomar asiento junto al fuego y, de nuevo, se hizo el silencio entre ambos.

Al cabo de poco tiempo, el ama de llaves regresó con Lúa y, tras ellas, entró otra criada para anunciar que la sopa estaba servida. Aliaga se levantó del sillón como si su alma se quedara en él, y caminó como lo habría hecho una sombra en movimiento. Su gesto había perdido el ademán dominante y absorbente que lo caracterizaba. Y su mirada continuaba extraviada en algún pensamiento tortuoso que Henar se alegraba de no compartir.

—Está saliendo el sol —comentó la muchacha dirigiéndose a Aliaga con la intención de sacarlo de su abstracción. Pero no lo consiguió. Su cuerpo mostraba rigidez y sus ojos, desánimo.

Cuando llegaron al comedor, él se disculpó y las dejó solas mientras un criado apartaba las sillas para ayudarlas a sentarse. No sólo les sirvieron sopa, sino también carne con patatas y pan recién hecho. Pero del segundo plato no probaron demasiado, pues hacía pocas horas que habían desayunado. Aún no era mediodía. Quizá fuera casualidad, o quizá algún criado lo avisó cuando terminaron sin que ellas se dieran cuenta, pero justo en el momento que la criada retiraba los platos, Aliaga volvió al comedor. Había recuperado el color y el aire taciturno que siempre lo acompañaba y que le daba, a ojos de una muchacha como Henar, muy a pesar de las circunstancias, gran parte de su atractivo.

—La calesa os espera —anunció—. Un asunto inesperado me retiene; espero que no te ofendas por que no pueda acompañaros.

Más que contrariarla, esa idea le produjo un cierto alivio, pero procuró disimularlo.

—Faltaría más, don Faustino. Estoy segura de que ha de atender otros asuntos, nosotras le hemos invadido su casa y le estamos muy agradecidas por todo —repuso Henar, con toda la amabilidad de que fue capaz. Después, se levantó de la mesa y pidió a Lúa que hiciera lo mismo.

—Sin embargo, no me gustaría dejarte marchar sin que antes me asegurases que te encuentras bien en esa casa...

Ella asintió con un gesto, y con otro pidió a la criada que acompañara a Lúa a la calesa. A pesar de todo lo ocurrido, ahora que se sentía más recuperada y había vuelto a confiar en su anfitrión, no quería perder la oportunidad de preguntarle por los negocios de Hurtado y cierto pudor le impedía hacerlo estando la niña presente, a pesar de que no pudiera oírlos.

—Don Faustino, ¿sabe usted a qué tipo de negocios se dedica Hurtado? Por lo que he visto, la única que cuida de las abejas es Baia.

—Perdí el contacto con él cuando dejó de trabajar para mí.

—Pero su ama de llaves insinuó algo que...

—Sí, hay rumores, pero parece ser que ya no anda metido en eso.

—¿Qué tipo de rumores?

—Eres demasiado curiosa y eso te puede traer problemas —la advirtió él, con una mirada intransigente, aunque no severa. Volvía a ser el hombre que ella conocía.

—No tengo miedo de Hurtado. Pero sé que es un tipo oscuro. La Guardia Civil estuvo en la casa haciendo preguntas sobre él...

—¿La Guardia Civil? ¿Qué ha hecho esta vez? —preguntó Aliaga, mostrando, de repente, una preocupación mayor.

—No lo sé. No lo dijeron. Se limitaron a preguntar qué noches había pasado fuera, pero Baia dijo que no lo recordaba y yo no puedo saberlo. Ya sabe que acabo de llegar. Sin embargo...

—¿Sin embargo...?

—Anoche salió a una hora intempestiva. Colocó un saco sobre su caballo y se marchó. Esta mañana, cuando salimos de la casa, aún no había regresado.

—¿Me estás diciendo que lo espiaste? —dijo Aliaga, con una vehemencia que media hora antes habría sido impensable. La noticia lo había alterado.

Henar estuvo a punto de contarle su aventura nocturna, pero percibió que Aliaga la regañaría y no se atrevió. Con la idea de que lo había observado desde la ventana, ya tenía bastante.

—¡No vuelvas a hacer eso! —le suplicó apasionadamente, acercándose a Henar y mirándola con temor—. ¡No sabes con quién te la estás jugando! ¡Ese hombre es capaz de cualquier cosa! ¿Me entiendes? ¡De cualquier cosa! Te dije que, si ocurría algo, recurrieras a mí. ¡Eso es lo que debes hacer! ¡No vuelvas a espiarlo! ¡No se te ocurra hacerte la valiente con él! ¡Las consecuencias podrían ser irreparables!

Henar se asustó al principio por tal ímpetu, pero sabía que se preocupaba por ella y que sor Piedad habría reaccionado de un modo similar.

—¡Por favor, don Faustino, cálmese! —le dijo Henar, procurando tranquilizarlo también con la mirada—. Se lo prometo. Le prometo que seré prudente y no haré nada que pueda molestar a Hurtado. Sé que no conviene ponerlo nervioso.

—No, no conviene —repitió él, algo más calmado al escuchar la promesa de la joven—. Si te ocurriera algo, no me lo perdonaría.

—Ya tiene usted sus propios desvelos. No quisiera yo ocasionarle más. Esté tranquilo por mi parte —respondió ella, agradecida por su cariño—. En cuanto pueda, le devolveré estas ropas —añadió señalando su vestuario.

Henar tomó el hatillo con sus prendas mojadas que le entregaba una criada y se dispuso a salir. Se detuvo unos instantes cuando una última inquietud la removió por dentro. Dudó si preguntarle por los negocios de Hurtado, pero finalmente calló. Ni quería volver a preocupar a Aliaga ni que él le reprochara nuevamente su curiosidad. Así que, simplemente se giró un momento para darle las gracias y salió de la casona.

12

Las aguas serpenteaban lentas por el arroyo de Peñalba. No había nieves derritiéndose en los cerros que sumaran sus fuerzas a las lluvias esporádicas de finales de verano y el silencio, que daba nombre al valle y al arroyo cercano, sólo se rompía, a su paso por el molino, por el murmullo de esa lentitud. La paleta de la noria apenas se movía. Hacía algún vaivén perezoso para desentumecerse de tanto en tanto y los peces nadaban tranquilos en torno a ella en busca del liquen que bordaba su madera. Esperaba, sin prisas, la llegada del invierno y, con él, un agua furiosa que la empujara.

Por tanto, no había grano amenazado con ser aplastado bajo la piedra corredora y Santiago García, hijo y padre de otros Santiago García, apoyaba una escalera de madera contra la pared del molino para subir a hacer unos arreglos en el tejado, pues un rayo había desenganchado el canalón que desaguaba hacia el suelo. Su esposa se había marchado, con dos de los hijos, a Montes de Valdueza, a visitar a la hija mayor, que se había casado esa primavera. La pequeña, la que se negaba a calzarse porque le gustaba tener todo el día los pies en el agua, se había quedado con el padre. Desde el tejado,

Santiago vigilaba sus idas y venidas, y veía cómo se agitaba su cabello rubio destellando bajo un sol benévolo cada vez que saltaba. Una cabra, que era su mejor amiga, la imitaba o, tal vez, ella imitaba a la cabra. Luego, las dos se metían en el agua a chapotear. Santiago contemplaba a los dos animalitos y se preguntaba si no sería su imaginación quien lo engañaba y no serían niña y cabra lo que veía, sino patos.

Que la pequeña era amante del agua era algo que habían notado bien pronto. Desde que iba a gatas, se escapaba de los brazos de su madre para jugar desde el borde del arroyo a frenar la corriente con la mano, tan blanca que llegaba a confundirse con la espuma que ella misma generaba. Apenas balbuceaba y ya hablaba con los peces, con los que mantenía conversaciones larguísimas y un lenguaje extraño que sólo entendía ella, si es que era un lenguaje, si es que se comunicaba. Recogía los restos de grano que quedaban tras cada molienda para alimentar a sus amigos acuáticos y, cada vez que se asomaba a la orilla, bandadas de peces acudían al banquete. Caminaba patosamente entre rocas resbaladizas en las que había cangrejos que nunca la mordieron, a pesar de que rozó a más de uno. Como si aquél, el arroyo, fuera su entorno natural y también la respetara a ella. Como si fuera una sirena de agua dulce, una pequeña ninfa. Descubrió pronto los secretos del cauce. Conocía dónde hacía pie y dónde la arena se precipitaba hacia el fondo, aunque sabía nadar y sólo le preocupaba no hundirse, para no asustarlos, en presencia de sus padres o hermanos. Cuando no la miraban, se sumergía del todo y abría asombrados los ojos como si quisiera no perderse detalle. No le importaba mojarse con ropas, incluso en invierno, pero había cogido tirria a los zapatos porque decía que, con ellos, no tenías pies, sino peces al final de sus piernas. Aunque siempre iba descalza, misteriosamente era la única de los cuatro vástagos que nunca había cogido un resfriado. Tiritaba como sus hermanos en los días gélidos, cuando el viento de los cerros llegaba hasta ella tras haber acariciado pausadamente el hielo del Morredero, pero ni eso, ni todos los castigos que le habían infligido antes de desistir, habían logrado apartarla del agua. Se llamaba Mencía y, sin embargo, nadie ajeno a su familia la conocía por su nombre, sino que todos se referían a ella como la Neñina descalza.

Debió de correrse la voz de que la familia no tenía dinero para comprar zapatos a su hija menor y las mujeres que tenían hijos, a los que el calzado les había quedado pequeño, le donaron los suyos por compasión. Sin embargo, la niña tampoco se los ponía y, por eso, llegaron a la conclusión, dado que la Neñina descalza tenía hermanos mayores que siempre habían ido calzados, de que lo que quería eran unos zapatos nuevos.

Además del molino, debido a los seis meses de inacción a los que se veían obligados por falta de empuje en el agua, Santiago García y su esposa también tenían cabras, de las que aprovechaban la leche y hacían un preciado queso que luego vendían en el pueblo. Como cada año, también el anterior y tras cinco meses de gestación, las cabras habían criado. En total, quince nuevos animales se habían incorporado al rebaño, de los que no habían sobrevivido más que seis debido a los lobos, a enfermedades y plagas diversas. Una de las cabritas había nacido sólo con tres patas, pero eso no había sido inconveniente para llegar a ser una de las que había sobrevivido a los infortunios. En cuanto la Neñina descalza y ella se conocieron, fue amor a primera vista. La cabra se encariñó de la niña y la niña se encaprichó de la cabra, o al revés, pero fue tal la pasión que la niña aprendió a brincar de forma inaudita y la cabra cogió gusto a meterse en el agua. Santiago y su esposa no se alarmaron, pero sí la mayor de sus hijas, que estaba a punto de casarse y temía que las malas lenguas dijeran que la familia estaba maldita. Por suerte, la gente tenía mejores cosas en que ocuparse y la casadera pudo pasar por la iglesia y salir con marido de ella a pesar de sus temores. Otra cosa era que la Neñina descalza les resultara difícil de casar, pero eso era algo en lo que la familia no pensaba aún, pues todavía tenía ocho años. La cabra de tres patas también tuvo la buena fortuna de que fuera otra la escogida, tal vez por el berrinche de Mencía cuando se lo vio venir, para el banquete de boda.

Santiago García pudo comprobar que los daños del tejado no afectaban solamente al canalón, sino que también se habían desenganchado unas tejas de pizarra, calcinadas en alguna de sus partes. Viendo que le faltaba material, volvió a poner un pie en la escalera y bajó del molino. Antes de subir de nuevo, se acercó hacia el lugar donde se oían las voces alegres de la niña entre algún que otro balido de cabra y le dijo, casi como en una costumbre:

—Ten cuidado o un día te va a tragar el agua.

—No se preocupe, padre. Tengo *pieces* para nadar —respondió ella sin girarse a mirarlo, mientras la cabra había empezado a brincar de la orilla al agua y del agua a la orilla mecánicamente como si saltara a la comba.

Santiago García suspiró y se dirigió de nuevo a sus reparaciones. La escalera era vieja y la madera comenzaba a estar demasiado humedecida, pronto tendría que cambiarla o sería peligrosa. Pero, por el momento, aguantaba con paciencia su peso y el del cesto con herramientas que llevaba. Subió otra vez y, desde allí, contempló las montañas y admiró la belleza de la niebla enredada en el verde de los árboles en las alturas. Observó el cielo, que no amenazaba lluvia, y una bandada de aves que comenzaba su migración hacia el sur antes de que llegara el otoño. Y es que aquel final de verano estaba siendo más frío de lo habitual. Tal vez este año, si los acompañaba la suerte, comenzara a nevar pronto y pudieran poner en marcha el molino con anticipación. Al volver a mirar el tejado, se arrepintió de haber dejado marchar a Santiago, que ya tenía doce años y bien podría haberlo ayudado a subir y bajar materiales. En cambio, la que se había quedado era Mencía, que en nada podía colaborar, porque se había negado, una vez más, a ponerse los zapatos para hacer el trayecto hasta el pueblo.

Se dedicó a su labor con determinación. Si volvía a llover, no quería filtraciones ni humedades que estropearan la pared. También, con la resignación que había aprendido a mostrar en momentos en que la necesidad se imponía a lo deseable. Quitó con cuidado las tejas de pizarra calcinadas para que no se desengancharan las que estaban bien. Calculó nuevamente los daños y vio que tendría que quitar más de las que en un principio había pensado y, luego, aún le quedaría sopesar el daño del canalón. Para hacer más agradable su tarea, comenzó a silbar una vieja canción que le había enseñado su padre cuando era niño.

Una hora después, volvió a contemplar los cerros y vio que comenzaba a bajar la niebla. Pensó en su esposa y en sus hijos, Julia y Santiago, que probablemente ya habrían llegado a Montes de Valdueza, pero aún les quedaría el viaje de vuelta, y tuvo un mal presentimiento. Deseó que no se enredaran demasiado en parloteos y llegaran antes de que la penumbra se apoderara del valle. Volvió a bajar con las tejas inservibles y las dejó apostadas contra la pared. No quería desprenderse de ellas sin pensar bien si podrían servirle de apaño para algo. En el molino guardaba algunas de repuesto y calculó que, por suerte, tendría suficientes para la reparación. Antes de subir con las nuevas, llamó a su hija, aunque ni siquiera dirigió su mirada hacia el arroyo.

«Estamos aquí», le oyó decir y, sin preocuparse de dónde era «aquí», pues ya sabía que se trataba de un lugar mojado, volvió a apoyar el pie derecho en la escalera. Nuevamente las tejas centraron su atención y quedó absorto en ellas y en el recuerdo del botero, que había mostrado interés en Julia y, no sabía por qué, eso era algo que lo molestaba. Su esposa estaba encantada, «si pudiéramos tener a dos casadas...», pero él pensaba que Julia, a sus catorce años, era aún demasiado joven y, además, parecía no haber despertado ningún entusiasmo en ella. Había oído que el botero tenía malas amistades y un hermano al que habían vinculado con los bandoleros. Tras ese rumor, se había dedicado a investigar si también tenía deudas, pero no era el caso: las botas de leche, vino y otros licores se vendían bien. Sin embargo, encontraba algo oscuro en él y no le gustaba que Julia hubiera acompañado a su madre al pueblo, pues sabía cómo se las gastan ciertos hombres cuando se emperran en una mujer. Julia se parecía tanto a su madre... Tenía los ojos como olivas y recordó cómo brillaban al verlo los de su esposa veinte años atrás, cuando aún la cortejaba. Sus caderas bailaban al caminar y había en ella un espíritu jovial que un día se había marchado para regresar después en el cuerpo de la hija mediana. ¡Julia, la niña de sus ojos! Si alguien quería desposarla, mucho habría de demostrar. No, el botero no se saldría con la suya, no con su hija. Suspiró, volvió a mirar el paisaje y, efectivamente, tal como había augurado, la niebla comenzaba a adueñarse del valle.

Lo sonsacó de estos pensamientos el hecho de que su hija pequeña y la cabra, esta última no supo cómo, subieron por la escalera hasta el tejado para volver a bajar después y desaparecer en unos simpáticos trotes. Sonrió, curioso por esa extraña amistad, y se alegró por primera vez de que Mencía no hubiera acompañado a sus hermanos. Continuaba con una extraña sensación y sabía que no se quedaría tranquilo hasta que su esposa, Julia y Santiago regresaran a casa. Había peligros en el camino poco transitado y había oído decir a otro molinero que en la zona oeste había vuelto el licántropo. No es que él diera por hecho ese rumor, pero cada vez sentía mayor inquietud por el hecho de que hubieran ido de visita precisamente aquel día. Un rato después, cuando terminó de colocar todas las pizarras, decidió hacer un descanso. Aún quedarían horas de luz para arreglar el canalón.

Bajó de nuevo a tierra y se acercó a la orilla a buscar a Mencía. No la vio por ningún lado, tampoco a la cabra, y comenzó a caminar hacia la zona de los sauces, pues sabía que era su favorita. Tampoco las encontró allí. Alzó la vista para observar en la otra orilla, por si se habían adentrado en el bosque, aunque eso no fuera habitual en ella. La llamó, pero no obtuvo respuesta alguna. Comenzó a recorrer el arroyo en dirección contraria a la que había seguido hasta el momento, sin dejar de mirar hacia el agua y con el corazón en constante aceleramiento. ¡A saber qué imprudencia habría cometido ahora! Avanzó cada vez más deprisa con una sensación desagradable como compañera. Sin embargo, por suerte, ésta la abandonó de pronto. Encontró primero a la cabra, que en aquel momento atravesaba el puente de madera en dirección hacia él e, inmediatamente después, hacía lo propio la niña, que llevaba las ropas mojadas. Eran la alegría personificada. Raras ambas y rara la amistad, cierto, pero también era verdad que la niña siempre sonreía. Y ése era el motivo por el que había conseguido que no la calzaran, porque los zapatos borraban en ella todo signo de felicidad.

—¿Tienes hambre? —le preguntó el padre, aliviado tras haberse preocupado en vano.

La niña asintió y ella y la cabra siguieron a Santiago hasta el molino. Almorzaron un trozo de empanada de cebolla y chorizo y, luego, acabaron de saciar el hambre con unas peras cogidas el día anterior. La niña comía con devoción, o tal vez fuera con prisas para poder regresar pronto a sus juegos de pato, pez y cabra. El molinero aprovechó para descansar un rato, aunque no pretendía dormir, y la pequeña y su animal volvieron a salir al exterior.

Al cabo de más de media hora, Santiago García despertó maldiciendo haberse quedado traspuesto. Tenía que colocar el canalón antes de que muriera la luz. Salió de nuevo y oyó a su hija y a la cabra chapotear en la orilla. Cogió herramientas distintas de las que había usado para arreglar el tejado y se dispuso a su labor. La niebla se estaba acercando y, una vez más, se preguntó si su mujer se habría dado cuenta y estaría por regresar. Deseaba que lo hiciera y no sabía si era más por evitar que el botero rondara a Julia o por las amenazas del bosque. Cogió un martillo y comenzó a golpear una parte del canalón que se había deformado por el rayo.

La sensación de humedad se iba intensificando por momentos, la niebla ya estaba allí, aunque aún no era densa, y no entendía cómo la pequeña Mencía continuaba medio metida en el agua. Pero no lo había entendido nunca y, desde el tejado, la iba contemplando de tanto en tanto y se quedaba tranquilo. No así cuando miraba también hacia el camino de regreso, pues su esposa y sus otros hijos continuaban sin aparecer y el presentimiento que llevaba rumiando durante todo el día no hacía más que crecer. Terminó de arreglar el canalón, recogió las herramientas y bajó de nuevo por la vieja y entumecida escalera de madera. Dejó el cesto en el interior del molino y, cuando salió para recoger la escalera, unas siluetas familiares que se acercaban le devolvieron la tranquilidad.

—¡No te lo vas a creer! —le dijo su esposa en cuanto llegó hasta él—. ¡Vamos a ser abuelos!

—¿Tan pronto? —preguntó él, mirando a Julia y comprendiendo que se le había hecho mujer y él se estaba haciendo mayor.

—¿Tan pronto? Hace seis meses que se casaron, ¿crees que los jóvenes pierden el tiempo?

—No hables de estas cosas delante de ellos —le recordó el marido, señalando a los dos hijos que lo acompañaban.

—¡Santiago, no me seas beato! Que los niños han de aprender de estas cosas, que Julita también se nos casará un día de éstos.

—Ella no quiere aún, ¿verdad, Julia? —preguntó el padre con el deseo de que no lo desmintiera.

—¿Casarme? ¡No sabría con quién! —negó ella con un tono ufano, y sus palabras, más que convencer al padre, lo dejaron con la sensación de que aquel día el botero había hecho avances.

—¿No vas a preguntar cuándo seremos abuelos ni cómo está tu hija? —lo regañó la esposa.

—Me lo vas a decir igual.

—¡Claro que te lo voy a decir! ¿O preferirías ignorarlo? —le reprochó.

—¿Marzo, abril...? —fingió interés.

—Abril. Si no se adelanta, claro, que en estas cosas también Dios dispone. ¿Arreglaste el canalón?

—El canalón y medio tejado —exageró—. Venía a guardar la escalera. Pronto habrá que comprar otra.

—Pues habrá que vender más quesos primero o esperar a que llegue el invierno. No estamos para muchas dispensas. ¿Y Mencía? ¿Has conseguido que hiciera algo de provecho?

—En el agua, como siempre. ¿Qué voy a conseguir, si ni tú misma has logrado que se ponga un zapato?

—Si casamos a Julia, tendremos que ir pensando en enderezarla.

—A lo mejor Santiago no quiere dedicarse al molino y algún mozo se casa con Mencía por interés —se burló él.

—¡Yo sí quiero el molino! —protestó el muchacho.

—Pues tendrías que haberte quedado a ayudarme en las reparaciones. Que te gusta más el pueblo que el arroyo.

Los cuatro entraron en el molino y, en cuanto Santiago dejó la escalera, su esposa le pidió que buscara a la pequeña. Salió con gusto, él tampoco quería que la niña estuviera más horas haciendo de saltimbanqui de roca en roca mientras la niebla los envolvía.

La visibilidad había cambiado, ya no se distinguían las formas más allá de unos metros. Se acercó a la parte de la orilla en la que las había visto por última vez, pero ya no se encontraban allí. La llamó y no le respondieron. Como había hecho con anterioridad, comenzó a recorrer la orilla preguntándose dónde demonios estarían ahora. Esta vez, también miraba hacia el agua, aunque sabía que si a la niña le pasaba algo, la cabra estaría a su lado, y tampoco veía al animal. Llegó hasta el puente de madera y lo cruzó despacio. Él ya no tenía la agilidad de su hija. Una vez en el otro lado, volvió a llamar a la niña. El sonido atravesaba mejor la espesa vegetación y la niebla que la vista. Prestó atención, no tanto por escuchar una respuesta como por si distinguía ruido de piruetas o risas. Pero nada, las brumas parecían haberlo silenciado todo. Tras unos minutos, regresó a la otra orilla y, antes de volverse loco buscando en un sitio mientras la niña y la cabra corrían hacia otro, regresó al molino a pedir a su hijo que lo ayudara.

La madre, más preocupada que su esposo, envió también a Julia.

—Yo me quedaré aquí por si regresa —añadió—. Y esta vez probará el zapato, pero en el trasero, a ver si se cree que nos puede tener en vilo cada dos por tres.

—Que avise el primero que la encuentre —dijo Santiago antes de separarse de sus hijos.

Y los gritos de «¡Mencía!», «¡Mencía!» comenzaron a resonar en el valle del Oza. Uno fue arroyo arriba; otro, arroyo abajo, y el padre cruzó nuevamente el puente. Se adentraba ya en la zona boscosa en la que apenas se distinguía nada cuando un grito de horror lo inundó todo. Corrió rápidamente de vuelta al puente, lo descruzó y siguió corriendo hacia el lugar del que había provenido el grito.

—¡Mencía! —gritó a su vez, en una última esperanza.

Pero no era Mencía, sino Julia, quien había gritado, y sollozaba con ojos aterrorizados mientras contemplaba, al lado de la orilla, una cabra de tres patas degollada de un tajo, con la sangre, aún fresca, cayendo desde el cuello del animal hacia el agua. De la hermana pequeña, no había ni rastro.

13

Durante el viaje, Lúa estornudó varias veces y Henar rezó para que no hubiera cogido un resfriado. El cielo se había ido despejando y las nubes que aún quedaban no suponían ninguna amenaza de lluvia. Sin embargo, sus temores, en lugar de despejarse, cada vez se condensaban más.

Media hora después, el carruaje las dejó frente al puente colgante y Henar volvió a sorprenderse por la facilidad con que la niña pasaba por él. A ella le costó más que la vez anterior, porque la madera, tras el aguacero, estaba resbaladiza. Llevaba el hatillo en la mano con la que no sujetaba a Lúa y eso limitaba su equilibrio; además, su increíble semejanza con la esposa de Aliaga y la conversación con éste habían logrado que perdiera toda serenidad. Cuando llegó a la otra orilla, el estado de la tierra parecía indicar que en aquella zona no había llovido mucho, pero ella no se fijó, pensando una y otra vez en el rostro de la esposa de don Faustino y en cómo la incertidumbre de su enfermedad era capaz de trastocar a su marido.

Al llegar a la casa, se sorprendió al ver que Baia no estaba preocupada por su hija. Apenas preguntó por el retraso y se limitó a contarle que allí sólo había lloviznado. Henar, en su relato, quitó importancia al aguacero y atribuyó al exceso de celo de Aliaga el hecho de que les hubiera prestado nueva ropa.

—Ese hombre se cruza demasiado en tu camino... —le dijo la mujer, mirándola a los ojos.

—Ha sido una casualidad —repuso la joven, intentando justificarse, pero Baia le hizo una seña para que bajara la voz.

Hurtado ya se encontraba allí. Baia le contó que había ido a descansar, pero que era hombre de dormir con los oídos atentos. Henar quería saber dónde había estado, pero eso era algo que no le dirían. Todos —Aliaga, Verdejo, la misma Baia— proyectaban mucha oscuridad sobre él y eso no parecía augurar nada bueno.

La mujer salió a buscar laurel para las lentejas que estaba preparando y Henar la acompañó para preguntarle dónde podía dejar la ropa mojada. Baia le señaló un gran cesto que colgaba de la pared y la joven, tras depositar en él las vestimentas que llevaba en el hatillo, decidió seguirla. Deseaba poder despejar algunas de sus inquietudes, pero aguardó a que se hallaran lo suficientemente apartadas de la casa para preguntarle:

—¿Conoce usted a la esposa de don Faustino?

—*A doente? Non teño o gusto* —respondió Baia, burlándose—, no me invitaron a la boda.

La respuesta la decepcionó, pero continuó preguntando:

—¿Qué enfermedad tiene?

—*Non o sei*, rapaza, algo grave. Dicen que ya está desahuciada y que en breve Dios la acogerá en su seno. *Por que preocupas ti? Moitas persoas morren todos os días.*

—El señor Aliaga me parece una persona triste.

—¿Y qué? *Té moito diñeiro!* Las tristezas con pan son menos. Más pena me da la gente a la que se le muere un hijo que lleva el único *xornal* a casa...

La respuesta de Baia, aunque en principio parecía despectiva, sonó sincera y triste. A Henar le dio la sensación de que hablaba de sí misma y aprovechó la oportunidad para procurar que la conversación fuera más íntima.

—Señora... ¿Se está refiriendo a Antón?

Tras un largo silencio, durante el que Henar creyó que no iba a recibir respuesta, la mujer dijo:

—Antón está *morto... Hai que dexair os mortos* en paz.

—Lo siento, lo siento mucho —dijo Henar, incapaz de añadir nada más. Tampoco Baia parecía muy dispuesta a dar nuevas explicaciones.

Sin embargo, cuando regresaron, y para sorpresa de la joven, Baia la condujo hasta la que había sido la habitación de Antón y se la mostró:

—*O meu marido quere que durmas aquí.* Espero que respetes este cuarto. En esa cama *morreu o meu rapaz*.

Un silencio gélido siguió a aquellas palabras. En el hospicio, Henar había cambiado de cama varias veces y sabía que en algunas había fallecido alguien. Aun así, el hecho de saber que iba a dormir en aquella cama la hizo estremecer. Tampoco ayudaba a que disminuyera su desazón lo que allí vio. Sobre el poyete de la ventana, y colocadas en fila, unas figuras humanas realizadas en cera, no muy grandes, parecían estar observándola. Baia notó que Henar se había quedado mirándolas y, con nostalgia, comentó:

—*Antón tiña moito talento...*

Baia salió del cuarto y Henar se quedó allí sólo un momento, escuchando el eco de las palabras de la mujer en su interior, como si de verdad resonara en aquellas paredes vacías. Pero no tardó en salir para subir al altillo a por su maleta y bajarla hasta el cuarto. No había ropero, pero ella tampoco tenía muchas prendas y las colocó en una cómoda que Baia debía de haber vaciado en su ausencia. Luego colgó el abrigo en una de las dos perchas de pared que estaba justo al lado de la puerta. Para su alivio, vio que había un orinal debajo de la cama. Animada por ese utensilio, salió un momento para preguntarle a Baia si tenía algo parecido a una jofaina o un aguamanil para asearse. La gallega le respondió que tendría que conformarse con una palangana y un trapo, que allí no tenían esponjas ni sales ni ese tipo de cosas que abundaban en las casas de clase alta. Henar, haciendo caso omiso a la ironía, le dijo que era más que suficiente para ella y le dio las gracias, pues había conseguido algo de intimidad para lo básico. La muchacha regresó al cuarto y se asomó a la ventana. Como ya sabía, pues lo había comprobado desde el altillo, daba a la cuadra, así que podría estar atenta a los movimientos de Hurtado. Si averiguaba algo, podría comunicárselo al teniente Verdejo, aunque eso supusiera ir hasta Ponferrada. O incluso hasta Villafranca, un poco más distante y que obligaba a pasar por caminos más intrincados. La verdad era que no sabía dónde encontrarlo, pero supuso que sería fácil averiguarlo.

Hurtado se despertó hacia las cuatro de la tarde, cuando ella estaba con Lúa repitiendo una y otra vez la letra «e». Pasó por su lado, hizo un comentario mordaz sobre la niña y, a continuación, añadió:

—Tal vez yo te encuentre una ocupación mejor.

Henar sabía a lo que se refería y le devolvió una mirada

desafiante que le hizo soltar una de sus espeluznantes carcajadas. Por suerte, pasó de largo, se sirvió un plato de lentejas y se olvidó de ella y de Lúa. Baia continuaba afuera, ocupada en su labor con las abejas, como si fuesen los únicos seres con los que podía comunicarse. Tal vez encontrara consuelo en ellas. La joven se preguntó cuántas veces se habría arrepentido de su segundo matrimonio, pues a todas luces no había salido beneficiada.

Aquella tarde, Lúa estaba menos concentrada que la anterior. Parecía haber perdido entusiasmo y ni siquiera le apetecía hacer dibujos. Tampoco Henar tenía la cabeza en el trabajo, algo que procuraba compensar con su paciencia, y se alegró sinceramente cuando Baia regresó y le pidió que fuera al prado comunal en busca de la vaca.

—No sé si sabré reconocerla —dijo, dudando.

—Pregunta por Manuel, *é quen se ocupa de os animáis* esta semana, él te dirá —le aseguró ella y, con recelo, añadió—: Sabrás traerla, ¿no?

—Creo que sí, parecía mansa... —respondió Henar con toda la ingenuidad del mundo, pues conducir una vaca era algo que no había hecho nunca.

Baia la miró de arriba abajo como si pudiera adivinar su capacidad para tal labor. A punto estuvo de ocuparse ella, pues poca era la confianza que le daba una muchacha nada acostumbrada a las tareas del campo, pero Henar le aseguró que no tendría ningún problema. Y, aunque no supiera nada de vacas, eso era seguro, Baia comenzaba a respetar su espíritu valiente y voluntarioso.

La muchacha se marchó hacia el prado cuando los rayos de sol jugaban a filtrarse entre las ramas de unos sauces, consiguiendo así unos juegos de luces destellantes. Henar estaba convencida de que Hurtado conocía a doña Clara, puesto que había trabajado para Aliaga, y también estaba convencida de que era consciente del parecido entre ambas. No había comentado nada, cierto, pero eso no era raro. Todo en él era oscuro y le gustaba alimentar esa sensación. Sin embargo, Henar se olvidó enseguida de Hurtado porque el recuerdo de aquel rostro la perseguía. ¿Sería doña Clara alguna pariente cercana o, tal vez, lejana? Desechó enseguida esa idea. No porque no fuera posible, sino porque no quería llamar a esa puerta: la de la fantasía de cualquier huérfana, siempre esperando a ser la hija secreta de alguien de alcurnia. Ella no era de ésas. Estaba tan acostumbrada a que su familia fueran las monjas y las otras niñas que nunca había dejado volar su imaginación en ese sentido. Además, solía ver qué tipo de mujeres eran las que dejaban a sus hijos al amparo del hospicio y siempre había sido realista respecto a su pasado. Sin embargo, la duda empezaba a cobrar fuerza porque tenía un punto de partida: aquel retrato.

Llegó al prado, donde ya quedaban pocos animales, y preguntó a una mujer por Manuel. Ésta le señaló a un hombre de estatura media, cabello entre rubio y canoso con grandes entrantes, que vestía con pantalones oscuros, camisa desgastada y fajín grisáceo. Mientras se pasaba la mano por la barba, hablaba con otra mujer. Henar se acercó a ellos y, sin pretenderlo, oyó algo de su conversación. Manuel hablaba con un marcado acento gallego.

—Todos, Manuel, todos los que tienen niñas sienten miedo. Yo temo por mis sobrinas —se lamentaba la mujer—. Esto ya no es una casualidad.

—La Guardia Civil está investigando —repuso el hombre, algo incómodo porque la conversación se alargaba.

Manuel no era dado a la vida social y, además, estaba pendiente del ganado y de aquella muchacha que se iba acercando a ellos, a la que ya había visto con Baia.

—La Guardia Civil investiga porque la casquivana mayor del reino, su graciosa majestad Isabel, pasará pronto por aquí camino a Santiago. Y quiere que esto esté limpio de malhechores, contrabandistas, buhoneros, asesinos, carlistas y republicanos de medio pelo... Pero, en cuanto regrese a Madrid, los civiles se olvidarán de nosotros —dijo muy airada la mujer.

—No seas pesimista, Seruta... —repuso Manuel, que ya no miraba nada más que a Henar, que se había detenido detrás de la mujer.

—No lo soy. Sabes bien que, si no buscaran carlistas, ni siquiera estarían por aquí. Por muchas niñas que mataran... Porque no es una casualidad que las dos hayan sido encontradas en las mismas circunstancias...

«¿Las dos?» Esas palabras impresionaron a Henar.

—Perdonen la intromisión... ¿Es que han matado a otra niña? —preguntó sin poder disimular la inquietud mientras se colocaba al lado de la mujer.

—Hace unas horas han encontrado en el río a la Neniña descalza —respondió la mujer, que no se había percatado de la presencia de Henar. Tras responder casi por inercia, le preguntó—: ¿Y tú quién eres, muchacha?

—Me llamo Henar. —Consciente de que era una desconocida, la información le pareció incompleta y añadió—: Enseño a hablar y escribir a Lúa, la hija de Baia. —Y, tras explicarle quién era, volvió a lo que la había impactado—: ¿Quién es la Neñina descalza?

—¿Enseñas a hablar a una sorda? —se sorprendió Manuel. En ese momento, algo en el rostro de ese hombre llamó la atención de Henar y lo miró como si estudiara sus rasgos. A pesar de ser cejijunto, las largas y pobladas pestañas otorgaban a su expresión un aire femenino que lo hacía resultar extraño. Y ambiguo. También él, con ojos achicados por el sol de frente, continuaba escrutándola a ella—: ¿Hurtado consiente que hagas eso?

—Sí —volvió a contestar rápidamente, tratando de quitarse de encima la sensación que la había desestabilizado y retornando a la curiosidad por la conversación que mantenían antes de que llegara ella—. ¿Quién es esa niña de la que hablan?

—La hija de los molineros de Peñalba —le aclaró Seruta—. No creo que haya un vecino de la comarca que no le haya regalado unos zapatos a esa niña, pero no sé por qué, siempre iba descalza. Incluso en invierno. Si hubiera llevado zapatos, tal vez habría podido correr y escapar de ese ser perverso.

—¿Tenía alguna marca en el cuello? —quiso saber Henar, sin medir sus palabras ni el énfasis que en ellas ponía, y, como Manuel y Seruta se la quedaran mirando, trató de justificar su pregunta—: Sí, ya sé que puede parecer raro que sepa eso, pero es que yo conocía a Matilde. —Ante el nuevo silencio de sus interlocutores, que la escuchaban sorprendidos, supo que debía continuar explicándose—: Matilde era la que venía de León y apareció en el Sil, la del cabello rojo, crecimos en el mismo hospicio. Y, en un viaje que hice a Ponferrada, una aldeana de La Martina a la que pregunté si aún me faltaba mucho para llegar me habló de las marcas en el cuello. Ella lo sabía porque fue su marido el que había encontrado el cadáver.

—Sí, dicen que ésta también las tenía. Y no quiero que me vengan con cuentos de que eso son mordiscos de siluro —repuso Seruta—. Esto es algo más grave y más oscuro —añadió.

—Un siluro caprichoso si sólo parece gustarle la sangre de niña chica —comentó Manuel como si no le importara lo sucedido. Sin embargo, no era así. Enseguida recuperó la seriedad en su tono de voz y, mirando a Seruta, añadió—: Y tampoco pienses en licántropos, mujer. Eso ya pasó. Esto, en cambio, es obra de un pervertido. Los hay que se divierten con las cabras y a otros les gustan las niñas. No hay que sospechar de seres de ultratumba, sino de los cercanos.

De pronto, a Henar le vino a la cabeza el saco que Hurtado había colocado sobre el caballo y pensó que podía responder al tamaño de una niña. No se veía bien en la oscuridad, probablemente se tratara de otra cosa, pero el sonido que había escuchado poco antes recordaba a... ¿Habría sido un gemido humano?

Su respiración se agitó. Con voz entrecortada, acertó a preguntar por la vaca de Baia y, cuando Manuel le indicó cuál era el animal, se despidió de los aldeanos, se dirigió hacia la vaca como una autómata y agarró la cuerda que llevaba envuelta en el collar. Ni siquiera se dio cuenta de que no le había costado ningún esfuerzo que el animal obedeciera. Estaba absorta en pensamientos funestos, entre los que sobrevenían las palabras del ama de llaves de Aliaga —«Es un hombre sin escrúpulos»—, y las del propio Aliaga —«¡Ese hombre es capaz de cualquier cosa!»—. Sí, cuanto más lo pensaba, más consideraba a Hurtado capaz de matar de forma despiadada. Sin embargo, había algo que fallaba en su sospecha. No parecía de ese tipo de pervertidos que se divierten con una niña, sus vicios aparentaban ser de otro tipo. Y tampoco era un hombre metódico, sino impulsivo e iracundo, y no era propio de alguien así matar dos veces del mismo modo. Su cabeza seguía dando vueltas alrededor de Hurtado cuando, de repente, recordó que Seruta había mencionado entre los malhechores que la Guardia Civil debía perseguir a «buhoneros, asesinos»... De nuevo, la idea del Sacamantecas apareció ante ella. La campesina de La Martina había dicho que vendía grasa en Portugal. Y, aunque todo lo que se decía sobre él parecía una leyenda macabra, era más que eso. Había sido real. Aunque se repetía a sí misma que el Sacamantecas había sido condenado y encarcelado, no lograba que eso la tranquilizara. Manuel le había dicho a Seruta que no pensara en licántropos... Tal vez también ella consideraba esa posibilidad.

La muchacha y la vaca se habían alejado ya del prado comunal cuando sus pensamientos regresaron a Hurtado y a la imagen del saco sobre el caballo. Por lo que habían dicho Aliaga y el teniente Verdejo, y por aquellas compañías tan repugnantes, le parecía un contrabandista, tal vez también un salteador de caminos. Y, sin embargo, sus sospechas iban más allá porque lo había visto salir bien entrada la noche y no había vuelto hasta pasada la hora de comer. Y, justo durante esa ausencia, había sido asesinada otra niña. Por las preguntas que el teniente Verdejo le había formulado a Baia, sabía que tampoco se encontraba en el colmenar cuando mataron a Matilde. ¿Sería Hurtado el Sacamantecas? Tal vez esa idea resultaba descabellada y Henar ni siquiera se atrevía a dar por hecho que se alojaba en casa de un asesino, pero sentía una opresión en el estómago que no anunciaba nada más que peligro.

El canto de los pájaros había cesado hacía poco. Ya anochecía cuando enfiló el sendero que llevaba a la palloza y, de pronto, vio que una silueta que se asemejaba a la de Hurtado se acercaba desde el otro lado del camino. Al principio, tras el primer sobresalto, pensó que su sugestión la engañaba, puesto que no dejaba de pensar en él, pero no, poco a poco fue comprendiendo que era real, y sintió el miedo en su piel, como si éste le estuviera acariciando los brazos para erizar su vello con una suavidad espeluznante. Instintivamente, buscó la faltriquera para sujetar la navaja. Pero entonces comprendió que no la llevaba con ella: al cambiarse en casa de don Faustino, la había metido en el hatillo de la ropa mojada. Se reprochó el haber sido tan descuidada. Tras lo sucedido con Aliaga y, ahora con más razón aún, no debería haberla olvidado. No había sido prevenida y, en ese momento, no tenía esa pequeña ayuda para luchar contra el temor y no desviar sus ojos de los de Hurtado. No sabía qué decir, no sabía cómo actuar, pero estaba determinada a fingir valor ante ese energúmeno que la observaba de forma inquietante. No estaba lejos de la casa y se preguntó si Baia la oiría si comenzaba a gritar.

14

—¡Buena chica! —le dijo él al llegar hasta ella, como si no hubiera notado su agitación, y, al tiempo que le dedicaba una sonrisa socarrona, agarró la cuerda con la que conducía a la vaca—. Yo la entraré.

Henar sintió gran alivio al ver que se marchaba con el animal sin pretender nada más. Todavía tardó unos instantes en ser consciente de que estaba a salvo y procuró tranquilizarse antes de entrar en la casa.

Lúa ya se había acostado. Baia le dijo que no había querido cenar y que tenía la frente caliente. No había un tono de reproche en sus palabras, pero eso no impidió que Henar se sintiera culpable de que la niña estuviera enferma. Lo cierto es que, después de la mojadura, si ella no estornudaba era porque había tenido suerte.

—No volveré a llevármela —dijo Henar—. Han encontrado a otra niña en el río...

El cuchillo con el que Baia cortaba el chorizo se deslizó de sus manos y cayó al suelo. No pronunció palabra alguna. Se agachó a recogerlo y lo limpió con un trapo para continuar con su labor, como si no ocurriera nada.

—*Os nenos teñen accidentes* —dijo Baia, sin tan siquiera levantar la cabeza.

Nadie volvió a mencionar el tema. Ella no quiso sacarlo y, mucho menos, cuando Hurtado entró y se sentó a la mesa. Hablaron poco mientras cenaban y sólo sobre la colada. Baia le habló de un arroyo cercano que ella usaba para lavar y le dijo que en la entrada le dejaría el cesto de ropa sucia para que fuera a la mañana siguiente.

Tras cenar, Henar alegó que estaba cansada y que aún debía ordenar unas cosas en su nuevo cuarto, así que, tras ayudar a recoger y fregar los platos, se fue para poder relajarse de la tensión que le producía la presencia de Hurtado. No se puso el camisón y se obligó a mantenerse despierta hasta que el matrimonio se hubiese acostado. Quería recuperar la faltriquera y Baia había dicho que el cesto de la ropa sucia se hallaba al lado de la entrada.

Baia fue la primera en retirarse, aunque antes pasó por el altillo de la niña y permaneció allí durante unos cinco minutos. Media hora después, cuando Henar ya casi se había dormido sobre la silla, hizo lo propio Hurtado. La joven se asomó a la rendija de la puerta para asegurarse de que así era y pudo ver su figura sólo un instante, justo antes de que él apagara la luz del quinqué.

Esperó un poco más. El tiempo suficiente para considerar que el hombre ya se habría dormido, y entonces abrió la puerta sigilosamente y empezó a moverse con cautela. No tenía prisa, sino inquietud por recuperar el arma, y la oscuridad no le permitía ver nada. Se dirigió hacia la puerta y tanteó a su alrededor, procurando no hacer ruido y no tirar ninguna cosa. No notó nada que pareciera un cesto y se sintió derrotada por un momento. Pero enseguida pensó que tal vez se lo había dejado fuera, así que deslizó el cerrojo y abrió despacio, con toda la cautela de que fue capaz. Aunque la luna tenía la forma de pestaña y apenas iluminaba, era suficiente para vislumbrar algo que parecía un cesto al lado de los escalones. Se acercó a él con determinación, pero, de pronto, se quedó completamente quieta. Estaba desconcertada. Un ruido había llamado su atención, y temió que Hurtado se hubiera despertado. Pero el sonido no se repitió y no había venido de dentro, sino del exterior. Una tormenta de nervios estalló en el pecho de la joven, que comenzó a agitarse como si debajo de la piel algo lo empujara en un compás que, por segundos, se iba acelerando. Estaba pensando en regresar adentro y acerrojar la puerta, pero, una vez más, la curiosidad se iba a convertir en su peor consejera.

Una sucesión de imágenes de seres de ultratumba, buhoneros despiadados y siluros gigantes pasó por su cabeza hasta que un mugido la ayudó a comprender que la puerta de la cuadra estaba entreabierta y había alguien dentro. Se estaba equivocando, lo sabía, porque en lugar de protegerse dentro de la casa, había empezado a avanzar hacia el peligro. Aunque, al menos, antes recordó rebuscar entre la ropa sucia, encontró la faltriquera y, dentro de ella, la navaja, que recuperó ansiosa.

Camino de la cuadra, una rama crujió bajo sus pies y eso hizo que volviera a quedarse quieta durante unos instantes. Apretó el puño del arma con tanta fuerza que se hizo daño con sus propias uñas, a pesar de que la mano le estaba temblando, pero no la aflojó. Observó bien y, cuando hubo comprobado que ninguna sombra se asomaba desde la cuadra, avanzó de nuevo hacia ella. Debería haberse abalanzado sobre la puerta y correr el cerrojo para, a continuación, comenzar a gritar y llamar la atención de Hurtado. En ese momento, paradójicamente, su enemigo era su aliado; sin embargo, la prudencia parecía haber roto todos sus lazos con ella: no hizo nada de eso. Tampoco se atrevió a entrar. Sabía que, de hacerlo, no vería nada y, sin embargo, se expondría a que la persona, o lo que fuera que estuviese dentro, la descubriera. Así que se quedó al lado de la puerta, con la navaja bien empuñada y el alma encogida. Agudizó el oído, pero del interior sólo llegaba quietud. Ni siquiera los animales parecían moverse. Ni siquiera el aire susurraba. El silencio que reinaba era estremecedor y la oscuridad y el frío parecían llenarlo todo. Henar escuchaba los latidos atronadores de su corazón y luchaba, casi en vano, por no jadear.

Pasaron dos minutos que se le hicieron eternos. No era una persona paciente y la necesidad de saber qué ocurría allí dentro era tan fuerte como su temor a entrar. Notaba cómo ambos impulsos luchaban entre sí: deseaba asomarse, pero no quería delatar su presencia. De pronto, se sintió perdida. Alguien, a su espalda, la agarró por la muñeca de la mano que empuñaba la navaja y se la retorció hasta que tuvo que soltarla, al tiempo que con la otra mano le tapaba la boca para impedir que gritara. Henar entró en pánico al sentir el aliento de su agresor en el cuello. Tal vez ésos fueran sus últimos instantes de vida. Intentó volverse para ver quién la estaba atacando, pero no era capaz de vencer la fuerza con que aquel brazo la sujetaba. Notó el aliento aún más cerca y cerró los ojos temiéndose lo peor.

—¿Henar...? —susurró una voz en su oído—. No grites. No hables, voy a soltarte despacio.

Henar abrió los ojos y notó que la tensión en torno a ella se aflojaba hasta que pudo volverse, pero sin poder escapar del todo al abrazo.

—¿Juan? —le preguntó sin dejar de sentir el temblor en todo su cuerpo. Más que por su rostro, dada la oscuridad, lo había reconocido por la voz.

—¡Chist! —le susurró el joven y, después, deshizo el abrazo para agacharse a recoger la navaja. Buscó la mano de Henar con la suya, le puso el arma en ella y, luego, le cogió la otra para conducirla al exterior. Tomó el sendero que iba al pueblo y se detuvo al cobijo de unos sauces.

—¿Qué haces aquí? —inquirió Henar jadeando y tratando de recuperarse de la sorpresa.

—¿Qué haces tú? ¿Pensabas defenderte con esto? —dijo Juan, riñéndola mientras señalaba la navaja.

Ella lo miraba intensamente, como queriendo asegurarse de que aquella sombra era realmente Juan y, como si él intuyera sus reticencias, sacó una caja de cerillas del bolsillo del pantalón y encendió una. La llama quedó entre sus rostros, jugando con la luz y las sombras, y oscureciendo las cuencas de unos ojos de sorpresa. Cuando la cerilla se apagó, Henar todavía podía sentir clavada en ella la mirada profunda del joven.

—Pensé que todos dormíais —dijo él, intentando justificarse.

—Pero... ¿qué haces aquí?

—Necesitaba unas cosas. ¿Tan poco prudente he sido? ¿Te he despertado?

—No, me he asomado a disfrutar de la noche —respondió Henar, utilizando la ironía como amparo y por vergüenza: no quería contarle sus miedos ni que había salido a recuperar la navaja—. Y entonces he oído un ruido. Dentro. ¿Por dónde has salido?

—Por la ventana, dulce campesina —dijo Juan, para relajar la tensión que notaba en Henar. Pero ella no reaccionó. Continuaba perpleja y nerviosa.

—Necesitabas unas cosas... Ya... Y ¿es tu costumbre robarlas?

—Se me ha acabado el aceite. A veces se me acaban los suministros y tengo que reponerlos. Entiéndelo como un préstamo.

—¡Claro! Imagino que lo devolverás enseguida —respondió ella, disgustada.

—No te vas a enfadar por esto, ¿verdad? —preguntó Juan al tiempo que arqueaba una ceja y, con ese gesto, se dibujaba en su expresión una nueva sombra—. Nunca repito en la misma casa. Cojo un poco de aquí y un poco de allá. Lo suficiente para abastecerme, pero no arruino a nadie.

—¡Oh! ¡Un ladrón preocupado por sus víctimas! —exclamó ella en un tono más alto de lo debido y haciendo un aspaviento que mostraba su asombro ante tanta desfachatez—. Debería gritar para que Hurtado te pillara con las manos en la masa.

—Pero no lo harás —dijo él de tal manera que era obvio que creía en sus propias palabras.

—¿Qué te hace pensar eso?

Sus ojos se empezaban a acostumbrar a la oscuridad y notó que él volvía a mirarla fijamente.

—Porque no lo has hecho. Porque no quieres hacerlo.

Un hormigueo recorrió el cuerpo de Henar. Juan tenía razón. No quería delatarlo.

—Dijiste que buscabas tesoros. ¿Qué tesoros son ésos que no pueden ni proporcionarte aceite para lámpara, Juan?

—Y lo hago, no te mentí. En cuanto reúna las suficientes reliquias para vender al inglés, dejaré el lugar. Pero mientras, tengo que mantenerme. No robo comida, sé cazar y pescar, pero hay cosas básicas que no da la naturaleza. Nada de gran valor. No soy un ladrón sin escrúpulos.

—Insisto: ¿no puedes comprarlas?

—Puedo, pero no me conviene acercarme a los pueblos.

Henar no replicó y el silencio se impuso nuevamente en la noche de luna creciente. En esos instantes sólo se escuchaba la respiración de ambos, que continuaban quietos uno frente al otro.

—¿Eres uno de esos carlistas, Juan? ¿Huyes desde que perdisteis las revueltas? De eso hace años. Y eres joven... —preguntó ella, en parte para romper la intimidad que se estaba creando entre ellos y, en parte, porque continuaba confundida respecto a él.

—No. No todos los navarros somos carlistas.

—Pero te buscan, por eso no puedes acercarte ni a pueblos ni a ciudades, donde la vigilancia es mayor.

—Es por algo que ocurrió hace unos meses. No fue aquí, sino en La Rioja; no tiene gran importancia.

—La suficiente como para que te busquen, por lo visto —respondió Henar, volviendo la cabeza y haciéndose la enfadada.

—Tuve mala suerte —se explicó él—. Andaba metido en un negocio, pero me equivoqué de persona.

—Negocios, negocios... Estoy cansada de escuchar esa palabra que no dice nada, y lo poco que dice no es bueno...

¿Qué tipo de negocio? —repuso Henar, encarándolo de nuevo.

—De acuerdo, no era un negocio legal —reconoció Juan—. Más bien, una pequeña estafa. Nada grave. Pero fui a dar con un tipo que es familia del marqués de Miraflores. Eso es todo.

—¡Cómo! ¿Un familiar de don Manuel Pando? ¿El diplomático, senador, gobernador de palacio? Si llegó a ser presidente del Senado... ¡Tú estás loco!

—¡Vaya! ¡La moza está puesta en asuntos de política!

—¡No cambies de tema! —le reprochó—. ¿Qué tipo de estafa era ésa?

—Vale, vale... Intenté venderle algo que no era mío.

—¡Cuántas sorpresas guardas! —bufó Henar.

—¿Habrías preferido encontrarte con otra persona? ¿El asesino de niñas, tal vez? —replicó él, sin parecer preocupado por el efecto de su confesión.

Ella suspiró. La respuesta era obvia, desde luego. Se apartó unos pasos, y se habría apartado más, pero no se atrevió a ir más lejos.

—¿Hay algo más que deba saber? —le preguntó con los brazos cruzados sobre el pecho indicando que quedaba a la espera.

—¿Quieres que te cuente mi vida? ¿Ahora, Henar? Mejor lo dejamos para otro momento, pareces muy interesada... —Ella se sonrojó y se alegró de que la oscuridad no permitiera que él se percatase—. No dices nada, y dicen que el que calla otorga —continuó Juan—. Además, los dos sabemos que por ese interés que tienes por mí no has dado la voz de alarma. Gracias por protegerme, dulce campesina... —terminó sin poder evitar la reverencia que acompañaba a ese apelativo, burlón, pero cariñoso, que le dedicaba desde que se habían conocido, no hacía ni dos días.

—¿Te crees muy especial? —replicó Henar, pero no consiguió el efecto deseado en su tono.

—Creo que especial es lo que hay entre nosotros. Yo también lo siento —respondió Juan, serio y sincero—. Lo sentí no sólo cuando nos encontramos, sino en el vacío que dejaste al verte marchar.

—Deja tu palabrería para persuadirme de que no te delate, ya te he dicho que no lo haré —dijo Henar, en un intento de retomar el control de lo que estaba sucediendo entre ellos. Sí, ella también lo recordaba y se sentía unida a él, en tan poco tiempo que no le encontraba explicación. Sin embargo, sabía que de eso hablaban en alguna de las novelas que le leía a doña Eulalia Montes. Como el lazo que sentían doña Beatriz y don Álvaro, los protagonistas de *El señor de Bembibre*.

—No es palabrería, Henar, y lo sabes —insistió Juan—. Pero yo también sé que no soy hombre para ti. No te convengo...

—¿Tienes el aceite? —preguntó ella, interrumpiéndolo con brusquedad—. Tienes razón: no es lugar ni hora para esta conversación. Has de marcharte ya —le espetó, disgustada por su última advertencia.

—No, no tengo el aceite. Me conformaré con uno de aquellos bloques de cera —respondió él, abandonando toda emoción y volviéndose para dirigirse a la cuadra—. Otra cosa antes de irme... —añadió Juan cuando parecía que ya estaba listo para marcharse.

—¿Qué? —preguntó Henar, fingiendo fastidio.

—He oído cosas sobre Hurtado. No es un buen tipo, Henar. Es violento y temerario, ambicioso y aprovechado. Y ha estado metido en historias que no te gustaría conocer...

—Ya me han advertido. Y, por lo que a mí respecta, Juan, esos rumores están por confirmar, aunque no voy a negarte que no es un hombre adorable... —repuso Henar, haciéndose la valiente. Con todas sus ganas, quería contarle todo lo que había pasado, pero el deseo de protegerlo, y cierto pudor, se lo impedían.

—¿Te han dicho que andaba con unos maleantes que asaltaban a los arrieros más allá de Villafranca? —insistió Juan.

—¿Es un salteador de caminos, según tú? —respondió Henar, intentando que no se le notara demasiado interés.

—Lo fue. Por lo visto, hace poco se metió con unos maragatos y éstos, ya se sabe, defienden su mercancía hasta la muerte. Varios de sus socios murieron. Pero los civiles no han podido inculparlo. No han encontrado ninguna prueba que lo relacione con el incidente, aunque por supuesto que sospechan de él. Desde que se casó con la viuda del apicultor, no se ha dedicado a ningún otro tipo de actividad. Cierto que trabajó para don Faustino Aliaga, pero eso le duró poco tiempo. Con anterioridad, se cuenta que él también era arriero, pero ahora...

—Eso quiero yo saber. Ahora, ¿cuáles son sus negocios? Nadie suelta palabra... —le preguntó Henar, que ya no podía seguir fingiendo indiferencia.

—No he oído nada, pero seguro que está metido en algo turbio...

—Ésa es la impresión que me da —admitió Henar.

—Ya sé que, después de todo lo que te he dicho, no volverás a confiar en mí. Pero, si en algún momento necesitas mi ayuda, sigo acampado en Las Médulas. No están muy lejos de Villaverde. Anteayer, yendo despacio con el carro, tardé un par de horas. A pie casi te llevará lo mismo. Si tienes problemas, ven a buscarme.

Ella no dijo nada, pero entró en la cuadra y señaló hacia los bloques de cera como alternativa al aceite, en una clara invitación a marcharse ya. Juan la siguió y metió uno de los bloques en el pequeño saco. Luego salió de la cuadra con el cargamento y, antes de emprender camino, se detuvo ante ella, sin voluntad para abandonarla. Pero también calló y, al cabo de poco, le dio la espalda y comenzó a caminar por el sendero que llevaba al pueblo.

Henar se dirigió hacia la palloza. Todo parecía en calma, pero precisamente por eso sintió el apremio de regresar a su cama y que nadie sospechara nada. Juan se había marchado con la misma cautela con la que había llegado. «Cuídate, Juan», dijo para sí, y miró hacia la cuadra y el sendero que se alejaba de la casa antes de abrir la puerta.

15

Cuando volvió a acostarse, todavía podía escuchar los latidos de su corazón. No sabía si la aceleración de su pulso respondía al miedo que aún sentía a que Juan fuera descubierto o a sus palabras: «Creo que especial es lo que hay entre nosotros. Yo también lo siento. Lo sentí no sólo cuando nos encontramos, sino en el vacío que dejaste al verte marchar». Ella también lo sentía. No sabía por qué, un magnetismo extraño la ligaba a él. Si quería negarlo, las reacciones de su propio cuerpo la traicionaban. Pero no se trataba sólo de una atracción, sino de unos sentimientos que anidaban en su piel, en cualquier músculo, incluso en su alma, contra los cuales no había sensatez que pudiera dominarlos. Sin embargo, esas últimas palabras, cuando él le había dicho «no te convengo», restaban cierta felicidad que le había despertado la primera declaración.

Se durmió obnubilada, acompañada por unas imágenes veladas y oscilantes que la fueron llevando lentamente a un sueño profundo y extrañamente reparador. Cuando despertó al día siguiente, pensó que había soñado el encuentro con Juan y tardó unos momentos en comprender que realmente había vivido esa experiencia. En la ventana no había más claridad. Una niebla luminosa acariciaba los cristales y difuminaba la visión del exterior. Cuando, después de asearse, fue a desayunar, encontró a Baia hirviendo agua con algo de un olor penetrante que Henar identificó enseguida, pues las monjas también lo utilizaban en el hospicio: jarabe de saúco. Antes de que Baia se lo dijera, Henar ya había podido comprender que la fiebre de la niña no había desaparecido.

—*Subiulle a febre* —le dijo la mujer, con un tono entre la resignación y la preocupación. Henar volvió a sentirse culpable del estado de Lúa.

—¿Han avisado al doctor? Porque habrá alguno por esta zona...

—*Doutor? Eses só saben sacar os cuartos* —repuso Baia mientras removía el jarabe, sin muchas ganas de seguir conversando.

—Iré a ordeñar la vaca si no me necesita —dijo Henar, segura de que la gallega no iba a confiarle ninguna tarea que tuviera que ver con Lúa. Deseaba subir a verla, pero supo que no era el momento adecuado.

Cogió el balde que había usado el día anterior y se dirigió a la cuadra. Cuando entró, se alegró de haber tenido esa iniciativa. Vio que la ventana del fondo estaba abierta y se apresuró a cerrarla. Después, antes de ponerse a ordeñar, supervisó el lugar a ver si había alguna pista más de su estancia allí, pero no encontró nada delator entre el desorden de herramientas. Tampoco sabía si Baia contaba los bloques de cera, aunque sospechaba que sí, y se preguntó cuánto tiempo tardaría en darse cuenta de que faltaba uno. La consoló el pensar que no tenían ningún motivo para sospechar de Juan, ni siquiera conocían su existencia. Con esa tranquilidad, ordeñó la vaca, no sin cierta torpeza, y regresó a la palloza a preparar el desayuno mientras Baia continuaba ocupada en la niña.

Cuando Baia bajó del altillo, Henar le propuso llevar a los animales al prado comunal antes de ir al río a lavar la ropa sucia. La mujer asintió con desgana, sin dirigirle la palabra. Había sido fácil conducir a la vaca, y el caballo, aunque fuerte y voluminoso, parecía igual de manso. Henar sabía aún menos de caballos que de vacas. Sólo había tenido contacto con ellos cuando acompañaba a doña Eulalia, sobre todo en Cuaresma, al polvoriento vía crucis del Paseo del Calvario. Le gustaban, pero no había hecho otra cosa que acariciarlos cuando los cocheros de alquiler se lo permitían. El caballo de los Hurtado, como la vaca, tenía un ronzal de cuerda. Henar sacó de la cuadra primero a la vaca, que ya la conocía, y después se acercó con precaución al caballo, le acarició la testuz y le habló suavemente antes de tomar las riendas y sacarlo del recinto. Consiguió su propósito sin dificultad y, luego, con una cuerda en cada una de sus manos, se dirigió al prado comunal. Ya no se le olvidaría cómo eran ambos ni parecería una pazguata.

Cuando llegó al prado, Manuel, al que seguía otro hombre que no había visto antes, salió a su encuentro.

—Tú, muchacha —la llamó—, dijiste que vivías con Baia, ¿verdad?

—Sí, señor. Nos conocimos ayer —respondió Henar, sin saber bien cómo dirigirse a él. No le gustaba aquel hombre, era ceñudo y la miraba con cierta grosería. Le daba mala espina y, de pronto, pensó que, como Romasanta, era gallego. Fue un estremecimiento fugaz y tonto, no podía empezar a sospechar de todos los hombres gallegos parcos en palabras y, mucho menos, dejarse llevar por fantasías de licántropos. Sin embargo, la posibilidad de que Romasanta hubiera escapado de la cárcel se hizo presente en su cabeza una vez más. Sería conveniente que averiguara cómo era aquel asesino y si se parecía a algún lugareño... Manuel interrumpió sus pensamientos.

—¿Le puedes dar un recado?

—Por supuesto. Usted dirá —respondió procurando parecer calmada.

—Dile que esta tarde hay concejo a las seis. La esperamos donde siempre.

Henar se sintió extrañada por que el recado fuera para Baia y no para su marido. Pensó que había entendido mal y ya se disponía a preguntar cuando el hombre que había seguido a Manuel la interrumpió y, sin dejar de mirarla de reojo, se puso a cuchichear con el gallego. Aunque por mucho que hubiera bajado la voz, estaba tan cerca de la muchacha que ella pudo oírlo.

—No sé si es bueno que venga Baia, Manuel...

—Es una vecina, Luzdivino, hay que avisar —se justificó el gallego.

—Pero ahora es la mujer de Hurtado... —repuso el hombre.

—Que también es un vecino —respondió Manuel, encarándose con él.

—¡Para desgracia nuestra! —exclamó Luzdivino y, tras sacar esa verdad de sus entrañas, escupió al suelo con absoluto desprecio—. Nunca entenderé por qué Baia se casó con alguien como él.

—Tenía dos hijos que criar.

—Y ¿acaso crees que Hurtado se ocupa de la que queda?

A Henar no le sorprendía la opinión que tenían los vecinos de Hurtado, pero no le gustaba que aquel hombre cuchicheara y la mirara de reojo como si ella fuera como él por el simple hecho de vivir en la casa. Lo que sí le sorprendía era que las mujeres pudieran tener voz en un concejo. Quizá estuvieran haciendo una excepción con Baia precisamente para evitar a Hurtado. Para tratar de saber más, continuó escuchando a los hombres, que ahora ya no se esforzaban tanto en bajar la voz.

—Eso es asunto de Baia. Tenemos la obligación de convocar a alguien de la casa. ¿Acaso prefieres que venga él?

—Él no vendrá. Le importa un bledo que mueran inocentes... —repuso Luzdivino y, después, se dirigió a Henar. Esta vez la miró de frente y no de reojo, y abandonó el cuchicheo para preguntarle—: Y, mentando inocentes... Tú, muchacha, dicen que te ocupas de la tonta...

—¡Lúa no es tonta! —exclamó Henar, indignada por el calificativo—. Sólo es sorda, y le estoy enseñando a hablar y a escribir...

—¡Has logrado engañarme, rapaza! ¡Casi me lo creo...! ¿Eres una santa y haces milagros? ¿O, más bien, una bruja? ¡Enseñar a hablar a la niña, vaya ocurrencia! —la interrumpió Luzdivino entre carcajadas—. Y, aunque fuera cierto, ¿piensas que me voy a creer que Hurtado se preocupa por ella hasta el punto de poner una maestra a su servicio?

—Crea lo que quiera, no me importa su opinión —repuso Henar sin contenerse y, acto seguido, se dirigió a Manuel—: Ha dicho usted que a las seis donde siempre, ¿verdad?

Manuel, que había asistido al intercambio de exabruptos entre divertido y admirado, asintió con un parpadeo mirando a Henar, que se sobrecogió ante el efecto que daban a su rostro tan largas pestañas.

El gallego tomó a Luzdivino por el brazo, se dio la vuelta y comenzó a alejarse. Casi enseguida volvieron a detenerse. La muchacha se quedó observándolos por si lograba escuchar algo más, y así fue.

—Hay que incluir partidas de vigilancia en las labores de facendería y contar con todos los vecinos, Luzdivino.

—¿Y si en lugar de vigilar lo estamos alertando? ¿Crees que Baia no se lo contará? Si el culpable es él, lo único que haremos será ponerlo sobre aviso.

—Guarda tus palabras, Luzdivino —susurró Manuel, preocupado por si Henar, que acababa de ver que no se había movido del sitio, los estaba oyendo—. Ésa es una acusación muy grave.

—Tú sabes que es capaz —repuso el hombre, también de nuevo en voz baja.

—Sí, podría ser capaz, pero ha de haber dinero por medio. ¿Qué ganancia podría estar sacando de la muerte de las niñas?

La conversación continuó prado arriba, pues nuevamente los hombres comprendieron que no estaban siendo prudentes y decidieron alejarse. Henar, de espaldas a ellos, estaba pálida. Había oído todo lo que decían. Y había comprendido que no era la única, pues, que sospechaba de Hurtado. Ella lo conocía muy poco, pero aquellos hombres llevaban años viviendo con él. O eso creía. También Hurtado era gallego, aunque hubiera perdido su acento... ¿Cuánto hacía que se había casado con Baia? ¿Coincidiría con el último apresamiento del Sacamantecas? ¿Por qué se le había ocurrido relacionar a Manuel con Romasanta cuando Hurtado parecía mucho más capaz de estrangular con sus rudas manos? Tal vez en Ponferrada hubiera una biblioteca que guardara periódicos antiguos en sus archivos. Si algún retrato del lobo de Allariz había salido en prensa, podría comprobarlo la próxima vez que acudiera allí. Intentaría preguntarle a Baia, aún no sabía de qué manera, si había algo nuevo que necesitara de la villa como pretexto para escaparse.

Cuando llegó a la casa, y aprovechando que Hurtado aún dormía, le dio el recado a Baia sin verse apurada al decirle que la habían convocado a ella y no a él, aunque trató de ser delicada.

—Debe de ser usted una persona muy querida en el pueblo para que le permitan acudir a pesar de ser mujer.

Baia la miró con recelo, pero, al comprender la ignorancia de la joven, cambió de expresión.

—*Non é normal*, lo sé. En Lampazas, de donde *son eu*, no podemos. Estas pedanías son peculiares, permiten *as mulleres ir aos concellos. E fan ben.* Nosotras entendemos de cosas que *os homes descoñecen*.

Henar no disimuló su asombro, pero también se sintió aliviada, porque así no era tan grave que prefirieran la presencia de Baia a la de su marido. Pensó que doña Eulalia Montes se sentiría satisfecha de este derecho no negado a pesar de ser mujer y, en el fondo, a ella también le gustaba que fuera así. ¡Cuánto no aportaban las mujeres con su esfuerzo y trabajo a la comunidad! ¡Y qué invisible resultaba tantas veces su sacrificio! Henar estaba convencida de que las mujeres podían ofrecer una visión distinta a la masculina, más práctica, más de tocar la tierra y fijarse en aquellas cosas de las que el sexo masculino no se percataba. Sonrió para sí, orgullosa de que en aquel lugar las cosas fueran diferentes. No supo por qué, le preguntó:

—¿Manuel también es de Lampazas?

—*Si. E non sei por que queres* saber todo. *A curiosidade e a impertincia son iguais.*

Henar se avergonzó, sabía que Baia le ponía límites y había vuelto a sobrepasarlos. Preguntó por Lúa, que continuaba descansando, y se ofreció a acudir a Ponferrada en cualquier otro momento si la mujer necesitaba algo más de allí. Baia negó sorprendida y Henar, procurando mostrarse colaboradora, se propuso en esta ocasión para hacer la colada, oferta que sí fue aceptada.

Encontró el arroyo sin dificultad y se alegró de que, desde allí, no se oyera el zumbido de las abejas. Aprovechando que tenía intimidad y había vuelto el sol, decidió bañarse. El agua estaba muy fría, pero deseaba sentirse limpia y sabía que no tendría muchas ocasiones como aquélla. Ignoraba si Baia calentaba agua para bañar a Lúa y decidió que, cuando la niña estuviera mejor, ella lo haría. Estaba convencida de que se perdía muchos placeres que no eran tan inaccesibles para ella.

Regresó con el pelo mojado y llevando con dificultad el cesto de la ropa, pues la humedad de las prendas lo hacía más pesado. Al otro lado del cobertizo encontró unas cuerdas en las que pudo tender. El zumbido persistente de las abejas había vuelto, las veía revolotear cerca de ella y se sentía incómoda. Estaba pendiente de su vuelo y miraba más a su alrededor que a la ropa, por lo que enseguida atisbó que alguien llegaba con un carro del que tiraba un buey. Se trataba de Onésimo, aquel joven maloliente que había aparecido con Hurtado. Por suerte, le dio tiempo a esconderse tras unas sábanas ya tendidas. Aquel hombre le producía náuseas. Deseó que no se quedara mucho en la casa, porque no quería coincidir con él. Se demoró, pues, en tender. Lo hizo despacio, cuidando de que nada quedara arrugado. Por poco que le apeteciera verse acechada por los insectos, eran mil veces preferibles a Onésimo. Mientras iba colgando la ropa con esmero, pensó en Juan y su imaginación voló a lugares que no debía. Se dejó llevar por las imágenes de su mente y, sin quererlo, se topó con los ojos de desesperación de Aliaga y el retrato de su esposa enferma. De pronto, tomó conciencia de que sólo hacía unos días que había dejado el hospicio, pero ¡qué lejos parecía quedar ahora su vida en León! Nadie habría podido afirmar que allí, en aquel lugar que parecía abandonado de la mano de Dios, iba a experimentar tantas sensaciones y tan diversas. ¿Qué más tenía preparado el futuro para ella? ¿Por qué se parecía tanto a doña Clara?

Al cabo de un rato, oyó las carcajadas de Hurtado y la voz de Onésimo, que la sacaron de sus abstracciones. Los vio partir en el carro del joven por el sendero que salía de la casa. Estaban contentos y parecían haberse olvidado de ella, lo que era una buena noticia. Cuando los perdió de vista, recogió el cesto vacío y regresó a la palloza. Al entrar, vio que Baia estaba rellenando con brasas de hogar un calientacamas de cobre.

—Si quiere, ya me ocupo yo de Lúa, así usted puede dedicarse a atender las colmenas.

—*Agora está esperta* —comentó la mujer al tiempo que asentía—. *Non deixes que se destape, aínda que teña calor.*

—No lo haré —le prometió—. ¿Quiere que también me encargue de cocinar?

—No, *hai sopa para nena, e ti e eu nos apañaremos con pan e chourizo.*

—¿Y su esposo? ¿No come en casa? —preguntó Henar con toda la discreción de que fue capaz.

Baia miró a la joven como si nuevamente reprochara tantas preguntas, pero, al no encontrar malicia en ella, respondió:

—*Lucio foise* a Ponferrada con Onésimo. *Non volverá nuns días... Supoño.*

La ausencia de Hurtado contribuyó en gran medida a que aquél fuera un día tranquilo. La niña luchaba contra la somnolencia, pero, en momentos de lucidez, llegó a decir «vaa» cuando Henar intentaba enseñarle el nombre de su madre, y eso satisfizo a la joven: Lúa estaba deseando aprender. Baia estuvo fuera toda la tarde: primero, con las colmenas; después, en el concejo. A su regreso, Henar no pudo resistir la curiosidad y le preguntó de qué se había hablado, esperaba que la mujer le diera una muestra de confianza y se lo contara.

—Nada importante. Sandeces de *veciños*. Martín acusa a la vieja Cunegunda de haberle echado mal de *ollo* otra vez.

Henar se sintió decepcionada. Sabía que el tema principal que se había tratado en el concejo era el de los asesinatos, pero Baia no parecía dispuesta a mencionarlo. Sin embargo, antes de darle la espalda, la miró un momento y añadió:

—*Non* te separes *da nena. Non a deixes ir a ningunha parte se non vas tamén.*

—¿Cree usted que quien mata a las niñas es un licántropo?

Baia la contempló con recelo, parecía que nuevamente iba a regañar su curiosidad, pero no dijo ni una palabra más. Ella también parecía preocupada. Henar no insistió. Después, durante la cena, como excusa para averiguar si había alguna biblioteca cerca, aprovechó para preguntarle si tenía algún libro y si quería que le leyera en voz alta. Baia la miró perpleja e hizo esfuerzos por no burlarse.

—*Rapazinha, eu non sei* leer ni escribir; Lucio sí sabe, pero *nesta* casa nunca *entrou* un libro.

—¿Hay biblioteca en Ponferrada? Podría ir a buscar alguno...

—¿Crees que entiendo de eso? —repuso Baia, que empezaba a disgustarse ante tanta cháchara.

—Si Lúa aprende a leer, tendré que averiguar dónde podemos conseguir libros —dijo Henar, para justificarse ante la reacción de la gallega.

—*Vas moi* rápido, rapaza.

—Sólo soy optimista, señora. Su niña es muy lista —respondió con una sonrisa y sin poder ocultar el cariño que traslucían sus palabras.

Baia la miró. En aquella mirada había algo parecido a la ternura, pero la bajada de guardia no duró mucho. La mujer se levantó sin responder y subió a cuidar a la niña. Aquella noche, Henar se acostó pronto y durmió tranquila, sin que ningún ruido nocturno la despertara y sin la inquietud de la presencia de Hurtado.

Durante la noche, doña Clara protagonizó sus sueños.

16

La mañana de domingo amaneció fría y con un cielo despejado. A Lúa le había bajado la fiebre, aunque tosía y estaba congestionada. Debía descansar, comer bien y no pasar más frío, pero Baia ya no estaba preocupada por si empeoraba. Henar se disponía a sacar a los animales del cobertizo para llevarlos al prado comunal cuando Baia le dijo que los dejara.

—*Nós habemos de ir á igrexa, á misa de doce. Levaremos a vaca ao prado e ti vas ir onde Aliaga a devolver a roupa* antes de que Lucio sepa que andas en relaciones con don Faustino... *Se vas da cabalo e te das présa*, volverás a *tempo.*

—No sé montar a caballo —objetó Henar con una sonrisa tímida que mostraba a la vez su vergüenza y la alegría de que hubiera sido Baia la que le proporcionara una excusa para ir a ver a Aliaga y aprovechar para preguntarle sobre la vida de Hurtado. Y la de Manuel. Baia la miró de tal manera que la hizo sentirse inútil. Luego, la gallega cogió la silla de montar, la colocó sobre el caballo y se afanó en sujetarla con la cincha, mientras el animal se dejaba hacer pacientemente. Cuando terminó, miró a Henar, señaló los estribos y dijo:

—*Tes que poner aquí o pé*.

Henar se dispuso a montar y Baia la detuvo enseguida.

—*E como pensas dirixilo?* —se burló la gallega.

A continuación, cogió la cabezada, ajustó las distintas bandas con una maña que Henar supo que ella nunca tendría y colocó en la boca del animal el bocado, al que sujetó las riendas.

—Ponte aquí —le ordenó.

Henar se situó a la izquierda del animal y puso el pie izquierdo en el estribo, tal como le indicaba Baia.

—*Agora* sube.

Henar se impulsó y trató de subir al caballo, pero no lo logró. Volvió a intentarlo y cosechó un nuevo fracaso. La gallega se acercó a ella con rostro contrariado y la ayudó con un leve empujón en las nalgas en el siguiente intento. Una vez arriba, Henar se sorprendió de la altura que, por unos segundos, le pareció excesiva, aunque esperaba ir acostumbrándose poco a poco.

—¿Has enganchado *o outro pé no estribo*? —le preguntó Baia.

Intuitivamente, eso sí lo había hecho, del mismo modo que ya agarraba las riendas con ambas manos. Sin embargo, dudaba de si podría mantener el equilibrio y hacía mal en mirar al suelo.

—Sólo con la mano *esquerda* —la regañó Baia, y la muchacha cogió las riendas tal como le indicaba la improvisada maestra—. No tires *delas* o comenzará a caminar. *Primeiro tens* que aprender a mantener el equilibrio, aparta la vista del suelo y mira siempre de frente. Mantén las piernas hacia dentro y procura que la espalda esté recta. —Baia observó que la muchacha seguía sus instrucciones y su mirada se relajó—. Conviene que recuerdes *isto*: ladera arriba, inclina el cuerpo hacia su cabeza. Ladera abajo, aléjalo.

—¿Mucho?

—Lo irás notando tú misma —dijo con palabras al tiempo que con las manos trazaba una perpendicular, y Henar lo entendió mejor con esto último—. No *tes* por qué temerle, es *vello* y manso. *Non* te dará problemas a no ser que seas más torpe de lo que pareces. Y, ahora, prueba a moverte.

—Y ¿cómo lo detengo?

—Empuja los estribos hacia abajo. Que note presión, pero *deixa de exercerla* en cuanto se detenga. Con las riendas, debes indicarle si *queres* girar —dijo al tiempo que se lo indicaba también con señas.

Cuando Henar se sintió segura sobre el caballo, lo hizo avanzar bajo la atenta observación de Baia. El animal dio sus primeros pasos con ella encima y, para su sorpresa, la joven se sintió cómoda. Cuando ya se animaba, Baia enseguida le indicó que bajara. La breve lección de equitación había retrasado algo las tareas habituales, así que, mientras Henar levantaba a Lúa, la aseaba y vestía con ropa de abrigo, Baia fue a ordeñar la vaca y regresó con la leche para el desayuno. Henar comió deprisa y empacó la ropa que Aliaga les había prestado y que había lavado el día anterior. Con el hatillo en la mano, se dirigió al caballo que Baia había dejado atado junto a la puerta y lo anudó a su lomo. Antes de que partiera, Baia salió, la ayudó nuevamente a montar y le dijo:

—Hay un paso estrecho y con poca agua si sigues hacia Villaverde, *o cabalo coñéceo.*

Henar también lo conocía, pues no era otro que el que

le había indicado aquel campesino a Juan el día en que se conocieron. Enseguida la gallega la sacó de su ensoñación.

—No sé por qué tienes que tratar tanto con ese *home*... Así que no te *entreteñas*...

—No me entretendré, señora —dijo Henar—, pero no entiendo qué hay de malo. A mí no me parece una mala persona.

—Ni lo mientes delante de Lucio —dijo la mujer. Y Henar notó que había más temor que autoridad en su voz.

A continuación, espoleó al caballo con suavidad, como le había enseñado la gallega, y sostuvo las riendas con firmeza, pero sin tensión. Emprendió la marcha sin mirar atrás, no quería que la mujer se arrepintiera de dejarla ir, y se dirigió hacia el lugar señalado. Efectivamente, el caballo conocía el camino: en vez de ir al paso, como pretendía Henar al principio hasta haber practicado un poco más, inició un trotecillo lento pero vivo que mantuvo hasta que llegaron al vado. Tal como era de esperar, lo atravesó sin problema. Ni siquiera se mojó los pies. Luego se internó en la espesura del bosque que comenzaba nada más llegar a la otra orilla. La densidad de la foresta frenaba al caballo para tranquilidad de Henar, que se iba acostumbrando a la montura. Las ramas, pobladas aún, pintaban el camino de sombras que le parecían perturbadoras, como si fueran premoniciones de que algo oscuro, tarde o temprano, iba a empañar aquel día lleno de paz y de luz. Simplemente, estaba preocupada por tener que ver de nuevo a Aliaga. Se preguntaba si él sería presa de las mismas sensaciones, si seguiría enloquecido por el dolor. Cierto que se había mostrado muy paternal con ella, pero, tras la conversación que mantuvieron en la casona, Henar no sabía si aquel hombre quería ver en ella a la hija que no tuvo o, por el contrario, enloquecido por el dolor, la consideraba un mero recipiente para la transmigración del alma de su esposa. La mera posibilidad de ser un remplazo suponía una sensación estremecedora. Notó que tenía el vello erizado y trató de afrontar con cordura ese revuelo de inquietudes. Poco a poco, se fue calmando al recordar que Aliaga amaba a su mujer y tenía aún esperanzas de conservarla con vida, a pesar de que la enfermedad parecía muy grave y, al mismo tiempo, se estuviera preparando para un desenlace fatal. Henar rezó para que no fuera así. Deseaba sinceramente que doña Clara sobreviviera; lo cierto era que deseaba poder hablar con ella para encontrar, si es que la había, una explicación a su parecido.

Cuando salió de la espesura del bosque, el paso del animal se convirtió de nuevo en aquel trote pausado que Henar podía dominar. Tenía más prisa por volver que por llegar a la casona de Aliaga, pero sabía que lo uno no podía ser sin lo otro. Y más aún cuando divisó las nubes grises que se acercaban por el este. De pronto, el aire se había vuelto frío y cortante. Tardó una media hora en llegar al desvío que había tomado Aliaga antes de Borrenes y, al poco, ante ella apareció el muro de su finca, por lo que aminoró el paso. Atravesó la puerta de entrada y vio al cochero ocupado en limpiar el carruaje frente a la casona. Sin bajarse del caballo, le preguntó si el señor o el ama de llaves estaban en casa. El hombre negó con la cabeza y le explicó que ambos habían salido. Esa respuesta alivió la tensión que la mantenía rígida a la vez que la desconcertó, pues no quería haber viajado en balde y tendría que posponer nuevamente sus indagaciones sobre Hurtado hasta una nueva oportunidad. Tras pensar un momento, decidió explicarle al cochero la razón de su visita y entregarle las ropas. Él las recogió sin dudarlo y le aseguró que se las daría con su agradecimiento, así que Henar hizo que el caballo diera la vuelta y salió del recinto.

A poco de alejarse, vio que en dirección contraria venían dos jinetes y, cuando se acercaron un poco más, comprendió que se trataba de los dos guardias civiles que habían estado en casa de Hurtado. No supo por qué, pero se puso nerviosa de repente. Antes de llegar a cruzarse, el teniente Verdejo se detuvo y su compañero hizo lo mismo. Henar pensaba saludarlos sin intención de pararse, pero se vio obligada a hacerlo. El guardia civil de mayor rango la saludó.

—Buenos días tenga usted también, teniente Verdejo —respondió ella tras detener el caballo empujando los estribos hacia abajo.

—¿Vienes de la residencia de don Faustino Aliaga?

Henar asintió con un movimiento de cabeza.

—No me digas que Hurtado tenía algún recado para él... —comentó haciendo una mueca sarcástica.

—No, señor. He venido a devolverle unas ropas que me prestó cuando nos resguardó a Lúa y a mí de la lluvia...

El teniente la observó como si estuviese sopesando la veracidad de sus palabras. Ella aprovechó la pausa para dar rienda suelta a su curiosidad:

—Perdone si le parezco indiscreta, ¿conoce usted a su esposa, a doña Clara?

—No, no he tenido el placer de conocerla, dado su estado. Estoy en esta zona sólo desde hace un mes como refuerzo para... Bueno, asuntos de Estado.

—Sí, todo el mundo habla de ello. Resulta imposible no saber que su majestad Isabel II viajará en breve a Santiago y que están rastreando la zona en busca de carlistas. ¿En serio creen que intentarán atentar contra ella?

Los campesinos de la zona no apoyaban la contrarrevolución carlista, pero tampoco eran defensores acérrimos de un régimen liberal que, más bien, había agravado su penosa situación. Cierto que el bajo clero sí que había sido favorable a los carlistas, pero su movimiento, veinticinco años atrás, no consiguió involucrar a otros sectores. Por doña Eulalia, Henar sabía que, en 1833, el carlismo había tenido apoyo en Bembibre, Ponferrada y Villafranca, pero pronto sus partidarios habían sido desarmados y se habían constituido de inmediato las milicias urbanas locales, leales al reinado isabelino, para prevenir nuevos conatos. Pero también era cierto que había habido ataques posteriores por parte de partidas gallegas y éstos podían repetirse en cualquier momento. Sobre todo, ante la oportunidad brindada en bandeja por la propia reina, puesto que resultaba más fácil atentar contra su persona si ésta se hallaba fuera de la férrea vigilancia de Madrid.

—No lo permitiremos —aseguró el teniente, tajante, para después cambiar de tema bruscamente—. Lo que no esperábamos era encontrarnos también a un pervertido que se divierte siendo extremadamente cruel con niñas inocentes. —Henar sintió un espeluzno desagradable al pensar en Matilde y en la Neniña descalza—. Henar... ¿puedo preguntarte si visitas a don Faustino con frecuencia? —insistió el teniente, y ella notó que tras su pregunta había algo más que curiosidad.

—Es un hombre amable. Además de ofrecerse a llevarme cuando llegué, como ya saben, el otro día iba de paseo con Lúa y nos sorprendió la lluvia. Por suerte, nos encontró mientras regresaba a su hogar y nos dio refugio en su residencia. Nos prestó muda seca y limpia y ahora vengo de devolverle esas ropas —se sinceró—. Eso es todo. ¿Por qué lo pregunta? ¿Acaso hay algo de malo?

—Espero que no te creas que tu amistad con Aliaga te dará privilegios si te metes en algún lío con Hurtado...

—Tengo los pies en el suelo, señor.

—Bien —dijo el guardia, zanjando la cuestión—. Al margen de esto, supongo que estarás interesada en saber lo que le pasó a tu amiga, la niña de tu hospicio. Sé que Baia protege a Hurtado, pero tú no tienes por qué hacerlo. Si averiguas algo que puedas considerar de nuestro interés, no dudes en avisarnos. Estamos acampados en La Chana. Desde aquí, es la misma dirección que lleva a Las Médulas, pero está mucho más cerca. Aunque yo no esté, siempre hay alguno de mis hombres.

Así que la Guardia Civil también consideraba a Hurtado sospechoso de las atrocidades que se cometían sobre las niñas... Esa certeza la hizo temblar y, aunque con voz dudosa al principio, le contó que lo había visto salir aquella noche cargado con un saco.

—¿Qué llevaba en el saco?

—No lo sé. Tenía este tamaño —añadió al tiempo que abría los brazos y se lo indicaba exagerando el volumen.

—Podrían ser bloques de cera... —especuló.

—Era de madrugada y la tormenta se acercaba... —le recordó, esta vez sin titubear y con una mirada acusatoria.

—Tal vez ahora se dedique al contrabando —comentó el teniente, y Henar se sintió nuevamente decepcionada. Esperaba despertar sospechas más graves. Así que desistió de insistir o de mencionar algo sobre Romasanta.

—¿Desea algo más? —preguntó Henar, ansiosa por irse al notar que el teniente no iba a dar más importancia a lo que acababa de contarle.

—No, eso es todo. Si averiguas alguna cosa sobre ese saco, cuéntaselo a cualquiera de mis hombres —dijo Verdejo y, tras llevarse una mano al tricornio a modo de despedida, los guardias y Henar continuaron sus caminos respectivos.

La decepción duró poco en la joven, ya que fue sustituida por otro pensamiento. No habían transcurrido ni tres minutos cuando se detuvo. En su mente estaban Las Médulas, más que la misa de doce a la que había prometido ir. Aquel lugar había ido entrando en ella desde el momento en que el teniente lo había mencionado. Sin detenerse a calcular si hacía bien o mal, dio media vuelta y, en lugar de regresar a Villaverde, avanzó hacia el sudoeste. Si no recordaba mal, serían una hora y media de camino, como máximo, para ir y otras dos para volver. Tenía curiosidad por conocer aquel lugar, o eso se dijo. Así que continuó el paso, dejó Borrenes a su izquierda y supeditó su pensamiento a la impaciencia de su cuerpo. No podía mentirse por más tiempo sobre por qué se dirigía hacia allí. ¡Por Dios! ¡Qué diría sor Piedad si la viese! ¡Una muchacha detrás de un ladrón, un estafador y Dios sabe cuántas cosas más! ¿Así la habían educado? Porque en el fondo sabía que iba a avisar a Juan de que la Guardia Civil acampaba cerca de él.

A medida que avanzaba, el camino se hacía más escarpado y aparecían repechos más agrestes. Dejaba atrás los campos abiertos, llenos de gramíneas, y donde flores de achicoria y diente de león lucían sus colores bajo los trinos de jilgueros y totovías. Pero las aves más hermosas eran las alondras, que, celosas de los ojos humanos, apenas se dejaban ver. Distintas melodías de otoño rompían el silencio, al igual que el paso del caballo sobre la hojarasca. Los árboles, con sus colores otoñales, colmaban un paisaje que se extendía hacia todos lados como si fuera un océano sin fin. Henar se preguntó si habría lobos y supo que, si se encontraba alguno y decidía atacarla, de poco le serviría la navaja. Pero, una vez más, no hizo caso a las alarmas y, cuando salió a un valle y vio las colinas doradas al fondo, supo que debía continuar hasta allí.

Arreó al caballo para que galopara con suavidad. Se alegró más que nunca de que Baia le hubiera ofrecido el animal, ya que en menos tiempo del esperado se encontró a los pies de los restos de la mina. La niebla había vuelto a aparecer. También en su mente. La del paisaje era un vaho que se condensaba y desvanecía según los juegos del viento, aumentando o disminuyendo, y dejando huecos traslúcidos a través de los cuales asomaban los riscos dorados por los rayos de sol. El verde y el ocre en la tierra, y el azul y el blanco en el cielo, se ocultaban y se dejaban ver tras la humedad suspendida. Los sonidos del bosque comenzaron a tomar más presencia, pero también era cierto que en aquellos momentos Henar estaba atenta a cualquier ruido que pudiera hablarle de la cercanía de Juan.

Se internó en la bruma y ascendió a una loma para poder tener una panorámica del lugar. Desde allí, la niebla parecía un balanceo de espuma que acariciaba de forma sinuosa la tierra y abrazaba con brazos extendidos a castaños y robles. Una pequeña bandada de verderoles llamó la atención de Henar, que los observó posarse sobre unas matas de torvisco. Otros pájaros, como zorzales y currucas, también sobrevolaban aquellos valles encajados de laderas abruptas y pequeñas llanuras con una falsa tranquilidad, como si no fuesen conscientes de las aves rapaces en un cielo todavía añil. Las nubes grises del este apenas habían avanzado hacia allí. Henar deseó más que nunca poder tener acceso a una biblioteca: nada sabía de todas aquellas aves que veía y escuchaba, y le gustaría aprender a diferenciarlas.

Observaba también con fascinación aquellas arenas rojizas que parecían coronarlo todo, fruto de la arcilla que había dejado el yacimiento después de que los romanos partieran la montaña con canalizaciones de agua. Con el paso del tiempo, se habían convertido en senderos profundos o grutas que atravesaban por todos lados ese paraje. Aquello había sido una montaña y ahora sólo quedaban sus médulas. ¡Y qué hermosas eran! Entendió enseguida por qué Juan había dicho que aquello podía ser tanto el paraíso como el infierno, porque a todas luces aquel lugar era tan embriagador como peligroso. La atracción que provocaba era capaz de que cualquiera con un mínimo de sensibilidad se adentrara en su laberinto y no saliera jamás. La tierra no estaba fijada, sino que en muchas zonas se deslizaba bajo los pies y resultaba fácil caer por una pared de muchos metros y quebrarse parte del cuerpo o el cuerpo entero. Además, los lobos debían de acechar por allí. Henar sintió que debía marcharse, huir de inmediato de aquel abismo dorado y buscar la protección de un prado amable y domesticado. Pero no lo hizo. Espoleó suavemente el caballo para descender, no sin temor, pues la humedad de la bruma hacía aún más resbaladiza la tierra, de tal manera que, en cualquier momento, ambos podían acabar en el suelo. No deseaba que el animal se lastimara. De pronto, un sonido familiar atravesó el valle y rebotó contra las paredes bermellón para repetirse como un eco. Alguien, que bien pudiera ser Juan, silbaba una melodía. Henar miró a su alrededor, pero la resonancia hacía imposible averiguar de dónde procedía. Cada vez el silbido era más nítido, estaba claro que se acercaba, así que decidió que lo mejor era esperar allí. A lo mejor, el que se acercaba la había visto cuando subió a la loma. Henar desmontó y aguardó, extrañamente confiada en que no podía ser otro que Juan, en cuyos ojos anhelaba encontrar cobijo. El sonido de los cascos de un caballo y una sombra brumosa que comenzó a cobrar forma en un sendero de robles precedió la llegada del joven, que, al verla, abrió los ojos con espanto, saltó del caballo y corrió a su encuentro.

—¡Henar, por Dios! ¿Ha pasado algo? ¿Estás bien? —le dijo, tomándola por los hombros y mirándola de arriba abajo, como para comprobar que estaba entera.

—¡Tranquilo, Juan! No pasa nada, estoy bien... Es que... —comenzó a decir Henar.

Juan la soltó de inmediato y tardó poco en recuperar su porte indiferente, su fastidiosa ironía y aquella mirada que a ella la ruborizaba.

—Pensé que tardarías más en venir a buscarme... —la interrumpió.

—No he venido a buscarte, me he perdido —respondió Henar, mirándolo con cierta rabia.

—Sí, ya lo veo —se burló Juan—. Siempre se ha hablado del poderoso influjo que ejercemos los Malasangre.

—¿Los Malasangre? —preguntó Henar, sin saber a qué se refería.

—Malasangre es el apodo de mi familia —le explicó él—. ¿No te lo había dicho?

17

A Henar no le gustó la expresión de su mirada al pronunciar aquellas palabras. Había en sus ojos un cinismo amargo y un dolor latente que no dejaban adivinar nada más. Como si la bruma se hubiera metido en ellos para insinuar sombras y emociones tenebrosas a la vez que inquietantes, pero negándose a mostrarlas con la misma tenacidad. Él debió de notar que ella se había asustado, porque enseguida añadió:

—Ya te dije que mi familia no era ejemplar.

—Me has contado muy poco de ti.

Juan sonrió, pero no había ni un ápice de felicidad en aquella sonrisa.

—No te gusta lo que sabes: estafo, robo y me gano la vida como puedo. Lo que ignoras es aún peor.

—No te creo.

La determinación de esas palabras hizo que Juan sintiera que la engañaba si no confesaba la verdad.

—Maté a mi padre, Henar.

Lo dijo sin titubeos, como si al hacerlo lograra extirpar algo que le estaba haciendo daño y, sin embargo, no sintió el alivio esperado de la confesión. Una corriente de frío atravesó la loma en la que se encontraban y la temperatura corporal de Henar bajó en cuestión de segundos. Sus ojos congelados delataron el asombro y su corazón se aceleró. No supo qué responder. Bajó la cabeza y miró al suelo, tal vez porque la tierra le devolvería el contacto con la realidad. Sentía que soñaba, que era presa de una pesadilla y que, cuando volviera a mirar a Juan, escaparía de ella. Y, sin embargo, el peso de aquellas palabras hacía que continuara con la mirada fija en el suelo.

—Estaba pegando una paliza a mi madre —le explicó él sin acercarse, la revelación no dejaba espacio para la ternura—. Mi padre era un animal. Bebía, bebía mucho. Creo que no tengo ningún recuerdo de él en el que no estuviera borracho —continuó con pesar y todavía con aquella sonrisa cínica que no mostraba alegría, sino que más bien se trataba de una máscara para no expresar otros sentimientos—. Por suerte, no aparecía mucho por casa, pero cuando lo hacía desahogaba sus frustraciones con nosotros. Mi madre intentaba protegernos, pero él también disfrutaba zurrándola a ella. Porque disfrutaba, Henar —dijo clavándole la mirada con mayor intensidad para apreciar el efecto que sus palabras causaban en la muchacha.

La joven lo escuchaba sobrecogida, sin atreverse a mirarlo aún, a pesar de que sabía que él estaba observando todas sus reacciones.

—Mi madre era una buena mujer —prosiguió él—. Si no hubiese sido por ella, yo me habría marchado mucho antes de allí. Tenía las manos destrozadas de tanto trabajar. Le dolían los huesos y andaba medio encorvada por los problemas de espalda, pero no había día que no se levantara con el sol para cuidar del huerto y los animales. Mi padre no ayudaba. Había sido domador de caballos, pero el alcohol y su irresponsabilidad lo apartaron de cualquier cosa que no fuera andar por la taberna, fanfarronear y meterse en peleas.

—¿Y tu hermano? —preguntó al fin Henar, levantando el rostro y mirándolo con los ojos llenos de lágrimas a punto de verterse.

—Damián también recibió palizas durante un tiempo. Es tres años mayor que yo. Pero, después, mi padre comenzó a llevárselo consigo a la taberna y... Bueno, mi hermano también llegó a pegar una vez a mi madre porque la sopa estaba fría. —Juan hizo una pausa, como si esperara esa explicación que nunca llegaría y, después, con la misma determinación, añadió—: Es la sangre de los Aldaz, la mala sangre que llevamos en las venas. Quien nos puso el apodo, acertó de lleno.

—Aldaz es tu apellido... —afirmó más que preguntar Henar en un susurro—. Juan Aldaz...

—Nadie nos llamaba así, sino Malasangre.

—Juan Aldaz... Mataste a tu padre para salvar la vida de tu madre —dijo Henar mientras ponía suavemente una mano en el rostro del joven y dejaba que las lágrimas cayeran al fin.

—Ya la había matado, Henar —dijo el joven y, en esos instantes, sus ojos se humedecieron—. Estaba tan fuera de sí que cogió una pala para seguir golpeándola, aunque ella estuviera tumbada en el suelo ya sin aliento. Yo llegué justo en ese momento y pensé que mi madre aún estaba viva. Cogí a mi padre por detrás, conseguí quitarle la pala y lo golpeé con ella repetidas veces. Estaba furioso —continuó mientras comenzaba a sulfurarse como si lo estuviera reviviendo. Más que estar contándolo para ella, parecía que se lo estaba repitiendo a sí mismo—. Sólo quería evitar que siguiera haciéndole daño a mi madre. Pero ya era tarde. Cuando me agaché a asistirla, comprobé que había dejado de sufrir —terminó y, en ese momento, comenzó a llorar desconsoladamente y se cubrió el rostro con las manos, reteniendo entre ellas la de Henar.

—Lo siento, lo siento mucho... —susurró la muchacha—. Es... horrible...

La joven no sabía bien cómo reaccionar. Tenía frío, mucho frío. El frío que llega con la pena y congela un alma desprevenida. Quitó la mano del rostro de Juan y se abrazó a sí misma como si así pudiera entrar en calor. Y porque deseaba abrazarlo, cobijarlo en sus brazos. Anhelaba que Juan se acercara y buscara consuelo en ella, pero los dos permanecieron inmóviles, cada uno en su lugar, plantados en la tierra húmeda, solos y asustados, llenos de dolor.

—¿Sabes qué es lo peor? —dijo Juan de repente, mientras se secaba las lágrimas con la manga de la camisa—. No me arrepiento de haber matado a mi padre, sino de haber llegado demasiado tarde. No pude protegerla, Henar, no pude... —Era evidente que el dolor no había quedado en el pasado—. Mi madre era una buena persona y nunca la vi sonreír. Lo habría dado todo por saber que alguna vez, aunque sólo fuera por un día, había sido feliz.

—Seguro que lo fue. Seguro que, aunque no puedas acordarte, era muy feliz cuando te tenía en sus brazos —dijo Henar, intentando consolarlo con palabras, aunque sabía que sonaban insuficientes y torpes.

Por primera vez, la sonrisa de Juan apareció sincera, sin asomo de cinismo.

—Te preocupas por mí, ¿verdad?

—Lo que cuentas es tan terrible...

—Si hubiera llegado antes...

—¿Qué edad tenías?

—Había cumplido los trece unos días atrás. Hace ya diez años de eso y, a veces, cuando sueño, parece que acaba de ocurrir.

—Aún tienes pesadillas... —comprendió—. Te martirizas por algo que ya no tiene remedio.

—Cuando llegó mi hermano, no fue mejor —continuó, incapaz de regresar de su propio recuerdo—. Tardó unos minutos en entender lo que había ocurrido, y ¿sabes cuál fue su reacción?

Henar lo interrogó con los ojos al tiempo que negaba con la cabeza.

—Me dijo que, si me iba y le dejaba la borda y las tierras, no me denunciaría. —Juan buscó un saliente de roca donde sentarse y miró al horizonte—. Y me fui. Dejé el pueblo, nunca más he vuelto a Aranz. —Sonrió como si nuevamente se dejara llevar por la nostalgia, aunque esta vez había algo dulce en su expresión—. ¿Has oído hablar del valle de las Cinco Villas? —le preguntó, pero nuevamente habló antes de que ella respondiera—. Es un enclave rodeado de montañas, el monte Ekaitza es el más alto de todos y en él nace el Arrata, que desemboca en el Bidasoa. En invierno, los picos son blancos y, a caballo, se tarda un rato en llegar hasta las playas del Cantábrico. Un paraje idílico para una infancia feliz —ironizó contra sí mismo—. Pero me fui, ni mi infancia fue feliz ni el futuro prometía ser mejor, aunque no hubiera pasado nada de aquello. Me fui —repitió—. Y desde entonces he sobrevivido como he podido. Sabía algo de la doma de caballos, pero nadie confiaba en un chaval tan joven. Así que no me quedó otra que cometer pequeñas estafas. Se me daban bien. —Sonrió con cierta fanfarronería—. Hasta que fui a dar con el pariente del marqués de Miraflores, ya te lo conté.

—Y entonces decidiste venir aquí a buscar tesoros —concluyó ella.

—No estafaba a gente pobre, sino pudiente. Hay mucho excéntrico entre ellos y descubrí que algunos pagan sumas inmensas por cosas exclusivas: antigüedades, obras de arte, monedas en desuso... Pero no quiero vivir de esto, ya estoy cansado. Cuando reúna lo suficiente para pagarme el pasaje y sobrevivir un tiempo, embarcaré hacia América. Quiero empezar de cero. Quiero quitarme de encima lo único que me queda de mi familia: el nombre de Malasangre.

—Y ¿qué piensas hacer en América?

—Allí sí que necesitan gente para domar caballos.

—¿Estás hablando de un trabajo honesto? ¿De establecerte? —preguntó ella con cierta ilusión.

—No lo sé. No soy tipo de atarme a nada. No quiero comprar tierras ni quedarme mucho tiempo en el mismo sitio. Ya te lo dije.

—Siempre con tu casa a cuestas...

—Soy un nómada, Henar. No me gustan los compromisos.

Ella sabía muy bien de qué le estaba hablando, sabía que la estaba advirtiendo de nuevo y, como no le gustaba escucharlo, decidió cambiar de tema. Se sentó en otro saliente de roca, no muy lejos de él.

—Yo nunca supe quiénes fueron mis padres —dijo Henar, mirándose las manos—. No sé si eran buenas o malas personas, sólo sé que no me quisieron consigo. Sor Piedad siempre me ha dicho que mire hacia delante, que mi familia está por venir y que no tiene ningún sentido hacerse preguntas que no tienen respuestas. Pero en un hospicio es muy difícil no hacerse preguntas. No, no soy fantasiosa —negó, tal vez para convencerse a sí misma—, nunca he idealizado a mi madre. Pero es imposible no preguntarse si la obligaron a abandonarme o si lo hizo por voluntad propia. Y, de tratarse de este último caso, tampoco sé si el motivo fue el de garantizarme un futuro mejor o para garantizárselo ella. —Hizo una pausa y enfrentó sus ojos, aunque enseguida los desvió—. Yo no sé de qué calaña es la sangre que corre por mis venas, pero sor Piedad siempre decía que yo era rebelde y decidida.

—Eres valiente.

—Soy osada. Vine aquí sin saber qué me encontraría —dijo Henar sin dejar de mirarse nuevamente las manos pero sonriendo por primera vez.

A continuación, le habló de sus años con doña Eulalia Montes y su desesperación tras la muerte de ésta. Le explicó que se había presentado en Villaverde queriendo sustituir a Matilde, sin que las monjas supieran nada y sin que Hurtado hubiera pedido otra muchacha. Esa información pareció centrar el interés de Juan, que la observó de un modo inescrutable. Sin embargo, eso no le impidió continuar, porque sabía que, si no se lo contaba todo de golpe, más tarde no podría.

—Y aquí he descubierto algo que me hace preguntarme si este viaje no ha sido cosa del destino... No he llegado a contarte que, el día en que llegué, me había parado en La Martina a preguntar si Villaverde estaba aún muy lejos y en esos momentos llegó una calesa que se detuvo. Un caballero muy amable se ofreció a llevarme. Iba con su ama de llaves, de lo contrario, no me habría atrevido a subir. Ese caballero es don Faustino Aliaga, vive en una casona enorme y...

—Sé quién es Faustino Aliaga, Henar. Me gusta conocer el terreno que piso. Por eso sé cosas de Hurtado, de Aliaga y de otros personajes de por aquí —la interrumpió el joven.

—Bien... —continuó Henar algo sorprendida de que Juan supiera tanto de tanta gente, aunque tampoco era tan sospechoso si pensaba en qué lo había llevado hasta el Bierzo—. El otro día fui a pasear con la niña de los Hurtado y nos pilló un chaparrón, dio la casualidad de que don Faustino estaba por allí y nos cobijó en su casa hasta que escampó. Allí vi un retrato. El retrato de su esposa, pero... pensé que era el mío.

—¿Qué quieres decir con «pensaste que era el tuyo»? —repuso Juan, levantando una ceja para subrayar su extrañeza.

—El parecido es enorme, Juan. No somos idénticas, pero nos parecemos tanto que... Sé que no es mi madre, es demasiado joven para poder serlo, pero ¿y si fuera mi hermana?

—No sería tan raro, la verdad. He oído historias de ese tipo. No son comunes, pero tampoco imposibles —asintió él—. Habría que saber de dónde era tu madre para poder empezar a buscar desde algún sitio...

—Nunca he sabido nada de ella.

—Clara Escalante es de Santander —dijo Juan y, ante la expresión que puso Henar, continuó—: No me mires así, sólo sé su nombre y de dónde procede... ya sabes, me gusta conocer el...

—... terreno que pisas, sí —completó su frase Henar—. Así que Escalante... —musitó para sí.

—¿Te resulta familiar de alguna manera, Henar?

—De nada... ¿Es muy grande Santander?

—¿Estás pensando en ir allí y llamar puerta por puerta hasta encontrar a todos los Escalante? —preguntó él, sin intención de burlarse.

—Estoy rezando para que doña Clara se cure. Es imposible que ella no se sorprenda tanto como yo cuando me vea. ¿Sabes? Don Faustino me dijo que su esposa dedica mucho tiempo al orfanato de Ponferrada. ¿No te parece premonitorio? —dijo Henar, mientras sonreía.

—He oído que está muy grave. Lleva semanas sin despertar, aunque aún respira —dijo el joven, y, tras una breve pausa, continuó—: Has dicho que lo «viste»... No sé, Henar, hay algo que no me encaja. ¿No te lo enseñó Aliaga directamente? Si para ti el parecido es evidente, para él también ha de serlo, y ya te conocía. ¿Por qué no te lo comentó la primera vez que te vio?

Henar había evitado contarle su extraña conversación con Aliaga, por supuesto, y que su comportamiento estuvo lejos de lo tolerable, pero no parecía que tuviera más salida.

—Me preguntó... Me preguntó si creía en el destino. Pero él se refería a otro tipo de destino... —dijo Henar, bajando la vista al suelo—. Cree que el destino me ha traído ante él por si su esposa muere. Pero no sé muy bien a qué se refiere, tiene tanto dolor que tan pronto habla de hijos no tenidos como de la transmigración de las almas como de...

—Un momento, Henar —la interrumpió Juan, airado,

sin querer dar crédito a lo que oía—. ¿Quieres decir que en ti ve una reencarnación futura de su mujer? ¡Eso es una sandez! Cada persona es única y tú eres Henar.

—Está desesperado, Juan —procuró justificarlo—. La quiere mucho y no se hace a la idea de perderla.

—No deberías dejar que ese hombre se acercara a ti —afirmó el joven, tajante y preocupado.

—Lo sé, lo sé. Pero me da mucha pena. Y también me asusta —dijo Henar mientras se quedaba pensativa. Luego añadió—: No, no me asusta. Es como si me contagiara su desesperación, como si de un modo extraño me hiciera participar de ella.

—No te dejes llevar por la compasión. Ni siquiera sabes si ella es algo tuyo. Lo que deberías hacer es averiguar todo lo posible sobre la familia de Clara Escalante y si en algún momento alguno de sus miembros pudo abandonar a un bebé. ¡Vete a saber si eres una niña rica! —terminó Juan, sonriendo mientras miraba a Henar intentando insuflarle todo el ánimo que necesitaba.

—En todo caso, se deshicieron de mí. No querrán saber nada —repuso ella con tristeza.

—No conoces las circunstancias, Henar, no seas tan dura. De todas formas, si no intentas averiguar la verdad, siempre te quedarás con la duda de si los Escalante son o no son tu familia.

—¿Me estás diciendo que he de ir a Santander? Hace un momento te parecía una idea descabellada...

—Lo es si no sabes más cosas de «tus» Escalante. Y no te auguro un futuro muy halagüeño cerca de Hurtado.

—¿Me acompañarías? —le preguntó, con cierta esperanza loca de que le dijera que sí.

—No —respondió él, y la miró a los ojos, consciente de que la respuesta no iba a gustarle—. Ya te he contado cuáles son mis planes.

—Pues no deberías demorarlos mucho —dijo ella y, tanto en su tono como en sus ojos, se traslucía claramente la decepción—. La Guardia Civil anda cerca. Acabo de cruzarme a un par de agentes. Acampan en La Chana. Como ves, no muy lejos de aquí.

Juan demoró su mirada en el rostro de Henar y ella sintió unas cosquillas cálidas a lo largo de su cuerpo, sobre todo cuando Juan le dijo:

—¿A eso has venido? ¿A avisarme?

Henar se sonrojó y lo observó un instante sin saber qué decir. Luego desvió la mirada y Juan se levantó, se puso delante de ella y, tendiéndole la mano, la invitó a levantarse.

—Ven —le pidió, de tal manera que no cabía negativa alguna—. Quiero enseñarte algo.

Henar, que se sentía turbada, se serenó con esa solicitud. Tomó la mano que Juan le tendía. El contacto le dio un calor que había estado añorando y su respiración se hizo más intensa. Parecía mentira que en una simple mano pudiera encontrar tanta seguridad, tanta paz. Ese gesto suponía, a la vez, un dejarse llevar, entregar su destino a otra persona, pero también una suspensión de la racionalidad que aliviaba su carga. No pensaba en sus obligaciones con Lúa ni en miedos ni tristezas, sólo deseaba alargar aquella sensación.

Con la otra mano, Juan agarró la cuerda del caballo viejo y lo guio para descender. Itzal los siguió sin necesidad de que lo llamara. A medida que bajaban, la niebla los iba envolviendo y el suelo se hacía más resbaladizo y, sin embargo, Henar no sentía ningún temor. Se contagiaba del paso decidido y firme de Juan. Los dos eran conscientes de ese nexo invisible que los ligaba, lo habían sido desde la primera vez que se habían cogido de la mano, y esa convicción no se había desvanecido. Los viejos castaños eran testigos mudos de la emoción ancestral que inundaba sus corazones.

Llegaron hasta una pequeña explanada de brezo y retama, donde se encontraba la carreta. Juan ató los caballos a un nogal. Luego volvió a tomar la mano de la joven y, con un gesto de satisfacción, la condujo hacia otro sendero donde, además de castaños, había encinas, sauces y álamos. Ninguno de los dos decía nada. Tras un breve recorrido entre los árboles que creaban una cúpula de colores casi otoñales y no dejaban ver el cielo, se encontraron ante la entrada de una gruta. Juan no se detuvo, simplemente preguntó:

—¿Tienes miedo?

—No —respondió Henar, sin dudar, mirándolo a los ojos.

La visión era escasa, pero la presencia de Juan junto a ella la tranquilizaba. Ignoraba adónde se dirigían y no le importaba. No le importaba nada, sólo continuar presa de ese hechizo que él le hacía sentir. La cueva no parecía natural. Asemejaba un pasadizo construido por la mano del hombre para atravesar lo que había sido una montaña. Todo cambiaba de color allí y se tornaba de una tonalidad entre el carmesí y el dorado. En realidad, aquello lo había esculpido el agua, canalizada por los romanos para que arrancara y arrastrara todo el oro de aquel lugar. Había más de cien kilómetros de canales, toda una muestra de ingeniería hidráulica, que después se había convertido en una maraña de caminos enredados, en un laberinto gigante y casi natural. Era un paraje ideal para que un fugitivo se ocultara de la ley. En los filandones de la comarca, se contaban leyendas de duendes que rondaban por aquellas grutas, aunque también había pastores que las usaban para resguardar el ganado. También parecían un buen lugar para que un ser depravado, fuera humano o criatura diabólica, se ocultara del sol y de la gente. Y, sin embargo, Henar no se estremeció ante ese pensamiento. En aquellos momentos, si Juan se hubiese vuelto hacia ella para desgarrarle el cuello, no habría opuesto resistencia. Habría muerto desangrada y feliz en sus brazos. ¿Dónde había quedado su cordura? Juan se volvió hacia ella, pero sólo para decirle:

—Ya casi estamos.

Y, tras sus palabras, una luz que comenzó a cegarla fue creciendo desde el lugar al que se dirigían. Entrecerró los ojos para acostumbrarlos a tanta luminosidad y, de pronto, Juan la agarró por la cintura para detenerla.

—¡Cuidado! —le dijo con suavidad.

Lentamente fue abriendo los ojos y descubrió la vista que se abría frente a ella. La gruta terminaba en un pequeño balcón que caía en pared hacia el valle. La niebla no llegaba hasta allí, aunque sí jugueteaba abajo. El valle que se desplegaba ante ellos era como un mar de tonos verdes, donde los riscos altivos y rojos surgían como crestas de ola embravecida. La sinfonía que cantaban los pájaros colmaba espectacularmente aquella escena como una caricia en la piel. La belleza penetraba en los ojos de tal modo que hacía olvidar todo lo dicho. No había ahora infancias tortuosas que pudieran dañarlos y sólo el sentimiento de pertenencia al paisaje tenía cabida. Henar notó que Juan estrechaba con más fuerza su mano, como si esperara un comentario ante ese hallazgo.

—Es hermoso —dijo ella, sin encontrar palabras para añadir nada más.

Sin mirarla, sino recorriendo el paisaje con los ojos, Juan añadió:

—Cuando veo algo tan bello como esto, pienso en ti. Es como si las hojas de los árboles, las piedras, los troncos... todo insinuara tu rostro. Esta humedad verde y las flores huelen a ti. Y siento más cercano un cielo que me arranca emociones extrañas que hablan de promesas y deseos desconocidos.

Justo cuando Henar notó que sus mejillas enrojecían, él la miró. La acercó hacia sí como si supiera que no iba a encontrar resistencia, y no la encontró. Acercó su rostro al de ella y, a continuación, alzó su mano y alargó un dedo para tocar su boca. Fue una sensación extraña que vino de golpe, en la que el calor y el frío aprendieron a convivir. Luego deslizó lentamente el dedo por aquellos labios trémulos, como si los estuviera dibujando, como si los creara ahora. Así lo vivió Henar, a quien le pareció que en su boca nacían sensaciones nuevas en ese contacto. Se miraban de forma intensa cuando él la besó. Henar sintió la plenitud de la vida en aquel beso y cerró los ojos. Se dejó llevar por él, subyugada, sedienta, respondiendo a un anhelo salvaje y telúrico de felicidad ancestral.

Respiraban confundidos, con las bocas afanadas en morderse los labios o en un juego de lenguas indómitas mientras un aire tibio los envolvía con un perfume viejo. Fue como si los pájaros callaran para que el silencio lo dijera todo. Las manos de él se hundieron en su pelo y lo acariciaron lentamente, profundamente, mientras continuaban besándose como si tuvieran la boca llena de fruta fresca, de aromas vivos y de vino dulce. Toda capacidad de pensamiento había muerto y crecía la sensorialidad en cada trozo de piel. El beso no se sentía sólo en la boca. Como el miedo, la pasión despertaba hormigueos y corrientes a lo largo de todo el cuerpo. Henar agarraba los hombros de Juan con uñas nerviosas, movía las manos palpando una necesidad o, tal vez, para asegurarse que no se despegara de ella, para acercarlo más a sí, aunque cuando le rodeó el cuello ya no cupiera el aire entre ambos cuerpos. Había un olor cálido en aquel aliento único y un frío inocente que continuaba temblando a pesar del calor. Igual que una leve chispa es suficiente para originar un incendio, así había prendido este fuego que consumía la racionalidad y el suspiro, y daba vida al humo que se recreaba en sus bocas.

Se miraron sin separar los labios, que parecían haberse soldado, y, en esa visión confusa y brumosa de tanta cercanía, se reconocieron. Se reconocieron en una mirada desesperada y completa, ansiosa y decidida. Lentamente, él fue deshaciendo el beso y, luego, apartándose de ella, la tomó de las manos y la miró como nadie la había mirado nunca.

A continuación, la estrechó entre sus brazos y ella hundió la cabeza en su pecho con la misma intensidad que si se hubiera aferrado a una última esperanza. Vistos a contraluz, parecían una única persona. Si se hubiera podido observar en su interior, se habría asegurado que formaban una sola alma. Ya no existía el frío, a pesar de los dedos de niebla que de vez en cuando ascendían desde el valle para acariciarlos y estremecer sus pieles, tal como tenían estremecidas las emociones. Volvieron a mirarse a los ojos y sus miradas, luminosas ahora, sonreían y decían lo que callaban las bocas.

—Hay más cosas que quiero enseñarte —le dijo él al fin, sin que sus palabras rompieran la magia.

Regresaron por donde habían venido, cogidos de la mano tal y como habían llegado, pero entonces la penumbra rojiza en la que penetraban ocultaba la felicidad en el rostro de ambos. Salieron a la espesura del bosque y llegaron hasta los animales. Juan subió a la carreta y rebuscó entre los fardos. De uno de ellos, extrajo unas cuartillas y se las tendió a Henar.

—¿Qué es esto? —preguntó ella al ver los dibujos de unas espirales que parecían laberintos.

—Grabados que hay en algunas rocas en la ladera del Teleno. Es esa gran montaña que se ve al llegar a Astorga, no sé si pudiste fijarte en ella cuando viajaste hasta aquí. Cuando yo vine, subí a la cumbre. Cogí una roca pequeña, pero las hay enormes. Incluso hay paredes llenas de estos grabados —le explicó Juan mientras apartaba una manta y le enseñaba el trozo de roca al que se refería—. Estoy seguro de que por esto pagarán mucho dinero.

—¿Son romanas?

Juan las observó bien.

—Es posible —dijo—. Aunque son distintas a otras que he visto.

—Son muy curiosas —apreció ella—. ¿Significarán algo?

Juan le explicó que el laberinto que se enredaba sobre sí mismo era una representación muy común en muchas culturas y que estaba vinculado a los dioses. Henar, a quien habían formado las monjas, no pudo dejar de escandalizarse por el plural, era instintivo, aunque sabía bien que la idea de un solo dios se había extendido con el judaísmo puesto que antes los hombres solían ser politeístas, y que estos dioses respondían a figuraciones de la Naturaleza y lo oculto en ella. Él continuó hablando. Le explicó que el laberinto servía para atrapar y mantener retenidos a los espíritus malvados, pues poseía la misma atracción que los remolinos en las aguas y, si un alma se acercaba, quedaba atrapada y ahogada en él. Henar sintió que eso era lo que le pasaba a ella con Juan. De algún modo, su ser quedaba atrapado en sus ojos. Él la observó como si estuviera pensando lo mismo e hizo una pausa en la que se absorbieron el uno al otro con la mirada. Luego, tras ese instante mágico o sagrado, él volvió a hablar. También le contó que la idea de un círculo que se repite circundándose a sí mismo implica que en el mismo punto muere y renace y, por tanto, a veces simboliza la resurrección. Pero ya no pudo continuar. Henar lo escuchaba fascinada y él no pudo evitar la tentación de volver a besarla. Aquella vez fue un beso más breve que enseguida se convirtió en un abrazo desesperado, pues Juan había visto admiración en los ojos de Henar, y aquélla era una sensación que nunca había experimentado. Y había placer, mucho placer y júbilo en ella. Se sabía respetado y eso era algo que jamás le había regalado la vida. Le costó continuar hablándole de los dibujos y las espirales y, mientras lo hacía, sus miradas seguían delatando complicidad.

—Pero lo curioso de estas piedras, no ésta, sino otras que vi allí, es que también tenían pequeñas hendiduras, como si fueran cazoletas. Por eso creo que, sin duda, tenían un uso ritual.

También le enseñó otros objetos que había encontrado

en castros romanos, como una vasija casi entera, unas monedas y un colgante de mujer. Sin embargo, ella continuaba admirando los dibujos de los petroglifos y, mirándolo fijamente a los ojos, le dijo:

—Me encantaría ir a verlos.

—Algún día te llevaré. Y también al valle del Silencio, ¿recuerdas que te hablé de él?

—Sí, lo nombraste. ¿No cantan allí los pájaros? —preguntó con ingenuidad.

—Ni murmullan los arroyos —sonrió él.

—Eso no es posible.

—Por eso te llevaré, incrédula —se burló Juan. Luego, menos risueño, añadió—: Cuentan que un eremita, san Genadio, estaba rezando en la cueva en la que se había retirado y que el ruido del agua interrumpía su meditación. Deseó el silencio desde lo más profundo de su ser y el silencio se hizo. El arroyo calló y, aunque continuó descendiendo por el valle, pasó a ser conocido como el arroyo del Silencio.

Henar estuvo a punto de reír pensando que nuevamente Juan se burlaba, pero se había criado entre monjas y creencias irracionales, así que, al mirarlo a los ojos, supo que hablaba en serio.

—Dicen que siempre lo acompañaba un unicornio que se encontró el día que llegó al valle —prosiguió él.

—Y tampoco emitía ningún sonido —añadió ella con una sonrisa.

—La leyenda no lo especifica, pero vamos a pensar que se comunicaban con gestos y miradas.

Henar rio, y esa risa iluminó el rostro de Juan.

—Lo que sí pondremos en duda es si el unicornio lo

ayudó a restaurar el monasterio de Montes, pues nuestro san Genadio era un hombre afanado y mañoso.

—No veo a nuestro unicornio levantando paredes —prosiguió la broma Henar.

—En Peñalba, fundó un monasterio dedicado a la memoria del apóstol Santiago —añadió él, y la mención al apóstol recordó a Henar que la Guardia Civil se hallaba en la zona porque la reina quería reavivar el Camino de Santiago. De la Guardia Civil pasó a pensar en Hurtado y, de él, a Romasanta.

—Dijiste que sabías quiénes eran el señor Aliaga y Hurtado porque te gustaba conocer el terreno que pisas.

A Juan le sorprendió el giro en la conversación y se limitó a asentir con la mirada.

—¿Has oído hablar de Romasanta, el Sacaúntos? —preguntó ella.

—¿Quién no oyó hablar de él hace unos años?

—Yo nunca supe.

—Si estabas con doña Eulalia Montes y leías periódicos... muy mal leías.

—Entré a trabajar con doña Eulalia un año después. Cuando le hicieron el juicio, yo aún estaba en el hospicio.

—¿A qué tu interés?

—Su primer asesinato fue en Ponferrada, estuvo en la zona y la conoce. La primera vez que lo apresaron, logró escaparse. ¿Qué certeza hay de que no lo haya hecho otra vez?

—¿Piensas que tiene algo que ver con la muerte de la niña de tu hospicio?

—¿Puede descartarse? —preguntó ella, nuevamente apresada por sensaciones terribles—. Las niñas tienen marcas en el cuello.

—¿Las...?

—Han encontrado a otra, también en el Sil. En las mismas circunstancias que Matilde...

Juan frunció el ceño y la luz de su rostro se apagó.

—La niña era de Peñalba —prosiguió ella.

—Y ¿qué hacía la niña en esta zona? ¿Viajaba con sus padres?

—No. Eso es lo más inquietante, Juan. A ésta no la mató de inmediato o, al menos, no se deshizo de su cadáver en el lugar en el que la asesinó. ¡Dios sabe qué le hizo en ese intervalo!

Él continuó mirándola en silencio.

—¿Y si les saca la grasa para venderla en otro lugar? ¿Y si les hace cosas peores?

—¡Poca grasa sacará de una niña! —objetó él.

—No sé cómo era la última, pero Matilde no era una niña delgada... —le dijo Henar, suplicándole con los ojos que desmintiera esa posibilidad.

—Creo que estás hecha un lío, Henar.

—Hurtado es gallego, ¿no? Me dijo Baia que venían de Lampazas. También, en el prado comunal, conocí a Manuel, que es del mismo pueblo.

—Y ¿qué quieres decir con esto?

—Romasanta era gallego...

—Es probable que Romasanta ya no tenga ese acento, dejó su tierra hace mucho. Oí que estaba encerrado en Allariz.

—Pero ¡pudo volver a escaparse! —insistió—. ¿Sabes algo de él? ¿Viste su retrato en algún periódico? ¿Sabes cómo era?

—No, no vi ningún retrato, pero oí decir que, aunque

era velludo, tenía un aire femenino. Eso me llamó la atención.

Henar se sobrecogió. Recordó la mirada extraña de Manuel. Aquellas pestañas tan largas... Hurtado no respondía a esa descripción, pero Manuel...

—¿Sabes de dónde era? —volvió a preguntar ahora más agitada.

—De un pueblo de Orense, Regueiro. Cierto que está muy cerca de Lampazas, pero no te metas ideas extrañas, Henar. Ese monstruo está encarcelado.

A pesar del intento tranquilizador de sus palabras, la muchacha tembló. Tenía clavado en su memoria el aire ambiguo en la expresión de Manuel. Juan lo notó y se acercó a ella, cogió su mentón y la miró como si en sus ojos hubiera una promesa de protección. El gesto surgió efecto y ella se relajó. Al fin y al cabo, pensó Henar, en el Bierzo había muchos gallegos, no debía dejar que su imaginación se disparara. La magia que se había esfumado durante los últimos minutos regresó con la mirada y la voz de Juan.

—Deberíamos pensar en almorzar —dijo él, deseoso de cambiar de tema para que la muchacha se tranquilizara, sin comprender que sus miedos ya se habían diluido con el pequeño roce—. Hay una laguna cerca de aquí donde a veces voy a pescar.

Juan recogió las cuartillas y volvió a esconderlas. Cubrió la piedra con la manta y colocó un bulto encima. En aquel momento, Henar se acordó de la misa y de su promesa de no entretenerse. Pero no le costó mucho olvidarlo de nuevo al volver a mirar a Juan y asumir, quizá demasiado alegremente, que Baia se enfadaría y que tal vez aquella aventura le costara el trabajo. En ese momento, sólo Juan importaba.

Él ató el caballo de Henar a la carreta y después abandonaron el yacimiento rojo. Aún no era mediodía, pero la niebla iba desapareciendo poco a poco y las nubes lejanas no habían querido avanzar hacia ellos, como si los respetaran. El sol iluminaba su camino y pronto llegaron hasta una pequeña laguna en un paraje despoblado de árboles pero rico en matorrales. Se detuvieron cerca de la orilla, soltaron los caballos para que pastaran y Juan preparó los utensilios de pesca. Aunque el aire soplaba sin la protección del bosque, el sol los calentaba.

—¿Sabes afeitar? —le preguntó él, en lo que más que una pregunta era una solicitud de ayuda. Ella negó, pero se mostró feliz de intentarlo si él la guiaba. La barba de varios días le sentaba bien, pero sentía curiosidad por verlo con la cara despejada. Ahora ya sabía que tenía unos labios grandes y decididos. No sólo lo afeitó, sino que también le cortó el pelo, que ya casi era una melena corta. Lo había aprendido en el hospicio por necesidad, con tantas niñas que iban y venían y el riesgo de que los piojos las invadieran a todas. Tras haber pasado la navaja por su rostro, en un acto íntimo y delicado, con cuidado de no herirlo, cogió un peine y desenredó su cabello de forma más relajada que antes. No sólo el peine, sino que también pasaba las manos por su cabello con la sensación de que le estaba robando caricias prohibidas, pero Juan, con los ojos cerrados, celebraba que se demorara en ese contacto placentero. Luego, con la tijera, atacó los mechones, aunque sin excederse. Le gustaba el aspecto despeinado que llevaba y no quería que lo perdiera. Él bromeó sobre los trasquilones que, seguramente, le habría hecho, y ella se burló diciendo que nunca lo sabría porque no tenía espejo.

Una hora después, el olor de dos truchas puestas sobre el fuego inundaba el lugar donde estaban sentados, y mientras Juan se encargaba de vigilarlas indicó a Henar que sacara un cuenco de uno de los sacos de la carreta. Henar obedeció, con una sonrisa que parecía que nunca iba a borrarse y que, a pesar de ello, desapareció de inmediato en cuanto se puso a buscar el cuenco. Porque nada más abrir el saco, una tela anaranjada llamó su atención. Un presentimiento hizo que se estremeciera y la tomara para verla mejor. No se había equivocado. Su corazón empezó a latir a una velocidad desmesurada y la dejó sin aire. Era el pañuelo que sor Cecilia había bordado para Matilde.

Lo soltó de inmediato, como si estuviera cometiendo un sacrilegio al tocarlo, como si le quemara las manos. Mil pensamientos horribles acudieron a su mente y, aunque no quería darlos por ciertos, comenzaron a cobrar fuerza. Se volvió hacia Juan y vio que continuaba ocupado con las truchas, sin haberse dado cuenta de nada.

Descendió del carro sin hacer ruido y se dirigió hacia el caballo de Hurtado con la misma cautela. Lo montó sin que Juan se percatara y comenzó a alejarse de allí con el corazón precipitado y los sueños rotos.

No se giró en ningún momento a averiguar si Juan la seguía, ni siquiera sabía si la había visto marcharse y, con la imagen obsesiva del pañuelo de Matilde torturándola por dentro, se condujo casi de forma automática durante el largo trayecto hasta el Sil.

Mientras cruzaba el vado, ya lejos de él, Henar murmuró en voz baja:

—Malasangre...

18

El sargento Soto y el cabo Gómez cabalgaban paralelos al arroyo Valdespino, mirando con cierta pena a su alrededor. El viento fresco, a pesar del sol, levantaba un polvo que había ido ensuciando, durante el camino, el azul marino de sus uniformes, que ahora, de lejos, parecían desteñidos. La aridez de aquellas tierras había salido a recibirlos un rato antes; sin embargo, en aquella zona, los cultivos estaban más descuidados que en otras por las que habían ido transitando. El trabajo duro del campo era aquí muy desagradecido y no valía la pena embarcarse en una labor inclemente que daba pocos frutos. Las nieves y las riadas, cuando las primeras comenzaban a derretirse, no ayudaban. Los hombres habían abandonado los cultivos desde tiempos inmemoriales, dejando a sus esposas ese quehacer, para buscarse la vida transportando mercancías entre Galicia y Madrid. Por suerte para las mujeres valuras, que así habían apodado a los habitantes del Val de San Lorenzo los pueblos vecinos, habían encontrado aquí otra forma de salir adelante: la fama de sus paños se había extendido por toda la península.

El sargento Soto se detuvo un momento para sacar la

cantimplora y acabarse la escasa agua que aún albergaba. El cabo Gómez le pidió que se la pasara con un gesto, pero él vertió la cantimplora hacia abajo para que viera que ya no quedaba nada. Cuando volvió a ponerla en su sitio, con la mano rozó el hatillo en el que Teresa le había guardado un pan pequeño y algo de embutido que ya se había terminado. Sonrió al pensar en ella.

Luego retomaron la marcha, ya llenarían la cantimplora en algún arroyo. No se veía a nadie en el campo y, antes de entrar en el pueblo, sólo se habían cruzado con un aceitero —maragato, supieron por su atuendo— que proseguía camino hacia Santa Colomba. Hacía más frío que en el Bierzo, no en vano estaban a casi novecientos metros de altura sobre el nivel del mar. Los dos guardias civiles cabalgaban en silencio, sin nada que decir, conscientes de que se encaminaban hacia uno de los momentos más espinosos de su trabajo: anunciar un desenlace fatal. Pero, en esta ocasión, la incomodidad les pesaba el doble, puesto que iban a dirigirse a Tomasa Pallán, la misma persona a la que poco más de un mes atrás le habían comunicado la muerte de su marido.

Aquel fatídico día no había muerto sólo su Toribio Botas, sino que la patrulla de la Guardia Civil había hallado siete cadáveres más y un hombre agonizante que abandonó del todo este mundo dos días después. Nueve en total. Había sido una carnicería. Nada más llegar, hubieron de disparar a una mula malherida, cuyo gemido penetraba en sus oídos para contagiarles el sentimiento de un dolor universal. Del cadáver de otra mula salía un reguero de sangre que empapaba un saco con cereales, de los que más de la mitad estaban desparramados por todo el suelo. Había también embutidos, curtidos y productos de matanza dispersos por toda la escena. Otras dos mulas se hallaban apartadas y, nerviosas, no se atrevían a acercarse, pero tampoco se marchaban. Entre los muertos, se hallaban tres de los asaltantes, pero los otros habían escapado monte a través en cuanto se habían percatado de su llegada. El suceso había ocurrido entre Pereje y Trabadelo, un paraje montañoso de la antigua vía romana por la que los arrieros se dirigían a Galicia. Venían de Astorga, a la que habían llegado anteriormente de Madrid por la conocida como Vía de la Plata, que, también desde época romana, unía el norte con el sur.

Los maleantes se habían arriesgado mucho. A todas luces se veía que los arrieros eran maragatos y, ya se sabía, éstos defendían la mercancía con su propia vida. O el asalto había sido fruto de una necesidad acuciante o de una improvisada imprudencia. No conocían a dos de los bandoleros muertos, pero sí al tercero de ellos, que era de La Martina, y ya sospechaban que no era trigo limpio. Sabían que se relacionaba frecuentemente con Lucio Hurtado, el marido de la apicultora de Villaverde, así que, de inmediato, éste también les resultó sospechoso. Pero no había pruebas que lo inculparan; tampoco el teniente Verdejo, que había llegado desde Madrid para garantizar la seguridad de la reina, las había encontrado. Y eso que tenía fama de ser un hombre eficaz.

No hallaron más vida cuando entraron en el pueblo. Un grupo de gatos los miraron un momento desde la calle empedrada, pero enseguida dejaron de prestarles atención. Las casas de piedra y de pocas ventanas mostraban una apariencia austera que casaba con el silencio de las calles. Su estética era acorde a la pobreza de la tierra sobre la que habían sido edificadas. Sin embargo, el sargento Soto y el cabo Gómez ya sabían que eso llevaba a engaño. Habían estado en varias de ellas y sabían que a los maragatos no les gustaba ostentar de su riqueza. La arriería maragata daba suculentos beneficios. Hasta tal punto que un grupo de Santiago Millas había llegado a montar una empresa de diligencias, aunque hubo de disolverse cuatro años atrás al comprobar que los vehículos sufrían mayores problemas que las mulas a la hora de atravesar ciertos parajes, sobre todo en invierno. Mientras duró, su fama fue tal que la empresa de diligencias maragata fue contratada por la Casa Real para acompañar al desplazamiento de la Reina Madre, doña María Cristina, hasta la orilla del mar Cantábrico cuando quiso pasar allí sus vacaciones. Sin embargo, ese viaje había aumentado el prestigio de la empresa, pero no su fortuna, ya que nunca llegaron a cobrar el dinero acordado. Los maragatos eran, además de expertos arrieros, buenos comerciantes. La mercancía que compraban en un lugar la vendían multiplicando su precio en otro. No se andaban con chiquitas en asuntos de perras.

—Ésa es la casa —señaló el cabo Gómez, sacando así de sus pensamientos al sargento Cobo.

Efectivamente, aquella casa de piedra era el domicilio de la viuda de Toribio Botas, apodado Carbón por el intenso color de su cabello y de su tez, cuyo cuerpo había sido enterrado poco tiempo atrás y al que había llorado todo el pueblo. La fachada era amplia y un alero rodeaba la parte alta del muro antes de llegar a un tejado de pizarra. Descendieron de los caballos y ataron las cuerdas a una argolla de la pared. Llamaron a la aldaba de metal que había en un gran portón claveteado, enmarcado por un arco de dovelas labradas en piedra. Les abrió Tomasa, de luto, y, al verlos sin más compañía, comprendió sin necesidad de palabras. Su mirada se ensombreció y enseguida la retiró de los guardias.

—¿Podemos pasar? —preguntó el sargento mientras se quitaba el tricornio para mostrar su respeto. Tras un instante en que supo que la mujer hubiera deseado negarles la entrada, el gesto silencioso de ella les indicó que pasaran.

Pasado el recibidor, un corredor llegaba hasta un patio interior en cuyo centro se hallaba el pozo. A su alrededor se levantaban las construcciones que albergaban las habitaciones y otras dependencias que daban a una amplia galería de madera de chopo y roble pintadas de azul cobalto. De este modo, el patio parecía estar coronado por un amplio balcón que lo rodeaba todo, como si fuera una pequeña plaza mayor. La ornamentación que faltaba en la fachada, aquí florecía. Los herrajes representaban cabezas, conchas, escudos, corazones... Los cantos de río que empedraban tanto el patio como los corredores no sólo decoraban, también servían para crear distintos espacios en la misma estancia. Efectivamente, volvió a pensar el sargento Cobo, la apariencia externa no casaba con el lujo de su interior.

Tomasa los hizo atravesar el patio y los llevó hasta otra dependencia de la planta baja, en la que se encontraban otras dos mujeres cardando lana concienzudamente. El sargento, por la otra vez, sabía que en las estancias contiguas se hallaba la maquinaria textil, con la que confeccionaban mantas y otros paños, y los productos con los que después las teñían a mano.

—¿Sufrió? —se atrevió a preguntar la viuda, como si después de eso ya no le importara nada más.

Las miradas de las otras mujeres también se posaron expectantes en los guardias civiles, pero las bajaron enseguida. El cabo Gómez evitó mirarlas, sabiendo que dejaba así toda la responsabilidad a su superior. El sargento Cobo abrió la boca, pero, como Tomasa Pallán también dejó de mirarlo, supo que, nuevamente, la mujer lo había entendido sin necesidad de palabras. Se sintió, a sus ojos, un pájaro de mal agüero y dudó unos segundos sobre qué decir, pero no podía evitar hablar.

—La encontramos en el río.

—¿En Fontanica? —preguntó de inmediato una de las mujeres que cardaba lana.

—Buscaron por todo el Fontanica... —le recordó la otra—. El guardia querrá decir en Valdelallama.

Había una esperanza al mencionar esas localizaciones, pero murió en cuanto el sargento volvió a hablar:

—En el Boeza, cerca de Ponferrada.

También hasta Val de San Lorenzo había llegado la noticia del depravado ser que chupaba la sangre a las niñas, a pesar de que cuando Maruja Botas había desaparecido aún nada se sabía.

—Le diré a Margarita que te haga una cédula bendita para que proteja a las otras dos —trató de consolar una de las mujeres a Tomasa, que no respondió. También ella presentía que alguien le había echado el mal de ojo.

—El cuerpo ya está en camino. Podrá enterrarla con su marido —dijo el sargento con toda la delicadeza que pudo. Luego, tras cruzar una mirada con su compañero, añadió—: Debería hacerle unas preguntas...

—¿Ahora, a qué? —preguntó la viuda y madre de la niña asesinada—. Ya nada se puede hacer...

—Justicia, señora, se puede hacer justicia —respondió el cabo Gómez, acudiendo en ayuda de su superior.

—¿Como la que hicieron con Toribio? —les reprochó.

—La investigación sigue abierta —volvió a intervenir ahora el sargento—. Y han llegado refuerzos de Madrid.

Tomasa lo miró con acritud. Bien sabía ella que todo ese despliegue de la Guardia Civil nada tenía que ver con el asalto a su marido y, mucho menos, con su hija muerta.

—¿Por qué no denunció la desaparición? —preguntó de nuevo el cabo, aunque los dos hombres ya sabían la respuesta. Con los maragatos todo siempre funcionaba de forma distinta.

La mujer se sentó frente a la lana y comenzó ella también a cardar, como si así diera por zanjada toda conversación. Pero al sargento había un punto que le había llamado la atención y no pensaba dejarlo pasar por alto.

—¿Dónde ocurrió? Han mencionado el Fontanica... y no pasa por aquí.

—Fue en Lucillo —contestó, dudosa, la mujer más joven de las que cardaban. Las otras ni siquiera levantaron la cabeza.

Lucillo, el camino entre La Martina y Villaverde, Pedralba... El sargento vio que el depravado no continuaba una línea recta, se movía de forma desordenada, pero no se alejaba de la zona.

Tomasa, tras un silencio que pesó en el aire como sólo puede pesar cuando el dolor por los muertos está candente, rompió a llorar. Con las lágrimas, también comenzaron a brotarle las palabras.

—Fui a por miel de brezo a casa de mi prima. Dejé a las niñas afuera con sus primos para que fueran a ver unos *gochos* recién nacidos. —Hablaba entre hipos, y dejaba surgir unos remordimientos que la carcomían por dentro. Una de sus compañeras le puso una mano en el hombro, pero Tomasa se removió y se la apartó. Entonces dejó de llorar, miró al sargento de frente, sin que éste pudiera adivinar si en sus ojos había súplica, reproche o, solamente, búsqueda de consuelo—. ¿Qué le hizo ese malnacido a mi hija? ¿La desangró? ¿Se bebió su sangre o hará negocio con ella? ¿Qué saben de ese monstruo?

—Lo que usted pueda contarnos nos ayudará a encontrarlo y a saber qué ocurrió. Sería conveniente, también, que nos dejara hablar con sus otras hijas.

—No. —La negación sonó rotunda y la alarma en sus ojos lo confirmó—. Son muy chicas para andar recordando. Han perdido a su hermana mayor y a su padre, no me las atormente más.

El sargento y el cabo se miraron. Supieron que tendrían que ir a Lucillo para completar la información.

—¿Cómo se llaman sus familiares? —preguntó el de grado superior y, enseguida, aclaró—: Los padres de los niños con los que sus hijas fueron a ver los cochinos.

—Pregunte por la casa de Pedro Botas, es mi cuñado. Tiene dos chavales y una cría de la edad de Maruja. —Al pronunciar el nombre de su hija muerta, nuevamente se le humedecieron los ojos.

El cabo anotó el nombre de su cuñado y el sargento volvió a preguntar:

—Y ¿qué contaron los chavales? ¿Cómo desapareció Maruja?

—Después de ver a los animales, se fueron hacia el Fontanica. Ya sabe, a tirar piedras al agua y a hacer cosas de niños. Maruja tenía costumbre de ir levantando piedras. Le gustaba incordiar a las culebras y a los insectos que a veces se esconden bajo ellas, cogía una rama y los removía... Así que, mientras la cuadrilla estaba en la orilla, ella se iba alejando cada vez que veía una piedra... hasta que dejaron de verla. —Hablaba despacio, arrastrando las palabras y la pena que habitaba en ellas—. Al principio no se alarmaron porque pensaban que había vuelto a la casa. Tardaron aún en regresar, el sol se estaba poniendo... Y yo presentí algo cuando los vi llegar sin ella, antes aun de que dijeran que no se había rezagado, sino que la habían perdido de vista. —Detuvo su relato y la mirada se le perdió en un punto de la pared. En aquel momento parecía ida, como si estuviera reviviendo la intensidad de la angustia ante la desaparición de su hija—. Los primos varones fueron otra vez donde los *gochos*, pensando que allí estaría... Pero yo ya sabía que no sería así. Por entonces aún no habíamos oído hablar del nuevo Sacamantecas, si no es el mismo que la otra vez, pero mi corazón me decía que nunca más volvería a ver a mi niña con vida... Una madre sabe esas cosas.

Durante un minuto, respetaron el nuevo silencio que se apoderó de la sala. Una de las mujeres que cardaban se levantó y se fue hacia las cocinas a preparar una infusión que la tranquilizara. El sargento se quedó mirando unas mantas apiladas en un estante apartado. Él tenía una en casa y entendía por qué muchos mercaderes acudían al Val a comprarlas. Eran de lana virgen de oveja merina que compraban en Zamora. Y la lana, ya se sabía, tenía una fibra hueca que ayudaba a infundir un calor que no se lograba con tejidos de otro material. La suya era blanca, pero las que ahora miraba tenían un color hueso oscuro. Las surcaban, tanto cerca de la parte superior como de la inferior, unas trazas de colores que parecían un arcoíris que alguien hubiera estirado hasta dejarlo recto. El sargento Cobo recordó el día que cubrió con ella a Teresa, cuando la encontró aterida de frío un día de nieve, el día que se enamoró de sus ojos castaños y su cuerpo desgarbado. Un año después la había desposado, habían sido agraciados por la fertilidad y ahora se hallaba encinta. En su imaginación, el sargento dejó pasar el tiempo y vio a una niña recién nacida a la que abrazaba, y poco a poco empezaba a balbucear, a crecer, a caminar, a correr por el campo ignorando las amenazas. Continuó viajando al futuro y se vio a sí mismo esperando a esa niña, que ahora había salido de casa para perseguir mariposas, mientras, a un lado, los leños de madera se iban consumiendo en el hogar que él mismo había encendido. El fuego chispeaba, crecía, devoraba los leños y no hacía falta la manta maragata porque bastaba con su calor. Pero luego el fuego comenzaba a perder intensidad, ya casi no había madera que alimentara las llamas, y poco a poco el calor iba dando paso a un frío espeluznante porque la niña de las mariposas no regresaba. Pensó en los ojos castaños de Teresa, mirándolo como si le exigieran que le devolviera a su hija primero y, a continuación, llorando desconsolados porque alguien se había llevado a su niña. Y se vio a sí mismo impotente, incapaz de encontrar manta alguna con la que abrigar el desconsuelo de su mujer. Ni el suyo propio. Se estremeció al imaginar esa escena con tanta intensidad y, cuando regresó de su maldita ensoñación, miró nuevamente a Tomasa con otros ojos. Aun así, supo que tenía que retomar el interrogatorio y, con mucho tacto, comentó:

—Es importante que recuerde si alguno de los niños dijo que hubiera visto a alguien, a algún forastero, algún sospechoso... No en el mismo momento, sino durante el día. O días anteriores.

—Eso ya se lo preguntó Pedro y ninguno recordaba nada.

—Iremos igualmente a Lucillo —se dirigió el sargento ahora al cabo, que asintió de inmediato. Ambos sabían que, a veces, los detalles importantes se recordaban días después. Luego, volvió a mirar a Tomasa y se atrevió a decir—: Le prometo que esta vez encontraremos al asesino...

Tomasa le retiró la mirada y volvió a sumirse en la labor de cardado. El sargento entendió que no creyera en sus palabras y supo que su presencia allí había dejado de tener sentido alguno.

Los dos guardias civiles salieron de la estancia y volvieron a atravesar el patio en dirección a la salida. Esta vez nadie los acompañaba.

Mientras desataban los caballos, el cabo comentó:

—No nos han ofrecido ni un vaso de agua.

Pero el sargento no respondió. Pensaba, con temor, en Teresa y en la nueva vida que albergaba.

19

El zumbido perturbador de las abejas la recibió en cuanto se internó en el sendero que llevaba a la palloza. Henar estaba nerviosa, impactada aún por todo lo que suponía el descubrimiento del pañuelo. Deseó que Hurtado aún no hubiese regresado y, cuando estuvo ante la puerta, nada parecía indicar que lo hubiera hecho. Desmontó del caballo y lo condujo hasta la cuadra. Abrió la puerta con cuidado, recordando el momento en que vio a Hurtado salir de aquel lugar con un saco en el que ella había pensado que bien podía caber una niña.

No debían de ser más de las tres de la tarde y la vaca aún no estaba. Abrió el postigo de la ventana del fondo para que entrara más luz y observó con detenimiento cualquier cosa que pudiera ser sospechosa. Le hubiera gustado poder borrar de su mente el pañuelo de Matilde y, tal vez por eso, se esforzó en centrar sus pensamientos en Hurtado y sus extraños negocios. Su corazón deseaba negar la evidencia. Si encontraba algo con lo que inculparlo a él en lugar de sospechar de Juan... Con los pies, revolvió la paja en la que dormían los animales, pero no encontró nada que llamara su atención. Sobre una de las paredes estaban apoyados el rastrillo, dos palas, una guadaña y otros utensilios de labor. Cerca de ellos había dos sacos de patatas que, al abrirlos, soltaron un tufo a podrido que la obligaron a cerrarlos a toda prisa y a apartarse luego de ellos. Llegó hasta la pequeña ventana y la abrió. Aspiró aire para liberarse de la sensación desagradable que se le había metido dentro. Cuando volvió a girarse hacia la cuadra, observó los bloques de cera y se preguntó si Baia ya se habría dado cuenta de que faltaba uno. En otra pared vio unas argollas y, aunque probablemente su función era la de amarrar allí a los animales, bien podrían servir también para mantener prisionera a una persona. Cerró la ventana, se acercó a ellas y las tocó. Permaneció un momento sintiendo el tacto frío del hierro oxidado mientras por su mente pasaban imágenes de sufrimiento y dolor. La sugestión la llevó a sentir como propia la angustia de quien sabe que de un momento a otro va a morir, y el recuerdo de Matilde le humedeció los ojos. Comenzó a imaginar qué podría hacerles el asesino antes de matarlas y, como espejismos oscuros, cruzaron por su mente distintos tipos de torturas y vejaciones que aceleraron su corazón. Sintió pavor y cerró los ojos como si así pudiera liberarse de aquella fantasía negra, pero sólo la alimentó. Y, sin embargo, cualquier imagen terrible se diluyó en otro miedo más palpable cuando oyó la voz de Baia a sus espaldas que, con un tono nada amable, le dijo:

—*Ditosos os ollos! Xa era hora! Non me prometische no entreterche? Por que chegas tan tarde? E sen ir a igrexa...!*

Sobrecogida, Henar se volvió despacio y, con voz entrecortada, procuró responder con humildad.

—Perdóneme, señora. Ahora mismo iba a contárselo. He venido primero a dejar el caballo...

—No entiendo por qué sigues aquí, *che precupas máis de pasear que de mi filla...*

—¿Cómo está Lúa? —preguntó Henar, más que nada para tratar de relajar la tensión.

—¿Acaso te importa? *¿Por que chegas* tan tarde?

—Don Faustino no estaba y decidí esperarlo. Una vez dentro de la casa, no me atreví a marcharme hasta... —se excusó, pero la mujer, muy enfadada, no la dejó terminar.

—*E o ama de chaves*? ¿Y los criados? ¿*Tampouc*o estaban? ¿O es que ese hombre te hace los honores...?

—Es lo que hice finalmente, señora... Cuando me marché aún no había regresado. No he llegado a verlo —respondió atreviéndose a dar los primeros pasos para salir de la cuadra.

—¡Aquí no necesitamos ínfulas de reina! Viniendo de un hospicio, deberías ser más humilde y cumplir con la Iglesia.

Henar bajó la cabeza, como si aceptara la censura, y comentó:

—Lo siento, señora. Pensé que don Faustino merecía una deferencia y que hoy tampoco podría enseñar nuevos sonidos a Lúa por su resfriado. No volverá a ocurrir.

—*A nena leva todo o día detrás de min, tentando falar...* —repuso Baia, rebajando un poco el tono.

—Ahora mismo me ocupo de ella —dijo con la intención de que dejara de clavarle aquella mirada inquisidora.

—Te pedí que no jugaras con mis ilusiones; ahora te ordeno que no juegues con las suyas. *No che perdoaría* —la amenazó Baia.

—No lo haré. Le aseguro que no volveré a demorarme —respondió con sinceridad. A ella también le importaba Lúa.

La mujer la observó salir y cerró la puerta de la cuadra tras ella. Henar se dirigió a la casa y encontró a Lúa haciendo dibujos sobre la mesa de la cocina. En cuanto la niña la vio entrar, su rostro se alegró y gritó:

—Aaa, iii, uuu.

Aquella mirada infantil fue el golpe de aire fresco que Henar estaba necesitando, aunque el miedo atravesara su cuerpo. Miedo a que le sucediera algo a aquella niña inocente. Se juró que velaría por ella. Se sentó a su lado y, exagerando el movimiento de sus labios, le dijo:

—¡HOOOLAAA!

—Ooodaaa —respondió Lúa al tiempo que colocaba la mano en la garganta.

—¡Ha pronunciado la «o»! —se alegró Henar, a pesar de que no había acertado con la «l»—. Veo que no sólo se encuentra mejor, sino que ha estado practicando y sin mí. ¡Es estupendo!

—*Díxenche* que la he tenido todo el día detrás, *e eu non entendo destas cousas*.

Esta pequeña alegría, sumada a que Hurtado no había regresado, alivió su tensión. Continuaba alejando el pañuelo que había descubierto de sus pensamientos, pero algo permanecía en su subconsciente que evitaba que la calma llegara del todo. Luego, la niña le enseñó un dibujo de un corzo que había repetido en varias cuartillas. Con tanto afán dibujante, tendría que regresar pronto a Ponferrada a comprar más papel, la excusa perfecta para buscar la biblioteca o, lejos del pueblo, a alguien que pudiera describirle más detalladamente a Romasanta. Aún no había descartado que Manuel y él fueran la misma persona y, ahora, más que nunca, necesitaba indicios que no señalaran hacia Juan. No podía ser Juan. No era Juan. ¡Juan! Cruzó los dedos para expresar su deseo con más intensidad, pero nuevamente comprendió que aún no podía enfrentarse a la verdad. Pasó la tarde con Lúa, consiguiendo nuevos, aunque pequeños, avances mientras Baia se ocupaba de las colmenas.

Al final de la jornada, el enfado de la mujer se había suavizado y permitió que la niña acompañara a Henar al prado comunal a buscar la vaca. El amor de Lúa por los animales era algo que se había aliado con la joven para enseñarle a hablar, y por el camino gritaba «aaiioouu» a todos los perros, gatos, cabras, patos y cuanto bicho se cruzaba. Sin embargo, ignoraba a las personas. Al pasar por delante del puente colgante, la niña tiró de la mano de Henar y señaló hacia él, en un obvio intento de que la llevara hacia allá, pero la joven le explicó con señas que no podían cruzarlo. Lúa insistió y se puso las dos manos en la cabeza como simulando los cuernos del corzo, lo que hizo sonreír a Henar, a pesar de que se viera obligada a volver a negarle su petición. No vio a Manuel, así que no pudo observarlo con detalle para compararlo más adelante si encontraba algún retrato de Romasanta. Se llevó la vaca esperando no hacer algo mal al no dar aviso.

Durante la cena alabó el entusiasmo de la niña, pero Baia no estaba por la labor de dejarse contagiar. Lo cierto es que Henar ya entendía mejor su carácter agrio y desencantado. Mucho había tenido que ser su sufrimiento. Viuda, con un hijo muerto y una niña sorda que todos daban por inútil. Y, además, casada con un ser despiadado y cruel. Y, tal vez, capaz de cometer los peores crímenes. Si no los había cometido ya. Porque el verdugo no podía ser Juan. No era Juan. En su mente reinaba un vaivén de sospechas que cada vez la confundía más.

—Supongo que, con las partidas de vigilancia que ha organizado el concejo, debe de sentirse más segura, a pesar de que su esposo pase muchas noches fuera —se atrevió a decirle a Baia. Aunque sabía que podía considerarlo una impertinencia, quedó a la expectativa de que la gallega le contara algo más.

—¿Cómo es que sabes lo de las partidas? —preguntó Baia, mirándola a los ojos con mucho recelo.

—Escuché cómo lo comentaba Manuel con un hombre llamado Luzdivino el día en que me dieron el recado para usted... —le explicó Henar, esperando que Baia no la acusara de nuevo de curiosa.

—*E ti? Tés medo...?* No me lo parecía... —dijo Baia, que siguió comiendo sin preguntar más sobre lo que Henar podía o no saber.

Henar negó con la cabeza y decidió no insistir. Se tragó sus ganas de preguntarle por Manuel. Sabía que no conseguiría ninguna información de Baia, así que era mejor no cometer más imprudencias ni que se entrevieran sus cartas.

Aquella fue una noche ventosa y el ruido de los golpes de aire dificultó la placidez de un sueño que a Henar le costó conciliar. Se despertó en repetidas ocasiones por el tétrico ruido que parecía arrastrar lamentos de ultratumba y, aunque cerró los postigos, no consiguió aislar el cuarto de aquellos sonidos. Influyó también el estado de alteración en que se encontraba desde que había hallado el pañuelo y el hecho de dormir en un colchón en el que había muerto Antón. Ni siquiera el recuerdo fugaz de los besos de Juan lograba consolarla. Aquella fue una noche en la que todos sus temores parecieron conjurarse para acecharla y, a la mañana siguiente, despertó ojerosa y cansada, con una palidez extrema a pesar de que el día anterior le había dado bastante el sol.

Amaneció con el presentimiento de que Hurtado había regresado y estaba también en el cuarto de Antón, acechándola. Tras un estremecimiento inicial, abrió de inmediato los postigos para que entrara luz. No había nadie en la habitación, sólo los muñecos de cera que había dejado en un rincón para no verlos desde la cama. Suspiró, aunque sin lograr tranquilizarse. Se limpió la cara con el agua de la palangana que Baia le había dejado quedarse, como si así pudiera desprenderse también de su obsesión. Luego se aseó parte del cuerpo y se vistió. Pero no consiguió que la confusión que anidaba en su cabeza se fuera con el aseo ni con la muda.

Al abrir la puerta tenía el vello erizado y un temblor incontrolable delataba su miedo. Salió con sigilo, para que Hurtado no la oyera si ya estaba allí, y fue a la cocina con el deseo de no encontrárselo. Tuvo suerte. Hurtado no estaba en la estancia principal de la palloza. Si había regresado, lo habría hecho tarde, así que lo más seguro es que estuviera durmiendo. Aun así, Henar no abandonó el silencio y salió hacia la cuadra con el balde de la leche sin hacer ruido.

El aire seguía agitado. No era el viento de la noche anterior, pero sí había ráfagas que movían las ramas de los árboles y emitían sonidos truculentos. El sol acababa de asomarse, el cielo estaba despejado y el mismo viento que lo había revuelto todo evitaba que la niebla estuviera presente. Ordeñó la vaca con prisa, como si temiera que alguien entrara en la cuadra y la encerrara allí para siempre, encadenada y cubierta por un saco. Tenía que frenar su imaginación, lo sabía, y recordar que llevaba una navaja en la faltriquera para que esa certeza le diera algo de seguridad. Se enfadó consigo misma porque pensaba en Juan. No podía dejarse llevar por el pavor y la fantasía, tenía que convencerse de que no todos podían ser el asesino de niñas. Tal vez hubiera alguna explicación para el pañuelo que tenía Juan, tal vez Hurtado sólo era un contrabandista y, probablemente, Manuel fuera uno más de los muchos gallegos que habían emigrado al Bierzo. Debía pensar menos y hacerlo con más cordura en lugar de abandonarse a cualquier idea que de pronto apareciera en su mente. Lo único que conseguía era aumentar la confusión. Tenía que calmarse. Era necesario para poder reaccionar y estar atenta a cualquier detalle. Cuando regresó a la casa, Baia ya había encendido el fuego.

—Buenos días, señora —dijo mientras dejaba la leche a su lado—. ¿Desayunará su esposo con nosotras? —añadió, sin poder contener nuevamente sus ganas de saber si Hurtado se hallaba allí.

—No, *aínda non volveu* —respondió la mujer, lacónica, sin volverse a mirarla ni devolverle el saludo.

Esa breve respuesta consiguió relajarla más que cualquier propósito que se hubiera hecho. De pronto, el día le pareció más luminoso y el viento menos amenazador. Como Lúa no se había despertado aún, después de desayunar llevó los animales al prado comunal mientras Baia remendaba una falda de la niña que se le había deshilachado en los bajos.

Nuevamente se dijo a sí misma que no tenía que dejarse

llevar por el miedo y que, si no se tranquilizaba, iban a descubrir sus sospechas. Sin embargo, el zumbido de las abejas primero y la corriente de las aguas del Sil después se empeñaban en seguir alentando su inquietud. Al llegar al prado, vio que un guardia civil, que no era ninguno de los que ella conocía, estaba hablando con Manuel. Se dirigió hacia ellos para indicarle que dejaba los animales y dio media vuelta para irse. Pero se detuvo a los pocos pasos, la tentación de contarle al civil todo lo que sabía era demasiado fuerte. Y la obligaría a delatar a Juan, a quien no quería creer culpable y por eso buscaba sospechosos en el entorno... Además, allí estaba Manuel, no podía hablar abiertamente delante de él. Parecía que el guardia civil no sospechaba del gallego.

Con la duda de si había hecho bien en callar, emprendió el camino de regreso. No se había alejado más de cincuenta metros cuando se cruzó con Seruta, y entonces se detuvo por una nueva idea que apareció como un destello y se convirtió inmediatamente en necesidad.

—Buenos días, Seruta. ¿Podría ayudarme? ¿Sabe usted dónde está enterrada Matilde?

—¿Quién es Matilde, hija?

A Henar le entristeció que nadie recordara su nombre.

—La niña de León que encontraron en el río —respondió.

—Es cierto que dijiste que la conocías. ¿Buscas su tumba? —preguntó la aldeana, sorprendida por su interés a estas alturas.

Henar asintió con la cabeza a la vez que la miraba fijamente a los ojos. La mujer debió de notar su súplica, porque no tardó en responder.

—Está en el camposanto de San Blas, al lado de la iglesia... En la fosa común. No es por nada, perdóname, pero sabrías dónde está si hubieras venido ayer a misa... —dijo la mujer. A Henar no le sorprendió el comentario, en los pueblos todos se conocían y todo se sabía. Seruta continuó mientras señalaba una encrucijada que se veía desde el prado—: No está lejos.

—Muchas gracias, de verdad. Quería acercarme a rezar por ella...

—Pues aprovecha el viaje, Henar, y reza por las tres: ha aparecido otra niña en el río Boeza, cerca de Ponferrada. Eso indica que el asesino no se ha marchado. Esos seres no se marchan... Mi hermano, que llegó anoche de allá, dice que el cuerpo llevaba varios días estancado en el fango. No es reciente. Creen que la mataron hará unos diez días.

—¡Es horrible! —exclamó Henar, llevándose la mano a la boca y sin poder dejar de pensar que Hurtado y Onésimo habían estado, precisamente, en Ponferrada antes de que ella llegara a Villaverde. ¿Y Juan? ¿Dónde estaba Juan diez días antes?

—Dicen que era maragata, hija de uno de los arrieros a los que asaltaron hace poco, pero como son tan suyos, nada se ha sabido de que les hubiera desaparecido una niña...

Henar continuó mirándola sin dar crédito a tanto horror. No quería visualizar la muerte de otra niña, no quería fantasear nuevamente, pero las imágenes acudían a ella sin ninguna consideración.

—Y ¿nadie sabe nada? ¿Nadie vio nada? —preguntó automáticamente y sin ninguna esperanza.

—No. Menos mal que se organizaron las partidas. Gracias a ellas nos hemos enterado rápidamente al venir la

Guardia Civil a recoger el parte de la primera noche de vigilancia.

—Y ¿qué han dicho los civiles, Seruta? —preguntó Henar, cada vez más aterrada por la situación.

—Ay, rapaza... Que parece obra del mismo hombre o ser... o qué sé yo cómo llamarlo: la garganta desgarrada y sin sangre en el cuerpo, como las otras dos... Ten mucho cuidado, neniña. Tú eres mocita, pero... —dijo la mujer, mientras miraba a la muchacha con dulzura, le tomaba una mano e interrumpía sus palabras al notar que Henar estaba temblando.

La joven se soltó con cuidado, agradeció a la mujer las indicaciones y se dirigió al cementerio muy alterada. ¿Qué les estaba haciendo ese asesino? Y ¿quién era? No quería sospechar de Juan y recordó que habían vinculado a Hurtado con un asalto a los maragatos. ¿Podría ser la niña maragata parte de la caravana asaltada? Cierto que no había pruebas de la participación de Hurtado, pero la Guardia Civil parecía convencida de ello. Sí, tenía que ser Hurtado, no podía ser otro que Hurtado, y lo que había en aquel saco podría haber sido una niña... Y tal vez antes de matarlas se las entregara a Onésimo para que se aprovechara de ellas. Los juegos de su imaginación comenzaron a aumentar sus nervios y apresuró el paso. Al llegar a un bosquecillo de chopos, se detuvo. La calesa de Faustino Aliaga estaba parada junto al camino. La puerta se abrió y don Faustino no tardó en asomarse.

—Ven —le dijo.

20

Mientras Henar se acercaba al coche, lo oyó decir sin saber si había o no reproche en sus palabras:

—Recibí la ropa. No era necesaria tanta urgencia, pero, sinceramente, ya que viniste, me habría gustado que te quedaras a esperarme.

—Era domingo. Debía ir a misa —mintió Henar. Pensó que cualquier otro pretexto lo decepcionaría y, por supuesto, no pensaba mentar a Juan. Bajó la mirada para que no notara que faltaba a la verdad.

—Ahora ya sabes por qué tu compañía me ayuda —dijo él con brusquedad, como si no la hubiera escuchado.

—Don Faustino, por favor, no me violente de nuevo. No soy ni seré doña Clara, y no creo que lo ayude mucho confundirnos... Creí que esto había quedado claro. Buenas tardes tenga usted —respondió ella, que, antes de darse la vuelta, no había dejado de mirar al suelo.

Él la observó detenidamente y comprendió su error.

—No te vayas, lo siento... —dijo para detenerla—. Tenerte junto a mí es como sentir que ella vuelve a la vida. Eso lo comprendes, ¿verdad, Henar? —trató de explicarse.

La muchacha, de espaldas al carruaje, se estremeció ante su insistencia, pero temiendo que en sus palabras hubiera noticias funestas, se volvió para preguntar:

—Don Faustino... ¿Quiere decir que doña Clara... doña Clara...? —No pudo terminar, la noticia también sería dolorosa para ella. Cruzó los dedos de su mano izquierda para desear haberse equivocado.

—Todavía no. Pero no se despierta... —respondió al tiempo que bajaba la mirada para ocultar su dolor—. Duerme como si navegara por mares a los que yo no puedo acceder.

—No desespere y tenga fe. Yo rezo cada noche por ella —repuso Henar, que, efectivamente, no había dejado de hacerlo para poder hablar con ella y averiguar si tenían algún vínculo familiar.

—Gracias por preocuparte por ella. Eres una buena chica —respondió Aliaga, mirándola otra vez como si hubiera regresado de su mundo onírico—. ¿Adónde te dirigías?

—Al cementerio. —Al ver la sorpresa en los ojos del hombre, añadió—: Aún no he visitado la tumba de Matilde. Creo que se lo debo. Estoy aquí por ella. —Y, al recordarlo, su voz se debilitó.

—No sabes por qué estás aquí —replicó él como si fuera una sentencia—. No podemos entender el destino hasta que nos vemos atrapados en él.

—Atrapados... —repitió ella como en una ensoñación, sin que el regreso de Aliaga a sus extrañas teorías la afectara.

—¿Estás bien? ¿Te inquieta algo?

Había algo que la empujaba a confiarse a él. Se había ofrecido desde el primer momento, era un hombre notable al que la Guardia Civil escucharía o, tal vez, fuera la necesidad de contarlo lo que la apremiaba.

—La verdad es que sí —reconoció Henar, que, tras un instante de duda, se acercó a la calesa—. ¿Podría subir un momento, don Faustino?

Aliaga se apartó para que ella entrara en el carruaje. No quería que el cochero los oyera, Hurtado había trabajado para Aliaga y quizá aún tuviera amigos entre la servidumbre. Henar se sentó frente al hombre, se alisó la falda, cruzó las manos sobre el regazo y, tras un hondo suspiro, dijo:

—Creo que sé quién asesina a las niñas.

—¡¿Cómo?! —exclamó Aliaga, dando un respingo al tiempo que abría más los ojos fruto de la perplejidad.

—O es Manuel o es Hurtado.

—¿Qué Manuel?

—No sé su apellido, el que vigila el prado comunal. ¿No se ha fijado en sus pestañas? —le preguntó con desesperación—. Son largas como las de una mujer... Eso coincide con la descripción de Romasanta, al que llamaban el Sacamantecas, del que se decía que era un hombre lobo... Tiene que recordarlo, salió en los periódicos —insistió ante la mirada atónita de Aliaga—. Las niñas aparecen desangradas con marcas en el cuello. Es posible que comercie con su sangre igual que hacía con la grasa...

—Romasanta fue apresado, muchacha. Estás muy nerviosa. Y confundida.

—¡Es gallego, de un pueblo cercano a Regueiro!

—Es cierto que Manuel llegó aquí hace unos quince años y esta fecha coincide con el primer asesinato del Sacamantecas en Ponferrada. Pero después tendría que haber ido yendo y viniendo para poder cometer los siguientes crímenes.

—¿Coincide la fecha? —se estremeció ella—. Más motivos que apuntan a él...

—Sí, en apariencia, porque ya te digo que le habría sido difícil cometer los otros asesinatos. Fue arriero un tiempo, pero después se asentó. —Aliaga sonrió y la miró con ternura—. Si te quedas más tranquila, mandaré a uno de mis hombres a Allariz, a comprobar que Romasanta continúa allí.

—¿Me hará el favor?

—Mañana mismo partirá uno de mis hombres. Pero el retrato de Romasanta salió en muchos periódicos y sería extraño que la Guardia Civil no lo hubiera reconocido.

—Tal vez haya cambiado de imagen... Aunque esas pestañas...

—¿Por qué has mencionado a Lucio Hurtado? ¿Has vuelto a espiarlo? —le preguntó ahora sin la misma condescendencia.

Henar ya le había contado a Aliaga lo de la hora intempestiva en que lo vio salir aquella noche y el detalle del saco sobre el lomo del caballo, y él, en lugar de tomarse las sospechas en serio, la había regañado. Pero ahora había algo más, esta vez tenía que convencerlo. Además, él conocía su crueldad y corroboraría esa posibilidad.

—Usted mismo dijo que no tenía escrúpulos y he descubierto cosas que pueden indicar que él es el responsable de las muertes.

Henar notó que Aliaga la estudiaba mientras ella le explicaba el nuevo motivo de sus sospechas. Le contó nerviosa la aparición del cuerpo de una niña maragata y le narró, de forma desordenada, que la Guardia Civil lo implicaba en el asalto de días atrás. Al ver que él la miraba sorprendido, con gesto severo y sin dejar de clavarle una mirada muy distinta a la que mostraba cuando quería ver a doña Clara en su rostro, le recordó lo que había visto aquella noche de tormenta. Tuvo que volver varias veces sobre lo dicho para que él pudiera entenderla, porque daba la sensación de que no estaba logrando que la entendiera.

Aliaga la escuchaba con atención y la dejó hablar sin interrumpirla. Ella insistía e insistía, no quería que subestimara esa información como había hecho el teniente Verdejo...

—¡Todo coincide! —insistió ella con vehemencia—. Lo del asalto, la llegada de Matilde, la escapada a Ponferrada...

—Sí, coincide, pero hace un momento sospechabas de Manuel. Hurtado va a Ponferrada a menudo, eso ya deberías saberlo, sin embargo...

—Don Faustino, no entiendo cómo no lo ve claro... —protestó incrédula—. Hurtado salió aquella noche con un saco que tenía el tamaño de una niña... Ya se lo conté.

—Hurtado no es un buen tipo, ya te lo dije. En ese saco podría haber cualquier cosa y no me sorprendería. Pero lo que no acabo de entender es su interés por las niñas. —Se quedó pensativo durante unos instantes y a continuación añadió—: Es un hombre que suele actuar por motivos de dinero y, lo mire como lo mire, en este asunto no lo veo.

—Si Hurtado participó en el asalto, bien pudo llevarse a la niña maragata para pedir dinero por ella.

—Sí, pero no lo hizo. En lugar de eso, mataron a la niña de forma terrible. Igual que a las otras. Además, ¿qué podría haber pedido por tu amiga huérfana? ¿Hay algún mecenas tras la labor del hospicio de León?

No, no lo había. A Henar también le faltaba la motivación de aquellos asesinatos y se quedó en silencio buscando una explicación que inculpara a Hurtado.

—¡Estoy tan confusa! —exclamó tras un breve silencio—. Pero tampoco puede haber sido él...

—¿Él? ¿Quién es él? ¿Tienes otro sospechoso?

Ella lo miró a los ojos sabiendo que acababa de cometer una imprudencia, pero se sintió transparente y supo que no podía rectificar. Creyó que, aunque callara, don Faustino podría leer hasta el más recóndito de sus pensamientos y, con los ojos humedecidos, confesó la existencia de Juan, aunque no dijo su nombre. Tampoco ahondó en su relación con él, sólo le explicó que se trataba de un joven que había entrado a robar un bloque de cera y al que, por casualidad, había vuelto a encontrar.

—¿Y dices que el pañuelo de esa niña lo tenía... un ladrón? —preguntó Aliaga, deteniéndose antes del calificativo para remarcar lo que Henar más temía.

—Sí...

En aquel momento, le pareció que el día se había oscurecido. O tal vez fue su determinación, que se había vuelto más brumosa.

—Y ¿cómo no has empezado con esta información? ¿No te das cuenta de que, de todo lo que me has contado, es lo más relevante?

Henar tembló, no por el tono de su pregunta, sino por el peso del argumento con que era formulada. En el fondo, por mucho que buscara otros culpables, ella también sabía que el pañuelo apuntaba a Juan, que Juan tenía que haberse encontrado con Matilde, viva o muerta, para tenerlo en su poder. Sabía que huía de las autoridades y que subsistía de forma furtiva. Y, aunque su corazón se negaba a aceptarlo, la humedad de sus ojos se convirtió en lágrimas y Aliaga la contempló ahora sin la ternura inicial.

—Y ¿en qué circunstancias te has relacionado con un tipo así? —Se lo preguntó de una manera que la hizo temblar. Sobre todo, porque había en ese requerimiento un reproche patente.

Henar se sintió herida y no supo qué responder. Esperaba que él se hubiera alarmado ante lo que le había contado de Hurtado, que tuviera el arrojo de empujarla a denunciarlo y que avalara ante la Guardia Civil aquellos indicios. O, si no, que compartiera sus sospechas de Manuel. Necesitaba su apoyo, pero, ante su asombro, Aliaga no sólo estaba acusando a Juan, sino que la tildaba a ella de ingenua por haberle creído.

—¿Cómo has sido capaz de confiar en alguien de esa calaña? ¿No ves que, si ese delincuente tenía el pañuelo, todo indica que el culpable es él? ¿No te das cuenta del peligro que has corrido? Y, además de tu imprudencia al relacionarte con él, sospechas primero de otros. Eso es lo que no logro comprender. ¡Un ladrón! ¡Un delincuente! ¡Probablemente, un asesino! —repitió mientras sus ojos brillaban aumentando su luz reprobadora.

Henar bajó la mirada y trató de frenar las lágrimas con la manga de su camisa.

—No entiendo que no hayas sospechado de inmediato de un tipo así, que no hayas venido a contármelo en cuanto lo conociste... —la reprobó Aliaga de nuevo, aunque esta vez lo hizo abandonando la exaltación y el tono imperativo, pues notaba cómo la muchacha estaba cada vez más encogida en el asiento.

Ella movió la cabeza de un lado a otro con necesidad de justificarse.

—Se lo estoy contando ahora, don Faustino...

Su mirada le imploraba perdón mientras su corazón se rompía por Juan y, sin embargo, continuaba palpitando por él en esas contradicciones que a veces tiene el amor. No quería que Juan fuera el asesino, Juan no era el asesino.

—Es posible que esté en lo cierto —fingió aceptar para que dejara de darle donde más le dolía y, enfrentándole la mirada, añadió—: No volveré a ser tan imprudente, se lo prometo, y a partir de ahora evitaré el trato con cualquier desconocido.

—Por fin recapacitas. Eso es lo más sensato, Henar, ya verás que la Guardia Civil también pone el ojo en el ladrón cuando se lo contemos. Porque hay que contárselo, ¡que haya un extraño por aquí justo cuando empiezan a aparecer todas estas muertes...! —repuso él, más calmado al ver que la había convencido—. Iremos juntos a hablar con las autoridades, no quiero que vayas sola con ese sujeto rondando. Sí, eso haremos. Te recogeré mañana a las ocho a la entrada del sendero que conduce a la palloza de Hurtado. No voy hasta allí porque, aunque yo no creo que sea un depredador de niñas, a pesar de que es un irreflexivo y entiendo que no es fácil convivir con él, no descarto que tú también puedas tener algo de razón y pueda estar compinchado con el ladrón. Y a ése, si vuelves a verlo, huye enseguida —le advirtió como si fuera un mandato con su mirada penetrante y escrutadora.

Pero ella no lo escuchaba. Imaginar a Juan como un asesino de niñas y un pervertido la torturaba por dentro. Se sentía vacía, como si le hubieran extraído el ánimo, como si no quedara un hálito de vida en ella, sólo un hueco profundo en el que una espiral se retorcía para conducir cualquier atisbo de esperanza al más oscuro de los abismos. Su opinión vacilaba de un lado a otro. Cuando pensaba que Juan era culpable, algo en ella se rebelaba para defenderlo. Cuando trataba de justificar que poseyera el pañuelo, se sentía ilusa por negarse lo evidente. Las lágrimas se habían parado en seco. No resultaban suficientes para extirpar tanto dolor.

—Lo has prometido —insistió él.

—Lo he prometido —repitió ella automáticamente sin saber a qué promesa se refería. Lo había oído hablar, pero no había entendido nada—. Y gracias de nuevo, don Faustino, por ayudarme —se vio obligada a decir para no ofenderlo con su aislamiento.

Luego, hizo ademán de incorporarse para salir del carruaje, necesitaba irse de allí y estar sola, pero Aliaga le agarró la mano y la detuvo. Con voz nuevamente más suave, añadió:

—No he querido asustarte. No tienes que tener miedo. Recuerda que cuentas con mi protección. Esta vez has tenido suerte, te has cruzado con una alimaña y has salido indemne. Pero no tienes que ser tan confiada. Ni tan fantasiosa.

—Tiene razón. No sé cómo he podido dejarme llevar por la sugestión —dijo como si se lo reprochara a sí misma.

—Es normal que te confundieras. Todos estamos conmocionados con lo que está ocurriendo, pero recuerda que no son tiempos para imprudencias —concluyó Aliaga, soltándole la mano y dejando que abandonara la calesa.

Cuando el carruaje volvió a ponerse en marcha, Henar retomó el paso hacia el cementerio sin volver la vista atrás. Las lágrimas se agolparon en sus ojos y comenzaron a caer, silenciosas, bien aliñadas por los nervios, y la acompañaron hasta la iglesia, al igual que la acompañaron las imágenes de un Juan que no quería conocer. Su pensamiento continuaba oscilando de un lugar a otro y se sentía desconcertada. Aliaga le había dicho algo sobre la Guardia Civil, pero ¿qué? ¿Que tenía que denunciarlo? De pronto se estremeció. Sí, eso había dicho. Mientras ella estaba luchando consigo misma sobre la culpabilidad de Juan, mientras se rompía por dentro, Aliaga la había citado al día siguiente para ir a contar a las autoridades todo lo que sabía sobre el pañuelo. Eso significaba que iba a delatarlo, que iba a entregar a Juan.

Se detuvo de golpe. La idea la hirió. La hirió tanto como la culpabilidad de él. De repente supo que no podía hacerlo, que no podía traicionarlo; con el beso, le había entregado algo más. Algo como una promesa de lealtad, como si hubiera unido su destino al de él... De nuevo, las lágrimas se secaron y fueron sustituidas por un enjambre de dudas. Tembló. Volvió a ser presa de la confusión y recordó que, durante su conversación con Aliaga, en ningún momento había confesado dónde se encontraba Juan. A pesar de que todo apuntaba hacia él, lo había encubierto. Del mismo modo que, al día siguiente, no se presentaría a la cita con Aliaga. ¿O sí debía hacerlo? ¿Estaba, de nuevo, sucumbiendo al hechizo que Juan ejercía sobre ella en lugar de hacer caso a la sensatez? Se abrazó con el mantón y, tras respirar hondamente, emprendió de nuevo la marcha. No tomaría una decisión ahora, no le convenía. Estaba demasiado conmocionada.

Bordeó la iglesia de San Blas y enseguida encontró el cementerio. Más dificultad tuvo para hallar la tumba común en la que estaba enterrada Matilde, pero después de un paseo entre las lápidas, por fin la vio. Estaba apartada, como si no mereciera un lugar mejor junto a aquellas que sí tenían nombre, al lado de unos cipreses que la ocultaban en parte. Al contrario que en otras tumbas, allí no había una mísera flor. Se santiguó ante ella. Intentó rezar, pero sintió miedo y se preguntó si del mismo modo que había decidido sustituirla en vida acabaría acompañándola en la muerte. Había una premonición oscura en su futuro. Echó de menos la vida sin sobresaltos que llevaba con doña Eulalia Montes y, aunque no hacía ni tres semanas que había fallecido, le pareció una época muy lejana. ¡Cuánto había cambiado todo en tan poco tiempo! Miró hacia los cipreses como si esperara encontrar una respuesta en ellos, pero no vio más que el azote del aire en su agitación. Sintió nuevamente frío y no entendió qué hacía allí. Sabía que le debía algo a Matilde, pero esa tumba sin nombres y sin flores sólo aumentaba su desasosiego. Se apartó de ella y, poco a poco, se fue alejando. Miró a su alrededor y vio junto a la puerta de entrada unas matas de geranio. Se acercó hacia ellas decidida y cogió unas cuantas flores, de varios colores, para hacer un ramo. Regresó a la tumba y colocó los geranios sobre ella. Y lloró. Nadie más llevaría flores a aquella tumba de desahuciados también en la muerte. Pensó en Matilde, una niña desconocida en el lugar, una vida inocente que caería en el olvido... Si no había sido olvidada ya. Tras llorarla, aunque no sólo la lloraba a ella, volvió lentamente en sí. Poco más podía hacer por la niña, aparte de ayudar a descubrir a su asesino, aunque fuera Juan, aunque el hacerlo se arrancara el corazón. Y, para eso, no podía dejarse llevar por sentimentalismos ni otras emociones. Le convenía prestar atención a cuanto la rodeaba. Cierto que no entendía qué podía llevar a Juan a cometer esos crímenes, y esa falta de explicación suponía una esperanza a la que agarrarse y una posibilidad para exculparlo, pero bien podían nacer, tanto la incomprensión como la esperanza, de su propio deseo. Así que no podía volver a caer bajo el influjo de Juan. Y, también, debía comportarse con naturalidad ante Baia, por eso, lo peor que podía hacer ahora era retrasarse como había hecho el día anterior. Se santiguó de nuevo y emprendió el regreso apresuradamente.

Sumida en sus pensamientos, entró en el sendero que conducía a la casa de Hurtado y aceleró aún más el paso. Como si así pudiera huir de la inquietud que sentía. Pero el zumbido de las abejas volvió a perturbarla. Se dio cuenta de que no sólo no había aprendido el trabajo que la llevó a Villaverde, sino que ni siquiera había entrado en el recinto de las colmenas. Vivía la presencia de las abejas como una amenaza que la acechaba por todas partes. Las flores, que tanto le gustaban, eran ahora sus enemigas y, asustada, echó a correr. Llegó a la casa jadeando, presa de unos nervios que debía evitar y, de nuevo, recordó que Hurtado podía llegar en cualquier momento... si no lo había hecho ya. Metió la mano bruscamente en la faltriquera para comprobar, aunque ya lo sabía, que la navaja estaba allí, y se pinchó en un dedo. Otra vez se estaba dejando vencer por la agitación y no debía permitirlo. Sabía lo importante que era serenarse para poder afrontar aquella situación de incertidumbres y desvelos. Se detuvo antes de entrar para respirar profundamente. Varias veces. Cogió aire y lo retuvo, para luego soltarlo lentamente. Y sólo cuando su corazón comenzó a recuperar un ritmo normal, abrió la puerta.

No había nadie. Ni siquiera Lúa, así que volvió a salir. Y entonces vio que Baia, con el rostro desencajado, corría hacia ella.

—¿Está contigo Lúa? —le preguntó con desesperación.

—No, acabo de regresar... —respondió Henar, mientras un presentimiento comenzaba a nublarle la mente.

—*Deus bendito!* La dejé hace menos de media hora y no la encuentro por ningún sitio.

21

Henar tardó unos segundos en entender lo que ocurría, pero, de inmediato, la idea de que hubiera sucedido lo peor la aterrorizó. Sintió como si una niebla se levantara del suelo y extendiera unos dedos de humo hacia su boca para penetrar hasta lo más profundo de su garganta. Pero no había ninguna niebla, el día era luminoso y soplaba un viento que hubiera impedido que se extendiera por la zona. Tras toser un momento, la bruma en su garganta se disipó. Pero no en su alma.

—¿Ha vuelto su esposo? —preguntó, pensando en la posibilidad de que Hurtado se hubiera llevado a Lúa.

—*E que importa iso agora?!* —gritó Baia, que continuaba mirando en todas direcciones en busca de su hija.

—Sólo es por si... —dijo Henar, sin saber cómo evitar que traslucieran sus miedos—. ¿Puede haber regresado mientras usted estaba con las abejas? Tal vez Lúa lo haya acompañado a algún sitio...

—*Non, a nena marchóuse soa. La dejé dibuxando fóra, xunto á porta, e cando he vuelto, xa no estaba. No a encontro en ningun dos sitios por onde suele andar. Nin no arroio, nin no prado de las amapolas, nin...* —respondió Baia y se detuvo, como si prefiriera seguir pensando en silencio.

Henar, contagiada por su alarma, por fin reaccionó. Se acercó al lugar en el que estaban las cuartillas y se agachó a recogerlas con la idea de que junto a ellas pudiera haber algo más que delatara lo que había ocurrido, pero no halló nada. A continuación, entró en la casa para guardarlas. En ello estaba cuando llegó Baia, así que las dejó sobre la mesa.

—Voy a por Manuel —dijo la mujer mientras se ponía un mantón—. *Ten que axudarme* a encontrarla.

—Iré con usted —repuso Henar, haciendo ademán de seguirla.

—No, tú quédate por si regresa.

Henar no pensaba hacerle caso, estaba demasiado nerviosa para permanecer quieta, y, como Baia ya salía por la puerta sin esperar respuesta, no la contradijo. Si la gallega encontraba a Manuel, podría descartar que él se hubiera llevado a Lúa. Baia lo conocía bien y confiaba en él. ¿No lo hacía eso inocente de sus fantasiosas sospechas? Pero ella no quería pensar en Juan. Así que comenzó a hacerse a la idea de que Hurtado había secuestrado a la niña, y debía de haber ocurrido hacía poco. Empezaba a estar convencida de que eso era lo que había pasado. Sí, necesitaba convencerse. Sin embargo, no podía recrearse en la idea de que eso hacía inocente a Juan, porque los temores de lo que hubiera podido ocurrirle a Lúa le impedían pensar con claridad. Todavía tenía esperanzas de hallarla con vida, así que se puso a buscar en la casa algún indicio que indicara que él había estado allí. Pero no vio nada. Se disponía a salir cuando su mirada recayó nuevamente en las cuartillas que estaban sobre la mesa y entonces sintió cierto alivio y una nueva esperanza. Debería haberse fijado antes en los dibujos y haber recordado la devoción que Lúa tenía por los animales. Rogó para que su nueva intuición fuera acertada y que ése fuera el motivo de su ausencia. Con esa idea, esperó a que Baia se perdiera de vista para salir ella también. Llevada por el entusiasmo, a punto estuvo de escribirle una nota, pero recordó a tiempo que la mujer no sabía leer.

En cuanto supuso que Baia ya se había distanciado lo suficiente, abrió la puerta y salió a toda prisa. Corrió hacia el puente colgante con el anhelo de estar siguiendo los pasos de Lúa. El día en que las había sorprendido la lluvia, la niña se había entusiasmado con la visión de los animales, sobre todo del corzo, al que deseaba acercarse y acariciar. Henar suplicaba una y otra vez que fuese aquel afán el que la había llevado a dejar la casa y no que en aquellos momentos estuviera en manos de un salvaje a punto de sufrir vejaciones y abusos hasta morir. No se perdonaría nunca haberla dejado sola sabiendo qué tipo de bestia era su padrastro. Cruzó el puente con tantas ansias que estuvo a punto de resbalar, y eso la obligó a aminorar el paso. En cuanto se encontró al otro lado, no pudo evitar gritar su nombre, pero enseguida se percató de la inutilidad del gesto. Por mucho que la llamara, nunca podría oírla. En esos momentos se dio cuenta de lo difícil que iba a ser encontrarla si su intuición era cierta. El camino principal se ramificaba en pequeños senderos. A lo mejor Lúa había seguido a algún animal a través del bosque, olvidándose de caminar por cualquiera de ellos. No tenía ni idea de qué dirección podía haber tomado, pero estaba convencida de que, al menos, había atravesado el río.

La espesura del bosque suavizaba el efecto del viento

que se había vuelto a levantar; aun así, las ramas se movían provocando sombras que engañaban a sus ojos. Henar creía ver siluetas moviéndose y pronto se desengañaba al comprobar que ninguna de ellas era Lúa. Las hojas y pequeñas ramas crujían bajo sus pies y eso hizo que se detuviera de pronto. Pensó que la niña también haría ruido al caminar y que eso era lo único a lo que agarrarse si quería encontrarla. Debía andar con sigilo y atenta a cualquier ruido ajeno a ella. Sin embargo, enseguida entendió que el bosque no era un lugar silencioso. No sólo el viento en las copas arrancaba silbidos que la asustaban, sino que el movimiento de cualquier animal la obligaba a volverse en busca de Lúa. La naturaleza hablaba. Y, en el rumor de sus sonidos, todo le parecía extraño. Se desvió del camino y se internó siguiendo alguno de esos crujidos. Sintió que no sólo se introducía en las entrañas del bosque, sino también en las de la locura. La preocupación aumentaba por momentos, los fantasmas de las niñas muertas la perseguían. Henar luchaba contra su imaginación, pero se trataba de un combate en el que el poder de la sugestión era a todas luces superior.

De pronto, percibió algo inusual. Un sonido intermitente llegaba desde algún lugar cercano, pero los árboles no le permitían ver su procedencia. Corrió hacia lo que creyó que era el origen de ese ruido, cada vez más parecido a un golpeteo a medida que ella se acercaba. Y, tras las ramas inclinadas hacia el suelo de una encina, le pareció distinguir una figura. Llegó exhausta y desilusionada. No era Lúa. Era un hombre que estaba cortando leña y que la miró sorprendido ante la desesperación que reflejaba.

—¿Ha visto a una niña? —exclamó Henar, esperando

que Lúa hubiera pasado por allí. A pesar de la sordera, era posible que la vibración de los hachazos también hubiera llamado su atención.

—¿Ha desaparecido otra niña? —preguntó él, deteniéndose.

—¡Sí, y es sorda! —dijo Henar, presa del apremio.

—¿La niña de Baia?

—Sí.

—¡Oh, no...! —exclamó el hombre, mientras dejaba caer el hacha al suelo como si él también presintiera que algo terrible hubiera podido ocurrir. A nadie se le escapaba que un depravado andaba suelto—. No, no la he visto... Lo siento... Pero puedo ayudarte o dar aviso... ¿Dónde está Baia?

—Se lo agradezco. Baia está en el pueblo, ha ido a pedir ayuda a Manuel, y yo estoy buscando en los bosques que rodean el camino principal... —le explicó Henar apresuradamente y enseguida se volvió para deshacer el camino, pero se detuvo y, de nuevo, se dirigió al campesino—: ¿No habrá visto a su padrastro, a Lucio Hurtado, por un casual?

—No, y no puedo creer que la esté buscando... A ese hombre, la tonta le importa un comino...

Henar sintió lástima por la idea que los lugareños tenían de Lúa. Sabía que era cierto que a Hurtado no le importaba la niña, pero parecía ser que no le importaba a nadie.

—¿Y ha visto pasar a alguien más?

—¿Te refieres al Sacamantecas? —preguntó a su vez el hombre, pero, cuando vio la expresión de Henar, se arrepintió instantáneamente de haberlo mencionado—. No, no he visto a nadie más.

Decepcionada, se despidió del hombre, no sin antes

rogarle que, si la veía, la llevara a la casa y esperara allí con ella. Dudó de hacia dónde continuar y regresó al camino principal. Lo más seguro era que, si Lúa se había perdido, finalmente volviera a dar con él. Continuó avanzando despacio, nuevamente atenta a cualquier sonido o movimiento que sintiera alrededor. Se preguntó si habría algún modo de llamar la atención de una persona sorda, si sentiría las vibraciones de sus pasos, incluso de sus gritos si se atrevía a volver a llamarla. Y no lo pensó mucho, pues, aunque no sirviera de gran cosa, era una necesidad que sentía para liberar su propia angustia. Gritó de nuevo su nombre. Una y otra vez. Y se sintió mejor. O, al menos, logró relajarse unos momentos. Estaba desanimada, pero sabía que no podía abandonar la búsqueda, así que volvió a caminar. Prestaba atención a cada liebre que saltaba, a cada comadreja, a cualquier animal con el que se cruzaba y por el que pudiera interesarse la niña. Y deseaba encontrarla entre unos arbustos, observando la libertad de aquellos movimientos salvajes. Pero continuaba sin verla por mucho que mirara.

Haría ya más de una hora que había cruzado el puente y comenzaba a desesperar. Sólo podía hallar consuelo en la idea de que Lúa hubiera regresado a casa o que estuviera en el prado comunal, donde también había animales que habrían podido llamar su atención, aunque fueran domésticos. Pero, de ser así, la habría visto cuando volvía del cementerio, por lo que aquella opción quedaba descartada. Y, aunque era posible que en aquel mismo momento Baia ya la hubiera encontrado, algo la obligaba a continuar su propia búsqueda. Los remordimientos la torturaban, porque intuía que la marcha de Lúa tenía que ver con el paseo que habían dado juntas. Si Henar no hubiera insistido en llevársela, la niña no habría visto los armiños ni el corzo ni habría despertado en ella esa curiosidad por animales que desconocía. Por lo visto, siempre andaba de la mano de Baia, y no, no podía dejar de buscarla. Si algo le ocurría, nunca podría perdonárselo. Se sentía responsable de ella y, además, la quería. La quiso desde el primer momento en que la vio. Le recordaba a las niñas del orfanato, tan desamparadas como ella; le recordaba a Matilde, tan voluntariosa como ella; le recordaba a sí misma, tan valiente... No sabía cómo explicarlo: Lúa tenía madre, pero había perdido a su padre y a su hermano, y su padrastro la despreciaba, cuando menos. Y no podía comunicarse con la única persona que la quería. Se parecía tanto a una huérfana...

Volvió a abandonar la senda principal y se internó al otro lado. Le habría gustado llevar alguna prenda de color que llamara la atención entre tantas variantes de verdes, ocres, rojos y marrones; su falda oscura y la camisa desteñida no ayudaban mucho a hacerla más visible. Aun así, se quitó la cinta de la falda y la ató a una rama caída. Luego la alzó, como si fuera un estandarte, y la agitó por si la niña la veía desde la lejanía. Decidió que, a partir de ese momento, iba a avanzar así, haciéndose más visible, aunque despertara la curiosidad de todos los ojos que pudieran observarla por el camino. Qué importaba lo que pensaran de ella si esos ojos podían ser, en algún momento, los de Lúa. Seguía sin saber si caminaba en la dirección correcta, si se acercaba o alejaba de Lúa, suponiendo que Lúa estuviera en el bosque. Suponiendo que no se encontrara dentro de un saco a lomos de un caballo. De repente, Henar agitó con más vehemencia su estandarte improvisado, mientras sonreía: no, eso último no podía ser. El caballo estaba en el prado comunal, junto a la vaca. Y era de día. Simplemente, Lúa se había ido a explorar por su cuenta y en esos momentos estaba perdida en el bosque. Era lo más probable, aunque no por ello las dudas iban y venían, una y otra vez, en la mente de Henar. Volvió a agitar la rama con fuerza, con los brazos ya cansados, pero más decidida si cabe a continuar.

En un momento dado, oyó el ruido del agua cercano y, sedienta como estaba, buscó a su alrededor. Siguió hacia el sonido y pronto, ante sus ojos, empezó a aparecer un pequeño arroyo. Llegó hasta él, dejó la rama a un lado y se agachó para coger agua con las manos y saciar su sed. Tenía la garganta seca de tanto gritar y jadear. Fue entonces cuando recordó que al corzo no lo habían visto en el bosque, sino en una laguna en campo abierto y, recogiendo de nuevo la rama con la cinta, buscó otra vez el sendero principal. Avanzó con la idea de salir del bosque cuanto antes y, muy pronto, la espesura comenzó a disminuir. Mientras caminaba a buen paso, se preguntaba si Lúa habría recordado el camino. No era tan difícil llegar a la laguna. Con el corazón acelerado por esta nueva esperanza, agradeció la fuerza del viento que ahora sentía en su rostro porque, a pesar de que soplaba en su contra y suponía un obstáculo más, significaba que estaba dejando atrás la protección de los árboles. Se vio obligada a abandonar la rama y a colocarse la cinta en la falda: el viento le impedía sujetarla y agitarla a la vez que mantenía el paso.

En la lejanía, vio a un pastor con un rebaño de ovejas que avanzaban perpendiculares al camino y gritó para llamar su atención, pero el viento arrastró el sonido en dirección contraria. Sin embargo, ella oía perfectamente los ladridos del perro, así que intentó avanzar más deprisa, pero fue inútil. El pastor y su rebaño se perdieron en el horizonte sin llegar a verla y, si hubiera intentado alcanzarlos, se habría desviado de su destino. Así que continuó hacia la laguna con la boca cubierta para poder respirar y los ojos medio cerrados para evitar el polvo que se estaba levantando. La imagen del cuerpo de Lúa bajo las aguas apareció en su mente y sintió que el aire resultaba aún más asfixiante. El sol le daba de frente, al igual que el viento, y se preguntaba una y otra vez si su esfuerzo no sería estéril, si no llegaría demasiado tarde o si, por el contrario, la niña estaría con su madre, tan plácidamente. Tal vez su esfuerzo no sirviera de nada, pero no podía estarse quieta. No mientras no tuviera la seguridad de que Lúa se encontraba bien. Volvió a abrir los ojos para no perder detalle de su entorno y, de pronto, su corazón comenzó a latir apresuradamente. Vislumbró a contraluz que alguien llevaba a una niña cogida de la mano hacia una carreta. Corrió, a pesar del viento, del polvo y del sol; corrió a pesar de sí misma, incapaz de creer lo que estaba viendo. Y, muy pronto, el espejismo se hizo carne: era Juan el que llevaba de la mano a Lúa.

22

Henar dejó de correr. Todas las sospechas en las que no quería profundizar, todas las palabras de Aliaga que no quería escuchar cayeron sobre ella como una losa. Se sintió aplastada, incapaz, en aquel instante, de dar un paso más y, también, con voz insuficiente para gritar. Su corazón palpitaba desbocado y parecía que de un momento a otro iba a atravesar su pecho. Era lo único que podía escuchar, junto con el ulular del viento y un eco interior que quería negar lo evidente. Juan se estaba llevando a Lúa. Juan tenía el pañuelo de Matilde. Los asesinatos habían empezado cuando Juan había llegado a la zona. Juan huía de la Guardia Civil. Juan... Juan Malasangre. Que ya había asesinado una vez... Henar sintió que se le helaba el alma y, cuando por fin pudo respirar, apenas tenía aliento. Temblaba, pero no era de miedo. Era otro el sentimiento que la retenía allí y se asemejaba a la rabia y a la decepción. Pero la vida de la niña estaba en juego y fue eso, sólo eso, el cariño hacia Lúa, lo que la hizo reaccionar.

Corrió de nuevo, como si la esperanza de salvar a Lúa le hiciera olvidar el cansancio acumulado de su cuerpo y la falta de aire. No gritaba, no hacía aspavientos ni ningún movimiento que llamara la atención, a pesar de que ya no estaban tan lejos como para irse antes de que ella llegara hasta ellos. Su movimiento no pasó inadvertido. Lúa se había acomodado ya en el pescante y Juan acababa de coger las riendas de Itzal. Estaba a punto de emprender el camino cuando sus ojos se fijaron en ella. Henar temió que se apresurara en su fuga, pero, por el contrario, él se mantuvo quieto unos instantes y, a continuación, saltó de la carreta y permaneció allí esperando a que ella llegara. También Lúa la vio y enseguida una sonrisa inundó su cara. Eso hizo que Henar dejara de correr y continuara avanzando a grandes zancadas. Mientras tanto, y sin que Lúa demostrara ningún miedo, Juan cogió a la niña en brazos y la bajó de la carreta. En cuanto la dejó en el suelo, la niña empezó a correr hacia Henar. Cuando la alcanzó, se abrazó con fuerza a sus piernas. Henar la alzó para estrecharla y besarla y, mientras sentía el alivio de tenerla a su lado, comenzó a llorar.

Juan avanzó hacia ellas, sonriente, y no tardó en llegar a su lado.

—Tranquila, está bien. —Henar bajó a la niña y lo miró consternada. Deseaba golpearlo, insultarlo, reprocharle su conducta, pero sólo acertó a mirarlo aterrada y a quedarse en el sitio—. Está bien, en serio. Le he dado agua y una manzana. ¿Cuánto hace que la has perdido de vista?

Ella no respondió. Se limpió los ojos con la manga y se limitó a acercar a la niña hacia sí, en un gesto que no pasó desapercibido a Juan.

—Relájate, Henar, no ha pasado nada. Ya está. Todo ha quedado en un susto —dijo él, con el ceño fruncido y asustado por el hielo que descubría en los ojos de la muchacha.

Ella oteó el horizonte. No podía sostener su mirada. Cuando lo tenía cerca, era muy fácil confiar en él, creer en la promesa de cariño de sus ojos. Pero seguía bajo el influjo de la imagen de inocentes ahogadas. Debía escapar, lo sabía, pero algo le impedía hacerlo. Juan la notó distante.

—Ayer entendí que te fueras —dijo él, algo nervioso ante la actitud de ella—. No puedo ofrecerte nada y entiendo que no...

—No entiendes nada, Juan —le interrumpió ella rabiosa y, ahora, mirándolo de frente y envalentonada.

—No quiero que pienses que pretendo aprovecharme —continuó él, que tenía su propia versión de lo sucedido.

—Vi el pañuelo —le espetó ella de golpe, poniéndose enfrente de Lúa para protegerla.

Juan calló. La miró en silencio y Henar continuó hablando, de nuevo con lágrimas.

—¡¿Cómo pudiste, Juan?! ¡¿Cómo pudiste hacerle daño a Matilde?! Y ¿qué pensabas hacerle a Lúa?

Al tiempo que comenzaba una retahíla de reproches, avanzó un paso hacia él y comenzó a golpearle el pecho. Necesitaba hacerlo, necesitaba desahogar su ira y su frustración. Tras la sorpresa, Juan la agarró de las muñecas y la obligó a detenerse.

—¿Qué estás diciendo, Henar? ¿De qué estás hablando? —A pesar de que había entendido la acusación, necesitaba cerciorarse de que lo había escuchado bien.

—¡Vi el pañuelo de Matilde entre tus cosas! —volvió a gritar ella—. ¡Eres un monstruo!

—¿Te refieres a un pañuelo naranja?

La sorpresa hizo que Juan se relajara y aflojara su presión sobre las muñecas de Henar. Ella se soltó y comenzó a golpearlo nuevamente, aunque con menos fuerza que antes. Juan se apartó unos pasos y, muy serio, le dijo:

—Yo no maté a Matilde, Henar, pero si ese pañuelo naranja era suyo, creo que ya sé quién lo hizo.

—¡Cállate, no quiero oírte! —gritó ella al tiempo que dejaba de golpearlo y se tapaba las orejas—. ¡Voy a denunciarte! ¿Lo has oído? Voy a ir ahora mismo a contar lo que has hecho. Si quieres detenerme, tendrás que matarme a mí también.

Juan puso los ojos en blanco y luego volvió a mirarla. Ella, a pesar de su amenaza, no se movió. Se dejó caer al suelo de rodillas, incapaz de dejar de llorar.

—No puedo creer que pienses esto de mí —dijo decepcionado. Y, también conmovido por el desconsuelo de ella, se dejó caer a su lado.

Lúa, que los estaba observando sin entender nada, se acercó a abrazar a Henar. La niña no entendía por qué lloraba y empezaba a sentirse desconsolada ella también. Henar no conseguía frenar sus lágrimas. No debía escuchar a Juan, no debía creer ni una sola de sus palabras y, sin embargo, estaba deseosa de que existiera algo que justificara por qué él tenía el pañuelo. Lúa parecía sentirse cómoda con él y eso significaba que, si pretendía llevársela, al menos hasta el momento no la había tratado mal. Eso la hizo dudar durante un momento, pero enseguida volvió a desfallecer.

—¡Qué deprisa has pensado lo peor de mí! —se quejó Juan a su lado—. No he hecho nada de lo que piensas. Ya te conté cuáles eran mis pecados, no me atribuyas ni uno más. Me destrozas, Henar.

—¿Y te crees que yo no estoy destrozada? —le reprochó ella.

—Se trata de un malentendido, Henar. Si me hubieras preguntado... Encontré ese pañuelo en la cuadra de Hurtado antes de que tú llegaras. Ni siquiera sabía que era de Matilde. Lo cogí porque... porque me llamó la atención. Luego te oí a ti y, en lugar de soltarlo, lo guardé del mismo modo que podría volver a haberlo dejado en la paja.

Ella no quería escuchar sus explicaciones, no hasta que se hubiera calmado, pero una esperanza se encendió en su corazón. Mientras luchaba consigo misma, sintió su aliento tan cerca que se puso a temblar. Juan sabía lo que estaba pensando. Podía ver en su rostro las inquietudes que la turbaban, las que le impedían mirarlo a los ojos.

—No es a mí a quien debes temer.

Esas palabras hicieron efecto. De repente, el recuerdo de Hurtado saliendo de la cuadra con aquel fardo se instaló en su cabeza de un modo sombrío. Eso la ayudó a rehacerse, miró a Juan y le preguntó:

—¿Y ahora? ¿Qué hacías con Lúa? ¿Por qué estaba contigo?

—Iba a llevarla al colmenar. La encontré sola y me pareció que estaba perdida, aunque ella no parecía alarmada.

Henar miró a Lúa y, efectivamente, la niña no mostraba ningún miedo. Como Henar ya no lloraba, ella también se había tranquilizado. Eso hizo que reaccionara y comenzara a levantarse. Sin embargo, la confianza no había vuelto del todo. Si poco antes no quería escuchar a Juan, ahora deseaba creer en él, pero estaba tan confundida que ya no sabía si estaba siendo engañada de nuevo por su sugestión. Él también se había levantado y la miraba como si esperara su absolución.

Ella lo observó con recelo, respiró hondo un par de

veces, se limpió la cara con la manga de la blusa y preguntó:

—Y ¿por qué lo hace? ¿Por qué...?

—No lo sé, Henar —dijo Juan, aliviado, mientras tomaba una de las manos que la muchacha mantenía sobre su regazo—. No sé por qué ni qué les hace, pero ahora me gusta todavía menos que vivas en esa casa.

—Ahora tengo que hacerlo con más motivo...

—¿Qué motivo, Henar? ¿Qué puedes hacer tú? ¿Arriesgar tu vida para qué? Tienes que salir de esa casa, no quiero ni siquiera que regreses ahora. Ya buscaremos algún sitio en el que puedas quedarte —repuso él, desesperado.

—Lúa...

—Cuéntaselo a Baia y marchaos todas de allí. De inmediato. Iré contigo.

—Sí. Debe saberlo. Tengo que irme inmediatamente —dijo Henar, incorporándose con una fuerza nueva.

—Si eso significa como creo que vuelves a confiar en mí, déjame ir contigo, por favor.

Ella lo miró fijamente y de sus ojos volvió a escaparse otra lágrima.

—No puedo elegir, Juan. Confío en ti porque estoy condenada a confiar en ti. Aunque no sé quién eres.

Él la abrazó con fuerza, pero también con ternura, como si necesitara esas palabras como nunca había necesitado nada. Y ella recibió el abrazo con la misma necesidad, deseando que sus temores se desvanecieran en él. Sin embargo, otra duda surgió en aquel momento.

—¿Y si Baia lo sabe? —preguntó Henar, deshaciendo el abrazo y mirando a Juan muy preocupada—. Lo encubrió cuando los civiles vinieron a la casa a interrogar a Hurtado.

—La imagen se le hizo presente, no parecía haber ninguna duda—. Aunque no entiendo qué interés tendría en protegerlo.

—¿Miedo, simplemente? —apuntó Juan.

—Pero si lo encierran, ¿por qué ha de tener miedo?

—Lo más probable es que Baia recele de la falta de pruebas. Sin ellas, tal vez no lo encierren. No se puede apresar a alguien sin pruebas y eso justifica el silencio de su esposa.

—Pero ahora tenemos una... —dijo Henar, mirándolo esperanzada.

—¿Un pañuelo que está en mi poder, alguien a quien los civiles no tienen ninguna simpatía? Es mi palabra contra la suya, Henar... —repuso Juan, sintiéndose acorralado por su insistencia.

—Puedo decir que lo he encontrado yo.

—Y tal vez lo encierren unos días, pero no podrán juzgarlo. El pañuelo sólo es un indicio, no una prueba. Hurtado puede justificar de muchas maneras su presencia, incluso puede decir que estás mintiendo. —Su voz y mirada eran severas—. No quiero que corras ningún peligro.

—Y ¿qué hacemos, Juan? ¿Dejar que siga matando niñas?

—Lo más importante es averiguar por qué lo hace. El motivo puede conducirnos a otras pistas.

—Y ¿por qué va a hacerlo, Juan? ¡Es un depravado! No quiero ni imaginarme qué les hace a las niñas antes de matarlas. Ojalá sólo las matara. —El horror se mostraba nuevamente en sus ojos.

—Escúchame bien, Henar. No quiero que bajes la guardia ni un momento. Nunca te quedes con Hurtado si no hay nadie más. Busca algún pretexto para salir de allí, para alejarte... Pero tampoco hagas nada que delate que sospechas de él, eso podría ser terrible. Y que tampoco lo sospeche Baia.

—Pero... ¿y Lúa? ¿Crees que se atreverá a hacer daño a Lúa?

—Si hubiera querido, ya lo habría hecho. La tiene a mano... —Y, tras respetar el silencio durante un momento, se atrevió a añadir—: Tal vez ése sea el motivo por el que su esposa calla.

¿Estaba siendo ingenua al creer a Juan? ¿Era cierto que había encontrado el pañuelo en la cuadra de Hurtado? Todo lo que él decía parecía razonable, pero si ella no hubiera descubierto el pañuelo, él no le habría dicho nada. ¿Por qué se lo había callado? ¡Ah! Ignoraba que fuera el de Matilde, acababa de decirle, pero Juan era diestro en el arte de la palabra y ella era fácil de rendir. Confundida, tomó a Lúa de la mano y se dio la vuelta, sin pronunciar palabra, para emprender el camino de regreso a la casa. Antes de que hubiera dado dos pasos, Juan la tomó suavemente de un hombro para detenerla.

—Es normal que te hayas asustado cuando la has perdido de vista y que por tu cabeza hayan pasado todo tipo de ideas, pero está aquí, y está bien, ya no tienes que preocuparte. Todo ha salido bien —dijo Juan, procurando tranquilizarla, pues entendía que ella volvía a tener dudas.

—Podemos entregarle el pañuelo a don Faustino Aliaga —le dijo con un nuevo entusiasmo que frenó de pronto—. Y así ya no podrá sospechar de ti.

—¿Sospecha de mí? ¿Qué sabe ese tipo de mí? —le preguntó Juan como si ahora fuera él quien le exigiera explicaciones a ella.

—Yo... Yo le he contado que sospechaba de Hurtado, de Manuel y... ¡Oh! ¡También le he contado que tú tenías el pañuelo!

Juan le soltó la mano de golpe y dejó de mirarla. Ella esperaba que le preguntara que por qué había hecho eso, que le reprochara su traición, pero él calló. El silencio fue peor que cualquier frase ofensiva o incriminadora. Juan se había encerrado en sí mismo. En ese momento, Lúa tiró de la mano de él. Cuando ambos la miraron, señaló al caballo y emitió unos sonidos.

—Lúa quiere irse. Vamos, pues —dijo Juan—. Subamos a la carreta. Os llevo a casa.

Juan y Lúa empezaron a caminar hacia la carreta, cogidos aún de la mano, mientras que Henar caminaba unos pasos atrás, sin saber cómo debía reaccionar. Si un momento antes se había preguntado si estaba siendo ingenua, ahora se preguntaba si había sido injusta. La actitud de Juan así parecía demostrarlo. Sólo cuando subieron al pescante del carro, él volvió a hablar.

—Lúa estaba corriendo detrás de unos jabatos cuando la encontré. Por fortuna, me llevé a la niña antes de que llegara la madre. Una jabalina celosa de sus hijos puede ser muy peligrosa.

Henar no dijo nada. Estaba mentalmente exhausta y confundida. Avergonzada e insegura. Y muy cansada. No tanto por la caminata, sino por la tensión que había vivido. Ahora, con el alivio de haber encontrado sana y salva a Lúa, su cuerpo había perdido energía. No tenía fuerzas para nada más, ni siquiera para saber qué pensaba. Juan había tomado una de las riendas y le había dado otra a Lúa. Con un gesto, la había animado a imitarlo y estaba fingiendo que la dejaba conducir. Henar los miraba de reojo y no decía nada. Al cabo de unos minutos, Juan recuperó el mando y avivó el paso. Tenían el viento a favor. Pronto los árboles empezaron a envolverlos: habían llegado a la entrada del bosque. Lo atravesaron callados, en un mutismo que se mimetizaba con el de Lúa, pero cuando se acercaban al río, Juan habló.

—¿Ha regresado Hurtado? —preguntó.

—No. —La ruptura del silencio por parte de él la animó a continuar hablando—: No —dijo nuevamente con intención de defenderse—. No le di tu nombre a Aliaga. No le dije dónde podía encontrarte. Él me llenó la cabeza de dudas, Juan. Yo había encontrado el pañuelo, luego volví a casa y la niña no estaba... —prosiguió ella. Y se tapó la cara con las manos para que Lúa no la viera llorar.

Él suspiró antes de responder.

—Lo entiendo, Henar, no soy un tipo en quien confiar. Pero ahora ya no somos los únicos que conocemos lo del pañuelo.

—No ha de ser un secreto... —repitió ella, destapándose la cara y mirándolo—. Juan, es un delito. Don Faustino está tan preocupado como nosotros y ha insistido en que mañana por la mañana vayamos a contárselo todo a los civiles.

—¿Ibas a delatarme mañana? —preguntó él frenando en seco.

Ella sintió que una mirada espectral le congelaba el alma.

—Por Dios, Henar... ¡Cuántas sorpresas! ¡Qué bien supieron engañarme tus besos!

—Yo ni me di cuenta de lo que decía, Juan. Estaba consternada ante sus insinuaciones contra ti y... ¡Pero no pensaba decir nada! ¡Lo juro!

—Al parecer, no pensabas decírmelo a mí.

—Ni siquiera fui consciente de que le decía que sí. Don Faustino es tan, tan...

—Pero ¿qué busca realmente ese hombre? Es como si te acechara —dijo Juan, desesperado.

—Y ¿qué buscas tú? —preguntó ella de pronto, como si una inquietud a la que no había puesto nombre le oprimiera el alma.

—¿Yo? ¿A qué viene ahora esa pregunta?

—Sí, tú. Y no me digas que buscas tesoros. Me refiero a mí. ¿Qué buscas? —dijo clavándole una mirada triste—. Te irás a América y te olvidarás de todo. Y no te importará nada dejarme atrás, aunque me hundas en el infierno.

Nuevamente se hizo el silencio entre ambos. El cambio de tema lo sorprendió tanto a él como a ella, que no sabía por qué había dicho eso justo en aquellos momentos. Sin embargo, era un dolor latente que había nacido al mismo tiempo que la felicidad de los besos y que había querido negarse a sí misma. Tras unos instantes, Juan dijo:

—El infierno no está en el futuro, Henar. El infierno es no vivir el presente. Ya te dije que quiero ser libre.

—No quiero escucharte —dijo al tiempo que volvía a mirar al frente—. No debería haberte preguntado nada.

El orgullo herido heló las lágrimas que continuaban en los ojos de Henar impidiendo que cayeran. Sintió un nudo en la garganta, el corazón roto, la esperanza truncada y el desánimo en todo el cuerpo. En aquel instante no le habría importado morir. Deseaba borrar lo que había ocurrido durante las últimas horas. Notó que él la miraba con tristeza, consciente del daño que acababa de causarle, pero no dijo nada para suavizarlo. Por suerte, la luminosidad más allá de los árboles indicó a Henar que ya estaban cerca del río y, cogiendo a Lúa de la mano, dijo como si fuera una orden:

—Nos bajamos aquí.

—Henar... —la llamó él mientras la joven saltaba para después bajar a la niña de la carreta—. ¿Irás a ese encuentro con Aliaga?

Ni Juan esperó respuesta ni ella pretendía dársela. No lo sabía. En esos momentos no sabía nada. Comenzó a caminar con la niña hacia la ribera, mordiéndose los labios y ahogándose el alma mientras se prometía a sí misma que no iba a llorar otra vez. Lúa, que veía su tristeza, y sujetaba su mano temblorosa, levantó la cabeza hacia ella para decir:

—Ená.

Y entonces lloró con ganas, sin la necesidad de disimular. El calor de la voz de la niña intentando pronunciar su nombre fue suficiente para que se sintiera desbordada y, aunque con señas trataba de decirle que no ocurría nada, que todo estaba bien, no podía parar. Se detuvo antes del puente. No quería atravesarlo con la vista borrosa, tenía que calmarse. A medida que sus pies fueron pasando de tabla en tabla sobre las aguas turbias y amenazantes, era como si su mente estuviera haciendo los mismos equilibrios. No quería pensar más. Eran demasiadas cosas las que tenía que asimilar para afrontarlas todas de golpe. Se sentía debilitada y ni siquiera saber que Lúa estaba bien podía levantarle el ánimo.

Sin embargo, al emprender el sendero que se desviaba hacia la casa, se propuso concentrarse en el alivio que sentiría Baia al ver a su hija, que caminaba a su lado ajena a todo y con la sonrisa de satisfacción del que ha vivido un día lleno de aventuras y regresa a casa a descansar. Junto a la puerta de entrada, había un carro que le resultó familiar, aunque no recordó de qué, había muchos similares por la zona. Abrió la puerta con determinación, esperando encontrar allí a la mujer y acabar con sus horas de angustia, pero, de golpe, todo su cuerpo se estremeció: a la mesa, ante dos vasos de vino, estaban Lucio Hurtado y Onésimo.

—¡Vaya, vaya, mira a quién tenemos aquí! —exclamó Hurtado al verla.

23

—¿Y Baia? —preguntó Henar, procurando que no se notaran sus nervios, a pesar de que pegó un respingo al oír cómo el viento cerraba la puerta de golpe.

—¿Baia? ¿Alguien echa de menos a Baia? —dijo Hurtado, burlándose mientras miraba a su amigo—. Estará con sus bichos.

»Mira, Onésimo, parece que la moza está asustada... —se burló Hurtado—. Vamos, pasa, bonita, que tú y yo tenemos que hablar.

Hurtado señaló una silla junto a él para que se sentara allí. Henar soltó a Lúa, que fue corriendo hacia las cuartillas que estaban sobre el aparador, y avanzó hacia la mesa, mirando a Hurtado a los ojos en un intento de que no se notara tanto su pavor.

—Esta mañana Lúa se ha escapado —le dijo con determinación mientras se detenía junto a él, sin hacer ademán de sentarse—. Su mujer está muy preocupada buscándola. Convendría que fuera a avisarla de que ya ha aparecido.

—¿Me estás dando órdenes? —preguntó él mientras le hacía un gesto de mofa a Onésimo.

—No, señor. Sólo le cuento lo que ha pasado. La señora ha ido a pedir ayuda a Manuel.

Esta información lo desconcertó un momento, pero enseguida reaccionó.

—Las mujeres siempre dramatizando. Y ¿qué pretende avisando a ese viejo? ¿Que los demás se metan en nuestros asuntos?

—¡Y anda que le faltan ganas a ése, que no te ha perdonado nunca que te casaras con la viuda de Antón! —añadió Onésimo con notable jolgorio.

—¿No lo sabías? —le preguntó Hurtado a Henar, consciente de su ignorancia, pero con cierto afán de presumir.

—Tu patrón es un conquistador —comentó Onésimo, que no dejaba de mostrar su sonrisa socarrona.

—¿A quién puede importarle una niña boba? —volvió al tema Hurtado mientras señalaba a Lúa—. ¡Mírala, ahí, entretenida como si supiera escribir! ¡Menuda idea le has metido tú a Baia en la cabeza!

—Con un asesino de niñas suelto, es normal que su esposa esté angustiada —replicó Henar, desafiándolo y arrepintiéndose rápidamente del tono de sus palabras. Había sido demasiado atrevida. Delante de él, no se había mencionado el tema de los asesinatos.

Hurtado la miró de arriba abajo y ella reaccionó palpando la navaja en la faltriquera, aunque con ese gesto poco disimulado apenas mitigó el miedo. Lo único que había conseguido era llamar aún más la atención de Hurtado sobre el bolsillo, aunque, si sospechó algo, no fue más allá.

—¿No vas a sentarte? —insistió él, señalando de nuevo la silla—. Te estoy invitando a beber con nosotros, rapaziña, en vez de pedirte que nos sirvas, ¿verdad, Onésimo?

—¿Qué quiere? —preguntó la muchacha, después de sentarse muy despacio y rechazar el vaso de vino.

—Charlar un poco, ¿no lo ves? Estoy seguro de que tienes muchas cosas que contarme y que despertarán mi interés.

Ella lo miró sin disimular su desagrado y, con voz firme, respondió:

—Acabo de hacerlo, señor. Si no le parece bastante interesante que Lúa haya estado más de dos horas perdida y que su mujer esté angustiada... Será mejor que vaya al prado a buscarla.

—No me has entendido —la interrumpió él, a la vez que acercaba la cabeza hacia ella y le guiñaba un ojo—. Quiero que me hables de tu amigo.

Henar, que se había levantado con la esperanza de abandonar su compañía, volvió a sentarse, tragó saliva y procuró que sus ojos no delataran alarma. Pero no pudo evitar que un breve respingo mostrara su estado de nervios.

—Veo que ya empiezas a entenderlo —se burló Hurtado.

Volvió a apartarse de ella mientras Henar se preguntaba si la habría visto con Juan. Y casi sintió más temor por él que por ella misma.

—¿Desde cuándo conoces a Aliaga? —continuó Hurtado.

Henar tuvo que reprimir un suspiro de alivio. Así que se trataba de don Faustino... Pero ¿quién se lo había dicho? ¿Baia, que tanto había insistido en que su marido no podía enterarse? ¿Los habría visto él mismo charlando en el camino de la iglesia? Fuera como fuese, debía quitarle importancia.

—Lo conocí por casualidad cuando llegué aquí. Y yo no diría que somos amigos, soy consciente de la distancia.

—Pues yo he oído que se interesa por ti... —volvió a

insinuar—. Y me lo creo. No hay más que verte: eres clavadita a la desgraciada de su mujer. Eso podría ser muy beneficioso para mí —replicó Hurtado, con un extraño brillo en sus ojos y una sonrisa lasciva.

—¿Y se puede saber por qué? —exclamó ella, levantándose de la silla, ahora sí, alterada y olvidando su miedo por un instante.

—Pero bueno, muchacha, ¿a ti no te educaron las monjas? ¿No te enseñaron a ser buena cristiana y aliviar el dolor de los demás? —respondió Hurtado sin abandonar aquella horrible sonrisa. Movía las pestañas—. Deberías tomarte como una obligación el consuelo de un hombre que está sufriendo... Y es inmensamente rico...

—¡¿Qué pretende usted?! —gritó Henar, fuera de sí.

Lúa la miró desde su rincón y, como si temiera que se repitiera una escena que había presenciado otras veces con su madre, cerró los ojos y apoyó la cabeza sobre la mesa para no ver nada.

—Tranquilízate, mujer —dijo Hurtado al tiempo que se servía más vino—. Aliaga es un hombre limpio y delicado, te tratará bien. Puede que incluso te regale perfumes o esas cosas que os gustan a las mujeres. —Hizo una pausa y, a continuación, miró a su compañero y añadió—: ¿O acaso prefieres a Onésimo?

Onésimo sonrió y dejó ver su dentadura sucia e incompleta. Henar sintió tanto asco que apenas advirtió el gesto de complicidad que se dedicaban los dos hombres.

—Mi amigo está deseando que le dé permiso para ponerte las manos encima —continuó diciendo Hurtado—. Si hasta ahora te ha respetado, es porque yo se lo he impedido. Deberías estarme agradecida.

—¡Si me toca, es hombre muerto! —gritó Henar, llena de rabia.

—¡Nos ha salido valiente la moza! —exclamó Hurtado, y se puso en pie mientras la observaba de forma intimidante.

Henar comenzó a jadear. Sabía que, por mucha navaja que llevara, no podría con los dos hombres y que gritar tampoco serviría de nada. Miró de reojo hacia la puerta, pero, aunque corriera, Hurtado estaba a su lado y la detendría antes de que alcanzara a salir.

—Su esposa estará al llegar —se le ocurrió decir con el propósito de frenar sus intenciones.

Él rio ante la ocurrencia y comenzó a acercarse hacia ella mientras hablaba.

—No confíes en que Baia te ayude. Sé cómo hacer que ella me obedezca y también conseguiré que lo hagas tú. Te das muchos humos. ¡Demasiados, para no ser nadie! —exclamó al tiempo que la agarraba de un brazo.

Ella trató de soltarse, pero él la empujó hacia Onésimo, quien, en un acto reflejo, se levantó y la recogió en sus brazos con ojos de lujuria.

—Si no colaboras, dejaré que mi amigo se divierta contigo —la advirtió Hurtado.

Onésimo aprovechó para meter la nariz en el cabello de Henar, y para manosearle la espalda y las nalgas. Henar se revolvió y lo abofeteó, pero él le devolvió la bofetada con tal furia que, tras tambalearse, acabó postrada en el suelo y, en la caída, se golpeó la cabeza.

—No la dejes marcada, que perderá valor —le reprochó Hurtado—. Si queremos que Aliaga pague un buen precio por ella, debemos dársela intacta.

En ese instante, Lúa, que al notar movimiento había

levantado la cabeza, corrió hacia Onésimo y comenzó a pegarle en las piernas con los puños cerrados. Él la cogió y la zarandeó para zafarse de ella, pero la niña se resistía. Henar deseaba levantarse para defenderla, pero estaba mareada y cada vez que intentaba incorporarse sentía que desfallecía.

—Déixaa, animal, fillo de mala nai!

Baia acababa de entrar por la puerta y corría hacia Lúa. Henar respiró aliviada. Pero la tranquilidad le duró muy poco. A partir de aquel instante, todo sucedió de forma vertiginosa y confusa.

—¡Tu hija sí que es un animal, estúpida mujer! —gritó Hurtado, y se interpuso entre Baia y la niña.

—Xuráchesme que a ela non a tocarías! —gritó la mujer mientras le golpeaba en el pecho e intentaba apartarlo para llegar a la niña.

Lúa aprovechó la ocasión para morder la mano de Onésimo y poder escapar, pero él la sujetó con fuerza con el otro brazo y le dio una patada en las costillas. Henar, que seguía en el suelo, sin poder ver lo que sucedía porque la mesa se lo impedía, oyó un grito desgarrado y un golpe en la pared. Mientras Hurtado se quedó mirando lo que había ocurrido, Baia aprovechó para coger un cuchillo de cocina que estaba sobre la mesa y acercarse decidida a Onésimo. Sin mediar palabra, se lo clavó en un costado. El hombre chilló de dolor y sorpresa, y miró asustado la sangre que empezaba a ensuciar su camisa. Baia volvió a levantar el cuchillo, pero ya no pudo clavarlo una segunda vez porque Hurtado la cogió por detrás y le retorció el brazo para obligarla a soltarlo. Antes de que el arma cayera al suelo, Onésimo la cogió y se la hundió en el cuello. El grito roto y agónico de la mujer sonó definitivo y, como ocurría en las plazas de toros cuando el animal daba una cornada mortal al torero, un silencio sobrecogedor lo llenó todo por unos instantes. Henar, horrorizada, hizo otro esfuerzo por levantarse, deseando que no fuera cierto que Baia estuviera muerta y, aunque consiguió lo primero, cuando la vio tumbada notó que en sus ojos, aún abiertos, ya no había vida. Sin fuerzas ni siquiera para gritar, la joven se llevó las manos a la cabeza y miró a Lúa, que, junto a la pared, intentaba incorporarse del golpe recibido sin dejar de mirar a su madre. Henar se rompió en un largo quejido cuando vio a la niña ir corriendo hacia Baia y tumbarse sobre ella, llorando desesperada y emitiendo unos sonidos desgarradores. El suelo comenzó a teñirse de sangre. Henar dudó sólo un instante entre acudir a su lado a consolarla o sacar la navaja y enfrentarse a los dos hombres, pero no pudo elegir, ya que Hurtado se volvió hacia ella y la sujetó.

—Ocúpate de curar a mi amigo si no quieres que acabe también con tu vida —le ordenó señalando a Onésimo.

Luego la soltó, se acercó a la puerta a cerrar el pestillo y lo ató con una cuerda para que fuera más difícil de abrir. Henar obedeció, no tanto para evitar sufrir algún daño, sino para que no se enfureciera aún más y acabara de pagar su enojo con Lúa. Cogió unos paños, los mojó con un poco de agua de una jarra y luego se acercó al herido. Onésimo se había sentado en una silla y procuraba parar el chorro de sangre con una mano. El cuchillo no le había alcanzado ningún órgano vital, pero le había desgarrado la carne y cortado varias venas. Se retorcía de dolor y soltaba culebras por la boca. Henar era presa de los nervios, pero también del miedo y, si no hubiera sido por Lúa, que continuaba llorando desesperada, habría aprovechado para meter su navaja en la herida y terminar lo que Baia había empezado.

Los siguientes minutos pasaron muy lentos. Se notaba que aquel hombre llevaba tiempo sin asearse, y el hedor de su cuerpo hacía más nauseabunda la labor de Henar, quien ya estaba al borde del vómito por otras muchas razones. Su estómago andaba revuelto desde la desaparición de Lúa y el hecho de encontrarse a aquellos hombres en la palloza no lo había apaciguado. No conseguía asimilar la muerte de Baia, todo había sucedido demasiado rápido; parecía una pesadilla de la cual de un momento a otro iba a despertar. Pero cada vez que cerraba los ojos y volvía a abrirlos, nada había cambiado. El cadáver de la mujer seguía en el suelo, el llanto de la niña no cesaba y Hurtado caminaba de un lado a otro como si no supiera qué hacer a continuación.

—¿Tienes aguardiente? ¡Esto duele horrores! —le pidió Onésimo a su amigo, una vez que Henar hubo terminado de vendar una herida que no se había esmerado mucho en curar.

Hurtado se acercó a la alacena y sacó una botella que colocó sobre la mesa. Onésimo ni siquiera se molestó en alcanzar un vaso, sino que cogió la botella y empezó a beber directamente de ella. Observó con desagrado el llanto de Lúa y luego, mirando a Hurtado, exclamó:

—Haz que se calle o me encargaré también de ella. No hay quien soporte esos berridos.

—Ya nada impide que la cojamos... —repuso Hurtado al tiempo que señalaba el cuerpo sin vida de Baia.

—Cierto que la bruja de tu esposa ya no podría delatarnos, pero ¿y ella? —preguntó Onésimo mirando de soslayo a Henar.

—¿Ella? Acabas de estropear mis planes, pero ya se me ocurrirá algo... —respondió Hurtado con una sonrisa que a Henar le heló el alma.

24

Henar retrocedió unos pasos y se colocó detrás de la mesa, pero enseguida vio que Hurtado había dejado de mirarla. Pensó en Juan, y deseó con todas sus fuerzas que estuviera allí, que Dios las protegiera, que hiciera un milagro.

—No deberías haberla matado —reprochó Hurtado a Onésimo mientras señalaba a su esposa—. Y, menos, con testigos. Ahora tenemos un problema.

—Y ¿qué querías que hiciera? ¿Dejar que me matara ella a mí?

—¡No era necesario, ya le habías quitado el cuchillo! —gritó Hurtado.

—¡Fue una reacción, Lucio! —chilló a su vez Onésimo, y la herida le dolió aún más. Se llevó las manos al costado y procuró calmarse. Luego, menos enérgico, continuó hablando—: Además, sabes que teníamos que irnos, más tarde o más temprano...

Henar escuchaba atónita toda la conversación y no podía dejar de temblar. A veces miraba a Lúa y la veía llorar. Y esa visión le hacía temer que las lágrimas también llegaran a sus ojos.

—Pero esto precipita las cosas. No quería irme tan pronto. —Hurtado se quedó pensativo, meditando sus próximos pasos con el ceño fruncido y, al cabo de un minuto, preguntó a su amigo—: ¿Puedes montar?

—¡Y hacer piruetas si tú me lo pides...! Pues claro que no —respondió Onésimo y, enseguida, volvió a agarrar la botella y bebió un nuevo trago de aguardiente.

—Tú —dijo Hurtado dirigiéndose a Henar—, haz que la niña se calle y sube a buscar una manta para tapar a la bruja. Me está poniendo nervioso y, créeme, aunque puedas pensar lo contrario, aún no me has visto nervioso.

Henar no tardó en reaccionar, al menos podía perderlos de vista un instante e intentar pensar. No se había aún agarrado para comenzar a trepar hacia el altillo cuando Hurtado, como si le leyera el pensamiento, le advirtió:

—Y que no se te ocurran cosas raras o será la niña quien lo pague.

La muchacha no se atrevió a demorarse: cogió la manta y bajó, apartó a Lúa de su madre, tapó a Baia y, después, abrazó a la niña. Con ella agarrada a su cuello y sin dejar de gemir, se levantó, se acercó a la silla más alejada de Onésimo y la sentó allí. Cuando Baia había hecho el jarabe de saúco para bajar la fiebre de Lúa, Henar se había fijado que en varias latas de la alacena se guardaban algunos remedios naturales. Entre ellos, tila, un sedante suave que ahora podría venirle bien a la niña. Así que se acercó al mueble para preparar la infusión y, al verla en la cocina, Hurtado le dijo:

—Muy bien, parece que vas entrando en razón. Danos de comer, seguro que hay sobras, no tendrás que trabajar mucho.

—Ya le he dicho que nos hemos pasado la mañana buscando a Lúa. No hay sobras, no hemos comido —respondió con ira mientras tomaba la lata de tila.

—¡Me da igual, insolente! Tengo hambre y dijiste que sabías cocinar. Prepara algo comestible —replicó Hurtado mientras envolvía el cuerpo de Baia y lo cargaba para llevarlo al cuarto de Antón, que era el único que tenía puerta. Antes de hacerlo, sacó de debajo de su chaleco una pequeña pistola de viaje y se la entregó a Onésimo.

—No les quites el ojo de encima.

Henar se desalentó un poco al ver que tenía un arma de fuego, pero aquella pistola no consiguió que dejara de pensar en opciones para escapar que no pasaran necesariamente por atacar a los hombres. Le preparó la tila a Lúa y, al dársela, le indicó con un gesto que se estuviera quieta. A continuación, se resignó a preparar la cena. Había patatas, huevos, chorizo, laurel y ajos: algo podría hacer que fuera comestible. Lástima que no hubiera nada con que emponzoñarlo. Comenzó a pelar las patatas mientras su pensamiento se iba hacia su cita con Aliaga a la mañana siguiente. En esos momentos, se había convertido en su única esperanza. Si no la veía, ¿iría a buscarla? ¿Sospecharía que le había ocurrido algo? O, por el contrario, ¿su antipatía hacia Hurtado haría que se marchara cansado de esperar? En el mejor de los casos, aun si Aliaga se atrevía a ir a buscarla, las circunstancias la obligaban a pasar la noche en compañía de aquellos dos hombres. Su mente viajó de inmediato hacia el teniente Verdejo y rezó para que se le ocurriera la idea de acercarse a la palloza. Tal vez alguien lo hubiera avisado del regreso de Hurtado, o quizá Juan se había atrevido a ir a verlo para contarle lo que sabían. Muy a su pesar, descartó rápidamente esta última opción. ¿Y Manuel? Él debía de saber que Baia había vuelto a la casa y tal vez se preocupara por saber si había aparecido Lúa. Pero aquel hombre tampoco acababa de gustarle, aunque ahora sabía que no se trataba de Romasanta. Era fiero y hosco, y también consideraba que Lúa era tonta.

—¿Has pensado ya qué haremos? —preguntó Onésimo a Hurtado, sacando a Henar de sus pensamientos.

—No podemos hacer nada hasta que anochezca. De momento, procura recuperarte porque te voy a necesitar.

—Y ¿adónde iremos?

—No te voy a contar nada delante de ella —dijo mientras señalaba a Henar—, pero mañana lo sabrás.

«Mañana.» Aquella palabra se acababa de convertir en el anuncio de la peor de las pesadillas, hasta tal punto que Henar pensó que se hallaba en su último día de vida. Para deshacerse de esa sensación dolorosa y acuciante, intentó centrarse en la cocina. Cuando la comida estuvo lista, sirvió primero a los hombres, luego colocó el plato de Lúa delante de la niña y se sentó con el suyo junto a ella. Aunque el gesto no podía disimularse, intentaba mantener una distancia con esos tipos que ahora más que nunca le parecía vital. Comió sin hambre, pero con intención de recuperar fuerzas. No pensaba darse por vencida tan deprisa. Sin embargo, la niña fue incapaz de comer más de dos cucharadas. Continuaba sollozando, ahora de forma más discreta que antes, pero sin consuelo. Henar temía que eso enfureciera a los hombres y, después de comer, la cogió en su regazo y trató de dormirla.

Onésimo dijo que él también necesitaba descansar y Hurtado le indicó con desgana el camino hacia el cuarto del matrimonio. Él se quedó en la cocina, recostado sobre la silla y con la pistola en la mano. Por suerte, Lúa se durmió y Henar agradeció que la infusión y el llanto la hubieran rendido. Probablemente acusara también el cansancio del paseo, aunque ahora lo veía como algo lejano.

Las horas transcurrían lentas y no sucedía nada. Todos permanecían en silencio, sólo se oía el silbido del viento, que había vuelto a coger fuerza y sonaba de un modo siniestro. De vez en cuando, también Onésimo, que no había corrido las cortinas, emitía algún gemido de dolor que provocaba de inmediato que Hurtado lo insultara tratándolo de blando. El recuerdo de Baia muerta no se iba de la cabeza de Henar, y la muchacha sólo deseaba encontrar un nuevo modo de consolar a la niña cuando se despertara. Sobre las cinco de la tarde, Hurtado le dijo que preparara un hatillo con comida que no se estropeara. Henar se levantó para obedecer, sentó a la niña en la silla y la recostó sobre la mesa con movimientos suaves. Cuando lo hubo hecho, se atrevió a preguntar:

—¿Qué va a hacer con nosotras? —Y como Hurtado, después de mirarla con desprecio, cerró los ojos de nuevo sin responder, suplicó—: Por favor, señor Hurtado... No haga daño a Lúa. Máteme a mí, ella no sabe hablar, no podrá contar nada...

—¿Quién ha hablado en ningún momento de matar a nadie, muchacha? —replicó Hurtado con una media sonrisa—. Haz lo que te he dicho y no me incordies. No me gusta que me digan lo que tengo o no tengo que hacer.

—Sólo es una niña... —insistió ella, haciendo caso omiso de su recomendación.

—¡He dicho que te calles! —gritó el hombre, ahora con gesto amenazante.

Henar miró a Lúa con el temor de que se hubiera despertado, olvidando de nuevo que no podía oír. «Ya nada impide que la cojamos», había dicho Hurtado refiriéndose a ella tras el asesinato de Baia, y aquellas palabras no hacían más que repetirse en su mente, entremezcladas con el deseo de haberse equivocado y de que el asesino de niñas, aquel ser despiadado, aquel monstruo al que todo el pueblo estaba buscando, no estuviera en la palloza. Hurtado, a través de sus largas pestañas, no le quitaba ojo mientras ella recogía cuanto encontraba, sin saber para cuántos días necesitaría provisiones y sin atreverse ni siquiera a preguntar.

Lúa se despertó cuando el sol comenzaba a esconderse tras los árboles. La luz, en esos momentos más tenue, había acrecentado el vigor de las sombras. La niña tardó en recordar lo que había ocurrido y Henar, atenta, se apresuró a ir a su lado, levantarla y volver a sentarla en su regazo antes de que se pusiera a llorar. Pronto anochecería y acabaría todo aquello, pero no había ningún augurio de que fuera a ser un final feliz.

Unos golpes en la puerta la sobresaltaron. Hurtado se enderezó y la miró como pidiéndole explicaciones. Henar se encogió de hombros, también ella estaba intrigada por quién podía ser. Muy pronto los dos salieron de su estupefacción.

—¡Baiaaa, ábreme *a porta*! ¡*Son* Manuel!

Hurtado dudó un instante antes de levantarse, esconder la pistola bajo el chaleco y dirigirse a Henar.

—Como abras la boca, te juro que os mato a las dos —le susurró, señalando a la niña antes de dirigirse a la puerta para que entendiera bien la amenaza. Luego, quitó sin prisa la cuerda que aseguraba el pestillo interior y la abrió para dejarla medio entornada.

—¿Qué se te ha perdido aquí? —le preguntó a Manuel con cara de pocos amigos nada más abrir.

—¡No tengo tiempo para aguantar tu malhumor! —La antipatía entre ambos era notable. Sin embargo, Manuel no podía recrearse en ella. Su preocupación era sincera—. ¿Dónde está Baia? —preguntó—. ¿Ha aparecido la niña? Seguimos buscándola por todos lados y ya anochece.

Henar lo miró esperanzada, deseando que comprendiera todo lo que acababa de ocurrir. De repente, sus recelos hacia ese hombre se transformaron en un clavo ardiendo al que agarrarse.

—Ahí está —respondió Hurtado, abriendo del todo la puerta y señalando hacia dentro.

Manuel se asomó y miró hacia la silla en la que Henar abrazaba a Lúa. No vio a Baia, pero el hecho de comprobar que la niña estaba bien lo tranquilizó. Henar no sabía si llamar o no la atención de Manuel. No parecía trigo limpio, pero estaba claro que apreciaba a Baia y, sin duda, era su única oportunidad de dar la voz de alarma. Pero ¿cómo hacerlo? No se le olvidaba que Hurtado tenía la pistola. Ojalá aquel hombre pudiera entender la angustia de su mirada.

—Y ¿por qué no habéis avisado? —dijo, enfadado, volviéndose hacia Hurtado—. Tenéis preocupada a la gente y vosotros aquí, tan tranquilos... —Detuvo su mirada en la botella de vino y no dijo más.

—Baia iba a salir ahora a avisaros, te has adelantado.

—¿Y tú? ¿Ni se te ha ocurrido ir a por los animales? Acabo de dejarlos en la cuadra —repuso Manuel—. La carreta que hay afuera ¿es la de Onésimo?

Hurtado asintió y luego, impaciente, mientras comenzaba a cerrar la puerta, añadió:

—Bien, pues ya puedes irte.

—Como siempre, tú tan amable... —le reprochó Manuel y, antes de que le cerraran la puerta en las narices, volvió a preguntar—: ¿Lúa está bien?

—Se ha llevado una buena tunda de palos. No quiero que se acostumbre a estas travesuras.

Manuel miró a Hurtado y abrió la boca como si quisiera decir algo más, pero no lo hizo. Dio media vuelta y se fue mientras, esta vez sí, Hurtado cerraba la puerta. La esperanza de Henar murió con su partida. Deseó que Manuel hubiera sospechado algo al no ver a Baia, pero no le había dado esa impresión. Se sentía desesperada e impotente y, para colmo, en aquel momento, Onésimo salió del dormitorio.

—¿Quién era?

El vino y la debilidad por la herida debían de haberlo dormido, de lo contrario, ya sabría quién había sido el visitante inesperado.

—El metomentodo de Manuel. Nadie de quien preocuparnos. No volverá. —Y, sacando la pistola, se la tendió. Observó a Henar y a Lúa y luego, acompañando la orden con un gesto de amenaza, añadió—: Vigílalas.

A continuación, Hurtado se acercó a un arcón que había al lado de la puerta y que Henar nunca había abierto. Sacó una cuerda y se dirigió hacia ella. Lúa se agarró a la muchacha con todas sus fuerzas, pero a Hurtado no le costó apartarla hacia Onésimo. Éste sujetó a la niña y a Henar le pareció que sus manos eran garras. Cuando Hurtado se colocó ante la joven, pudo ver que la muchacha lo miraba más con asco que con miedo. Cogió sus brazos y se los colocó a la espalda, a pesar de que ella se revolvió para intentar impedírselo. Pero la fuerza y la poca delicadeza de Hurtado convirtieron su gesto en estéril. Luego la ató por las muñecas, se aseguró de que el nudo quedara lo suficientemente fuerte y la obligó a sentarse de un empujón. Entonces Henar comenzó a gritar:

—¡MANUEEEL! ¡MANUEEEL!

Hurtado le tapó la boca, Henar procuró morderle la mano con poco éxito y la presión aumentó hasta hacerle daño. Onésimo se apresuró a mirar por una ventana para ver si el hombre la había oído.

—No hay nadie —lo tranquilizó.

Mientras, Lúa había dejado de revolverse, bien atrapada por Onésimo, y se tapaba los ojos como si presintiera que lo que le había pasado a su madre iba a sucederle a Henar.

—Pásame un trapo —le dijo Hurtado a Onésimo que, sin soltar a Lúa, tomó uno que había sobre la alacena y se lo lanzó. Hurtado amordazó a la chica; después, cogió más cuerda, le rodeó la cintura y la pasó por el respaldo de la silla para dejarla inmovilizada.

—Cuando oscurezca del todo iré a la cuadra. Dejaré allí el cuerpo de Baia, para que parezca que la ha atacado algún intruso, y luego me llevaré a la niña.

Los ojos de Henar crecieron de horror al oír aquello. Trató de levantarse, pero pronto supo que era inútil cualquier gesto por zafarse de las cuerdas. Por suerte, la niña no sabía qué le esperaba, aunque era obvio que continuaba desconsolada. El corazón de Henar latía enloquecido y apenas la dejaba respirar.

Al cabo de un rato, cuando ya no había luz, Hurtado

entró en el cuarto de Antón, salió de él cargado con el cuerpo de Baia y se dirigió hacia la cuadra. Regresó al cabo de unos minutos con más cuerda y un saco. Ante el espanto de Henar, ató a la niña, la amordazó y la enfundó con el saco. Las mejillas de Henar comenzaron a mojarse, no podía hacer otra cosa que llorar. Los gritos que emitía eran ahogados por la mordaza y, por mucho que intentaba liberarse de las cuerdas, no lo lograba.

—Me llevo tu carro —dijo Hurtado a Onésimo—. Regresaré de madrugada. Cuando lo haga, tendremos que marcharnos. Así que es mejor que no te duermas y vigiles bien a ésta. —Señaló a Henar con un gesto de la cabeza.

—Descuida. Me ocuparé bien de ella —respondió Onésimo, mirando con lascivia a la muchacha.

Apenas había pasado un minuto desde que Hurtado se fue cuando Onésimo se acercó a Henar y, con una sonrisa, que más parecía una mueca grotesca, le dijo:

—Parece que tú y yo vamos a pasar solos esta noche.

25

Aquel hombre repulsivo se frotó las manos y pasó una de ellas por el cabello de Henar como si la acariciara, pero, al llegar a las puntas, lo agarró y tiro de él hacia abajo. Eso la obligó a levantar el mentón. Onésimo acercó su boca a la de ella y la besó con vehemencia. Por primera y única vez, brevemente, Henar tuvo que agradecer, de verdad, algo a Hurtado: la mordaza impidió que Onésimo llegara más lejos. El hombre se apartó y sonrió con malicia. Parecía que iba a quitársela, pero no lo hizo. Henar trató de moverse para aflojar las cuerdas, pero una vez más todos sus esfuerzos fueron en balde. Todavía con las mejillas mojadas, aunque el ataque imprevisto le había frenado de golpe el llanto, le dedicó una mirada amenazadora que sólo consiguió arrancarle una carcajada.

—Todavía me duele —dijo él mientras se tocaba la herida—, pero en cuanto logre adormecerla, no te librarás de mí.

Onésimo dejó la pistola sobre la mesa y tomó un nuevo trago de aguardiente. Luego, se sentó junto a ella y le ofreció la botella para burlarse, pues bien sabía que, aunque hubiera querido, no habría podido beber. Henar pensó, con cierta ingenuidad, que si quería abusar de ella, en algún momento tendría que soltarla y que aquélla sería su única posibilidad de escapar. No sólo deseaba salvarse, sino también correr tras Hurtado y liberar a Lúa. Sólo de imaginarse lo que le esperaba a la pequeña... Todo tipo de imágenes lacerantes pasaban por su cabeza: Hurtado y Onésimo, ya sin Baia, podrían haberle hecho lo que quisieran allí, en la casa. ¿Adónde iba con la niña? Henar se sintió estúpida por haber fantaseado con licántropos y la historia del Sacamantecas. Realmente espantada, ató todos los cabos sueltos, hiló las informaciones dispersas y ya no tuvo dudas. Abrió los ojos, aterrada... ¿Qué les haría Hurtado a las niñas antes de matarlas? ¿Les chuparía la sangre, tal como decía Seruta, o las sometería a algún tipo de ritual? ¿Comerciaría con la sangre como lo había hecho antaño Romasanta con la grasa? ¿Ése era ahora el negocio del que nadie quería hablar? Fuera como fuese, no le cabía ninguna duda de que las niñas estaban conscientes mientras él las torturaba y se angustiaba cada vez más al pensar en el destino de la pobre Lúa.

Onésimo continuó bebiendo aguardiente, para paliar el dolor y por costumbre. A lo largo de la tarde, había vaciado media botella y los ojos comenzaban a chispearle. Henar, sobreponiéndose a lo que ahora le parecía una certeza indudable, seguía forcejeando para intentar soltarse. Miraba al hombre de reojo: su incipiente ebriedad podría ser para ella una ventaja. Podría volverlo torpe, algo que a ella le convenía, pero también podría avivar sus instintos más animales.

—Esto —dijo señalando a la botella e ignorando lo que pensaba la joven— es el mejor calmante.

Henar mostró un gesto de repulsión y eso hizo que él volviera a enseñar sus dientes en una sonrisa completa.

—¿Así que no sabías que Manuel bebía los vientos por Baia? —le preguntó, como si a la muchacha tuviera que importarle. Henar fingió interesarse por la cuestión, ya que vio en ella la única oportunidad de ganar tiempo—. Son primos, aunque él le lleva unos veinte años. Manuel la acompañó hasta aquí cuando vino a casarse con Antón, al que había conocido en una visita que éste hizo a un comerciante de miel de Lampazas. Manuel encontró una oportunidad y se quedó aquí, así podía cuidar en silencio de Baia. ¡El sacrificado de Manuel! —recordó—. ¡Y adivina quién lo ayudó a cruzar los montes! —Miró a Henar con atención, como si presumiera de algo y quisiera cerciorarse de la admiración de ella—. Entonces Lucio y yo, que por esa época era muy mozo, trabajábamos de arrieros. —Se ensimismó un momento como si recordara aquella época y Henar volvió a observar a su alrededor en busca de una oportunidad para huir. Pero, nuevamente, no encontró nada que le suscitara alguna esperanza. Onésimo continuó—: Tarea dura y no muy bien pagada. Y peligrosa. Sufrimos un asalto del que sobrevivimos, pero acabamos malheridos. Y como perdimos la mercancía, no quisieron pagarnos. Ésa fue la gratitud por exponer nuestras vidas... —Tal vez fuera el alcohol, o tal vez las ganas de impresionar a la chica, pero Onésimo continuaba hablando como si volviera a revivir aquellos tiempos—. Así que tomamos nota. La justicia nos había dado la espalda y decidimos darle la espalda a la justicia: formamos un grupo de hombres y pasamos al otro lado. No vayas a pensar que Manuel es ningún santo. También colaboró con nosotros durante un tiempo, pero tenía escrúpulos a la hora de matar y acabó resultando una molestia. —Miró a Henar con recelo, dudando por un momento si debía o no continuar el relato. Pero su duda duró poco, puesto que volvió a hablar enseguida—: Así sobrevivimos varios años hasta que Lucio comenzó a trabajar para Aliaga. Pero eso duró poco; sin embargo, coincidió con la muerte de Antón. El nombre de Aliaga es importante, muy importante, y Baia consideró que Lucio era mejor partido que Manuel, a pesar de su pasado.

¡La historia real había ido por derroteros tan distintos a la de Romasanta! ¡Y ella, que lo tenía delante, había sido incapaz de verlo!, pensó Henar. Se había equivocado desde el primer momento, eso que ahora no entendía cómo había podido. Todo se veía tan claro en esos momentos... Otro tipo de depravación era la que esperaba a Lúa, pero ¿cuál? ¿Podía, incluso, incubar esperanzas de que Hurtado no la mataría? Cada vez más, se dedicaba a escuchar con atención real. Onésimo continuaba pegando sorbos al aguardiente a medida que hablaba y no parecía estar mintiendo.

—Así que Lucio tuvo que volver a las andadas. Hace poco más de un mes sufrimos un incidente, habrás oído hablar de él. Asaltamos a unos maragatos y éstos no se andan con chiquitas. Fue una sangría. Murieron cinco de ellos y tres de los nuestros. Lo peor fue que no logramos llevarnos la mercancía; la Guardia Civil ya andaba por aquí y llegaron en mitad de la contienda. Tuvimos que huir con lo puesto, y a Dios gracias que pudimos salvar la vida y la libertad. Sin embargo, no logramos quitárnoslos de encima. Sospechan algo y andan tras nosotros, así que Lucio decidió parar por un tiempo.

Y ¿por qué secuestraban niñas? ¿Por entretenimiento? Henar deseó que continuara su relato, pero Onésimo calló de pronto. Mientras ella permanecía expectante, algo debió de cambiar en su interior, pues se levantó, no sin cierta dificultad, se tocó de nuevo la herida y se irguió ante Henar con esa media sonrisa abominable que acostumbraba a mostrar. Ella lo contempló con los ojos muy abiertos, sin saber cuál iba a ser su próximo paso.

El hombre se inclinó sobre ella. Henar, asustada, se echó hacia atrás todo lo que pudo, en un intento vano de evitarlo. Miró hacia la pistola que Onésimo había dejado sobre la mesa y deseó que no la recordara. Había algo en sus ojos que la avisaba de un ataque. Él llevó las manos hacia la cabeza de Henar y desató la mordaza. La muchacha no tardó mucho en suplicar.

—Todavía estamos a tiempo de salvar a Lúa. Ayúdeme y yo diré que la muerte de Baia fue en defensa propia —le propuso procurando dar veracidad a sus palabras—. La Guardia Civil no tendrá nada contra usted.

Él la miró algo asombrado por el atrevimiento, pero enseguida se burló de ella.

—Te crees muy lista, ¿verdad? Que no tendrán nada contra mí...

Una carcajada desagradable penetró de forma gélida en los pulmones de Henar y eso hizo que fuera presa de una sensación nauseabunda. Después de reírse en su cara, salpicándola con una baba espesa que dejaba escapar su dentadura incompleta, Onésimo rodeó la silla para desligar las cuerdas que la mantenían atada a ella: primero, las de las piernas y, después, la de la cintura. En ninguna de las dos ocasiones se privó de manosear a la muchacha. A pesar del desagrado y del horror por lo que le esperaba, pues las intenciones del hombre estaban claras, y, aunque continuaba maniatada y, por tanto, sin posibilidad de sacar la navaja, al fin podía moverse. Lucharía. Su espíritu no estaba hecho para la resignación.

Onésimo la levantó por los codos y ella notó que, pese a no ser muy alto e ir algo bebido, su fortaleza no había disminuido. Podía hacer con ella lo que quisiera. La acercó hacia sí y hundió su cabeza en el cuello joven y tierno mientras le agarraba las nalgas. El contacto baboso y caliente le hizo rebelarse de inmediato y, sin pensarlo mucho, levantó una rodilla y lo golpeó con todas sus fuerzas entre las piernas. Onésimo se dobló sobre sí mismo, gritando y maldiciendo, mientras se dejaba caer y quedaba en el suelo, medio encogido por el dolor. Henar echó a correr. Cuando se dirigía hacia la puerta, recordó que Onésimo había vuelto a asegurar el pestillo al irse Hurtado, así que salir de allí era algo que quedaba descartado, ya que tardaría en destrabarlo. Sin muchas más opciones, reprochándose no haber intentado coger la pistola, entró en el cuarto de Antón y, con el corazón desbocado, cerró la puerta con los hombros y se puso tras ella para oponer resistencia cuando Onésimo intentara abrirla. Enseguida entendió que aquél era un acto baldío y, con gran esfuerzo, comenzó a mover hacia atrás el cordón de la faltriquera. Onésimo gritaba de rabia y Henar, aterrada, llevaba como podía el cordón hacia atrás, cada vez más ansiosa. Cuando al fin tuvo la navaja al alcance de las manos, empezó a escuchar crujidos. Onésimo se había incorporado. Henar sacó la navaja, le dio la vuelta y, con una habilidad que no sabía de dónde había surgido, comenzó a cortar la cuerda. Onésimo jadeaba y blasfemaba cada vez más cerca de la puerta. El tiempo se agotaba y, aunque ya notaba más débil la cuerda, cortarla no era fácil. Justo en el momento en que Onésimo se disponía a abrir, Henar se liberó y echó el pestillo.

Pero la puerta no era muy sólida, por lo que el pestillo sólo le daría unos segundos de ventaja. No era diestra con la navaja, nunca había tenido que usar una, aunque haría lo posible por defenderse. Así que, sin darse ni un instante para suspirar y recuperar el aliento, Henar se acercó deprisa a la ventana. Manuel había llevado los animales y, si Hurtado se había ido en el carro de Onésimo, el caballo tenía que estar en la cuadra. Mientras Onésimo golpeaba la puerta y le exigía que abriera, Henar abrió la ventana y, con desesperación, vio que las contraventanas, que sólo se abrían desde el exterior, estaban puestas. Tras quedar paralizada unos segundos que eran vitales, metió la navaja entre las hojas para intentar soltar el cierre. En aquel momento, los golpes en la puerta cesaron y el silencio la asustó aún más que saber lo que estaba haciendo Onésimo en cada momento. Frenó por un momento en su empeño y, apresurada, se acercó a la cómoda con la intención de moverla y obstruir la puerta. Pero era demasiado pesada. Miró hacia la silla: no era tan sólida, pero algo estorbaría. Se apresuró a cogerla y la colocó con el respaldo apoyado en las hembrillas del pestillo, haciendo palanca.

Los golpes en la puerta se reanudaron, sonaban más secos y fuertes, como si Onésimo la estuviera golpeando con algún objeto. Henar se quedó paralizada a medio camino de la ventana y se volvió para mirar a la puerta: las bisagras estaban comenzando a ceder. Tenía que salir cuanto antes. Metió de nuevo la navaja con decisión y consiguió destrabar la falleba. Empujó las contraventanas, se incorporó al poyete. El azote del viento cortó su respiración y, aunque no había mucha altura, no veía bien el suelo. En ese momento, la puerta cayó y Henar saltó sin más miramientos y sin más tiempo ni para guardar la navaja, que quedó abandonada sobre el poyete.

Nerviosa, apoyó mal el pie al saltar y se hizo daño en el tobillo, pero corrió hacia la cuadra, dolorida y renqueante, todo lo que le dieron las piernas y sin mirar atrás, mientras escuchaba cómo Onésimo la maldecía. No tardaría en salir tras ella. Sólo necesitaba un último esfuerzo, sólo uno más.

A trompicones, trastrabillando y jadeando, alcanzó la puerta, que abrió con rapidez. Deseó que a él lo ralentizaran los dolores de su herida, pero eso era algo que no sabía con certeza. En cuanto entró, tropezó con el cadáver de Baia, pero no tenía tiempo para apartarlo o tratarlo con mayor respeto. Tampoco lo tenía para ensillar el caballo, así que se limitó a soltarlo de la cuerda que lo amarraba a la argolla y lo montó sin ayuda. Espoleó al caballo, y al salir, arrolló a Onésimo, que ya estaba llegando a la puerta de la cuadra. Cierto era que Henar había dejado la navaja en el poyete de la ventana, pero él, en su ansiedad por retenerla, había olvidado la pistola sobre la mesa durante todo ese tiempo. Ningún disparo la acompañó en su huida, sólo insultos contra ella y esa madre que no había conocido. Por suerte, no había más caballos allí, ni vecinos a los que robarle alguno si no se acercaba al pueblo. Y eso le llevaría un buen rato. «Como no venga corriendo», pensó, y se permitió una leve sonrisa de triunfo.

Sin embargo, la sonrisa se borró en cuanto notó que, sin silla, le resultaba mucho más difícil mantener el equilibrio sobre el caballo. Aun así, procuró galopar, al menos hasta que abandonara el sendero que salía de la casa hacia el camino. Una vez que se sintió a salvo, ralentizó la velocidad, pero no demasiado, ya que no podía dejar de pensar en Lúa. Y sabía adónde tenía que ir. Había descartado Villaverde. Ignoraba dónde vivían Manuel, Seruta o alguno de los escasos vecinos a los que conocía levemente. Y no confiaba en que aquel loco de Onésimo no hubiera optado por acercarse hasta allí a robar una montura. Tampoco sabía hacia dónde se había dirigido Hurtado y, aunque lo supiera, resultaría inútil enfrentarse a él. Iba desarmada y él, sin duda, la reduciría sin ningún esfuerzo. Eso, si no la mataba.

El recuerdo de Juan la acogió de forma cálida durante un breve instante, pero no pudo recrearse en él porque Las Médulas quedaban demasiado lejos. Eso, suponiendo que Juan siguiera allí. Lo mismo sucedía con el lugar en el que acampaba el teniente Verdejo. Faustino Aliaga era su única opción: la casona estaba a media hora. Sin embargo, al ser de noche, no resultaría fácil llegar. Además, le costaría algo más que a alguien experimentado, no podía mantener un galope airoso sin temor a deslizarse hacia el suelo y el agarre que le proporcionaba la fuerza de sus piernas resultaba insuficiente, pero tenía que intentarlo. Era su mejor opción, su única opción: don Faustino tenía mucha gente a su disposición y podría organizar enseguida una partida para buscar a Hurtado mientras enviaba a alguien a alertar a la Guardia Civil. Antes de que Hurtado regresara a la palloza. Sin Lúa.

Llevó el caballo hacia el tramo transitable del río y lo cruzó. Sin embargo, en cuanto comenzó a adentrarse en la zona arbolada, el pánico la atrapó. Apenas había visibilidad. La luna no estaba aún en cuarto creciente y, aunque había estrellas, su luz apenas podía atravesar las copiosas ramas de la floresta. No sabía qué podía esconderse en las sombras y estaba obligada a ir despacio, atenta a cualquier obstáculo o desnivel. El sonido del viento en las copas se mezclaba con algún crujido o movimiento por el que era mejor no preguntarse para no sugestionarse todavía más. Un aullido lejano coincidió con la caricia de unas ramas en su espalda y Henar no pudo evitar unos espasmos de pavor. Hacía frío y no iba abrigada, todo lo que la rodeaba le producía escalofríos. Sólo la esperanza de salvar a Lúa la empujaba a continuar.

Una y otra vez, cuando no se sobresaltaba por causa de la naturaleza, lo hacía al pensar cómo mataría Hurtado a las niñas y cuánto agonizarían ellas antes de ser arrojadas al río. ¿Había algún patrón que pudiera ayudarla a saber dónde estaban en aquel momento Hurtado y Lúa?

Ahora entendía mejor por qué Hurtado había solicitado una hospiciana de León y no de Ponferrada. Así, nadie notaría su desaparición, pues si se llevaban una huérfana de Ponferrada, doña Clara podría haber sospechado. También entendía por qué se había extrañado y no había mostrado ningún interés cuando ella se había presentado diciendo que la enviaba sor Virtudes. Matilde había estado condenada desde el primer momento: Hurtado había utilizado el empleo como excusa para atraerla y matarla. Él sabía qué día iba a llegar y qué trayecto iba a seguir, así que bien pudo haberla esperado cerca de Dehesas para que ni siquiera llegara a Villaverde. No en vano, Baia se había extrañado al saber que su marido había escrito al hospicio de León para pedir una ayuda que ella no quería. Henar empezaba a recordar cosas que antes había pasado por alto. Ahora veía claro que Baia sabía que Hurtado era el culpable de los crímenes y que, si callaba, era porque de ese modo protegía a Lúa. Volvieron a la mente de Henar las palabras de Hurtado ante el cuerpo inerte de su mujer: «Ya nada impide que la cojamos». Sí, estaba claro. Baia conocía las atrocidades de su marido y lo encubría para proteger a su hija, aunque eso significara que él tenía libertad para matar a otras niñas. En aquellos momentos todo era evidente y, sin embargo, aquella misma mañana ella había estado acusando a Juan de todas las atrocidades.

Y, mientras pensaba en Juan, el caballo relinchó y se detuvo agitado. Siguió relinchando, piafando y retrocediendo, nervioso, hasta que se encabritó y Henar se deslizó por su grupa hasta el suelo. Por suerte, no se hizo apenas daño y, sin embargo, permaneció allí paralizada. No a consecuencia del golpe, sino por el amarillo de unos ojos que la observaban desde la espesura.

26

Henar vio cómo el caballo se marchaba y se perdía en el bosque. Ella continuaba recostada y preguntándose quién o qué era aquello que la observaba detenidamente mientras notaba que sus piernas temblaban y, a pesar del esfuerzo, no lograba que cobraran firmeza. Aquello no se movía, pero estaba al acecho. Los ojos amarillos la vigilaban y ella se sentía desprotegida y expuesta.

Movió una mano para enderezarse y, al hacerlo, tocó una piedra. Enseguida la agarró y, en un acto reflejo, la lanzó hacia aquella mirada, sin tan siquiera pensar que tal vez no resultara conveniente provocar a su dueño. La piedra no le dio, pero la sombra se movió unos pasos. Entonces pudo ver que se trataba de un lobo. La respiración de la muchacha se aceleró. Tanteó el suelo en busca de otra piedra, pero no la encontró. Mientras se levantaba despacio, deseó que fuera un lobo solitario y que la manada no estuviera cerca. En ese momento, el animal comenzó a aullar y Henar temió verse rodeada de predadores de un momento a otro. Retrocedió despacio y sin darle la espalda en busca de un árbol al que trepar.

El sonido de los cascos del caballo había dejado de oírse. Henar nunca se había sentido tan sola. El frío, la oscuridad, el miedo y aquel viento que no dejaba de agitar las copas de los árboles eran sus únicos compañeros. Sin tiempo para elegir y sin apenas luz para ver, palpó el árbol más cercano y, al abrazarse al tronco para empezar a trepar, se topó con una rama quebrada. No era muy gruesa, pero sí lo suficiente para que la ayudara a defenderse. Tenía que salir de allí, el tiempo corría en contra de Lúa, no podía permitirse subir a aquel árbol y verse atrapada sin poder bajar. El rostro de Lúa era más persistente en su mente que aquellos ojos amarillos. Agarró la rama y comenzó a moverla para acabar de arrancarla. El lobo no se había acercado, parecía esperar al resto tras aquel aullido de llamada. Con la rama sujeta con ambas manos y alzada hacia delante, como si se tratara de una espada desenvainada, la muchacha comenzó a caminar. No veía al lobo y no tenía ni idea de si se había marchado, pero, por si acaso, bordeó el sendero por el otro lado, vigilando a su alrededor a cada paso que daba. Seguía cojeando, pero el dolor no importaba. Tenía que avanzar, no podía quedarse quieta ahora. Pronto notó que el silbido del viento cambiaba, ya no se oía sólo el azote en las copas de los árboles, sino que también se sentía cercano como si no encontrara obstáculos. Daba la impresión de que el bosque empezaba a abrirse y se acercaba a la zona descampada. No parecía que estar a campo abierto fuera a favorecerla, pero al menos tendría algo más de visibilidad, ya que el daño en el tobillo le impedía correr. La rama, además de un arma, resultaba ser un buen bastón para no forzar tanto el tobillo. No había olvidado la vigilancia, pero tenía que mirar con más frecuencia al frente para no perder el rumbo. Y, si bien en un primer momento el viento venía de lado, en cuanto estuvo lejos del bosque, la empujaba por detrás y la ayudaba a avanzar. Recordó que no sólo podían estar acechándola los lobos, quizá Onésimo hubiera encontrado fuerzas para seguirla y ella no se había percatado. O podría ser que hubiese robado el caballo de algún vecino. De lo que no había duda era de que no se habría quedado quieto. Aunque tal vez no estuviera siguiéndola y hubiera decidido huir de la justicia sin esperar a Hurtado.

Hurtado. Lúa. Debía darse prisa, pero estaba desfallecida. Después de la búsqueda de la mañana, la tarde no había sido más relajada. Entre el tobillo y el agotamiento, sólo la esperanza de encontrar a Lúa con vida le permitía continuar. Cuando, a lo lejos, distinguió los faroles que titilaban en el muro de la casona de Aliaga, respiró con algo de tranquilidad, como si el aire por fin llegara a sus pulmones. A partir de ese momento la esperanza renació, pero también la necesidad de llegar se le hizo más urgente. De nuevo intentó apresurar el paso, pero el tobillo cada vez le dolía más. Sin más recursos, Henar rezó. Rezó para tener fuerzas y mantener el paso a pesar de todo, para que el tiempo pasara más deprisa, para que acabaran todos sus tormentos. Y, poco después, se hallaba ante el portón de entrada a la finca.

El acceso de los carruajes estaba cerrado, pero, a su izquierda, había una puerta entornada. La empujó y entró con decisión. Dejó la rama apoyada en el muro y miró a su alrededor antes de dirigirse a la puerta de la casa. La luz de los faroles no era muy intensa, pero ella, que tenía los ojos acostumbrados a la oscuridad, la agradeció. Al poco, distinguió a un muchacho que, procedente de algún lugar tras la casa, pasaba por delante de la puerta de la casona.

—¡Eh! ¡Por favor! ¿Está don Faustino en casa? —le gritó con desesperación.

Cuando el muchacho se volvió a mirarla y se dirigió, extrañado, hacia ella, Henar fue consciente de repente de que iba despeinada, desaliñada y sucia. Instintivamente, se recolocó un poco el cabello e intentó sacudir sus ropas mientras el chico se acercaba, no fuera a asustarse y a no querer ayudarla.

—¡Por la Santa Virgen! ¿De dónde sales? —le preguntó el muchacho, apiadándose de su aspecto—. Don Faustino está en la casa, pero, además de que, creo yo, no son horas de venir a pedir limosna, no atiende personalmente a los vagabundos... Pero si estás muy necesitada, aquélla es la entrada del servicio. —El muchacho señaló hacia una puerta lateral—. Llama y pregunta por Lorenza. Es el ama de llaves. Con suerte, te darán de comer.

Dado su aspecto, no había sido raro que la confundiera con una pedigüeña. Y como pensó que lo mismo sucedería si insistía ante la puerta principal, siguió su consejo después de darle las gracias con un suspiro. Lorenza, además, la conocía.

Al llegar a la puerta señalada, agradeció que estuviera abierta, así no tendría que darle explicaciones a nadie más. Entró y recorrió un pequeño pasillo, dejando atrás la entrada a las cocinas y a la lavandería. El pasillo continuaba, seguramente hacia los cuartos de los criados, más allá de una escalera. Henar decidió subir, segura de que la conduciría a la planta principal. Comenzó a ascender con dificultad, agarrándose a la barandilla para ayudarse, pues el dolor del tobillo era ya insoportable. La escalera terminaba en una entrada que daba a un amplio distribuidor con varias puertas. De una de ellas, y de espaldas a Henar, apareció el ama de llaves. Quiso llamarla, pero no le salió la voz antes de que la mujer abriera una de las puertas y se perdiera por lo que parecía un pasillo. La siguió con dificultad; la cojera, cada vez más pronunciada, ralentizaba progresivamente su paso. Avanzó por el nuevo pasillo, éste mucho más ancho que el de abajo, hasta un amplio recibidor lleno de espejos. Allí, otra escalera, mucho más lujosa e iluminada, continuaba hacia arriba, flanqueada por dos nuevos pasillos. Henar dudó. No sabía por dónde ir. Se vio reflejada en uno de los espejos y su imagen le resultó patética. Cuando don Faustino la viera, le costaría reconocerla y, mucho más, distinguir alguno de los rasgos que le recordaban a su adorada esposa. En estos pensamientos estaba cuando percibió, claramente, el sonido de una voz familiar. Tan familiar como sobrecogedora.

Se sobresaltó. No podía ser, no tenía sentido. ¿Qué hacía Hurtado en casa de don Faustino? ¿Qué mentiras había venido a contarle? Henar no entendía nada, pero fue capaz de encontrar esa prudencia que le habían inculcado en el hospicio y que tan poco había utilizado en los últimos días para intentar esconderse al amparo de la oscuridad de uno de los pasillos. Justo a tiempo, pues los pasos de Hurtado y los de otro hombre cuya voz no reconoció empezaron a resonar en las escaleras. Miró a su alrededor buscando un lugar mejor para ocultarse, pues sin saber adónde iban, aquel pasillo podía ser su camino. Junto a ella había una puerta. La abrió con cuidado. Daba a un cuarto apenas iluminado por la luz del exterior, que entraba tenuemente por las ventanas. Sin detenerse a mirar más, se apoyó contra la puerta y pegó la oreja. «¿Dónde está Lúa, si es que sigue con él?», pensaba mientras, aterrada, oía los pasos y el murmullo de las voces cada vez más cerca. No podía creerlo: tenían toda la casa, ¿se dirigían precisamente a aquella habitación?

Muy poco antes de que la puerta se abriera, Henar se escondió tras unas cortinas opacas y pesadas y miró, sin asomarse, por una de las esquinas. La luz de un candelabro dio vida a un despacho mientras su corazón pugnaba por abandonar el pecho. Ahí estaban Hurtado y otro hombre que, dejando el candelabro sobre el escritorio, dijo antes de marcharse:

—Espéralo aquí.

Hurtado estaba de pie, junto al escritorio. Mientras, Henar se esforzaba por respirar por la nariz para evitar los jadeos que su cuerpo le estaba exigiendo. La confusión era tal que no podía pensar con claridad, no era capaz de encontrar una explicación y sólo tenía ganas de gritar. Pero era demasiado arriesgado. Además de concentrarse en apenas respirar, Henar tuvo que hacer todo lo posible por dejar de temblar y que las cortinas no llegaran a moverse y, con ello, a delatar su presencia. Hurtado, impaciente, había comenzado a pasear por la habitación y a detenerse de vez en cuando a curiosear.

Al cabo de un tiempo que a Henar se le hizo eterno, la puerta se abrió y se cerró tras quienquiera que hubiera entrado en el despacho.

—¡Ya era hora! —exclamó Hurtado.

—Tienes muchos defectos y uno de ellos es la impaciencia.

Henar reconoció la voz de Aliaga. Algo no encajaba.

—No puedo perder el tiempo. ¿Ya se lo ha pensado? ¿Ha tomado una decisión?

—Repito que eres un impaciente. Haz el favor de sentarte, Lucio. Ciertas conversaciones no son para mantenerse de pie —dijo Aliaga muy tranquilo, con un tono de sarcasmo evidente.

El ruido de una silla al deslizarse indicó a Henar que Hurtado había obedecido. Tras unos pasos suaves que debían de ser de don Faustino, la muchacha percibió el deslizarse de otra silla. Después, se oyó un tintineo de vasos y el sonido de un líquido al verterse en ellos.

—Estoy siendo generoso. Podría pedir más, pero soy compasivo por el estado de doña Clara —dijo Hurtado, sin poder deshacerse de su impaciencia.

—Conozco bien tu compasión, Lucio —repuso Aliaga, sin abandonar el sarcasmo.

—Bueno, no me maree más y decídase. Si no regreso antes de la madrugada con el dinero, Onésimo matará a la muchacha —dijo Hurtado, tajante.

Tras sus palabras, se hizo un silencio que Henar quiso aprovechar para demostrar que su vida no corría peligro y Aliaga no cediera al chantaje, pero las palabras que siguieron tuvieron el mismo efecto que un cuchillo entrando en su corazón.

—La muchacha no es una niña más —dijo Aliaga—. No. Ella es especial. He tardado en averiguarlo, pero ahora lo sé.

—Esa muchacha es muy valiosa para usted, pero, para mí, no vale nada —lo amenazó.

—¿Cómo sé que está bien?

—Sería un tonto si lo engañara. Conozco sus modos y hasta dónde llega su poder. No hablo de denuncias ni de nada por el estilo. Sé que no descansaría hasta darme muerte. ¿Cree que me arriesgaría?

—Creo que, por dinero, serías capaz de cualquier cosa. Si has matado a tu mujer, ¿por qué debo pensar que Henar está viva?

—Ya le he dicho que yo no he matado a mi mujer. Fue un accidente. Onésimo se vio obligado a defenderse.

Hubo un silencio en el que Aliaga pareció estar pensándose sus palabras. Hurtado iba a hablar de nuevo, pero él no se lo permitió.

—Tráeme a la muchacha y te daré el dinero —le dijo en tono imperativo, cansado de escucharlo—. Quiero comprobar que vive.

—No soy tonto, don Faustino. Sé muy bien que éste es el último trabajito que le hago y que bien podría usted tenderme una trampa. Tendrá que fiarse de mí. No le queda más remedio —repuso Hurtado, sin ocultar que se jactaba de saberse en una posición de superioridad.

—Siempre hay otras opciones...

—Oiga, la muchacha está viva —insistió Hurtado—, pero si sigue dejando pasar el tiempo, no respondo de lo que haga Onésimo. Le dejé unas instrucciones muy claras —exclamó, haciéndose el ofendido y levantándose. Y, sin embargo, tenía el convencimiento de que su amigo ya había abusado de la joven y sólo esperaba que no le hubiera dejado marcas.

Henar se debatía detrás de las cortinas. «La muchacha no es una niña más», había dicho Aliaga. ¡Sabía que Hurtado era el asesino! ¡Y lo estaba encubriendo! Pero ¿por qué? ¿Para salvarla a ella? Y ¿desde cuándo lo sabía? Quería salir de allí y gritar, gritar que estaba viva, que Onésimo no tenía ninguna instrucción de matarla, que Hurtado le reservaba cosas peores; gritar preguntando por Lúa; exigirle a don

Faustino explicaciones para que de una vez alguien le aclarara qué pasaba allí y averiguar qué tipo de servidumbre unía a un caballero con un bandido. Pero no se movió. Había perdido la fe en Aliaga. Tenía que aguantar y abandonar la casa. Y, si salía de allí bien parada, no daría más pasos en falso: aunque le costara caminar un día entero, buscaría al teniente Verdejo.

—¿Va a pagarme o no? —insistió Hurtado—. La pregunta es muy fácil de responder.

—No. Lo único que vas a cobrar va a ser esto.

En ese instante, precedido de una premonición fatal, Henar oyó un estallido, algo semejante a un estrépito seco. Unos pasos se arrastraron hasta las cortinas, la muchacha notó cómo alguien se agarraba a ellas y tiraba hacia abajo, como si estuviera evitando caerse. Pero cayó y, con él, cayeron también las cortinas. Henar, ya al descubierto, vio a Hurtado en el suelo, medio enterrado por las telas. Al levantar la mirada hacia Aliaga, vio que éste tenía una pistola en la mano. Y que humeaba.

27

Aliaga la miró perplejo, pero al instante le brindó una sonrisa que, más que invitarla a calmarse, consiguió ponerla aún más nerviosa. El cuerpo sin vida de Hurtado yacía a sus pies, con una bala en el corazón, en medio de un charco de sangre que crecía por momentos.

—Henar... Qué alegría verte... —dijo Aliaga mientras guardaba la pistola en un cajón del escritorio, y, después, se acercaba despacio hacia ella—. ¿Estás bien? No sabes lo preocupado que estaba. Hurtado apareció aquí con intención de chantajearme. Y yo...

—Conseguí escapar —balbuceó Henar, con una voz apenas audible, sin saber ni qué decía y sin dejar de mirar a Hurtado—. He venido a avisarlo de... Vine porque... Usted... Su ayuda... Usted... Usted...

Henar se apretó las manos para disimular sus temblores y levantó, al fin, la cabeza.

—¿Ha... ha enviado ya a alguien a por los civiles? —le preguntó, intentando recuperar poco a poco la confianza perdida.

—No, aún no, Henar. Tenía mucho miedo por tu vida y,

ahora, la verdad es que no hay prisa... —respondió, mirando él también hacia el cadáver—. A veces hay actos que están bien hechos, aunque supongan la muerte de un hombre. Sé cómo suena, Henar. Pero ahora que sé que estás a salvo, podemos esperar a mañana, tal y como teníamos planeado.

Henar no contestó. No quería esperar. No lograba sentirse confiada, menos aún en aquel momento, con aquella respuesta tan evasiva. Pero no se atrevía a preguntar por las niñas, aún no. Aliaga estaba a su lado, mirándola, intentando saber qué pensaba, tratando de acercarse a ella.

—Hay ocasiones —continuó diciendo— en las que la muerte de un hombre supone la vida de otros. Tú y yo sabemos que acabo de hacerle un favor a la humanidad...

—¡Válgame el Cielo, don Faustino! Matar es pecado, no hay justificación alguna... Podía haberlo denunciado. No lo dejemos para mañana, vayamos a Carucedo...

—¡No estoy hablando de moral! —exclamó él, cambiando radicalmente de actitud y regresando a la soberbia habitual—. ¡Ni de legalidad! Estoy hablando del bien y del mal en términos superiores.

—¡Pero se llevó a Lúa, maldito sea! —gritó Henar, olvidando, una vez más, sus propósitos de ser prudente—. ¡Nunca sabremos qué ha hecho con ella! Puede que aún esté viva, que aún podamos salvarla... Pero, claro —continuó con todo el sarcasmo del que era capaz, sin dejar de mirarlo a los ojos—, qué ingenua: se me olvidaba que usted lo sabe, que yo no soy «una niña más»... ¿Desde cuándo sabe lo de Hurtado y las niñas, don Faustino? Empiezo a pensar que esta mañana, cuando le he contado lo del ladrón y puso tanto empeño en defender a Hurtado, ya lo sabía.

Faustino Aliaga observaba aquella reacción con aplomo

y curiosidad. La muchacha era valiente, eso ya lo sabía, pero, además, tenía pasión, pasión verdadera para defender aquello y a aquéllos en los que creía y a los que quería. Y, una vez más, le recordó a Clara.

—Pero ¿cómo puedes deducir de esa frase, tan general, que yo...? ¡Ni siquiera sé que Hurtado esté relacionado con esas muertes horrendas! —le dijo, suavizando la voz y mostrándose compungido para intentar calmarla—. Yo sólo quería decir que tú no eres ya una niña... Y... Tú tienes muy buen corazón, Henar, pero no deberías preocuparte tanto por esa criatura. Nació destinada a ser una desgraciada...

—¡Eso no es cierto! —gritó Henar, fuera de sí—. Hemos de encontrarla, hemos... ¡Oh, Dios mío! —exclamó, pasando de la ira al llanto desconsolado.

Aliaga la dejó un instante a solas, quieta, rendida, con las manos ocultando su rostro y sus lágrimas, y se dirigió al escritorio para verter licor en un vaso. Suspiró profundamente y, volviendo a su lado, le dijo:

—Cálmate, Henar. La niña está aquí. Duerme tranquila. No conviene que perturbemos su sueño.

—¡¿Está aquí?! ¡Por Dios, déjeme verla! ¡Quiero verla ahora!... ¿Por qué me tortura? ¿Por qué no me lo ha dicho antes?

—La verás. Todo a su tiempo. Ahora, ven conmigo y sentémonos: tú y yo tenemos que hablar.

Así habían empezado los últimos minutos de la vida de Hurtado: con aquel tono en la voz de Aliaga, con esa tranquilidad de ultratumba. Había cambiado de actitud, había vuelto a esconderse tras esa fachada enigmática, con aquel trasfondo de enajenamiento amoroso que tanto la desasosegaba. Y a esa sensación se le sumaba otra mayor: su preocupación por Lúa. La niña debía de estar aterrorizada, sin poder entender nada de lo que ocurría a su alrededor. Confusa, obedeció. Aceptó el vaso que le ofrecía, se bebió el licor de un trago y lo siguió al escritorio, cojeando aún, sin apenas poder apoyar el pie. El gesto no le pasó desapercibido a Aliaga y eso hizo que la conversación diera un giro.

—¿Qué te ha pasado en el pie? Cojeas mucho —le preguntó mientras se servía licor para acompañarla.

—He saltado por una ventana para escapar y me he lastimado un tobillo.

—Y, a pesar de eso, has venido caminando hasta aquí, mi valerosa muchacha... —reconoció él, con cierta ternura y con admiración patente.

—Tenía que salvar a Lúa, don Faustino. No puedo esperar más para abrazarla. Tiene que estar asustada, apenas los conoce... —replicó la muchacha, devolviendo la conversación al punto de partida.

—Te importa mucho esa niña, ¿verdad? —la interrumpió Aliaga.

—Sí —dijo con determinación, mirando directamente y sin miedo alguno a aquellos ojos grises que tanto la intimidaban.

—¿Te cambiarías por ella? Quiero decir, ¿darías tu vida por salvar la suya?

—Sí —respondió Henar sin dudarlo. De hecho, ya había puesto su vida en peligro por salvarla.

—Te sacrificarías, pues, porque consideras que salvar a la niña es algo superior —afirmó Aliaga ante el desconcierto de Henar. ¿Estaba intentando, con ese argumento, justificar otra vez haber matado a Hurtado?

—Sólo es una niña. No puede defenderse.

Tras un silencio que no duró mucho, pero que a Henar le parecieron horas, Faustino Aliaga la miró a los ojos y le hizo una nueva pregunta que consiguió asustarla.

—¿Y aceptarías que otra niña muriera en su lugar?

—¿Cómo...? Don Faustino, no entiendo adónde quiere llegar. Quiero ver a Lúa y quiero verla ya —exigió con evidente enfado—. Y no voy a continuar con el sinsentido de esta conversación hasta que no me lleve con ella.

—No seas impaciente.

De nuevo, las últimas palabras que había escuchado Hurtado. De nuevo, otro estremecimiento que le heló el alma. La conversación lograba desazonarla de tal modo que comenzó a sentirse mareada. Con el cansancio acumulado, sus escasas fuerzas parecían ir mermando.

—Siempre supe que el destino te había traído aquí —le dijo mientras la miraba como si quisiera penetrar en su alma—, pero estaba confundido respecto a sus intenciones.

—Si con destino se refiere a que estoy ligada a Lúa y que quiero salvarla, puede que tenga razón. Ha visto morir a su madre hace unas horas. Debe de estar desconsolada. Por favor, no me tenga más tiempo apartada de ella.

Aliaga hizo caso omiso de sus palabras y dio un trago. Henar intentaba mirarlo con determinación, directamente a aquellos ojos grises que en ese momento refulgían. Pero una somnolencia comenzaba a apoderarse de ella de tal manera que le costaba mantener los ojos abiertos.

—Pensé que eras ella, otra ella —continuó con la mirada perdida en el recuerdo. Otra vez Clara, doña Clara Escalante. Si estaba en la casa, también quería verla, pensó Henar, sin atreverse a decirlo—. Pero me equivocaba —prosiguió Aliaga—. No era por eso que viniste. El imbécil de Hurtado me ha dado la respuesta sin saberlo. —El hombre soltó una carcajada que resonó en la habitación y que no parecía un sonido de este mundo—. No, no has venido a ocupar su lugar... Has venido para salvarla. Nunca te he hablado de la enfermedad de Clara, ¿verdad?

Henar negó con la cabeza.

—Al principio pensamos que se trataba de cólera. Hubo una epidemia aquí hace veinticuatro años y desde entonces ha habido casos esporádicos. Una muchacha del hospicio de Ponferrada murió hace poco víctima de esta enfermedad que no tiene cura y era natural que el primer médico pensara que Clara también se había contagiado. Pero, tras visitarla varios médicos, porque yo no iba a conformarme con una sola opinión viendo que no había avances, la mayoría coincidieron en que mi esposa tenía una enfermedad en la sangre. —En voz más baja, repitió para sí—: Mala sangre.

El espanto volvió a apresar a Henar y sus ojos crecieron ante la impresión que le produjeron esas palabras. Un presentimiento horrible se adueñó de ella.

—El veneno recorre sus venas —prosiguió Aliaga— y marchita cuanto se encuentra a su paso. Es necesario limpiarla. Es su única esperanza. Llenarla de sangre nueva, pura... Por eso las niñas, esos seres virginales... —Parecía ido. Como si viajara por el recuerdo sin delatar ninguna compasión, sólo aferrado a una esperanza que parecía ingrávida y lejana—. Y, sin embargo, no sirve cualquier sangre... Funcionó con la maragata. Cuando le hicimos la transfusión, parecía que había recobrado el color e incluso llegué a pensar que abriría los ojos. Pero no había sangre suficiente. Luego, ni la de la huérfana ni la de la otra niña sirvieron. Te aseguro que —añadió, ahora mirándola a los ojos—, si lo hubiera sabido, no las habría sacrificado. Fueron muertes estériles, pero tenía que probarlo. Es algo que sólo puede saberse después de la transfusión.

En el corazón de Henar ya no cabía mayor espanto. En su garganta, el llanto se ahogaba y le impedía tanto hablar como llorar. Tragó saliva, pero las lágrimas continuaron allí, haciendo que su corazón se comprimiera y sintiera que se iba a desmayar. No podía soportar continuar escuchando aquello. Estaba agotada. Se tapó los oídos y hundió la cabeza sobre la mesa durante unos instantes. Luego volvió a levantarla y, con un hilo de voz, le dijo:

—Es usted un ser cruel y maligno...

—¡No digas eso! —gritó Aliaga, furioso—. Ella es... es... un ángel, un ente divino aquí en la tierra. Si la conocieses, me entenderías. Es digna de cualquier sacrificio que salve su vida.

—Si ella es así, le aseguro que sólo podrá sentir repugnancia por todo lo que ha hecho...

—¡No la insultes! —gritó Aliaga de nuevo, al tiempo que golpeaba la mesa—. ¡No sabes lo que dices!

El hombre se levantó y comenzó a pasear alterado, de un lado a otro, tras el escritorio.

—¡Claro que sé lo que digo! —le discutió Henar con vehemencia, pero ya casi sin voz, mientras intentaba levantarse sin conseguirlo—. Doña Clara lo odiaría, no soportaría que usted hubiera matado a esas niñas bajo el pretexto de salvarla. ¡Es usted un monstruo!

—¡No! ¡No soy un monstruo! —dijo Aliaga, y detuvo sus pasos para mirar a Henar, más relajado—. Soy un dios —añadió, susurrando, mientras se apoyaba en la mesa para inclinarse hacia la muchacha—. Sí, Henar. Soy un dios que devolverá la vida a Clara. Y tú vas a ayudarme.

Henar quiso gritar y pedir auxilio, pero no le dio tiempo ni siquiera a abrir la boca antes de que Aliaga se acercara y se colocara tras ella para tapársela con una mano. Los movimientos de la muchacha eran lentos, como si una repentina laxitud la embargara.

—No te servirá de nada —dijo él suavemente en su oído—. Excepto Lorenza, todo el servicio está en la planta baja y no te oye.

Henar no tenía fuerzas ya ni para intentar zafarse, le costaba mantener los ojos abiertos. De pronto, su mirada se posó en el vaso de licor y lo entendió todo. Don Faustino la había drogado, ahora estaba claro. Aliaga la levantó de la silla y la tomó por la cintura para conducirla a la puerta. La mantenía amordazada con una mano, aunque sabía que ya no podía gritar, pues el sedante comenzaba a dormirla. Tras abrir la puerta, arrastró a la muchacha al pasillo.

—Ahora podrás ver a Lúa.

El candelabro quedó encima del escritorio, arrojando su tenue luz sobre el cuerpo sin vida de Hurtado. Aliaga y Henar avanzaron por el pasillo en penumbra hasta llegar al pie de la escalera. Henar subió casi en volandas, sometida al fin a la voluntad de Faustino Aliaga, sin poder defenderse. Tal como tenía que estar. Tal como tenía que ser. Ella sometida a él. Al llegar al final de la escalera, Aliaga la dirigió hacia el ala lateral de la derecha, donde había una vela encendida que provocaba sombras siniestras. Llegaron hasta una puerta de doble hoja y, una vez allí, el hombre sacó una llave y la puso en el cerrojo mientras continuaba agarrando con fuerza a Henar para que no se cayera. El dolor, la pena y el horror que sentía la muchacha ante lo que iba a ver aún eran mayores que su deseo de dormir.

Aliaga giró la llave y empujó la hoja de la puerta. El olor a muerte la atrapó de inmediato, acompañado del miedo y el asco. Tras él, el horror: en la gran cama de lo que no era otra habitación que el dormitorio principal, había dos cuerpos que parecían cadáveres, apenas iluminados por la luz rebajada de un candil. Al lado del lecho, Henar pudo distinguir unos zapatos de niña.

—¡Lúa! —murmuró.

El nombre de la niña fue lo último que salió de su garganta.

28

Henar, inconsciente, no pudo ver que Aliaga se acercaba a la cama ni que extraía algo del cuello de Lúa y luego dejaba caer su cuerpo al suelo sin ninguna piedad. No escuchó el golpe ni vio el rostro lívido de la niña desangrada, ni la paz del sueño eterno en sus ojos cerrados. Era un ángel sumido en el silencio definitivo. Aliaga se agarraba a una última esperanza: la sangre de Henar. Estaba convencido de que la joven era la única que podía ya salvar a Clara, que por eso había llegado a Villaverde, porque los astros que manejan el destino se habían alineado para ponerla a sus pies.

Faustino Aliaga miraba a Henar mientras repasaba en su mente todo lo sucedido. El zafio de Hurtado creyó que podía sacar dinero por entregársela, pero él ya se había encargado de ganarse su confianza. Y ella había caído en la trampa hasta el punto de que había ido a buscarlo por sí misma. No se trataba de suerte, sino de estrategia. Cierto que temió que, si ella continuaba tirando del hilo, acabara descubriendo que él estaba detrás de todo. La muchacha había empezado a sospechar de Hurtado, pero no fue difícil quitárselo de la cabeza y ganar tiempo. Sólo le había inquietado lo de aquel ladrón del que Henar no contaba demasiado. Podría ser un amigo de la chica. Una persona sola es más fácil de manipular, pero, por suerte, y eso sí fue suerte, la condición de él no lo convertía en alguien que pudiera estorbarlo. Seguía sin saber quién era. Aunque había indagado y enviado a preguntar, sus pesquisas no habían resultado fructíferas.

Ya no tenía importancia. La tenía allí, en sus brazos, a punto de colocarla sobre la misma cama que Clara, y nadie podría interferir. Una vez que depositó a Henar al lado de su amada esposa, se detuvo a contemplarlas. Tan iguales, tan lejanas... Y sonrió de satisfacción. Henar había perdido su aura. Si al principio la había visto como una reencarnación de Clara, como un milagro de carne y hueso que el destino le enviaba para su consuelo cuando ella muriera, ahora sabía que no era un fin en sí misma. Era un medio. El parecido extraordinario entre ambas podía no resultar una casualidad, incluso sin ser fruto del parentesco. Y si por ella corría una sangre parecida, esta vez nada podría fallar. Henar moriría, sí, pero daría su vida por Clara, como una buena hermana, como una buena hija, y todo, cualquier sacrificio anterior, habría valido la pena. Cuando el médico le dijo que Clara tenía mala sangre y necesitaba limpiarla, había estudiado todo lo relativo a transfusiones, había comprado libros de medicina y consultado a distintos doctores... Y la decisión que había tomado después resultaba arriesgada, cierto, pero era su única esperanza.

Luego volvió a pensar en el zafio de Hurtado y en su cuerpo, que yacía en el gabinete del piso inferior. Lo había buscado para conseguir sangre pura. Conocía su carácter y sabía que, por dinero, era capaz de cualquier cosa. Lo había tenido a su servicio antes de saber que había sido un bandolero. Se lo contaron luego, cuando ya trabajaba para él, el día en que se metió en la primera reyerta. No lo echó entonces, hacía bien su trabajo e iba a casarse con la viuda del apicultor, así que esperó que, si bien no sus modales, su actitud cambiara. Pero no fue así, continuó dando problemas y hubo de deshacerse de él. Hurtado volvió al bandolerismo. Sin embargo, fue la primera persona en la que pensó cuando comprendió que necesitaba sangre pura. Acababa de suceder el incidente con los maragatos y sabía que debería cuidar sus actividades durante un tiempo. Le ofreció dinero, mucho dinero, a cambio de su colaboración. Él era quien secuestraba a las niñas y luego se deshacía de sus cuerpos desangrados. Aliaga tuvo que indicarle que siempre escogiera un lugar distinto del río y no demasiado cerca de Villaverde, puesto que Hurtado no era cauteloso. Consideró innecesario e imprudente contar con la ayuda de Onésimo, pero no tuvo opción; cuando lo supo, era un hecho consumado. Ahora tendría que matarlo a él también, pero de eso se encargaría más tarde. La muerte de Baia lo había cambiado todo. Eso no podía encubrirse, no podía justificarse y, antes de que Hurtado hablara, porque sabía que era un cobarde y no aguantaría las torturas, tenía que librarse de él. Pero, además, las circunstancias habían querido que el fin de aquel idiota y la vida de Clara llegaran juntos a través de la persona de Henar.

Era una lástima tener que matarla. La respiración acompasada del sueño movía ligeramente sus pechos en esos últimos minutos de vida, pero pronto cesaría y quedaría sumida en una quietud de piedra. Un corte preciso en la yugular y la sangre comenzaría a fluir hacia un recipiente de cristal. Como un manantial de vida. O un manantial de muerte, que el agua siempre ha sido confusa en sus límites. No sufriría. Ninguna de las niñas había sufrido, excepto la primera, la de la sangre útil, que se había despertado al hacerle las incisiones, y había tenido que golpearla en la cabeza, una y otra vez. Una y otra vez... Aquellos gritos horrorosos vulnerando la paz del sueño de Clara. Menos mal que sólo duraron un minuto y el silencio sepulcral regresó al dormitorio. Nada había interrumpido las siguientes extracciones de sangre porque Aliaga se había procurado una botella de cloroformo.

El hombre de alma enferma miró a Henar y, si dudó, sus dudas debieron de despejarse de inmediato porque su expresión no varió. Se acercó al tocador, sacó un pañuelo de uno de los cajones y vertió en él un poco de cloroformo. Luego, regresó junto a la cama y se sentó en el borde, al lado de Henar. Volvió a mirarla. Antes de ponerle el pañuelo en la boca, acarició su cabello con la misma ternura que lo haría un padre. Cogió una de sus manos y la besó, como si agradeciera su sacrificio, como si éste fuera voluntario. También besó su frente y un ligero parpadeo de los ojos lo alertó. Inmediatamente, cubrió la nariz y la boca de la joven y dejó que el elixir del sueño penetrara por ellas. El parpadeo cesó y una placidez edénica inundó el rostro de Henar.

La habitación era un lugar pulcro y tétrico a la vez. Las sábanas, las cortinas y las toallas del tocador eran blancas, aunque con distintos matices. En las paredes, de piedra clara, había una gran ventana con visillos ahuesados. Sólo un tapiz en el que se reproducía *El nacimiento de Venus*, de Boticelli, daba algo de color a las paredes. Los muebles antiguos, de madera de roble y cerezo, parecían más oscuros a la escasa luz. Y el cristal de dos botellas y de los cuencos que recogían la sangre hacía de espejo al parpadeo de la llama, como si tímidas estrellas destellaran en torno a Clara. Uno de los cuencos estaba lleno de un rojo intenso, un rojo denso y agresivo: la sangre de Lúa, que, en algunos puntos, empezaba a coagularse. Sobre el tocador, además del cloroformo, había dos botellas más, una con vinagre y otra con alcohol, dos jeringas de Anel, un escalpelo y varios trapos impolutos. A su lado, un jarrón con gladiolos blancos, probablemente de invernadero. También había flores en una de las mesitas, pero no estaban puestas en agua: era un ramillete de ásteres que parecían recién cortados. Junto al mueble, en el suelo, un recipiente lleno de sanguijuelas vivas y otro con las que, ya muertas, habían hecho su labor.

El rostro lívido de Clara Escalante, como si una lluvia de malvas la hubiera acariciado al caer, seguía siendo hermoso. El cabello oscuro, cepillado con el cariño de alguien que siempre ha permanecido a su lado, se desparramaba sobre sus hombros. En sus párpados cerrados, las largas pestañas abanicaban su sueño. Cubría su cuerpo un camisón de seda blanco, bordado en el cuello y en los puños, aunque uno estaba arremangado y no permitía admirar la minuciosidad del encaje, que había empezado a amarillear. A pesar de la pulcritud con la que era tratada, pues Lorenza la lavaba cada día y la vestía con su ropa de dormir más lujosa por si despertaba, había algunas manchas de sangre coagulada, sobre todo en la tela que cubría los brazos. Pero la luz tenue no fijaba su atención en ellas. Como tampoco se apreciaban los moratones de su cuerpo, del que se alimentaban de vez en cuando las sanguijuelas. Había en la estancia un aroma a incienso y cada día Aliaga le ponía en el cuello su perfume favorito. Pero, como un buqué inevitable, por debajo se apreciaba el amargo olor de la putrefacción. Nadie entraba allí, excepto Faustino y Lorenza, quien vigilaba celosa que ninguna criada profanara el lugar. Lorenza había llegado con Clara Escalante desde Santander, había sido su nodriza; si alguien le hubiera preguntado, ella habría dicho que era su madre, ya que habían dejado a la niña a su cuidado nada más nacer. Porque, aunque a oídos ajenos pareciese un sacrilegio, ella se habría atrevido a afirmarlo, puesto que sólo por una hija consentía ver morir a niñas inocentes, aunque no lo hiciera con el corazón impune.

Lorenza entró en la habitación con el candelabro que Aliaga se había dejado en el despacho.

—¿Qué hará con el cuerpo? —preguntó refiriéndose al de Hurtado—. Y ¿quién se encargará ahora de estos dos?

—Eso no importa —respondió Aliaga, sin prestarle atención—. No, nada importa salvo ella. Hoy es el día, Lorenza, hoy recuperaremos a Clara.

La mujer asintió en silencio y, a continuación, se retiró. Debía encargarse de que nadie entrara en el despacho, de que nadie descubriera el cadáver de Hurtado, pero, si se hubiera quedado, tal vez ella sí habría comprendido que Clara estaba ya muerta y que el sacrificio de Henar iba a ser inútil. Pero se fue sin la intención de regresar hasta que don Faustino la avisara.

El viento seguía rugiendo afuera mientras que la habitación rebosaba calma. Había algo lúgubre en tanto sosiego. Todo estaba preparado. Nada podía perturbar la quietud que precedía al milagro. Aliaga desabotonó la camisa de Henar para dejar el cuello a la vista. A continuación, giró con suavidad el cuerpo para colocarlo de lado. Satisfecho, alcanzó uno de los cuencos de cristal y lo puso justo bajo ese cuello de arterias palpitantes que demostraban que el corazón seguía bombeando en el pecho de la muchacha. Aunque por muy poco tiempo. Cogió el escalpelo y lo limpió con un trapo. Observó el brillo de su filo y pasó un dedo por él. De forma estudiada y minuciosa, con cuidado de no cortarse. Aliaga cerró los ojos, musitó unas palabras que parecían una oración y volvió a abrirlos. La respiración de Henar no lo conmovió: acercó el instrumento a su cuello, dispuesto a repetir el corte que tan bien había aprendido a realizar. Pero se detuvo. Algo le hizo permanecer alerta, como una pequeña perturbación, como si hubiese algo distinto en su entorno que no había notado otras veces. O tal vez un sonido. Miró alrededor, pero no encontró ninguna alteración visible. Y cuando la sombra de su mano volvió a cernirse sobre el cuello de Henar, la puerta se abrió de golpe. Miró hacia la entrada para reprender a quien no podía ser otra persona que Lorenza, o eso pensaba. Pero la evidencia lo golpeó e, incrédulo, o más bien no queriendo dar crédito a sus ojos, vio a un hombre joven, desaliñado, que lo miraba descompuesto.

—¡No! —gritó Juan.

Aliaga agarró el escalpelo como si fuera un puñal y, cuando aquel desconocido se abalanzó sobre él, se lo clavó en el hombro. No fue suficiente para zafarse del ataque. Juan, a pesar del dolor, lo agarró de las solapas y lo tiró al suelo. Cayó al lado del cuerpo seco de Lúa y, sintiendo aún el desconcierto de la sorpresa, vio cómo Aliaga se subía a horcajadas encima de él y ambos acabaron tumbados. Aliaga alargó la mano y alcanzó el escalpelo que el joven aún llevaba clavado en el hombro, y se lo retorció con furia entre su carne. Juan aflojó el ataque con un grito desgarrador y el otro aprovechó para quitárselo de encima y luego arrearle un rodillazo en la espalda. Consiguió levantarse y cogió uno de los cuencos para golpearlo con él en la cabeza. Juan se cubrió y el cuenco se estrelló contra uno de sus brazos, haciéndose añicos. Aliaga tomó un trozo de cristal punzante mientras el joven aprovechaba para quitarse el escalpelo. Desde el suelo, su mirada indicaba que iba a oponer resistencia.

Armados ambos, se miraron unos instantes antes de que ninguno hiciera el menor movimiento. Entonces ya sabían que era un duelo a vida o muerte y que cualquier gesto debía ser preciso o el precio ante cualquier vacilación sería muy caro. Durante esos segundos, en los que Juan hubo de luchar para no mirar el rostro de Henar, un leve brillo apareció en los ojos de Aliaga, pero procuró disimularlo. Con el rabillo del ojo estaba viendo cómo Lorenza se acercaba sigilosamente a Juan con una cuerda estirada entre sus manos. El muchacho debió presentirla, porque se volvió de golpe justo cuando ella iba a pasarle la cuerda por el cuello y la mujer, voluntariosa pero débil, cayó de espaldas cuando él se movió. Aliaga aprovechó para abalanzarse sobre Juan y consiguió hacer que perdiera el escalpelo, pero no pudo clavarle el cristal porque el joven lo agarró de la muñeca y se la retorció hasta que lo obligó a soltarlo. A partir de ese momento se enzarzaron en una pelea desesperada, cuerpo a cuerpo, en la que ambas fuerzas estaban equilibradas. La tensión impedía notar el dolor de los golpes o el desgarro de los nudillos en los puñetazos porque ambos luchaban por algo superior a sus vidas. Aliaga defendía a su esposa y Juan peleaba por Henar.

Lorenza consiguió incorporarse y se acercó al tocador. Quería coger el espejo de mano para golpear a Juan, pero se fijó en el candil. Con él en la mano, comenzó a caminar despacio hacia los hombres y, cuando estuvo cerca, esperó a que Juan estuviera a su lado. No se estaban quietos y no quería correr el riesgo de equivocarse. Juan la vio y pegó un manotazo a su brazo de tal modo que consiguió que la lámpara volara hacia la cama, justo al lado de doña Clara. De inmediato, las sábanas y el camisón de la mujer comenzaron a arder.

La pelea cesó de golpe, pues tanto Aliaga como Lorenza corrieron hacia doña Clara, mientras Juan cogía a Henar, la colocaba sobre un hombro y corría hacia la puerta que Lorenza había dejado abierta. El colchón prendió rápidamente y las ropas dejaron de ser blancas, porque el fuego y el humo empezaron a carbonizarlas y a teñirlas de negro y gris. Juan salió de la habitación, cerró la puerta, avanzó por el pasillo y comenzó a descender por la escalera, sin que los gritos lo detuvieran ni un solo instante.

29

Henar se despertó confundida en una cama extraña. Sentía que había dormido profundamente, pero, a la vez, que una pesadilla había atormentado ese sueño. Estaba tensa, a pesar del descanso, y cuando unas imágenes horribles comenzaron a acuciarla, se sacudió las sábanas e intentó levantarse a toda prisa sin importarle que todo estuviera oscuro. Pero volvió a caer sobre la cama, empujada por un fuerte mareo. Sentía la garganta seca y áspera, el cuerpo débil y la cabeza pesada. Hizo un nuevo esfuerzo por incorporarse, esta vez más lentamente, luchando contra la posibilidad de volver a desfallecer. Poco a poco, consiguió incorporarse y permaneció medio tumbada hasta que recobró las fuerzas. Luego se sentó al borde de la cama y se resintió del tobillo al pisar el suelo. Entonces recordó a Lúa. Comenzó a gritar desesperada y a buscar a tientas la puerta. Estaba en una habitación en la que no veía nada y tenía la sensación de que no quería estar allí. Continuaba aturdida. De pronto, se abrió una puerta y con ella entró algo de luz. Vio asomarse un rostro conocido que aún la desconcertó más. Era Seruta. ¿Qué hacía allí?, se preguntó. En realidad, se preguntó muchas cosas más y se sintió acuciada por mil dudas y por un peso que volvió a sentarla en la cama. Comenzó a ver abejas, a Onésimo abalanzándose sobre ella, a Lúa tendida en una cama, unos ojos amarillos que se volvían grises... La realidad y los recuerdos comenzaron a mezclarse hasta que oyó la voz de Seruta, que se había sentado a su lado y la abrazaba por los hombros.

—Cálmate, rapaziña. Ya ha pasado todo —murmuró la mujer, con ternura. Henar levantó la mirada hacia ella.

—No puedo, Seruta. Tengo que irme... Lúa está en peligro —dijo agitada y tratando de incorporarse de nuevo.

—¡Ay, mi niña! —exclamó la mujer con voz de pesar—. Lúa descansa en paz.

—¡No! —gritó Henar mientras sus ojos comenzaban a llenarse de lágrimas.

—Hubo un incendio... —comenzó a decir Seruta, pero no pudo continuar porque Henar la interrumpió extrañada.

—¿Un incendio? ¿Dónde?

—En casa de don Faustino... La Guardia Civil ha estado aquí toda la tarde para poder hablar contigo. ¿No recuerdas nada?

—Mató a Hurtado... —dijo Henar mirando hacia el suelo, como si buscara un punto, un hueco por el que deslizarse.

—Sí, han pasado muchas cosas. Pero tú estás bien, a salvo. Ya ha terminado todo.

—¿Qué ha pasado? ¿Cómo he llegado aquí? —preguntó Henar sollozando.

—El teniente Verdejo te trajo esta mañana. Nosotros nos ofrecimos a cuidarte, Henar. Te sacaron de allí a tiempo...

Henar intentó recordar, pero las imágenes que pasaban por su cabeza eran confusas. Se sobresaltó al recordar a Onésimo intentando abusar de ella.

—Hay un hombre en casa de Baia que... —Se detuvo un momento porque un recuerdo la asaltó de repente—. La mató. ¡Mató a Baia!

—Lo sé, cariño, lo sé. Los civiles han apresado a Onésimo —dijo Seruta, acercándose a ella y dejando que apoyara la cabeza sobre sus hombros y pudiera llorar con ganas. Sabía que no iba a ser fácil que se recuperara de una experiencia como aquélla y se compadecía de ella.

Henar lloró. Lloró cada vez más a medida que iba comprendiendo lo que había sucedido o, al menos, hasta donde recordaba. Se desahogó sobre el hombro de aquella mujer que apenas conocía y sintió un cobijo que no sabía que añorara. Comenzó a hipar y a respirar entre jadeos, sintiendo que se ahogaba por momentos. Pero necesitaba sacar el dolor, y el agua salada que nacía en sus ojos inundaba su rostro. Seruta le prestó un pañuelo que no le bastó para secar todas sus lágrimas y, cuando se fue calmando, notó un vacío interior y se sintió derrotada.

—Te prepararé una tila para que te tranquilices —le dijo la mujer.

Entonces notó que su estómago gemía, aunque se sintió incapaz de comer.

—¿Qué hora es? —preguntó desconcertada.

—Ya ha anochecido. Llevas todo el día durmiendo. Ha dicho el teniente que ayer te sedaron.

Henar recordó los últimos instantes antes de perder el conocimiento y recordó, como si fuera real, el sabor del licor que le había servido Aliaga.

—Lúa estaba tendida sobre una cama... —acertó a decir.

—No pienses más en eso. Ahora tienes que recuperarte. Mañana volverá el teniente para hablar contigo. Deberías cenar y volver a acostarte. ¿Desde cuándo no comes?

—Desde ayer al mediodía —respondió tras pensárselo un poco—. No creo que pueda dormir. Necesito saber.

—Dormirás. La tila que yo preparo nunca falla.

Después de cenar, Henar se recostó y se quedó dormida enseguida. No quería volver a la cama, pero continuaba mareada, como si hubiese pasado las horas de sueño dando vueltas sobre sí misma. La tila y la presencia de Miguel, el marido de Seruta, a quien no conocía y delante del cual no se atrevía a preguntar por lo que le inquietaba, ayudaron. No era un hombre desagradable ni tenía una mirada intimidatoria, pero poseía la autoridad de alguien a quien se respeta y Henar calló cuando él le dijo que no se torturara con más dudas. Continuó torturándose con ellas, claro, pero en silencio, sobre todo por aquel incendio que no conseguía recordar.

El sueño le duró sólo unas horas, se despertó mucho antes de amanecer. Su cabeza estaba mejor y las imágenes ya no bailaban en ella. Seruta le había dejado una falda y una camisa que, aunque le venían grandes, se puso nada más asearse. Salió del cuarto y buscó la puerta de la casa. Un perro ladró y despertó a las gallinas, que empezaron a cacarear asustadas. Henar tendió la mano al perro para que la olfateara y luego lo acarició. Se sentó en un poyete junto a la entrada, esperando a que amaneciera y, aunque deseaba regresar a por un mantón, prefirió aguantar el frío que despertar a quienes la habían acogido. Continuaba confusa y, aunque ya no lloraba, sentía una pena inmensa. Recordó a Juan y se preguntó si sabría lo ocurrido. Pero, si así era,

¿por qué no estaba con ella? La pena creció al pensar que lo había perdido, que había decidido irse, seguir con su vida y con sus planes ahora que, liberado de toda sospecha, podía salir de su escondite. Tenía motivos para ello: había sido muy injusta con él. Seruta la encontró allí dos horas después, adormilada y con el perro tumbado a sus pies. La invitó a entrar.

—Vas a coger frío.

Y Henar la siguió adentro. Miguel envolvía pan y fiambres para dirigirse a buscar leña al bosque. Seruta le sirvió pan, aceite y queso y calentó agua para hacer una infusión.

—¿Puedo ayudarla?

—No, mi niña, tú descansa —dijo de nuevo con ese tono compasivo que Henar pensaba no merecer. Al fin y al cabo, ella estaba viva. Y se sentía culpable por eso.

—Me vendrá bien ocuparme en algo —insistió.

—¿Sabes planchar?

Henar odiaba la plancha. Pesaba mucho y había que estar constantemente pendiente del carbón y de almidonar la ropa, pero sabía planchar y asintió. Seruta no tardó en volver con un cesto lleno de ropa muy elegante.

—Es de doña Herminia, una señorona que vive en Villafranca —aclaró la mujer al ver la mirada de Henar—. No creas que plancho para mí. Mis ropas no lo necesitan. Así me gano unas perras.

Henar se afanó con la plancha toda la mañana, recordando de vez en cuando a doña Eulalia, que vestía de manera similar. Cuando ya casi había terminado, llamaron a la puerta y Seruta fue a abrir. El teniente Verdejo y su compañero se descubrieron la cabeza al entrar y Henar percibió que la miraban con pena.

—¡Buenos días! —saludó el teniente.

—Ya está despierta y dispuesta —les dijo Seruta señalando a Henar.

—¿Le importaría dejarnos solos? —le pidió el guardia civil a Seruta.

Ésta asintió y cogió un balde que había en la entrada.

—Tengo que regar —comentó como si se fuera por propio gusto.

El teniente Verdejo invitó a Henar a sentarse. No estaba nerviosa por las preguntas que iban a hacerle, sino por las respuestas que iban a darle.

—Hola, Henar. Me alegra verte recuperada. ¿Recuerdas algo de lo ocurrido? —le preguntó el teniente, lleno de amabilidad.

Henar asintió. A lo largo de la mañana, las imágenes se habían ido ordenando en su cabeza, pero aún quedaban lagunas: seguía sin saber nada de lo que había pasado después de que se desmayara al ver a Lúa en aquella siniestra habitación. Le contó todo lo que sabía y, cuando terminó, preguntó:

—Lúa... ¿Estaba aún viva cuando la vi?

—Parece ser que no. Por lo que cuentas, debía de estar ya desangrada cuando llegaste. Y eso hizo que no sufriera con el incendio.

—¿Cómo se produjo el fuego? ¿Cómo me sacaron? ¿Cómo lo supieron? —preguntó atropelladamente—. Recuerdo todo hasta que vi a Lúa, pero, a partir de entonces, todo está negro...

—No te extrañe. Debías de estar drogada, algo debió de darte Aliaga. Sabemos lo del cloroformo, pues han aparecido varias botellas en la casa. El incendio fue provocado en un forcejeo entre Aliaga y la que había sido niñera de doña Clara, Lorenza. Por suerte, pudimos sacarte a tiempo. Tu relato sobre la salida furtiva de Hurtado hizo que pusiera dos hombres a seguirlo. Cuando tú llegaste a la casona, estaban allí —mintió. Había prometido no revelar la verdad. Sentía remordimientos por ello, al igual que los sentía por no haber dado importancia a lo que la muchacha le había contado. Consideraba a Hurtado un ser vil y lo buscaba por su implicación en otros delitos, pero lo cierto es que no había sospechado seriamente de él como culpable de las muertes de las niñas. Tampoco, en ningún momento, se le había ocurrido pensar en Aliaga.

Los ojos de Henar se llenaron de decepción. Durante la noche, entre sus muchos sueños, hubo uno en el que era Juan quien la salvaba.

—¡Don Faustino Aliaga! —exclamó decepcionada—. Todavía no doy crédito... ¡Era un monstruo y yo lo consideraba mi protector!

—Era un monstruo, sí —afirmó el teniente—. Usaba la sangre para intentar curar a su esposa, pero el amor no justifica tantas atrocidades. También había algo de soberbia en su conducta, como si quisiera emular a Dios. Pero no te conviene recordarlo, tienes que mirar hacia delante, pensar en tu futuro...

—Futuro...

—Henar, mírame —dijo el teniente y, con suavidad, tomó a la muchacha por la barbilla—. Te mentí el día en que te encontramos por el camino cuando te dije que no conocía a la mujer de Aliaga. Había visto su retrato en el salón de la casona, a Aliaga le gustaba que se apreciara su belleza. A ninguno de los que vimos alguna vez a doña Cla-

ra se nos ha escapado tu extraordinario parecido con ella. Tengo un buen amigo en Santander, abogado, que podría ayudarnos a buscar a su familia y a indagar si son tus parientes. Y, si lo son, nos ayudaría a ponerte en contacto con ellos.
—Tal vez así, ayudando a la muchacha, lograra paliar los remordimientos por no haber acertado en sus sospechas.

—Lo pensé, teniente, cuando vi el retrato de la señora en la casa. Pero... si realmente fueran mi familia, no creo que les hiciera gracia verme ni ocuparse de mí ahora, ya que me abandonaron...

—No sabes por qué lo hicieron, Henar. Tal vez estén arrepentidos. Tal vez ni lo sepan —repuso Verdejo.

Henar se sumió en unos pensamientos que el teniente comprendió. Esperó un momento para volver a hablar.

—Yo te llevaré, Henar. No ahora, porque debo permanecer aquí hasta que la reina acabe su visita a Santiago. Está previsto que el día 16 llegue a Astorga y luego siga el camino hasta Galicia. Habrá que esperar también al regreso, depende de cuánto tiempo desee Su Majestad quedarse allí. Pero creo que en dos semanas podremos partir. Seruta dice que puedes quedarte aquí el tiempo que sea necesario y, en Santander, mi amigo te hospedaría en su casa. Su esposa es una mujer encantadora.

—¿En serio cree que soy una Escalante? —preguntó con los ojos muy abiertos, en los que no podía adivinarse si le agradaba o le asustaba la idea—. Podría darse el caso de que estuviéramos equivocados.

—Es algo que no podrás saber si no vas a comprobarlo. Además, creo que, por ahora, no tienes otro lugar adonde ir. Y, cuando sepan que su hija ha muerto, querrán creer que algo de ella vive en ti.

—Yo soy yo. No tienen que quererme porque me parezco a otra.

—Seguramente tú también eres su hija. ¿Qué edad tienes?

—Voy a cumplir dieciocho este mes.

—Pues ya va siendo hora de que tengas una familia.

Como si la idea no acabara de convencerla, Henar cambió bruscamente de tema.

—¿Qué ocurrirá con Onésimo?

—Será juzgado por encubridor y partícipe en la desaparición de las niñas, además de por el asesinato de Baia. Tendrás que declarar, pero el juicio todavía tardará. Y creemos que, para entonces, tendrás el apoyo de tu familia —dijo Verdejo, intentando que Henar volviera a pensar en la posibilidad que más le convenía. Y, al tiempo que le entregaba una carta que sacó de uno de los bolsillos de la casaca, añadió—: Esto es para ti. Es del hospicio.

Ella tendió la mano y cogió la carta, pero esperó a abrirla a que los civiles se hubieran marchado. Lloró cuando leyó que sor Piedad la perdonaba por el engaño y le deseaba toda la suerte del mundo. Lloró porque echaba de menos a Juan.

30

No visitó el primer día, pero sí el segundo, la casa de Baia, para recoger sus cosas. Ya no estaba el cadáver y, a la luz del día y acompañada de un guardia civil, no le pareció un lugar tan lúgubre. Y, a pesar de que no le permitió subir al altillo de Lúa para no remover sus emociones, Henar vio en un rincón las cuartillas con las que enseñaba a leer a la niña y se emocionó. No lloró desconsoladamente, pero sus ojos se humedecieron y por unos instantes lo vio todo borroso. O nítido. Demasiado nítido como para poder mirarlo de frente y no desear que todo lo ocurrido días atrás se pudiera borrar. Con el guardia ayudándola a llevar sus escasas pertenencias, y aún cojeando, Henar se dirigió al recinto de las colmenas. Ya no le molestaba el zumbido ni le daban miedo las abejas que revoloteaban yendo y viniendo. Quería observar, por primera y última vez, aquello que la trajo hasta aquel desventurado lugar. Y quería rezar por Baia y por Lúa.

Poco a poco, a medida que transcurrían las jornadas, su tobillo mejoraba y los recuerdos se iban asentando. Henar comenzó a asumir todo lo que había ocurrido aquella fatídica semana. La idea siniestra de un ser de ultratumba o del regreso del Sacamantecas casi la hacía sonreír comparada con la realidad de la que ella había sido el centro por unos días. Era imaginativa, cierto, pero jamás habría adivinado la cruel realidad ni el destino fatal que acabaría con los habitantes de la palloza. Lloró a Lúa hasta que se le acabaron las lágrimas y la pena comenzó a hacerse llevadera para dar paso a la incertidumbre: tras todas sus renuncias, todos sus esfuerzos y todo el daño recibido, volvía otra vez al punto de partida. ¿Qué iba a ser de ella? Al igual que el colmenar había sido una salida en su momento, en aquellos días Henar se debatía entre el consejo del teniente y, de nuevo, la vida de aureana. Aunque pensar en minas de oro conducía su pensamiento a Las Médulas y, con ellas, al recuerdo de Juan. En sus dudas la acompañaba el cariño de Miguel y Seruta, que la trataban como a la hija que habían perdido. Porque, tal como le contaron, tras varios abortos, el matrimonio por fin fue bendecido con el nacimiento de una niña, pero la desgracia volvió a cernerse sobre ellos tras siete años de felicidad y su hija se perdió un día de nieve y viento en el monte. La encontró la partida del concejo dos días después: un cuerpo despeñado que ya había comenzado a congelarse... Sin embargo, no podía quedarse con ellos. Bastante apaño tenían que hacer ya para subsistir ambos y, por mucho que la invitaran a ello, no podía quedarse como una huésped eternamente. No, no podía devolver con egoísmo lo que estaban haciendo por ella. Tenía que marcharse ya, antes de que mutuamente llegaran a cogerse más cariño.

Por Seruta supo muchas cosas del pueblo, pues era habladora, chismosa e incluso exagerada, pero siempre amorosa con ella. Se enteró de quién tenía rencillas con quién y de arreglos de casamientos que se habían producido últimamente. Supo que Baia no tenía mucho cariño a Hurtado cuando se casó con él, pero fue el primero en cortejarla cuando enviudó y bien sabía Dios que necesitaba ayuda con las abejas y con la niña. Además, Aliaga lo había despedido y él necesitaba ganarse la vida, así que le ocultó ese detalle.

Por su parte, Miguel era callado, aparentemente tranquilo, y tenía mucha paciencia, pero a la hora de la verdad, su personalidad se imponía en la casa. Era un hombre que inspiraba confianza y, si hubiera sido hablador, seguro que habría tenido muchas historias interesantes que contar. Y también estaba Can, el pastor alemán del que se había encariñado y que la seguía a todas partes cuando estaba fuera.

El concejo decidió que Miguel y Seruta, como pago por acoger a Henar durante aquellos días, se quedaran con los animales de Baia. El caballo había regresado tranquilamente a la cuadra tras el encuentro con el lobo en el bosque. Henar madrugaba cada día para ordeñar la vaca, ayudaba en todo cuanto estaba en sus manos y planchaba a todas horas, porque eso podía hacerlo sin caminar y no la obligaba a forzar su tobillo. Además de recordar a su antigua señora, aquellas prendas llevaban su imaginación hacia los Escalante, y fantaseaba con ellos, figurándolos vestidos de aquella manera. Procuraba no molestar y hacer la vida más cómoda a quienes la habían acogido. No iba a quedarse, no podía. Tampoco lo deseaba. Villaverde le traía demasiados recuerdos que era necesario olvidar para seguir adelante, aunque no podía negar que, a pesar de todo, le iba a costar marcharse. Aquel era el único sitio en el que podría encontrarla Juan. Seguía sin noticias de él y no se resignaba a haberlo perdido. Llevaba una semana viviendo con Miguel y Seruta y, en muchas ocasiones, había sentido la tentación de ir a buscarlo, pero algo la detenía cada vez. Algo parecido a cierta certeza de que ya no se hallaba en Las Médulas, de que había partido a Galicia y embarcado hacia América. Y, también, algo parecido al orgullo. Porque si él seguía en el Bierzo, su mayor deseo es que fuera Juan quien acudiera a verla. Tenía que estar enterado de lo que había ocurrido. Todo el mundo lo sabía, al igual que era conocido dónde se hospedaba ahora. Por eso, cada día había estado atenta a la puerta, esperando que él se acercara a preocuparse por su estado, a preguntarle si se encontraba bien. Pero ni lo había hecho ni parecía que lo fuera a hacer por mucho que ella rezara.

No debería haberse engañado. Le había dejado bien claro que no era hombre de ligaduras: ni a responsabilidades ni a tierras. Y no importaba. Nada podía evitar que siguiera amándolo, aunque sus besos se espaciaran en la distancia y en el tiempo. Lo había sabido desde el primer momento en que él cogió su mano y ella lo siguió, confiada y feliz, ligada a esos dedos que se enlazaron en los suyos al igual que hicieron sus almas. Estaban conectados más allá del amor real y del roce diario. No importaba que no volviera a verlo nunca más para que su amor siguiera intacto por mucho que pasaran los años. Y él también lo sabía. Podía alejarse de ella, de estas tierras, pero algo quedaría aquí para dar testimonio de que un día se conocieron y que a partir de entonces sus corazones habían cambiado definitivamente. Las palabras que él había dicho estaban siempre presentes: «Estamos conectados».

Juan Malasangre.

Juan Aldaz.

Juan.

Le faltaba el aire sin él, pero seguiría respirando para recordarlo y hacer que continuara viviendo en ella, como un secreto recogido en su cuerpo y oculto al mundo, como un tesoro al que aferrarse. Ni las monjas ni los Escalante eran tan familia como él, porque ella era suya, aun allende los mares. Le dolía no haberse despedido de él y le dolía aún más pensar en que si todavía estaba cerca, no hubiera dado señales de vida. Esos dolores habían pasado a formar parte de su rutina, con el convencimiento de que llegaría a anciana cuidando de que siempre lo hicieran porque era lo único que le quedaba de Juan.

El octavo día recibió la visita del teniente Verdejo con una noticia que la pilló desprevenida. El guardia civil le contó que, mientras ella se decidía, y a sus espaldas, había escrito a su amigo de Santander y le había expuesto el caso. El abogado había decidido indagar sobre el pasado de aquellos Escalante y había averiguado que la madre de Clara tenía una hermana mayor. Mariana, que así se llamaba, había provocado un escándalo durante la Pascua de 1840. No conocía muy bien las circunstancias, pero sí sabía que, dos meses después, Mariana había ingresado en un convento. Por desgracia, la mujer ya había fallecido, no así su madre, la que probablemente fuera la abuela de Henar: doña Leonor Salvatierra.

—¿Cree usted que doña Mariana era mi madre y que la obligaron a deshacerse de mí?

—No puedo jurarlo, pero es lo que parece.

Henar se quedó callada, ausentándose en sus pensamientos.

—Doña Leonor ha perdido a dos hijas —continuó Verdejo—. Lo más probable es que se alegre de encontrar a su nieta. Seguro que se ha arrepentido muchas veces de lo que te hizo.

—Usted siempre piensa a mi favor, y se lo agradezco. Pero no estoy yo tan convencida de ello.

—En esos momentos, tenía a otra hija por casar, y, tristemente, la conducta de Mariana habría afectado al futuro de Clara. Pero a estas alturas estoy convencido de que doña Leonor no tiene nada que perder por mucho que chismorree la gente. A medida que uno se va acercando a Dios, siente más necesidad de presentarse ante él con el alma pura que preocupación por las convenciones sociales. Seguro que está arrepentida de todos sus pecados. Lo importante, Henar, es si tú sabrás perdonarla.

—No he llegado tan lejos, teniente... Si no es mi abuela, nada tengo que perdonar... —repuso Henar, que no acababa de decidirse a la posibilidad de presentarse ante los Escalante.

Seruta, que había estado escuchando en silencio, más porque así se lo había pedido el teniente que porque fuera propio de ella, intervino:

—Esa vieja te va a querer, rapaziña, porque tú te haces querer. Además, vas a ser rica. Ya no vas a tener que trabajar, tendrás gente que te sirva y podrás casarte con un hombre notable.

Casarse... Ella no podía casarse: estaba atada a Juan.

—Tengo que pensármelo —dijo finalmente.

—¿Qué tienes que pensar, niña? —insistió Seruta—. Mira que eres testaruda...

—Ya no hay mucho tiempo para eso. Han pasado muy

rápido los días, la reina ya está de regreso en Madrid y, si quieres que te acompañemos, habrás de partir el próximo domingo —le recordó el teniente—. Si no lo has decidido para entonces, no podré acompañarte. Además, ¿qué harías si no? Dijiste que no podías regresar al hospicio.

—No lo sé aún, teniente. Después de todo lo que me ha pasado, y lo que sé ahora una vez aquí sobre el trabajo en las minas de oro, tal vez pueda retomar esa posibilidad...

—Pero... Henar, ¿te has vuelto loca? ¿Cómo que aureana? —objetó Seruta, asustada al imaginarse el futuro de la muchacha—. No sabes de lo que hablas, créeme. Antes de tomar una decisión como ésa, déjame hablar con Miguel y ya veremos cómo nos las apañamos. No te dejará marchar si es para dedicarte a eso.

—No puedo estar más de acuerdo con Seruta, Henar. La minería del oro es trabajo para pocos. Desde luego, no para ti —argumentó Verdejo, algo más convincente que Seruta. Realmente le había cogido cariño a la muchacha—. Entiendo tus reticencias, pero tus miedos son a un nuevo rechazo y no creo que haya motivo para ello. Las circunstancias han cambiado. Es cierto que un hijo fuera del matrimonio es motivo de vergüenza, pero tú, y eso es algo que yo digo de poca gente, sólo puedes ser motivo de orgullo.

—¿No te habrás encaprichado de Ordoño? —le preguntó Seruta, que parecía adivinar, aunque sin acertar la dirección, de dónde venían las reticencias de la muchacha—. El otro domingo en misa te miraba mucho. Su madre es la encargada del filandón. Y él no es mal chico, pero esas orejas de soplillo...

—No, Seruta, no me he encaprichado de Ordoño —sonrió Henar ante la ocurrencia. Su capricho no era otro que

Juan, cuya imagen aparecía a todas horas en sus pensamientos.

—¿Te ha comentado Seruta que la junta vecinal ha decidido que las colmenas pasen a ser comunales? —comentó el teniente, dándose por vencido por el momento y cambiando de tema.

—Sí, se lo dije ayer —respondió Seruta, que ya no puso tanto interés en insistir al ver la intención del guardia—. Bueno, yo me voy, que tengo unas sábanas de doña Herminia por lavar —se despidió la mujer.

El teniente se quedó un poco más. Había cogido cariño a la muchacha y quería acabar con sus miedos. Cambió de estrategia y comenzó a contarle cómo era Santander de bonita, los paseos matutinos que las jóvenes hacían por la playa del Sardinero, lo suave del clima... Y en ello estaba cuando llamaron a la puerta y Henar, aliviada, abandonó a Verdejo para ir a abrir. Su compañero habitual venía a reclamarlo para un asunto en el prado comunal.

—Un incidente entre dos vecinos por una canalización de agua. Uno acusó al otro de desviarla a su favor, y ya que estamos aquí, creo que sería bueno que nos acercáramos para evitar males mayores.

El teniente se levantó y se despidió de Henar.

—Piénsatelo —insistió—, sé que eres inteligente y sabrás vencer tus miedos. Te has enfrentado a peores fantasmas.

Henar volvió a sonreír. La amabilidad que últimamente le dispensaba todo el mundo la conmovía. El teniente cerró la puerta al salir y Henar oyó los ladridos del perro celebrando que alguien se detuviera a acariciarlo. Sólo un instante después, Henar se dio cuenta de que el teniente Verdejo se había dejado los guantes sobre la mesa. Los cogió y salió deprisa en su busca, pero, al tomar el picaporte para abrir la puerta, se detuvo. Los dos guardias estaban hablando de ella.

—¿Cómo está la muchacha? —le preguntaba el recién llegado al teniente.

—Es fuerte. Le está costando asimilar todo lo sucedido, pero lo lleva mejor de lo esperado. También es orgullosa y muy reticente a reunirse con la mujer que podría ser su abuela, empecinada en el hecho de que hace dieciocho años fue, probablemente, la persona que obligó a su posible madre a abandonarla.

—Es normal.

—Sí, pero es lo mejor que puede hacer. Al final lo comprenderá.

—Lo que no logro entender es por qué el muchacho que la salvó no quiere que sepa la verdad.

—No lo sé, pero si es lo que yo sospecho, Juan Aldaz se está sacrificando por ella. Henar debe ir a Santander.

31

Los guantes se deslizaron por la mano de Henar y los dos guardias civiles desaparecieron sin darse cuenta de que los había escuchado. «El que la salvó», «se está sacrificando por ella»... ¿Qué significaban aquellas afirmaciones? ¿Juan la salvó? ¿Fue Juan quien entró en la habitación y la cogió en brazos? ¿No lo había soñado? ¿Juan no quería que ella lo supiera? Lo único claro para ella era que hablaban de Juan como si siguiera en el lugar.

Su corazón comenzó a palpitar acelerado y Henar no regresó a la casa. No vio que se dejaba la puerta abierta ni se preocupó por lo que pensaría Seruta cuando no la encontrara allí. Se dirigió apresuradamente al puente colgante y lo cruzó con un paso más decidido que nunca. Se internó en el bosque, esta vez sin dolores en el tobillo y con nuevas esperanzas. No temió a los lobos, aunque recordó el encuentro con aquellos ojos amarillos que tanto la intimidaron. Por suerte, había sido un lobo solitario y nunca llegó a encontrarse con toda la manada. Ahora, las hojas de los árboles mostraban sus colores en un nuevo esplendor, sin sombras siniestras, y los lugares umbríos no ocultaban amenazas, sino que ofrecían su frescura.

Aun así, a pesar de la belleza de ese incipiente otoño que celebraba el sol, no pasaban los minutos. Habría podido detener al teniente y hacerle a él las preguntas que la acechaban, pero no sólo pensaba que se negaría a responder, sino que también intuía las respuestas. Y necesitaba ver a Juan, hablar con Juan. La había salvado, había arriesgado la vida por salvarla y, en un caso así, no tenía ningún sentido su orgullo. Por eso continuaba avanzando y lo hacía con el corazón agitado y la respiración entrecortada. Al cabo de media hora, salió a la zona descampada y cada vez se sentía más ansiosa. Echó a correr, como el día que vio a Juan con Lúa. De vez en cuando se detenía a refrenar su respiración, pero enseguida volvía a avivar el paso. De lejos, vio el muro que rodeaba la casona de Aliaga. La parte quemada estaba negra, pero no se había derrumbado. Apartó enseguida la vista. No quería recordar ni revivir más pesadillas.

Casi cuatro horas después de haber partido, llegó a Las Médulas. Hacía rato que se divisaban sus crestas y tonos rojizos, y hacia allí prosiguió. Estaba agotada y no sabía cómo encontrar a Juan, porque él solía andar por los castros escarbando en las ruinas y no en la montaña quebrada, pero esperaba dejarse ver de alguna manera. Aunque tuviera que gritar. El eco la ayudaría. Sin embargo, no llegó a internarse en Las Médulas porque recordó la laguna en la que solía pescar y se dirigió hacia allí. A esa hora solía comer. No tardó en divisar la carreta detenida cerca de la orilla y a Itzal pastando a su alrededor. Juan había recogido ramas para encender fuego y se afanaba, con un cuchillo, a quitarles las hojas verdes para que pudieran prender. Tardó en darse cuenta de que ella se acercaba. Cuando lo hizo, Henar no pudo determinar qué expresaban sus ojos. Notó un destello que tanto podía ser de felicidad como de pesar. No importaba. Ella estaba decidida.

—¿Qué haces aquí? —le preguntó perplejo por su presencia y guardando el cuchillo en su faja.

—Sé lo que hiciste, Juan. Sé que tú me salvaste.

Él mostró un gesto de disgusto y frunció el entrecejo.

—No deberías saberlo.

—Pero lo sé.

Juan desvió la mirada, como si quisiera negarse a hablar del tema. Por un momento, se quedó observando el jugueteo de los estorninos que volaban sobre el cielo azul, como si buscara qué decir. Pero no podía evitarla durante mucho tiempo. Volvió su rostro hacia ella y le dijo:

—Bien, pues ya lo sabes. Eso no cambia nada.

—¿Y no vas a explicarme qué hacías allí? —preguntó Henar, plantándose ante él y poniendo los brazos en jarra.

Nuevamente Juan se vio obligado a darle una respuesta que la dejara satisfecha, aunque era obvio que no le apetecía hablar del tema.

—Supongo que ahora entiendes por qué no entregué el pañuelo a la Guardia Civil —respondió como si la desafiara—. Sabía que Hurtado trabajaba para alguien, pero tenía que averiguar quién había detrás. Si lo hubiera delatado, no habría podido seguirle el rastro.

—¿Lo seguías esa noche? ¿Por eso pudiste salvarme?

—No. Esa noche, no. Lo había visto salir de allí en otra ocasión, a altas horas de la madrugada y junto a otro tipo. Llevaban un saco y lo arrojaron al río. Todo me pareció muy sospechoso y por eso me colé aquella noche en la cuadra. Fui para ver si encontraba algo más, no para robar. No soy un ladrón. Un estafador, sí; pero no un ladrón. No quería decirte nada mientras no tuviera alguna certeza.

Ella negó con un gesto, como si reprobara su falta de confianza. Luego, volvió a preguntar:

—Entonces, ¿qué hacías en casa de Aliaga la noche del incendio?

—Me quedé vigilando cerca de casa de Hurtado cuando os dejé allí a Lúa y a ti, preocupado —dijo él mirándola fijamente a los ojos—. Me alarmé cuando el caballo, que se suponía que estaba en la cuadra, volvió solo, desbocado y sin montura. Enseguida partí hacia Villaverde y, por el camino, tuve un presentimiento. No estaba seguro de que estuvieras allí, pero el hecho de que el caballo viniera del lado de Borrenes me hizo cambiar de dirección. Ya te he dicho que tenía mis reticencias respecto a Aliaga desde que vi a Hurtado salir de su casa. Y tú habías dicho que él te había ofrecido su ayuda si ocurría algo...

—Tu presentimiento me salvó la vida. Aún no te he dado las gracias —le dijo Henar, bajando la cabeza porque el recuerdo de Lúa la abrumaba, pero la levantó al cabo de un instante para buscar los ojos de Juan y añadir—: ¿Qué hiciste luego?

—¿Qué importa eso?

—Me gustaría saber cómo acabé en casa de Seruta. Creo que es razonable que quiera averiguar qué pasó conmigo mientras estuve inconsciente —le dijo con dulzura y a modo de ruego.

—Te llevé al campamento de la Guardia Civil y les conté lo que sabía. Mientras te buscaba en la casa, había visto el cadáver de Hurtado.

—He de darte de nuevo las gracias, sé que los civiles y tú no sois muy amigos...

—Ahora sí —sonrió Juan, aunque enseguida recobró la seriedad—. Estaban desesperados buscando al asesino de las niñas. Querían atraparlo antes de que la reina pasara por Ponferrada. Pero andaban muy despistados y les vino bien negociar conmigo. Y a mí también. En agradecimiento por mi colaboración, ahora soy libre para irme a América sin que me detengan. No podré volver, pero tampoco tengo intención de hacerlo.

Se miraron y se encontraron distantes. Henar sabía que él se la había jugado al acudir a la Guardia Civil, que no podía saber si lo detendrían cuando la llevó. Juan debió de suponer lo que estaba pensando porque decidió romper la tensión de aquel silencio y cambiar de tema.

—Tengo entendido que te están ayudando a buscar a la familia de doña Clara en Santander. Tu suerte puede cambiar, Henar, y mucho. Creo que irás pronto a comprobarlo, ¿verdad? Y en muy buena compañía... —dijo Juan, recobrando parte de la sorna que tanto lo caracterizaba con aquella frase final.

—No sé si es mi familia. Y, aunque lo fuera, ¿ahora tomas decisiones por mí? —lo increpó.

Él la contempló vacilante durante un instante, pero se sobrepuso y, con determinación, dijo:

—Es lo que tienes que hacer, Henar.

—Sí, es lo sensato. Pero sor Piedad decía que yo no era sensata... Podría irme contigo... —dijo la muchacha, y sus palabras sonaron casi como una súplica.

—No, no puedes. No funcionaría —dijo él, evitando mirarla a los ojos.

—Estamos conectados... Son tus palabras, Juan —insistió ella mientras lo tomaba de la mano y él no se resistía.

—Tengo mal genio —replicó el joven, sin atreverse aún a mirarla.

—No me importa.

—Y mala sangre...

—¡No me hables de sangre, por favor! —dijo Henar, soltándole bruscamente la mano y agarrándole el rostro con las suyas.

—Es así. No puedo evitarlo. Mi padre era una mala persona y mi abuelo también. Igual que mi hermano —dijo Juan sin levantar la cabeza.

—¡Tú no eres así! —lo increpó Henar, mientras intentaba obligarlo con suavidad a enseñarle el rostro.

—No me conoces —replicó el joven, dejando que, al fin, Henar pudiera mirarlo a los ojos para ver en ellos una tristeza infinita.

—Lo suficiente como para saber que eres la persona que quiero a mi lado.

—No me lo pongas más difícil, Henar. Tienes que irte, podrías empezar una vida nueva.

—¿Y si realmente no fueran mi familia? Y, si lo son, ¿por qué ninguno dudáis de que quieran acogerme cuando ya me abandonaron una vez? —replicó Henar, con cierto tono de cansancio y desesperación.

—Pues si te repudian de nuevo, que no lo creo, el amigo del teniente podría ayudarte a encontrar un buen empleo en Santander. ¿No lo has pensado? Un futuro...

—Tú no crees en el futuro —lo interrumpió, apartando las manos de su cara y posándolas sobre sus hombros—. Dijiste que sólo vivías el presente.

—Pero tú sí crees en él. Y lo que es seguro es que no hay futuro a mi lado.

—¡¿Por qué dices eso?! —exclamó Henar, con dolor.

—Ahora no quieres pensar —le dijo Juan mientras le

acariciaba el cabello—. Pero, cuando lo hagas, verás que en algún momento querrás cambiarme y convertirme en alguien que no soy. Ya te lo dije, no soy hombre de vida estable ni de familia. Me gusta mi vida, mi libertad, no ser responsable de nadie... Si cambiara, no me soportarías, porque yo no me soportaría a mí mismo.

—¡Cállate! —murmuró, apartando el rostro y bajando las manos para evitar que él viera las lágrimas agolpándose en sus ojos.

—No, no puedo callarme. Ni puedo darte promesa de amor.

—Ni yo te la he pedido.

—En algún momento lo harás —dijo él sin dejar posibilidad a que ella lo negara. Tras un silencio incómodo, le levantó con suavidad la barbilla y la obligó a mirarlo—. O esperarás a que salga de mí y eso nunca ocurrirá. Y te cansarás. Sé que te cansarás de mí, del tipo de vida que te verás obligada a llevar. A mi lado, no tendrás una cama, ni sábanas, ni bañeras... Vestirás siempre las mismas ropas y sólo tendrás una muda para cuando sea necesario. Dormirás cada noche en un sitio distinto, sobre una carreta, y nunca sabrás si ese día comerás o no, ni si habrá alguna fuente cercana para calmar tu sed.

—Tú has sobrevivido —volvió a objetar ella, a la que ahora ya no le importaba que las lágrimas corrieran con fuerza por sus mejillas.

—Es duro, Henar, mucho más duro de lo que parece —respondió mientras parecía recordar alguna situación difícil—. No lo soportarías y acabarías dejándome. Y, entonces, quien no lo soportaría sería yo —añadió con determinación—. Además, nunca lograrías ser una mujer respetable, una posibilidad que sí te ofrece quienquiera que sea en Santander. ¿Eso es lo que quieres para ti?

—Quiero estar contigo...

La insistencia le dolía y no sabía disimularlo.

—Henar, cabezota, ¿no ves que me estás dando toda la responsabilidad a mí? No me ayudas, no me ayudas nada. Deberías ser juiciosa y marcharte ahora mismo. ¿No ves que no quiero hacerte daño?

—¿No ves que es así como me lo haces?

—No es lo mismo. Ahora, aún estás a tiempo de ponerte a salvo, de olvidarme. Luego será tarde. Los dos seremos más rencorosos y nos gritaremos sin miramientos. Y puede ser que alguna vez llegue a ponerte la mano encima... La sangre es poderosa.

—¡No eres como tu padre! —le gritó.

Se hizo un silencio tenso en el que parecía que ninguno de los dos iba a darse por vencido. Se miraron en un reto doloroso, hasta que finalmente ella bajó la vista. Pero, de pronto, volvió a mirarlo y, sin dejarle tiempo a reaccionar, lo agarró de un brazo y le quitó el cuchillo que llevaba en la faja. La sorpresa lo había dejado desprevenido y Henar aprovechó para hacerle un corte poco profundo en la muñeca. A continuación, hizo lo mismo con su propio brazo y juntó ambos, de tal forma que sus heridas se cubrieron mutuamente y sus sangres se mezclaron.

—¡Ahora también es mi sangre!

Aún aturdido por el gesto, Juan suplicó, aunque ya sin fuerzas:

—Henar, por favor...

Ella notó que luchaba consigo mismo, que sufría en esa batalla y que, al final, caía derrotado...

—Eres muy terca, Henar —respondió él al tiempo que la abrazaba y apretaba su cabeza contra su pecho. No se lo dijo en aquel momento, sino muchos años después, pero Juan nunca se había sentido tan feliz.

A lo lejos, el sol estaba en su cénit y la montaña resplandecía como si aún hubiera oro en su arena roja. El aire todavía era cálido, pero pronto los ríos bajarían caudalosos y arrastrarían, a su paso, la infamia de aquellos días lejos de allí.

Agradecimientos

Los compañeros de viaje nunca quedan atrás. Se llevan puestos, aunque se hayan perdido de vista. Adonde uno llegue, llega allí gracias a ellos. No son sólo parte del camino, también lo son de uno mismo. Y no hay palabras suficientes para agradecer esta sombra, cobijo a veces y, otras, brújula y luz. El brazo de apoyo o el que da un ligero empujón. El que refrena para no precipitarse y el que abraza o libera para dejar ser.

No, no hay palabras. Sólo la esperanza de ser, también, a la vez parte de su viaje y parte de ellos, pero, sobre todo, que los ha dejado ser.

Pero, aunque no hay palabras, no podría perdonarme no mencionar a Raquel. Por todo lo que ella sabe y por mucho más que ni imagina. Raquel. Me gustaría aprender a pronunciar la erre para decir su nombre con justicia, pero no por ello lo haría con más amor. Raquel, gracias; gracias siempre por esa mano tendida.

Gracias a Cati, Nayra y Toñi, incansables en sus consejos, y a Ramón, quien a veces tiene ideas más estrambóticas que yo. Y también a Tino Franco (Diamantino) y José Manrique, leoneses afincados en Mallorca, que me regalaron su tiempo para hablarme de El Bierzo y trasladarme momentáneamente allí.

Tienen también mi agradecimiento, pues han compartido conmigo la última parte del trayecto con tanto entusiasmo como el que yo llevaba puesto, Cristina, mi editora, que ha creído en mí desde el primer instante; María, mi asesora leonesa poseedora de unas manos llenas de sugerencias a cual más interesante, y la correctora de este libro, que sé que es mujer y, aunque en estos momentos aún desconozco su nombre, sí soy consciente de la diligencia y el detallismo de su labor. Gracias a las tres por prestarme sus ojos y su buen hacer, y por el último empujón, el definitivo, sin el cual de nada habrían servido los otros.

Gracias siempre a mis padres, a mi abuelo y a todas las personas que me han hecho ser como soy y ver como veo.

Y, por supuesto, también a vosotros, por haber llegado hasta estas últimas páginas, pues en realidad sois quienes dais vida a cada una de las palabras de esta historia.